BU KİTAP GÖZ YANILTIR

Bu Kitap Göz Yanıltır
Özgün Adı: *This isn't What it Looks Like*

Türkiye yayın hakları: Doğan ve Egmont Yayıncılık ve Yapımcılık Tic. A.Ş.
19 Mayıs Cad. Golden Plaza No:3 Kat:10 Şişli 34360 İstanbul
Tel: (0212) 373 77 00
www.de.com.tr

Her 2.000 adet, bir baskı olarak kabul edilmektedir.

Sert Kapaklı 1. Baskı: İstanbul, 2013
Karton Kapaklı 1. Baskı: İstanbul, 2016
ISBN: 978-605-09-3801-2
Sertifika no: 11940

Çeviri: Deniz Başkaya
Yayına hazırlayan: Sinem Çelebioğlu
Grafik uygulama: Erbil Kargı

Basım yeri: Yıkılmazlar Basın Yayın Prom. ve Kağıt San. Tic. Ltd. Şti.
Adres: Evren Mah. Gülbahar Cad. No: 62/C Güneşli-Bağcılar /İSTANBUL
Tel: (0212) 515 49 47
Sertifika no: 11965

Toplu sipariş için tel: (0212) 373 77 44 **E-posta:** satis@de.com.tr

BU KİTAP GÖZ YANILTIR

Pseudonymous Bosch

Resimleyen: Gilbert Ford

Doğan Egmont
Okumak gelecektir.
www.de.com.tr

BU KİTABI

SOFIA CAROLINA (NE HOŞ, İKİ İSİM KOYMUŞLAR), IZZY, JACK, ELIJAH, ISABELLA, KATE P. VE (ÇOK YAŞLI OLMASINA RAĞMEN) EMMA'YA ADASAM DA, BİR KEZ DAHA MAY'E ADAMIYORUM (BU ADİL OLMAZ). AYRICA KATE G. VE SAM, ELLA VE MARGAUX, İSMİNDE *Y* HARFİ GEÇEN LILY, GIDEON VE RUFUS'A ADAMAMA KARŞIN, NE İSMİNDE *I* HARFİ GEÇEN LILLI, LUCAS VE MADELEINE'E (İKİNCİ KİTABA BAKINIZ) NE DE INDIA VE NATALIA'YA ADIYORUM (EH BELKİ BU SON İKİSİNİ TARTIŞMAYA AÇIK BIRAKABİLİRİZ). BU KİTABI ADADIĞIM DİĞER KİŞİLER İSE AVA VE SYLVIE, LUCY VE LEVI, DULCE VE OLIVIA, TYLER X 2, IRIS, STASH, LORENZA, YEREL KUZENLER LEV, DANTE VE MOLLY, KUZEYLİ KUZENLER NAOMI, ELI VE JACOB, GİZEMLİ KUZEN SOPHIA VE SON OLARAK NABU, KIWI SKUNK VE "GELMİŞ GEÇMİŞ EN SİNİR BOZUCU HAYRANIM", KENTUCKY'DEKİ GİZLİ AJANIM VE DÖRT BİR YANDAKİ TÜM GİZLİ AJANLARIM.

UYARILAR, TEKZİPLER, EK BİLGİ VS.

Bu kitabı ayakta okumayın. Şok geçirip yere yığılabilirsiniz • Bu kitabı oturarak okumayın. Aniden kaçmanız gerekebilir • Bu kitabı okurken hareketli bir taşıt veya ağır bir makine kullanmak yasaktır. Bunu yaparken konudan uzaklaşabilirsiniz. • Bu kitaba uzun süre maruz kalmak baş dönmesine neden olabileceği gibi, uç vakalarda paranoyakça sanrılar, hatta psikoz görülebilir. Eğlence anlayışınız buysa, buyurun okuyun; değilse o zaman bu kitap size uygun değil demektir. • Bu kitabın yazılış amacından farklı amaçlar için kullanılması tavsiye edilmez. Fırlatmaya uygun bir nesne gibi görünse de, kitabın üreticileri onu birine fırlatmanız halinde emniyetinizi garanti edemezler. Her zaman için kitabın onu fırlattığınız kişi tarafından size geri fırlatılma olasılığı vardır. • Kapağı kurcalanmış veya sökülmüşse bu kitabı okumamalısınız. Düşmanlarınızın kitabınız üzerinde kasıtlı değişiklikler yaptıklarından şüpheleniyorsanız, bu durumu kitabın üreticilerine bildiriniz. Ancak muhtemelen sizin deli olduğunuzu düşüneceklerdir. Asla bir doktora danışmayın. Sizin kesinlikle deli olduğunuzu düşünecektir. • Size vakit geçtikçe bu kitabın içeriği değişiyor gibi gelebilir. Paniğe kapılmayın. Bu tüm kitaplar için geçerli olan, doğal bir durum olup kitabınızın kendisini yeniden yazmış olduğu anlamına gelmez. Ancak yazmış da olabilir. • Bu kitaptaki hiçbir şeyin göründüğü gibi olmadığını unutmayın.

SÖZDE-MANİFESTO*

1. Gerçek, ancak ona yabancıysanız kurgudan daha tuhaftır. Gerçeğe yabancı olmak ise ya yalancı ya da hayal ürünü olduğunuz anlamına gelir.

2. Gerçekçi bir öykü, hayal gücünün eksik olduğu bir öyküdür. (Zaten *gerçekçi* de ne demek ki? Siz bir şey için hakiki-ci der misiniz?)

3. Bugüne kadar hoşuma gitmeyecek kadar kötü bir espriye rastlamadım. Zaten bir espriye de rastlamadım.

4. Şüpheye düştüyseniz, yanılmış olamazsınız.

5. Konu çikolata da çorap da olsa kural aynıdır: Ne kadar koyu olursa o kadar iyi.

* *MANİFESTO* DENİLEN ŞEYİ FESTİVAL İLE KARIŞTIRMAYIN. ASLINDA, HERHANGİ BİR FESTİVALLE HİÇBİR İLGİSİ YOKTUR. MANİFESTO, BİR İLKELER BİLDİRİSİDİR. GENELLİKLE DE BU İLKELER SİYASİ VEYA SANATSAL ALANDA OLUR. ANCAK HER KONUDA BİR MANİFESTO YAZABİLİRSİNİZ. ÖRNEĞİN ÇİKOLATA

6. Hayatta çikolatadan önemli şeyler vardır. Mesela peynir.

7. Bir garson size kazara mayonezli bir hamburger getirirse, mayonezi kazıması kâfi gelmez. Sizin için yeni bir hamburger siparişi vermesi gerekir.

8. İsmimin telaffuzu: *su DON im us*.

9. Sır mı? Ne sırrı?

10. Ben sizi tanıyorum ama ben kimim?

VEYA PEYNİR HAKKINDA. SONRAKİ SAYFALARA GEÇMEDEN, NEDEN SİZ DE KENDİ MANİFESTONUZU YAZMIYORSUNUZ? BU ŞEKİLDE KİTABIMIN HANGİ AÇILARDAN AKLINIZDAKİ BEKLENTİLERİ KARŞILAMAKTAN UZAK OLDUĞUNU GÖREBİLİRSİNİZ. YAZDIKLARINIZDAN BANA BAHSETMEYİN YETER.

YAZARIN NOTU:

BU KİTABIN İLK YÜZ ELLİ SAYFASININ BELLİ BİR NOKTASINDA BİR ACİL DURUM TATBİKATI OLACAK. LÜTFEN TÜM TALİMATLARI YERİNE GETİRİN VE GERÇEK BİR ACİL DURUMDA NASIL DAVRANIYORSANIZ ÖYLE DAVRANIN. TEŞEKKÜRLER.

P. B.

BÖLÜM -ON*

* İLERİDE GÖRECEĞİNİZ ÜZERE, BU VE DİĞER BİRÇOK BÖLÜME NEGATİF SAYILAR VERDİM. NE YAZIK Kİ SİZE BUNUN NEDENİNİ SÖYLERSEM BİRÇOK ŞEYİ AÇIK EDERİM. ÖTE YANDAN, TAMSAYILARA

(DEVAMI ARKADA)

Nasıl ifade etsem bunu? Sözcükleri doğru seçmem gerek.

(Sizi iyi tanıyorum. Yanlışlarımı yüzüme vurmak için fırsat kollarsınız.)

Bir yerlerde, günün birinde bir kız yolda yürüyordu.

Bir yerlerde dediysem, bunun nedeni bahsi geçen yerin sır olması değil.

Günün birinde dediysem, bunun nedeni bahsi geçen zamanın bir sır olması değil.

Bir kız dediysem de bunun nedeni kızın isminin bir sır olması değil.

Ancak yine de bunların hepsi birer muamma. Çünkü bu sözcükleri kullanmış olmamın nedeni kızın kendisinin nerede olduğunu, hangi zamanda olduğunu ve kim olduğunu bilmemesi.

Uyandığında ayaktaydı. Gözleri de açıktı.

Çok tuhaf bir histi. Yoktan var olmak gibi bir şeydi bu.

Parmakları ve ayak parmakları karıncalanıyordu. Kulaklarının uçları yanıyordu (yanmanın sebebinin sıcak mı yoksa soğuk mu olduğunu ayırt edemiyordu).

Gözünün önünde güneşe bağlı lekeler uçuşuyor, bu da görüşünü bulanıklaştırıyordu. Ancak yukarı baktığında güneşi göremedi. Gökyüzü bulutluydu.

AŞİNAYSANIZ BİR TAHMİN YÜRÜTEBİLİRSİNİZ. MESELA BİR NEGATİF SAYININ DEĞERİNİN SIFIRDAN KÜÇÜK BİR SAYI OLDUĞUNU VE NEGATİF SAYI NE KADAR "BÜYÜKSE" DEĞERİNİN O KADAR DÜŞÜK OLACAĞINI BİLİYORSUNUZDUR. DOLAYISIYLA, İKİ NEGATİF SAYIYI SIRALAYACAK OLDUĞUNUZDA (İPUCU!), DAHA BÜYÜK OLAN ÖNCE GELİR. EKSİ ON, EKSİ DOKUZDAN ÖNCE GELİR VE SIFIRA ULAŞIP DA HER ŞEY (HEMEN HEMEN) NORMALE DÖNENE DEK SIRALAMA BÖYLE SÜRER GİDER.

Bayılmış mıydı? Beyin sarsıntısı mı geçirmişti? (Zihin bulanıklığı ve bulanık görmenin beyin sarsıntısı belirtileri olduğunu biliyor, ancak bunu nereden bildiğini bilmiyordu.) Başına dokunduğunda herhangi bir yaralanmaya rastlamadı.

Gözünün önündeki lekelerin ağır ağır kaybolmalarıyla görüşü düzeldi. Etrafına bakındı.

Nerede olduğu hakkında bir fikri yoktu.

Görünüşe göre taşradaydı. Ancak hangi ülkede olduğunu çıkaramıyordu. Her iki yanında uzanan tarlalar kuru ve boştu. Çevresinde yer yer ağaçlar olsa da bunlar şekiller oluşturacak kadar sık değildi. Görünürde hiçbir yaşam belirtisi yoktu.

"Sistematik hareket et," dedi kendi kendine. Zihninde adım adım geriye giderse nihayetinde nerede olduğunu çıkarabilirdi.

Ancak kendisini olduğu yerde bulmadan önce neler olup bittiğini hiç hatırlamıyordu. Sanki az önce dünyaya gelmiş gibiydi.

Kimim ben?..

Kendi adını bilmediği gerçeği, ağzınızdan buhar çıkana dek farkına varmadığınız bir ürperti gibi zihnine sonradan ulaşmıştı.

Huzursuz olsa da tam anlamıyla korku içinde de değildi. Gerçek hafıza kaybı vakalarının son derece nadir olduğunu biliyordu (bunu nereden bildiğini bilmese de). Büyük bir ihtimalle kısa bir süre içinde hafızası geri gelecekti.

Yapılacak en iyi işin yürümek olduğuna karar verdi.

Kolay bir yürüyüş olmuyordu. Çevrede yolunu bulmasına yardımcı olacak tabelalar veya sokak lambaları yoktu. Asfalt döşenmemiş yolun her yanında kayalar, ağaç kökleri ve çamur birikintileri vardı.

Birkaç kez tökezlemesine rağmen yorucu yürüyüşünü sürdürdü. Başka ne yapabilirdi ki?

Bir süre tek bir insanla karşılaşmadı ve sonunda birini gördü.

İlerisinde, yolun birkaç metre uzağında, küçük bir çocuk, büyük bir ağaca tırmanıyordu. İki kolu ve iki bacağıyla bir kedi gibi uzun bir dala sıçradı. Sonra da bir kedi gibi ağaçta sıkışıp kaldı.

"Baba... Baba!"

Bağırışları giderek şiddetlense de gelen giden olmadı. Kız, oğlanın kendisini tanıyıp tanımayacağını merak ediyordu. Çocuk belki de küçük kardeşiydi.

"Meraklanma, seni oradan indireceğim!" diye bağırdı.

Çocuk onu duymuş bile olsa bunu hiç belli etmiyordu.

Ağacın dibinde eski bir kenevir ip duruyordu. Kız ipi alıp yaşlı ve kıvrım kıvrım ağacın gövdesine tırmanmaya başladı. Sanki bu sıradan bir işmiş, sanki daha önce bir sürü çocuğu kurtarmış gibi.

Kendi kendine "Üç nokta kuralını hatırla," dedi. Ancak bu kuralı nereden bildiğini anımsayamıyordu.*

Oğlana yaklaşınca "Aşağı inmekten bu kadar kor-

* TIRMANDIĞIN ŞEYE YA İKİ ELİN VE BİR AYAĞINLA YA DA İKİ AYAĞIN VE BİR ELİNLE YAPIŞ. BU FAYDALI KURALI, ÖĞRETİCİ VE GERÇEKTEN DAHİCE BİR KİTAP OLAN *BU KİTABI OKUYORSANIZ ARTIK ÇOK GEÇ*'TEN HATIRLAYACAKSINIZ.

kuyorsan ağaçlara tırmanmamalısın," dedi.

Çocuk onu umursamadan babasına seslenmeyi sürdürdü. Kızı hiç fark ediyor gibi görünmediği şüphesizdi.

"Sağır mısın sen? Sana yardımcı olmaya..."

Oğlanın (bir çaputtan biraz daha büyük) tişörtü bir dala takıldı. Kızın çocuğu takıldığı daldan kurtarmaya çalışmasıyla birlikte olduğu yerde hoplayan çocuk az kalsın ağaçtan düşecekti.

Kız oğlanı sıkıca kavradı. "Dikkat et..."

Çocuk, "Oğlak! Oğlak!" diye çığlık attı.

En azından kızın kulağına öyle bağırıyormuş gibi gelmişti.

"Sakin ol, bir şeyin yok."

Güven telkin etmek için oğlana hafifçe dokunmasıyla çocuğun çığlıkları daha da şiddetli bir hal aldı.

"Seni aşağı indireceğim; sorun yok."

Bir uzman gibi, ipi ağaca bağladı. Attığı düğüme *Denizci Düğümü* dendiğini hatırladı. Ancak bu adı nereden bildiğini anımsamadı.

Tişörtünün yakasından kavradığı oğlan ağaç dalına sıkı sıkı yapışıyor, hareket etmeyi reddediyordu.

"Oğlak! Oğlak!"

"Aşağıda keçi mi var? Ondan mı korkuyorsun? Merak etme, sana zarar vermez. Keçiler insan yemez. Teneke kutu, tenis topu gibi şeyleri belki ama küçük çocukları yemezler. En azından genellikle yemezler." Espri yaptığını belli etmek için gülümsemesine karşın çocuk karşılık vermedi.

Nihayet çocuğu ellerini nazikçe ipin üzerine yerleştirmeye ikna etmesinin ardından onu sertçe iterek daldan inmeye zorladı.

Ağaçtan inmeye başlayan çocuğun ardından "Bir itfaiye direğinden aşağı kayıyormuşsun gibi düşün!" diye seslendi.

Çocuk yüzünde bir dehşet ifadesiyle ipi tutup kayarak aşağı doğru inmeye başladı.

Ayakları yere değer değmez de hızla kaçtı.

Kız sessizce "Bir şey değil," dedi.

Uzakta bir adam (muhtemelen oğlanın babası) bekliyordu. Başında tüylü bir şapka, sırtında koyu renkli bir yelek ve onun altında kocaman, şişkin yenleri olan bir gömlek vardı. Üç silahşorlardan biri gibi görünüyordu.

Kız, adamın bir oyuncu olabileceğini düşündü. Belki de yakınlarda bir tiyatro vardı.

Çocuk kendisini babasının kollarına attığında hâlâ oğlaktan bahsederek ağlıyordu.

Kız el salladı. Adam oralı olmadı.

Burada insanlar ne de dost canlısıymış, diye düşündü kız.

Başını iki yana sallayıp yola döndü. Dönmesiyle ayağını bir su birikintisine sokması bir oldu.

Öfke içinde homurdandı.

Ayağından suyu silkelerken merak içinde birikintinin içine baktı. Çamurlu suda gökyüzünün, gümüş rengi bulutların ve geçen kuş sürülerinin yansıması vardı.

Ancak göremediği bir yansıma vardı: Kendisininki.
Çocuğun *oğlak* demediğini düşündü.
Hortlak diyordu.

BÖLÜM BİR

Max-Ernest tam olarak 07.59'da hastaneye vardı.

Kayıt masasında oturan bir hemşire neşeyle ona el salladı. "Selam Max-Ernest! Yine her zamanki gibi dakiksin."

Ziyaret saati sekizde bitiyordu. Birazcık gecikse, hastanın ailesinden biri olmadığı için içeri girmesine izin verilmezdi. En azından hastanenin tanımına göre aileden biri değildi.

Max-Ernest hemşireye gönülsüzce el sallayarak karşılık verdi.

"Haydi canım, şu kaşlarını çatma artık. Unutma ki..."

Hemşire omzunun üzerinden bir postere işaret etti.

Posterde palyaço burunlu bir köpek ve **"KAHKAHA EN İYİ İLAÇTIR!"** yazısı vardı.

Max-Ernest dişlerini sıkıp kendini gülümsemeye zorladı.

Neredeyse kendini tutamayıp bunun saçma olduğunu söyleyecekti. Kahkaha nasıl en iyi ilaç olurdu ki? En iyi ilaçların penisilin gibi hayat kurtarabilecek ilaçlar olması gerekmez miydi? Kaburganız kırılırsa ne olacaktı? Ya da akciğer kanserine veya astıma yakalanırsanız? Kahkaha durumu iyiye götürmek şöyle dursun, daha da kötüleştirirdi. Zaten bahsi geçen kahkaha *kimindi* ki? Söz konusu kendi kahkahanız mı bir başkasınınki miydi? Birisi *sizinle* gülmeyip *size* gülüyorsa kahkaha hâlâ ilaçtan sayılır mıydı?* Ya, ne haber? Ha, bu arada, köpekler gülmez. Bazı bilim insanları goriller ve şempanzelerin güldüğünü düşünüyor. Ancak köpekler gülmez. Hatta palyaço burunlu köpek yavruları bile!..

Ancak Max-Ernest'ı azıcık tanıyorsanız tek kelime etmemiş olması sizi şaşırtacaktır. Sadece dişlerini sıkmaya devam edip sağdan üçüncü asansörün yolunu tuttu.

Üzerinde **PYBÜ** yazan asansörün.

Max-Ernest ne zaman bu dört harfi görse onlara yeni anlamlar yüklüyordu... *Primatlar Yüksek Binalar Üzerinde... Penguenler Yunanistan'da Buz Üretiyor... Pipetle Yüzünü Boyayan Ünlü... Peksimet Yiyen Babun Üz-*

* BU, HEP *KENDİSİYLE* GÜLÜNMESİNİ İSTEYEN AMA ÇOĞU ZAMAN *KENDİSİNE* GÜLÜNEN MAX-ERNEST'IN HAYLİ FARKINDA OLDUĞU BİR AYRIMDI.

gün vb. Ancak bu kelime oyunu kendisi için bir eğlence olmaktan çok eski bir alışkanlık, zihinsel bir tikti. Kahkaha en iyi ilaç olsa da olmasa da o an peksimet yiyen babunlara bile gülecek hali yoktu.

Harflerin neye karşılık geldiğini biliyordu.

PYBÜ: Pediatrik Yoğun bakım Ünitesi.

Belki de dünyanın en eğlenceli olmayan yeri.

Max-Ernest hastanelerle epey haşır neşirdi.

Çocukluğu tıbbi testlerle geçmişti. Deri testleri. Kemik testleri. Göz testleri. Duyma testleri. DNA testleri. IQ testleri. (Çok fazla yeteneğin de bir özürlülük emaresi olabileceğini söylüyorlardı.) Rorschach testleri*. Psikolojik değerlendirmeler. Nörolojik değerlendirmeler. Kardiyolojik değerlendirmeler. Röntgen ve bilgisayarlı tomografi. Tüm reflekslerini ve komplekslerini teste tabi tutmuşlardı. Yemek yerken onu izlemiş, uykusunda onu dinlemişlerdi. El becerisini ölçüp yaratıcılığına nicel olarak hesaplamışlardı. Kan, idrar ve hatta bir keresinde (hatırlamaktan hoşlanmadığı bir anı) *gaita*** örneği bile vermişti.

Herkes Max-Ernest'ın bir rahatsızlığı olduğundan emin olsa da kimse rahatsızlığının ne olduğunu bilmiyordu. Uzmanların fikir birliğine vardıkları bir nokta

* KARTLAR ÜZERİNDEKİ MÜREKKEP LEKELERİNİ ANDIRAN ŞEKİLLERİN HASTA TARAFINDAN YORUMLANMASINA DAYALI BIR PSİKOLOJİ TESTİ. PSİKİYATRİNİN YANINDA GERİATRİ VE NÖROLOJİ GİBİ TIP DALLARINDA DA KULLANILMAKTADIR. (Ç. N.)

** GAİTA ÖRNEĞİNİN NE OLDUĞUNU BİLMİYORSANIZ, LÜTFEN BİR BAŞKASINA SORUN. BUNU SİZE BEN AÇIKLAMASAM DAHA İYİ OLACAK. ZİRA EPEY NAHOŞ BİR KONU.

varsa o da temel semptomun durmadan konuşması olduğuydu. Elbette, bunu anlamak için uzman olmak gerekmiyordu.

Yakın zaman önce tuhaf bir olay gerçekleşmişti.

Geveze Max-Ernest konuşmayı bırakmıştı. Tamamen olmasa da ona yakın bir şekilde. Ağzından çıkan sözcüklerin çoğu iki heceyi (*evet, hayır* gibi) geçmez olmuştu. Bu sözler de anlaşılması güç homurtular gibi çıkıyordu.

Mesele *konuşamaması* da değildi. Zihninin hâlâ bir sürü sözcükle dolu olmasının yanında, hâlâ havayı ciğerlerinden dışarı itebiliyor, dudakları ve dilini oynatabiliyordu. Sorun sadece konuşmanın büyük bir çaba gerektiren bir eyleme dönüşmüş olmasıydı. Eskiden konuşmamak için harcadığından bile büyük bir çaba harcaması gerekiyordu. Geçmişte sözcükler ağzından dışarı bir sel gibi akıyor, onlara ket vurmak Max-Ernest'a bir ırmağın önüne set çekmeye çalışmak gibi geliyordu. Oysa şimdi, aniden ırmak yön değiştirmiş, konuşmak tek yapabildiği olduğu yerde yüzmekken akıntıya karşı yüzmek gibi bir şey olmuştu.

Bu yeni rahatsızlığı, bu istem dışı sessizlik hali on gün önce baş göstermişti. Cass'in hastaneye yatırıldığı gün. Komaya girdiği o gün.

Doktordan kızıyla ilgili bilgileri alırken neredeyse kendisi de komaya girecek gibi görünen Cass'in annesini gördüğünde doktor ona "Sandığınız gibi bir koma değil," demişti. "Öyle filmlerde gördüğünüz gibi bir koma değil bu. Cass'in beyni son derece faal. Ayrıca, görünüşe göre REM* döngülerine girip çıkıyor. Sadece... Uyuyor. Büyük olasılıkla, çok yakında uyanacak."

Yine de Max-Ernest komanın koma demek olduğunu biliyordu. Bilindik anlamda bir koma olmasa da. Siz ona uyku deseniz de. Ne de olsa, uykunun koma olmadığı da söylenemezdi. Max-Ernest sözlükten sözcüğün anlamına bakmıştı: Koma Yunancada "derin uyku" anlamına geliyordu.

Sessizliği çevresindeki insanlar için büyük bir hüsran kaynağıydı. Özellikle Cass'in annesi ve Cass'e ne olduğunu anlamaya çalışan doktor ve hemşireler açısından. Max-Ernest *olay* gerçekleştiğinde Cass'in yanında olduğunu itiraf etmiş olsa da biri ona tam olarak neler olduğunu sorduğunda ya omuz silkiyor ya da gözünü uzaklara dikiyordu.

Her ne kadar dile getirmese de Cass'in annesinin Max-Ernest'ın bir şeyler sakladığını düşündüğü açıktı. Bir keresinde "Cass neden ne zaman senin yanında olsa bir..." diye söze girmiş ama sorusunu yarıda kesmişti. Bir keresinde de "Tam olarak ne olduğunu..." diye başlayan bir soru sormuş ama onun da sonunu getirmemişti.

Max-Ernest'ı hastane odasında istemese de Cass'in büyükbabaları araya girip onun Cass'in en iyi arkadaşı olduğunu hatırlatmışlardı.

Büyükbaba Larry, "Biliyorsun, Cass onun burada olmasını isterdi," demişti. "Zavallı çocuk zaten peri-

* UYUYAN BIR KİŞİNİN GÖZLERİNİN RÜYA GÖRÜRKEN HIZLICA HAREKET ETMESİ (Ç. N.)

şan halde, ona bir baksana."

Büyükbaba Wayne, "Ayrıca, sesini duymak belki Cass'i uyandırabilir," diye eklemişti.

Keşke her şey o kadar basit olsaydı! diye geçirdi Max-Ernest içinden. O zaman ne kadar zor olsa da kendini yeniden konuşmaya zorlayabilirdi. İşe yarayacağını bilse, durmadan konuşurdu. Yemek yemek, uyumak, hatta soluk almak için bile durmazdı. Cass'i rahatsızlığından kurtaracaksa eski rahatsızlığını bin misliyle geri getirmeye hazırdı. Her şeyden çok, ümitsizce istediği bir şey varsa, o da arkadaşını geri getirmekti.

O gece, Cass'in annesi hastaneden erken ayrılacaktı. Hastanedeki herkes artık gidip uyumasının zamanının geldiği düşüncesindeydi.

Koridorda Max-Ernest'ın yanından geçerken onu bileğinden kavradı. Gözleri yorgunluktan kıpkırmızıydı.

"Max-Ernest, lütfen, ne zaman..."

Sonra sanki soruyu soracak takati kalmamış gibi sözünün sonunu getirmedi. Başını iki yana sallayarak uzaklaştı.

Max-Ernest bir saniyeliğine ağzını açsa da hiçbir şey demeden kapadı.

Cass'in annesi haklıydı. Max-Ernest bir şeyler gizliyordu. Ancak kutsal bir gizlilik yemini etmeyip özgürce konuşabilecek durumda olsa ve her şeyi göze alıp öyküsünü anlatsa bile ona kimse inanmazdı. Gerçek öylesine akıl almaz, öylesine tuhaf ve adamakıllı olağandışıydı ki yalancı veya en iyi ihtimalle deli damgası yerdi. O zaman konuşmasına ne gerek vardı ki?

En iyisi hiçbir şey söylememekti.

Cass'in odasının yanında bir satış otomatı vardı.

Max-Ernest makineye para atıp en büyük ve yassı çikolata barını seçti. Çikolatayı yiyişine bakan birisi haftalardır ağzına bir lokma koymadığını düşünebilirdi.

"Hımmhh..."

Çikolatayı yerken sadece çikolata yerken çıkardığı (mırıltıyla karışık homurtular olarak duyulan) tuhaf bir ses çıkarıyordu. Bu, çikolata yeme dürtüsü gibi önüne geçemediği bir sesti.

"Hımmhh...hımmhh...hımmmh..."

Neredeyse hiç duraksamadan, Max-Ernest üç çikolata daha alıp onları da hızla mideye indirdi. Ardından yemek için bir çikolata daha aldı. Altıncıyı almayı düşünerek makineye baktığında makinenin endişe verici ölçüde boş göründüğünü fark etti. Aynı hızda devam ederse, bir günden kısa süre içinde çikolatasız kalacaktı.

Bu düşünce paniğe kapılmasına neden oldu. Alerjisi olmadığını öğrendiğinden beri, Max-Ernest en doymak bilmez çikolata tutkunlarını bile şaşkınlığa düşürecek kadar çok çikolata yemişti. Sayacak olsanız (sizin de bildiğiniz gibi Max-Ernest hesap tutmadan yapamaz) günde ortalama on çikolata tükettiğini görürdünüz. Şimdi ise, hastane, çikolata stokunu tazelemezse ne yapacağı konusunda endişeleniyordu.

Çikolatanın verdiği o yoğun, dolgun, koyu, yaşama sevinci aşılayan, muhteşem, enfes, belirgin, coşkun, capcanlı, bağımlılık yapıcı, cazibeli, doyurucu, büyüleyici, güzel, akışkan, bazen acı tatlı olan ama asla acı olmayan, hapur hupur yenecek kadar iştah açıcı, böğürtleni veya kirazı çağrıştıran, etimsi ama meyveli, basit ama karmaşık, sakin ama heyecan verici, rahatlatıcı ama enerji verici, dünyevi ama büyülü, ağızda eriyen lezzeti olmadan Cass'i ziyaret etmeye nasıl devam edebilirdi?*

Hazırlıklı olup yanına çikolata alması gerekiyordu. Kendine has ikileminin çözüm yolu buydu. Ancak bu düşünce onu hiç de rahatlatmadı. Normalde, her şeyi önceden planlayan kişi Cass olurdu. Ne zaman üyesi oldukları gizli Terces Derneği'nin verdiği bir göreve çıkacak olsalar Max-Ernest, Cass'in çantasına kendisinin meşhur "süper tanecikli" iz sürme karışımını koyacağından emin olurdu. Karışım eriyip büyük bir çikolata topağına dönüşecek kadar bol miktarda çikolata parçacığı içeriyordu. Ne yazık ki sözde alerjisi olduğundan Max-Ernest iz sürme karışımının tadına bir kez olsun bakamamıştı. Dört gözle beklediği bir şeydi bu. Peki ya nasıl?.. Paniğinin yerini bir hüzün dalgası aldı.

Hayatta kalma uzmanı arkadaşı hayatta kalacak mıydı? Cass tüm ömrünü türlü felaketlere hazırlanmakla geçirmişti. Depremler. Fırtınalar. Hortumlar.

* ASLINDA BUNLAR MAX-ERNEST'IN AKLINDAN GEÇEN SÖZCÜKLER DEĞİLDİ. SANIRIM KENDİMİ BİRAZ KAPTIRDIM. YİNE DE BU SÖZCÜKLERİN ONUN HİSLERİ HAKKINDA BİR FİKİR VEREBİLECEĞİ KONUSUNDA SİZİ TEMİN EDEBİLİRİM.

Tabii bir de insan soyunu tehdit edecek ölçüde büyük felaketler. Dev meteorlar. Küresel ısınma. Nükleer savaş. Şimdi öylesine basit bir şey canını mı alacaktı? Basit bir tatlı, küçük bir çikolata mı yapacaktı bunu? Hazırlamışken kendisini en şiddetli depremlere, yenik mi düşecekti basit bir şekerlemeye?*

Evet, suçlu çikolataydı.

Cass'in midesinde çikolata izleri bulmaları doktorlarını pek de şaşırtmamış (ne de olsa Cass bir çocuktu), çikolatayı rahatsızlığının olası nedenleri arasında görmemişlerdi. Çikolata alerjilerinin son derece nadir olduğunu söylemişlerdi. Böyle şiddetli reaksiyonlara yol açmaları ise epey uzak bir olasılıktı.

Max-Ernest da kesinlikle aynı fikirdeydi. En azından kendi alerjisinin aslı astarı olmadığı ortaya çıkmıştı. Bununla beraber o, sadece o, Cass'in komaya girmesine neden olanın yediği bir çikolata olduğunu biliyordu.

Elbette bu herhangi bir çikolata değildi. Her gün hastanenin satış otomatından alıp yediği çikolatalara benzemiyordu. Bilindik anlamda bir çikolata değildi.

Hayır, bu bol çikolatalı bir çikolataydı.

Uç noktada bir çikolata.

Yani uç noktada siyah. Gelmiş geçmiş en siyah çikolata.

Efsanevi Diyapazon'la, Azteklerin o büyülü (daha

* YİNE MAX-ERNEST ADINA SÖZCÜKLER SEÇTİĞİM VE (FELSEFİ DEĞİL DE) BÖYLESİNE CİDDİ BİR ANDA AĞDALI BİR EDEBİ DİL KULLANDIĞIM İÇİN ÖZÜR DİLEMELİYİM. ANCAK NE ZAMAN BİRİ BANA ÇİKOLATA DESE, BAŞLIYORUM KAFİYEYE. (ANLADINIZ YA? *DESE, KAFİYEYE.* OF, NEYSE!)

uygun bir sözcük olmasa da bu sözcüğü kullandığında Max-Ernest ürperiyordu) yemek pişirme aracıyla yapılmış bir çikolata.

Cass ve Max-Ernest, çikolataya Zaman Yolculuğu Çikolatası ismini yakıştırmışlardı.

Yiyen kişiyi atalarının geçmişine gönderen bir çikolata. (Cass'in geçmişe gidip gitmediği kuşkuluydu. Ne de olsa bedeni hâlâ şimdiki zamandaydı. Yolculuk eden zihniydi.)

Sırra (Terces Derneği'nin korumaya yeminli olduğu o sırra) dair bilgiler onun koruyucusu olan Cass'in atalarına dair hafızasında gömülüydü.

Kötü yürekli aşçıbaşı Sinyor Hugo çikolatayı özel olarak Cass için hazırlamıştı. Amacı Cass'in Gece Yarısı Güneşi'nin Efendileri olarak tanınan o şeytani simyacılara Sırrı açıklamasını sağlamaktı. (Gece Yarısı Güneşi'nin Efendilerinin ölümsüzlüğün anahtarı olduğuna inandıkları sırrı öğrenmek için yapmayacakları yoktu.)*

Cass çikolatayı ilk yediğinde oyuna getirilmiş ve kaçmadan önce Sırra dair çok az şey anlatmıştı. Sonuncuda ise Sırrı öğrenebilmek için çikolatayı yemeye gönüllü olmuştu. (Sık sık Max-Ernest'ın aklına bunu yapmaması için çok ısrar etmiş olduğu geliyordu.)

* CASS VE SİNYOR HUGO'NUN ÖYKÜSÜNÜ BİR ÖNCEKİ KİTABIM *BU KİTAP SİZE DOKUNUR'*DA ÇOK DAHA AYRINTILI OLARAK ANLATTIM. O KİTABI OKUMADIYSANIZ SİZE HİÇ TAVSİYE ETMİYORUM. KİTABA ASLINDA DAHA UYGUN OLAN *BU KİTAP SİZE BERBAT GELECEK* ADINI VERMEK İSTESEM DE YAYINCILARIM OKURLARI ÜRKÜTMEKTEN KORKMUŞLARDI. BAŞLIĞI *BU KİTAP SİZE İYİ GELİR* YAPMAK İSTİYORLARDI. ANCAK SON ANDA SON İKİ SÖZCÜĞÜ "DOKUNUR" SÖZCÜĞÜYLE DEĞİŞTİREBİLDİM.

Bildikleri kadarıyla, sadece özel olarak hazırlanmış bir panzehir (Diyapazon'la çırpılmış gizemli, süt beyazı bir sıvı) Cass'i şimdiki zamanın gerçekliğine geri getirebilirdi. Cass bir kez daha aynı panzehri hazırlasın diye Diyapazon'u Max-Ernest'a bırakmıştı.

Ancak panzehir işe yaramamıştı. Cass çok fazla çikolata yemişti. Max-Ernest panzehri düzgün hazırlamamış da olabilirdi. Bir olasılık da panzehri Cass'e vermek için epey gecikmesi olabilirdi. (Sadece beş dakika beklemiş olsa da bu süre sanki beş saat gibi gelmişti.) Ya da... Max-Ernest'ın aklına yanlış gitmiş olabilecek onlarca şey geliyordu.

Bir deneme daha yapacakken, umulmadık bir anda Cass'in annesi kızını almaya gelmişti. Cass'i bilinçsiz halde yerde yatarken görmesiyle ambulans çağırmış, o zamandan beri kızının başından hemen hemen hiç ayrılmamıştı. Max-Ernest'ın bir kez daha Cass'le yalnız kalma fırsatı olmamıştı.

O gece durum farklıydı. O gece Max-Ernest panzehri bir kez daha Cass'e vermeye kararlıydı.

Cass'in kendinden geçtiği o günden beri kendileri gibi bir Terces Derneği üyesi olan arkadaşları Yo-Yoji'nin yanlarında olup ikisine yardımcı olmasını defalarca kez dilemişti. Ancak Yo-Yoji ailesiyle birlikte, iki ay kalmak üzere Japonya'ya gitmişti. Yo-Yoji, Max-Ernest'ın yanında kalmak için anne babasını ikna etmeye çalışsa da elbette ki ülkeyi terk etmek istemeyişinin asıl nedenini onlara açıklayamamıştı. Terces Derneği'nden bahsetmek kesinlikle yasaktı.

Max-Ernest ve Yo-Yoji ara sıra birbirlerine e-postalar göndermişler, bunları da her zamanki anahtar sözcük şifresini kullanarak şifrelemişlerdi. (İpucu: anahtar kod = Yo-Yoji'nin grubunun ilk sözcüğü.) Ancak e-postalar Max-Ernest'ın kendisini daha da yalnız hissetmesinden başka bir işe yaramamıştı. Aldığı son e-posta özellikle moral bozucuydu:*

Gönderen: ohnoitsyoyo@xxxxx.com
Konu: fuji yollarında
Kime: mdash@xxxxxxxxxx.com

Uczum, puju zdo cuiqu alsodh ydpd kguaubdhd pkwglhlh blolf. Zuzuhdj blalj wdgyuj fughu alsol fdogdgdbd uoupqdohupdjd proyrolzdghlpd dadj lred Yubd'jyu fuhm frorguauf. Frougd zdgdwkoprj: Ykbuyuwflj cda lglfqokjdf uoua kghuhugd (cuqqu hrxdf zdgl! Kiii-ilguflq!) Ykjlo ykjhlx pljd uouwuaubdh. Rhuodh k xuhuju fuyuo Aupp yrxlgdo.

Serin kal, yo. Y-Y

\m/ (>.<) \m/

(Rock'la kal!)

*YO-YOJI'NİN GRUBUNUN ADININ İLK SÖZCÜĞÜNÜ HATIRLAMIYORSANIZ (BU KİTABIN İLERİSİNDE GEÇİYOR) VEYA TEMBEL TİPLERDENSİNİZ, DEŞİFRE EDİLMİŞ E-POSTAYI EKLER KISMINDA BULABİLİRSİNİZ. BİR ANAHTAR KODU NASIL ÇÖZÜLECEĞİNE DAİR GENEL BİLGİYİ VE TALİMATLARI İSE İLK KİTABIMIN SONUNDA BULABİLİRSİNİZ. KİTABIN ADINI BİLMİYORSANIZ, EH, BU KONUDA YALNIZ DEĞİLSİNİZ.

İş, Max-Ernest'a kalmıştı.

Cass'in odasına girdikten sonra, bir an duraksayıp sadece baktı. Cass'in bedenine bağlı tüplere ve kalp hızını ölçen monitörde bir görünüp, bir kaybolan sivri uçlu yeşil çizgiye.

Yüzündeki ifadesizlikten ötürü gözleri kapalı, dudakları hareketsiz Cass'i tanımak zordu. Ancak o büyük ve sivri kulaklar hiç şüphesiz ona aitti. Kulaklar sanki Max-Ernest'a "Evet, burada yatan senin arkadaşın," der gibi oynuyorlardı.

Max-Ernest, "Selam Cass," dedi. Konuşmakta çok zorlandığından sözcükler ağzından tek heceli tiz sesler olarak çıkıyordu. "Ben... Max... Ben... Geldim."

Konuşma kısmının bitmiş olmasından memnun, derin bir soluk aldı. Ardından kadim, iki uçlu aracı ceketinin cebinden çıkarıp bulduğu bir sürahi suyla işe koyuldu.

Görevine kendine iyice kaptıran Max-Ernest, arkadaşının dudaklarından tekrar *hortlak* sözcüğünün çıktığını fark etmedi...

Tekrar...

Tekrar...

Tekrar...

Tekrar...

BÖLÜM
-DOKUZ

Hortlaksam, ölmüş olmalıyım.

Kız yere baktı. Dünyanın geri kalanına saydam görünüyor olmalıydı. Ancak kendi gözlerine bedeni gayet katı görünüyordu. Yakın veya uzun zamanda öldüğüne işaret eden hiçbir şey yoktu. Ne de bir kaza veya bedensel travma geçirdiğine dair bir işaret. Çürüme veya et yiyen kurtçuklara dair herhangi bir iz de yoktu. Korku filmindeki yaşayan ölülere hiç mi hiç benzemiyordu.

Nefesini tutmaya çalıştı. Mantıken ölü birinin soluk almaya ihtiyacı olmamalıyken, bir anda kendisini havasızlıktan çırpınır halde buldu.

Havada asılı kalıp kalamayacağına, hatta uçup uçamadığına bakmak için sıçradı.

"Of!"

Ne yazık ki yerçekimi yasaları hâlâ geçerliydi.

(Aslında çok da canı yanmamıştı. Bağırmasının nedeni yere indiğinde ayak bileğinin hafifçe burkulmasıydı.)

Nerede olduğunu bilmiyor olsa da çevresindeki her şey gayet canlı görünüyordu. Eğer bir tür Araf'taysa hiç de hayalinizde kuracağınız bir ortam yoktu. Ne ürpertici sis bulutları ne de sokakları arşınlayan kayıp ruhlar vardı.

Kesinlikle kendisini ölü hissetmiyordu. (Yine de ölü birinin kendisini nasıl hissedeceğini nereden bilebilirdiniz ki?) Ancak kendisini tamamen capcanlı da hissetmiyordu. Fiziksel açıdan da, duygusal açıdan da çok az canlıymış gibi geliyordu. Sanki görünmezliği onu dünyadan soyutlamış, tüm insani deneyimlerden koparmış gibiydi.

Yürümeye devam etti. Başka ne yapabilirdi ki?

Nihayet ufukta bir kasaba (birkaç ev ve bir atın olduğu bir yer desek daha doğru olacak) belirdi. Adımlarını hızlandırdı.

İlk düşüncesi insanların kadife tunikler ve yeşil taytlar ya da bazen sadece çuval bezinden elbiseler ve sandaletler giydikleri ve durmadan "Duyduk duymadık demeyin!" diye bağırdıkları Rönesans panayırlarından birine rast geldiği oldu. Ayrıntılarını anımsamasa da bu tür bir etkinliğe katıldığını az çok hatırlar gibiydi. (Bir okul gezisinde olabilir miydi? Okula gidip gitmediğini de anımsamıyordu.) Ancak oraya kıyasla bu yerde çok daha az sayıda lord ve leydi, çok daha fazla sayıda köylü vardı. Ayrıca turtalar ve derin dondurucudan çıkma kremalı kekler yerine, yalnızca üzeri çamurlu havuçlar ve soluk renkli lahanalar satılıyordu. Etrafta başıboş gezinen uyuz hindiler ve çelimsiz tavuklar tezgahlara ve at arabalarının altına bir girip bir çıkıyorlardı. Burası yüzlerce yıl öncesine ait bir kasaba meydanında kurulmuş bir pazaryeri olabilirdi. Meydanı çevreleyen saz kulübeler şaşırtıcı ölçüde gerçekçiydi. Yoksa bir panayırda değil, film setinde miydi?

Bulunduğu yer neresi olursa olsun, çok kalabalıktı. Kız yürüdükçe insanlara çarpıyordu.

Kıymalı börek satan bir adama çarpıp böreklerinin bir grup şanssız alışverişçinin üzerine dökülmesine neden oldu. Alışverişçiler "Pis yabandomuzu!", "Koca göbekli kereste!" diye şikayet ettiler.

Üstelik az kalsın tüylü şapkalar takan ve yenleri fırfırlı giysiler giyen iki züppenin birbirlerine girmelerine neden olacaktı: "Kil beyinli züppe!", "Uyuşuk korkak keçi!.."*

Bir an için saydam göründüğünü unutup iyiliksever görünümlü bir kadına bulundukları kasabanın adını soracak oldu. Yanıt vereceği yerde, kadın doğrudan onun üzerine yürümüş, başları tokuşmuştu. Ardından kadın sesli küfürler savurarak, kafası allak bullak halde fırıl fırıl döndü.

Kız çarpmanın etkisini güçlükle hissetmiş olsa da (duyuları halen epey kördü) çarpışma canını bayağı sıkmıştı. Çevresinde öyle bir kargaşa yaratmış olmasından dolayı biraz suçluluk duysa da oradaki insanların canlandırdıkları karakterlerle nasıl da bütünleşmiş olduklarına hayranlık duymadan edemiyordu. (Yoksa erişkin aktörlere özel bir tiyatro kampında mıydı?)

Başkalarıyla çarpışmamak için çaba sarf ederek, zikzaklar çizerek ve eğilip kalkarak pazarı baştan sona kat etti. Bir yandan da nerede olduğunu gösterecek bir işaret arıyordu.

Pazarın ortasında küçük bir kalabalığın toplandığını fak etti. Neşe içinde bağırıp çağıran kalabalık eğleniyor gibiydi. Çevresindekileri itip kakarsa bir karışıklığa neden olacağından endişe edip sessizce arbedeye

* GÖSTERİŞLİ KIYAFETLERİNDEN ANLAYABİLECEĞİNİZ GİBİ, BİR *ZÜPPE* ŞIK GİYİMLİ BİR GENÇ ADAMDIR. (BAZILARI BU ŞIKLIĞI FAZLA BULSALAR DA BANA GÖRE AŞIRI ŞIKLIK DİYE BİR ŞEY YOKTUR.)

neyin veya kimin neden olduğunu görmeye çalıştı.

Başta, havaya fırlatıldıkça bir görünüp bir kaybolan üç patates gözüne çarptı. Ardından bir şapkanın üç sivri ucunda sallanan zillerin gümüşi pırıltısını gördü. Nihayet, baklava desenli bir giysi giymiş, kutu gibi bir şeyin üzerinde ayakta duran sırım gibi bir delikanlı (bir soytarı) seçebildi. Bir yandan elindeki patatesleri atıp tutarken, diğer yandan kalabalığın homurtularına bakılacak olursa komik olmaktan çok akıl karıştırıcı espriler yapıyordu.

Kız, soytarının söylediklerini duymak için kendisini zorladı.

Sözünü kesen birine "Ne diyorsun, duygusuz muymuşum ben?" diyordu. "Yo, bende ondan da iyisi, mizah duygusu var!"

Kız adamı tanıdığına dair beklenmedik bir hisse kapıldı. Bu adamda ona o kadar tanıdık gelen neydi? Kız üzerindeki kot pantolona ve spor ayakkabılara bakınca böyle bir şeyin pek de olası gelmediğini düşündü. Yoksa geçmişte bir sirkte, bir palyaçonun dizinin dibinde mi büyümüştü? Bu daha olası görünüyordu. Çocukluğunu trapez üzerinde geçirmiş olması, tırmanmada neden o denli başarılı olduğunu açıklayabilirdi. Yine de kendisini pırıltılı akrobat giysileri içinde hayal edemiyordu.

Pazarın daha sessiz bir köşesine varınca seçeneklerini gözden geçirmeye koyuldu.

Şimdi ne yapmalıydı? Sanki bir görevi kısıtlı bir

sürede yerine getirmesi gerekiyormuş gibi bir telaşa kapıldı. Yine de sonsuz zamanı olduğunu hissediyordu.

"Selam sana, genç gezgin..."

Kız arkasına döndüğünde dalları seyrek, yaşlı bir ağacın altındaki bir çotuğa oturan seyrek saçlı bir kadın gördü. Kadının önünde masa olarak kullanılan bir çotuk, yan tarafındaysa kendisine eşlik edecek birinin oturabileceği daha küçük bir çotuk vardı.

Şaşkınlık içinde, yaşlı kadının doğrudan kendisine baktığını fark etti.

"Beni görebiliyor musun?"

Kadın başını salladı. "Ben Kâhin'im. Bende *görülmeyeni görme yeteneği* var... Otur. Falına bakacağım."

Kadın neredeyse renksiz denecek ölçüde beyaz tenli ve ak saçlıydı. Üzerinde düz ve pamuklu bir askılı elbise vardı.

Üzerindeki tek süs eşyası, soluk ve sulanmış mavi gözünü olduğundan büyük gösteren, altın çerçeveli bir monokldü.*

Geri çekilen kız, "Buna gerçekten inanmıyorum," dedi.

"Neye? Oturmaya mı?"

Kız duraksadı. Neye inandığını kim bilebilirdi? Hem zaten bunun ne önemi vardı ki? Hortlaklara inanmıyor olsa da bu bir hortlak olmadığı anlamına gelmiyordu.

Elini cebine götürdü. "Hiç param yok."

* TEK GÖZDE KAŞ İLE YANAK ARASINA SIKIŞTIRILAN, TEK CAMLI GÖZLÜK (E.N.)

Kadın bu kötü bir şakaymış gibi gülümsedi. "Bence burada paran geçmez. Lütfen..." Daha küçük çotuğa doğru hareketlendi. "Adın ne çocuk?"

Oturur haldeki kız, "Be-ben..." diye kekeledi. "Üzgünüm, kim olduğumu bilmiyorum."

"Meraklanma, kartlar bize her şeyi söyleyecek."

"Ben... Ölü müyüm?"

Kız gergin bir bekleyiş içindeydi. Yanıtı duymak istediğinden emin değildi.

Kâhin altın monoklünden kıza baktı. Sol gözü kapalıyken, sağ gözü hiç kırpılmıyordu. Nihayet Kâhin, "Sanmıyorum," dedi. "Deneyimlerime göre ölüler durumlarından çok daha emin oluyor. O halleri de epey bezdirici olabiliyor."

Kız az da olsa rahatlayarak "Demek hortlak değilim?" diye sordu.

"Çeşit çeşit hortlak vardır. Bunların sadece bir kısmı ölülerin hayaletlerdir. Diğerleri sadece uzaktaki birinin suretidir. Çok azı ise gelecekten gelir."

Aklı giderek daha fazla karışan kız, "Gelecekten mi?" diye sordu.

Aşağıya doğru bakınca, önünde duran iri çotuğu oluşturan eş merkezli halkaları fark etti. Kulağına, geçmişinde bir yerlerden şefkatli bir adamın her halkanın bir seneye karşılık geldiğini ve halkaları sayarak bir ağacın yaşının hesaplanabileceğini söyleyen sesi (sesin kime ait olduğunu hatırlamıyordu) geldi.*

* BU *DENDROKRONOLOJİ BİLİMİ* OLARAK BİLİNEN ŞEYDİR: TABİİ SİZ BUNU ZATEN BİLİYORSUNUZDUR.

Kız, "Peki hangi yıldayız?" diye sordu.

Ancak Kâhin artık onu dinlemez olmuştu. Gözleri kapalı, ellerini bir kart destesi üzerinde gezdiriyordu. Yıpranmış kartların arka yüzlerinde ay ve yıldız resimleri vardı.

Kızın bakışları altında, Kâhin kartlardan onunu yüzüstü masaya koydu. Kız gözlerini ovuşturdu. Dalgınlığına gelmediyse, Kâhin'in kartlara eliyle dokunduğunu görmemişti. Eli sadece kartların üstünde gezinmişti.

Ancak ortadaki kartın bir esintiyle ters dönmesinin ardından Kâhin gözlerini açıp monoklünü eline almıştı.

Kartın üzerinde; arkasında kabaran bulutlar olan, zayıf bir delikanlının ince bir işçilikle çizilmiş resmi vardı. Genç adam omzunun üzerinden geriye bakarken kılıcını ileri doğru uzatmıştı.

Kâhin, "Ah, evet, Kılıç Prensi," dedi. "Kaçamaklı bir kart, tarot destesinde bir casus. Görünmez bir kıza yaraşır bir kart, değil mi? Kanımca, senin bu dünyaya gizli bir görev için gönderildiğin anlamına geliyor."

"Bir görev mi? Ne tür bir görev?"

Kâhin, soruyu umursamadan elini ikinci bir kartın üzerinde tuttu. Elini çekmesiyle ters dönen kart ön yüzü yukarıya gelecek şekilde ilk kartın üzerine bindi. İkinci kartta tepesinde bir sfenks olan ve dört yanı hayvanlarla çevrili pusulayı andıran bir nesne resmedilmişti.

"İşte Kader Çarkı..." Kâhin havaya önce bir daire, sonra da bir X çizdi. "Bir yol ayrımındasın. Hangi yönü seçeceksin? Şu yolu seçersen meleği, şu yolu seçersen kartalı, şu yolu seçersen aslanı, şunu seçersen de boğayı takip edeceksin."

Karta bakan kız, "Bunun ne anlama geldiğini ben nereden bileyim?" diye sordu.

Kâhin, "Bazıları Kader Çarkı'nın iyi şans anlamına geldiğini söyleseler de buna güvenme," dedi. "Görevin ya iyi ya kötü gidecek. Kesin olan bir şey varsa, o da çarkın tekrar döneceği..."

"Teşekkürler, çok faydası oldu," dedi kız. Hafızasını kaybetse de anlaşılan alaycılığa meylini kaybetmemişti.

Kâhin, "Kartlar bize sadece zaten biliyor olduklarımızı söyleyebilir," diyerek onu uyardı.

"Ama ben nereye gitmem gerektiğini bile bilmiyorum. Hiçbir şey bilmiyorum."

"Sabır..."

Kâhin bir başka kartı ters çevirdi. (Yoksa kart kendi kendine mi ters dönmüştü?) Bu seferki Mısır motifleriyle bezeliydi. Kartta vakur görünümlü bir kadın elinde bir parşömen ve ayağının dibinde bir hilalle resmedilmişti.

"İşte kaderin. Kadın Papa. Sırların bekçisi. Yoksa aradığın bir sır mı?"

"Evet... Sanırım... Belki de öyle olabilir," dedi kız sessizce. "Aradığım *sır...*"

Bu fikrin aklına nereden geldiğini bilmese de zihninde belirivermişti.

Sır. Aradığı şey sırdı.

Kâhin esrarlı bir sesle "Sır, evet," dedi. "Nihayetinde hepimizin aradığı o değil mi?"

Kâhin'in elini biraz yukarı kaldırmasıyla bir başka kart göründü. Diğerlerinin aksine bu kartın üst kenarı Kâhin'e değil kıza dönüktü. Kız, kartın altındaki yazıyı okudu: *Değnek Ası.*

"Bu dördüncü kart bizi uzak geçmişine, yolculuğunun temeline götürüyor." Kâhin başını hüzünle sallayarak karta baktı. "Nasıl ters durduğunu görüyor musun? Anlaşılan eski bir yanlışın düzeltilmesi gerekiyor. Değnek doğru konumuna döndürülene dek rahat yüzü görmeyeceksin."

"Ne yanlışı? Ne değneği?"

"Bu senden çalınmış bir şey de olabilir. Belki de sen onu birinden çalmışsındır." Kâhin omuz silkti. "Yine de bazen bir değnek sadece bir değnektir."

"Bir sihirbaz değneği gibi mi?"

"Başka türlü bir değnek var mı ki?" Bir başka kart daha ters dönerken Kâhin tatmin olmuş bir halde başını salladı. Kartta sağ eliyle bir değneği havaya kaldırırken sol eli aşağıyı gösteren cüppeli bir adam vardı. Altta *Sihirbaz* yazıyordu. "İşin içinde büyü olmasa, buraya nasıl gelirdin?"

Hırçınlaşmaya başlayan kız, "Buradan nasıl çıkacağım? Bilmek istediğim bu," dedi. "Yoksa topuklarımı birbirine vurup 'Ev gibisi yok' demem yetecek mi?"

"Üstü ne ise *altı* da o. Bu dünyada nasılsa, öteki dünyada da öyle. İşte bu yüzden Sihirbaz hem yukarıya hem de aşağıya işaret ediyor. Sana buradan oraya nasıl geçeceğini söyleyemem. Tek söyleyebileceğim buradaki eylemlerinin diğer dünyaya aksedeceği."

Altıncı kart çevrildiğinde, Kâhin ilk kez şaşırmış göründü. "Soytarı mı? Ama nasıl..."

"Ne var? O kadar tuhaf olan nedir?"

"Altıncı kart çıktığın yolculuğun amacına işaret eder. Ancak Soytarı hep sorulara cevap arayandır. Yani sen." Kâhin düşünceli bir halde duraksadı. "Belki de bulman gereken kendinsindir."

Kız karta baktı. Şaşırma sırası ondaydı.

Kâhin, "Ne oldu?" diye sordu.

"Az önce tam da buna benzeyen bir adam, bir soytarı gördüm. Onun bana tanıdık geldiğini düşündüm. Sanırım az önce bunun nedenini anladım."

Kâhin kaşlarını kaldırdı. "Kartlar umduğundan daha faydalı mı oldu?"

Kız, "Evet, belki de," diyerek Kâhin'i doğruladı. "Hey, şey, adın ne? Hani seni bulmak istersem falan diye soruyorum."

"Benim mi? Adım Clara. Ancak çoğu kişi bana Cassandra der." Güldü. "Benim çoğu kez felaket kehanetlerinde bulunduğumu söylüyorlar."

Cassandra. Cassandra. Kız ismi zihninde tekrar etti.

"Bu isme aşina olduğunu görüyorum. Yoksa Yunan mitolojisi öğrencisi misin?"

Kız gülümsedi. "Pek sayılmaz. Sadece o isim bana çok tanıdık geldi. Hepsi bu."

Cassandra. İsmi Cassandra'ydı.

Sihirbaz. Soytarı. Sır.

Anıları bir destedeki kartlar gibi birbiri ardına yerlerine oturmaya başlıyordu.

Gerçekten bir göreve çıkmıştı. Geçmişe uzanan bir göreve. Görevi Soytarı'yı bulmaktı.

Sırrı bulmak.

Ve kendini.

O, Sırrın Koruyucusu'ydu. Ona öyle söylemişlerdi. Bunun ne anlama geldiğini bulma vakti gelmişti.

Cass yeniden dikkatini çevresine odakladığında Kâhin gitmişti. Üzerinde oturduğu çotuk boştu. Çotuk masası da öyle. Etraftaki tek canlı bir sinekti. O da Cass'in varlığını fark etmesiyle uçup gitti.

Bu karşılaşma hayal gücünün bir ürünü müydü? Başından beri her şey kafasının içinde mi olup bitmişti?*

* CASS'İN AFFINA SIĞINARAK BELİRTMEM GEREKEN BİR ŞEY VAR. ŞU "KAFASININ İÇİNDE" İFADESİNİN GERİSİNDEKİ MANTIĞI ANLAMIŞ DEĞİLİM. NE DE OLSA BİR ŞEY BİRİNİN KAFASININ İÇİNDE OLUP, PEKALA GERÇEK DE OLABİLİR. MESELA BEYNİNİZ KAFANIZIN İÇİNDEDİR (HEPTEN BEYİNSİZ DEĞİLSENİZ).

Cass'in gözlerinin önünde duran çotuğa odaklanmasıyla halkalar titreşmeye başladı. Eğer hayal görmüyorsa, şimdi halkaların sayısı önceden olduğundan daha azdı. Bunun anlamı zamanda daha da geriye gittiği miydi? Yoksa önceki halkalar geleceğini temsil ederken, şimdi fiziksel olarak geçmişte miydi?

Yavaş yavaş delirmeye başladığına, tarot falının ve çotuğun üzerindeki farklılaşmanın hayal gücünün ürünü olduğuna kanaat getireceği sırada yerde parlak bir nesne fark etti. Kâhin'in altın monoklü.

Kâhin onu orada kasten mi bırakmıştı? Monoklün camından bakarsa o da Kâhin'in gördüklerini görecek miydi?

Monoklü eline aldığında tuhaf bir şey fark etti: Gözlüğün üst ütse duran iki camı vardı. Aslında bu bir çifte monokldü.

Çifte monokl kullanmanın bir insanın *görüşünü* kuvvetlendirmesinin bir şekilde gayet mantıklı olduğunu düşündü.

Çok az endişeleniyordu. Camdan baktığında zaten orada olmayan neyi görebilirdi ki? Cass, Çifte Monokl'ü gözünün önünde tuttu. Gözünü kırpıştırarak gözlükten baktı.

BÖLÜM İKİ

Pietro'nun sirki sabahın erken saatlerinde hiç de davetkar olmazdı. Çadır kanatları kapalı, karavanların ve kamyonetlerin gölgelikleri çekili olurdu. Ayrıca, yerlerde bayat patlamış mısır, yarım bırakılmış sosisli sandviçler ve bolca çiğnenmiş sakız topakları olurdu.

Max-Ernest palyaçoların karavanına vardığında spor ayakkabılarının tabanları iki misli kalınlaşmıştı. Ayağına yapışan uzun pamuk helva iplikleri, gerisinde kalkan tozun arasında, onunla birlikte ilerliyordu.

Kapıya varınca duraksadı. Pietro'nun nerede olduğunu olsa olsa palyaçolar bilirdi. Ancak onlarla iletişim kurmak hiçbir zaman kolay olmazdı. Cesaretini toplayarak kapıyı (niyetlendiğinden biraz daha sert bir şekilde) çaldı.

Boğuk bir ses, "Kim o? Komşuları uyandıracaksın!" yanıtını verdi.

Max-Ernest'ın kapıyı açmasıyla dizginleyemediği bir öksürük krizine tutulması bir oldu. Karavan içeride kamp ateşi yakılmış gibi duman içindeydi.

Öksürüklerden fırsat buldukça konuşarak "Benim... Max...of...Er...nest," demeyi başardı.

Palyaçolar, Mickey ve Morrie, katlanır bir masada karşı karşıya oturuyorlardı. Her zaman olduğu gibi pejmürde görünüyorlardı. Gömlek düğmeleri yanlış iliklenmiş, tıraşsız yüzlerinde palyaço makyajı kalmış ikili sanki yataktan yeni kalkmış veya günlerdir uyumamış gibi görünüyordu. Yanlarında da sirkin sakallı kadını Myrtle oturuyordu. Pembe ve yeşil geceliği kalın belini gizliyordu. Diğer yanda da Terces Derneği'nin gizli lideri, yaşlı sihirbaz Pietro oturuyordu. Gür, gri bıyığında hâlâ kahvaltıda yediklerinin izleri vardı.

Dördü de kalın purolar tüttürüyorlardı. Ellerinde yelpaze gibi açtıkları büyükçe oyun kartları vardı. Masanın ortasında da kocaman bir bozuk para yığını.

Morrie, palyaçoların kısa boylu ve şişman olanı, "Vay, bu iki isimli mucize!" diyerek Max-Ernest'a takıldı. "Ne dersin Myrtle, insanlar onu görmek için para verirler mi? İki isimli olmak neredeyse iki başlı olmak gibi bir şey, değil mi?"

Mickey, daha uzun boylu ve zayıf palyaço, "Evet, belki de onu çift kişilik vakası olarak sunabiliriz. Dr. Max ve Ernest Hyde," diyerek şakayı sürdürdü.

Myrtle, "Şu zavallı çocuğa sataşmayı kesmezseniz burada sadece siz ikinizin kişilikleri ikiye bölünecek," dedi.

Yerden aldığı battal, sarı çekici tehditkar bir şekilde salladı. Max-Ernest çekicin palyaçoların sirk gösterilerinde kullandığı plastik bir çekiç olduğunu görünce rahatladı.

Eliyle yüzünün önündeki dumanı dağıttı. Nefesi kesilmiş halde fısıldayarak "Pi...etro...dışarı...gel...e...bilir...misin?" diye sordu. Konuşmakta hâlâ zorlansa da acil bir durum söz konusuydu.

"Azıcık bekle Max-Ernest. Henüz bu el bitmedi." Sihirbazın İtalyan aksanı sözlerine biraz komik ve epeyce de muzip bir hava veriyordu. Bu da insanda sanki her an bir espri gelecekmiş hissini uyandırıyordu.

"Kı...sa...mı...sü...re...cek?"

Pietro başını iki yana salladı. "Üzgünüm ama gözlerimi bu palyaçolardan uzaklaştırırsam ortadaki parayı çalarlar."

Myrtle ağırbaşlı bir edayla başını salladı. "Bu ikisinin eli uzundur."

Mickey, "Kim, biz mi? Uslu kuzularız biz! Asla bir şey çalmayız!"

Morrie, "Neden çalalım ki? Yeterince hile yapıyoruz zaten!" diyerek ona destek verdi.

Max-Ernest, "Ama...ko...nu...Cass!" diyerek çıkıştı.

Pietro parmağını dudaklarına götürerek Max-Ernest'ı susturdu.

Max-Ernest çaresizce palyaçolardan birinin (kenarından kıvırcık, kırmızı bir peruğun sarktığı) kostüm sandığına oturup oyunu izlemeye koyuldu.

Myrtle, "Löve benim," dedi.* Ardından elindeki kartı masaya koyup, kendini beğenmiş bir tavırla "Değnek bende. İşte size Değnek Ası," dedi.

Pietro takdir dolu bir gülümsemeyle karşılık verdi. "*Molto bene*, sakallı ortağım!" dedi.

Max-Ernest kartı görmek için boynunu uzattı. Poker oynadıklarını sanmıştı. Ancak daha önce Değnek Ası diye bir kartı hiç duymamıştı.

"Bun...lar...ne...tür...kart...lar?" diye sordu. Oyuna uyanan ilgisine kendisi bile şaşırmıştı.

* MYRTLE'IN *LÖVE* İLE KASTETTİĞİ ŞEYİN İNGİLİZCE LOVE SÖZCÜĞÜYLE HERHANGİ BİR İLGİSİ YOKTUR. BRİÇ GİBİ "LÖVE ALMAYA" DAYALI KART OYUNLARINDA ALINAN HER ELE LÖVE DENİR.

Mickey, "Tarot kartları," dedi. "Sesine ne oldu? Eskiden kimse susturamazdı seni."

Max-Ernest'ın yanındaki tezgahın üzerinde yine sahne malzemeleri olan kocaman, benek desenli bir not defteri ve çizgili bir tükenmez kalem vardı. Tükenmez kalemi alıp, yazıp yazmadığını denemek için not defterine bir şeyler karaladı. (İçinde mürekkep yerine simli bir yapışkan olsa da kalem yazıyordu.)

Kağıda, LARENJİTİM VAR yazdı. Bir sonraki satıra da YANİ FAL BAKMADA KULLANILAN KARTLAR MI? diye ekledi. Ardından herkese göstermek için not defterini yukarı kaldırdı.

Morrie başını salladı. "Bunlarla ancak kumar oynarsan paranı sokağa atmamış olursun!"

Mickey, "Doğru, böylece Palyaçoları Kalkındırma Derneği'ne katkın olur," dedi.

"İtalya'da tarot kartlarıyla oynadığımız, yüzlerce yıllık bir oyun vardır," diye açıklamada bulundu Pietro. "*Tarocchino* denen bir oyun."

Mickey, "Bu kadar tarih dersi yeter yaşlı adam," dedi. "Morrie?" Morrie'nin kendisine baktığından emin olmak için masaya iki kez vurdu.

Morrie ihtiyatla ya da ona yakın bir şeyle başını salladı.

"Ne üzücü! Bende değnek kalmamış," dedi. Ancak sesi hiç de üzgün çıkmıyordu. "Bay Sihirbaz, size kozumu sunuyorum: Sihirbaz."

Kartını Morrie'nin kartının üzerine koyarken kanlı canlı sihirbazın gözleri parladı. "Ya palyaçoya karşı palyaçoya ne dersin Ya da bir soytarıya karşı Soytarı'yla koz kırmak diyelim."

Mickey öfkelenerek "Dur bakalım, sen Soytarı'yı oynayamazsın. Joker gibi bir kart o," dedi. "Kuralları değiştiriyorsun!"

"Ben odadaki tek İtalyan değil miyim? Sanırım kuralları benden iyi bilecek yoktur. Soytarı güçlüdür. Diğer tüm kartlara baskın çıkar."

Mickey, Değnek İkilisi'ni masanın üzerine fırlatıp bozuk para yığınını sihirbaza itti.

"Hilebaz!" diye homurdandı.

Birkaç dakika sonra, Pietro ve Max-Ernest karavanın dışında dikiliyorlardı. Perişan haldeki Max-Ernest çizgili palyaço kalemiyle durmaksızın bir şeyler yazıyordu.

HER ŞEYİ DOĞRU YAPMAMA RAĞMEN GÖZÜNÜ BİLE KIRPMADI! ORADA ÖYLECE YATMAYA DEVAM ETTİ. NE YAPACAĞIMI BİLMİYORUM. DOKTORLAR NE KADAR UZUN SÜRE KOMADA KALIRSA, DÖNÜŞ OLASILIĞININ O KADAR AZALACAĞINI SÖYLÜYORLAR.

Pietro'ya not defterini göstermesinin ardından, sayfaya bir cümle daha ekledi: AMA SENİN UMURUNDA DEĞİL!

Pietro elini Max-Ernest'ın omzuna koydu. "Bana kızdığını biliyorum. Böyle bir zamanda kağıt oynamamam gerektiğini, benim Cass'i yeterince sevmediğimi düşünüyorsun. Ancak kartların bize bir şey söylediğini anlaman gerek."

Max-Ernest şüphe içinde ona baktı.

SİZİN SADECE KAĞIT OYNADIĞINIZI SANIYORDUM.

"Bu, kartların güçlerini kaybettiği anlamına gelmiyor."

YANİ SENCE KARTLAR... Max-Ernest sözcüğü yazmadan duraksadı. SİHİRLİ Mİ? İNSANLARIN GELECEĞİ GÖREBİLECEĞİNE GERÇEKTEN İNANMIYORSUN, DEĞİL Mİ?

Akıl hocası ve kahramanı Pietro'nun batıl inançları olabileceğine inanamıyordu. Pietro büyücü değil, (her ne kadar emekli olsa da) profesyonel bir sihirbazdı.

Pietro omuz silkti. "Sihir dediğin nedir ki? Çoğu insan sihrin açıklanamayan olduğunu düşünür. Biz sihirbazlar ise öyle olmadığını biliriz. Sihir açıklanmamış, *henüz* açıklanmamış olandır. Bak..."

Elini uzatıp Max-Ernest'ın sol kulağından bir demir para çıkardı.

Max-Ernest neredeyse gözlerini devirecekti. Bu, kitaptaki en eski numaraydı. Yine de olup biteni yakından gözlemledi. Pietro artık nadiren sihir gösterileri yapıyordu. Onu izlemek her zaman öğretici oluyordu.

Pietro parayı avcunda sıktı. Elini açtığında iki demir para vardı. Elini bir kez daha, ardından bir kez daha kapayıp açtığında yine tek bir demir para kaldı. Para sanki altında bir başka paranın olmadığını göstermek için, yatık halde değil, kenarının üzerinde dik duruyordu.

"Şimdi, sence diğer para nerede?"

Max-Ernest bilmiş bilmiş gülümsedi.

PARAYI ELİNİN ARKASINDA, PARMAKLARININ ARASINDA TUTUYORSUN.

Sihirbaz, "Alışılmış yöntem budur; evet," dedi.

Ancak parmaklarını araladığında para ortada yoktu.

"Bu kez durum farklı."

Elini ters çevirip parmaklarını iyice açtı. İkinci para elinin sırtında, mükemmel bir denge içinde dik duruyordu.

Elini yan döndürdüğünde para hareket etmedi. Ne avcundaki ne de elinin sırtındaki para hareket etti. Her ikisi de ağırlıksız ve derisine yapışmış gibi görünüyordu.

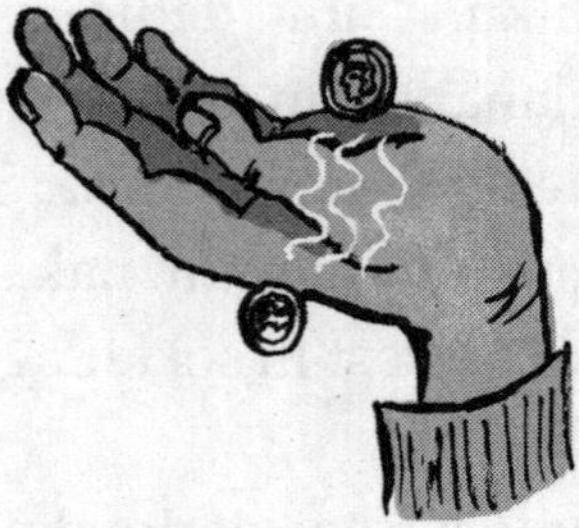

"Sence hile nerede?"

BANT MI? YAPIŞKAN MI?

Sihirbaz başını iki yana salladı. "Kendin bak."

Max-Ernest'a paralardan birini verip, yapışkan olmadıklarını gösterdi.

Max-Ernest hayal kırıklığı içinde homurdandı. Bir şeye yanıt getirememek onun doğasında yoktu.

Pietro, "Tasalanma. Her zaman her şeyi şıp diye

açıklayamayabiliriz," dedi. "Elbette, sihirbaz dediğin anlamak ister. Bir filin havada nasıl uçtuğunu, illüzyonu yaratanın ne olduğunu, ayna mı yoksa ip mi kullanıldığını anlamalıdır. Evet, kesinlikle. Fakat Max-Ernest, gizemi hissetmezsen sihri görmezsin! Tüm sesleri çıkarabilen ancak müziği duymayan bir müzisyen gibi olursun... Şimdi diğer parayı al."

Pietro ikinci parayı Max-Ernest'a verir vermez, para ilkine yapışıverdi. Max-Ernest ikisini birbirinden ayırdığında, havalanarak tekrar birleştiler.

BUNLAR MIKNATIS MI?

Sihirbaz yüzünde kocaman bir gülümsemeyle başını salladı.

Sonuca canı sıkılan Max-Ernest kaşlarını çattı.

BU HİLE YAPMAK DEĞİL Mİ?

Pietro güldü. "Aman, sen ve palyaçoların hilesi! Bu bir sihir numarası! Hile bunun neresinde? Hile sihirde olmaz, sadece pokerde olur."

BEN HÂLÂ BUNUN TAROT KARTLARIYLA NE İLGİSİ OLDUĞUNU ANLAMADIM. YA DA CASS'LE.

"Kim bilir? Belki de mıknatısların çevresinde gezinen manyetik alan gibi, kartları yöneten bir tür güç alanı vardır. Antik dünyada, insanların manyetizmayla ilk karşılaştıklarında neler düşündüklerini hayal et."

Pietro konuşurken Max-Ernest'tan paraları geri alıp, paralardan birini üstünde gezdirdiği diğer para aracılığıyla avcunda dans ettirmeye başladı. "İki nesneyi birbirine bağlayan görünmez ipler. Bu sihir değil de nedir? Kartların bir işaret olduğunu biliyorum. Sırlarını anlamıyor olmam mesajlarını göz ardı etmemi gerektirmiyor."

Tam olarak ikna olmayan Max-Ernest deftere TAMAM yazdı. PEKİ KARTLAR BİZE NE DİYORMUŞ?

Sihirbaz onun gözünün içine baktı. "Ciddi misin? Dinlemeye hazır mısın?"

Max-Ernest başını salladı.

Pietro ciddi bir tavırla "Çok iyi," dedi. "Değnek Ası'nın nasıl ters döndüğüne dikkat ettin mi? Bence bu bir yanlışın düzeltilmesi gerektiği anlamına geliyor. Ya da mevcut durumda, çalınmış bir nesnenin sahibine geri verilmesi gerektiğine."

NE ÇALINMIŞ NESNESİ?

"Diyapazon'u müdirenizden almadınız mı? Adı neydi? Bayan Johnson. O şey kötü şans getiriyor. Sahibine geri dönmek istiyor. Bu yüzden sana yardım etmiyor."

METAL BİR NESNE O. BİR ŞEY İSTEMESİ MÜMKÜN MÜ?

"Bir mıknatıs da metal bir nesne değil midir? Hep kuzeyi göstermek istemez mi? Diyapazon'u müdirenize geri ver."

Duyduklarını anladığından pek emin olmasa da Max-Ernest, TAMAM, GERİ VERECEĞİM yazdı. PEKİ SONRASINDA CASS'İ NASIL GERİ GETİRECEĞİZ? PANZEHRİ YAPMAK İÇİN DİYAPAZON'A İHTİYACIM VAR.

"Onu sen geri getirmelisin."

Max-Ernest anlamaz gözlerle ona baktı. DEMEK İSTEDİĞİN ONU GEÇMİŞTEN GETİRMEK Mİ? GEÇMİŞTEN BUGÜNE?

"Aşağı yukarı. Onu zihninin derinlerinden çekip evine döndürmelisin."

AMA NASIL?

"Onun zihninin içini herkesten iyi biliyorsun. İçeri gir."

YANİ DÜŞÜNCE OKUMA GİBİ Mİ?

"Evet, istersen öyle de diyebilirsin."

Max-Ernest şüphe içinde başını iki yana salladı. Pietro geçmişte ona birçok imkansız görev vermiş olsa da, bu seferki diğerlerine fark atmıştı..

"Dinle dostum. İkimiz de larenjitin olmadığını biliyoruz."

Sihirbaz, kalemi Max-Ernest'ın elinden alıp, sanki sihirli değneklerinden biriymiş gibi (ya da Değnek Ası'ymış gibi) yukarı kaldırdı. Kalemle Max-Ernest'ın gırtlağına işaret ederek "Sorunun burada değil," dedi. "Burada." Kalemi Max-Ernest'ın göğsüne doğrulttu. "Benim de içim kan ağlıyor. Ama güçlü olmalısın. Durum çok ciddi. Tehlikede olan sadece Cass'in hayatı değil. O ölürse, Sır da ölür."

Max-Ernest kaleme uzanmaya çalışsa da Pietro başını iki yana sallayıp yine bir el çabukluğuyla kalemi kaybetti. (Kalemin büyüklüğü düşünülürse bu epey zor bir işti.)

"Konuş."

Max-Ernest omuz silkti. Boyun eğerek yeniden konuşmaya başladı. "Kimsenin Sırrı öğrenmemesini istediğini sanıyordum."

"Bu doğru," dedi Pietro. "Ancak insanların Sırrı öğrenmesinden daha beter bir şey varsa, o da bizim onu sonsuza dek kaybetmemizdir."

Max-Ernest sihirbazın söylediklerini düşünerek yere baktı. Sırla ilgili her şey gibi, sözleri de paradoksaldı. Ancak bu sözlerin son derece önemli olduğunu biliyordu.

Hemen sonra, Max-Ernest mümkün olduğunca gür bir sesle "Tamam, güçlü olacağım," dedi. "Cass'in zihnine girmenin bir yolu varsa, onu bulacağım."

Pietro, her ne kadar içinden gelmediği belli olsa da yumuşak bir tonla konuşmaya çalışarak "Güzel. Ama öncelikle Diyapazon'u sahibine geri ver!" dedi. "Her şey bitip de dostumuz Cass yine sağlığına kavuşunca sana nasıl *Tarocchino* oynanacağını öğretirim."

Pietro bu sözü vermesinin ardından Max-Ernest'ın sırtını sıvazladı. Ardından bir el daha oynamak için karavana döndü.

⚠ OKURLARIN DİKKATİNE ⚠

ALARM SEVİYESİ:
% 90 KAKAO, ÇOK KOYU

YAKIN ZAMAN ÖNCE YAYINLANAN YURTDIŞI KAYNAKLI BİR RAPOR, GECE YARISI GÜNEŞİ'NİN AJANLARININ SIR SERİSİNDEN BAZI KİTAPLAR ÜZERİNDE DEĞİŞİKLİK YAPMIŞ OLABİLECEKLERİNİ GÖSTERİYOR.

AKSİ İSPAT EDİLENE DEK, BU KİTABA GECE YARISI GÜNEŞİ'NİN, KİTABI VE KİTABI ELİNDE BULUNDURAN KİŞİYİ TAKİP ETMESİ İÇİN BİR RADYO FREKANS VERİCİSİ VEYA KÜRESEL KONUMLANDIRMA SİSTEMİ EKLENMİŞ OLABİLECEĞİNE İHTİMAL VERMELİSİNİZ.

KİTABA, OKURA BULAŞARAK ONU GECE YARISI GÜNEŞİ'NİN BİR ŞÜPHELİSİ OLARAK MİMLEMEK ÜZERE TASARLANMIŞ, GÖRÜNMEZ BİR MÜREKKEP VEYA TOZUN SÜRÜLMÜŞ OLMASI DA OLASI.

SİZİN VEYA BU KİTABIN EMNİYETİNİ TEMİNAT ALTINA ALMANIN HİÇBİR YOLU OLMASA DA ALABİLECEĞİNİZ BAZI BASİT ÖNLEMLER VAR:

☞ **BU KİTABI ASLA AÇIK BIRAKMAYIN.** (ELBETTE KİTABI DIŞARIDA YÜKSEK SESLE OKUMAMALISINIZ. BU DAHA DA BETER OLUR!)

☞ **BU KİTAPLA DIŞARI ÇIKACAKSANIZ, KİTABA FARKLI BİR GÖRÜNÜM VERİN.** BUNU YAPMANIN EN BİLİNDİK YOLU KİTABIN KABINI BİR BAŞKA KİTABINKİYLE DEĞİŞTİRMEK VEYA KAHVERENGİ BİR KESEKAĞIDINDAN KENDİ KAPAĞINIZI YAPMAKTIR. YİNE DE YARATICILIĞINIZI KULLANMANIZI TAVSİYE EDERİM. ALIŞKANLIKLAR GİBİ, DIŞ GÖRÜNÜMDE YAPILACAK DEĞİŞİKLİKLERİN DE SIKÇA ÇEŞİTLENDİRİLMELERİ GEREKİR.

☞ **BEYAZ ELDİVEN TAKAN YABANCILARA VE HER NE KADAR SÖYLEMESİ ZOR GELSE DE BEYAZ ELDİVEN**

TAKAN ARKADAŞLARA KARŞI GÖZÜNÜZÜ DÖRT AÇIN. GECE YARISI GÜNEŞİ'NİN EFENDİLERİNİN ZEKİ VE HİLEKAR OLDUKLARINI UNUTMAYIN. BANDO ŞEFİ KOSTÜMÜ GİBİ ELDİVENLERİNİ MASUM GÖSTERECEK KIYAFETLERE BÜRÜNEBİLİR VEYA BİR BASKETBOL MAÇINDA YA DA EĞLENCE PARKINDA TÜM BEDENİ KAPLAYAN MASKOT KOSTÜMLERİ GİYEREK ELDİVENLERİNİ HEPTEN GİZLEYEBİLİRLER. YENİ BİR EMRE KADAR, İKİ AYAĞI ÜZERİNDE GEZEN TİMSAHLARA VE MOR DİNOZORLARA GÜVENMEMENİZ EN İYİSİ OLUR.

☞ **PANİĞE KAPILMAYIN.** İÇ SIKINTISI VE BAŞ DÖNMESİ, BULANTI, HİPERVENTİLASYON*, CİLTTE KIZARIKLIK, KURDEŞEN VE ÜRİNER İNKONTİNANS** GİBİ İLİNTİLİ RAHATSIZLIKLAR TAMAMEN ANLAŞILIR OLSALAR DA SİZE HİÇBİR YARDIMLARININ DOKUNMAYACAĞI KESİNDİR.

☞ **SAĞDUYULU OLUN.** BİRİ SİZE BU KİTAP KARŞILIĞINDA BİN DOLAR TEKLİF EDERSE, YÜKSEK İHTİMALLE NİYETİ KÖTÜDÜR. YİNE DE BİN DOLAR AZ PARA DEĞİL. PARAYI ALIP KAÇIN.

☞ **TALİHSİZ BİR ŞEKİLDE BİR GECE YARISI GÜNEŞİ ÜYESİ TARAFINDAN KÖŞEYE KISTIRILIRSANIZ ELİNİZLE BURNUNUZU KAPAYIN.** CİDDEN. ÇOĞU GECE YARISI GÜNEŞİ ÜYESİ AŞIRI DERECEDE TİTİZDİR. TİKSİNTİ VERİCİ BİR ŞEY GÖRMEK BÜYÜK OLASILIKLA ARKALARINA BAKMADAN KAÇMALARINA NEDEN OLACAK, BU DA SİZE KAÇMA FIRSATI VERECEKTİR. BU DA İŞE YARAMAZSA ONLARA DİŞLERİNDE BİR ŞEY KALDIĞINI SÖYLEYEBİLİRSİNİZ. KENDİLERİNİ PEK BEĞENDİKLERİNDEN İNCİ GİBİ DİŞLERİNE BİR ŞEYİN TAKILDIĞI DÜŞÜNCESİ ONLARI HEMEN EN YAKIN AYNAYA KOŞMAYA YÖNELTECEKTİR.

☞ **SON OLARAK, BAZI ÖĞRETMENLER, KÜTÜPHANE MEMURLARI VE SORUMSUZ EBEVEYNLERİN BAZEN BİR VEYA BİRDEN ÇOK KİTABIMI BİR VEYA BİRDEN ÇOK ÇOCUĞA YÜKSEK SESLE OKUDUKLARINDAN HABERDARIM.** BU YAKLAŞIMI HİÇ DE ONAYLAMADIĞIMI SÖYLEMEME BİLE GEREK YOK. İNSANLARIN KİTAPLARIMDAN BİRİNİ TEK BAŞLARINA OKUMALARINDAN BETER BİR ŞEY VAR-

* GEREĞİNDEN SIK VE DERİN SOLUMA HALİ (Ç. N.)
** İDRAR KAÇIRMA (Ç. N.)

SA O DA ONU DİĞER İNSANLARLA PAYLAŞMASIDIR. YİNE DE NE KADAR DİL DÖKSEM DE BUNUN BU DURUMA ETKİSİ ÇOK AZ OLACAKTIR; O PERVASIZ SESLİ OKUMA MERAKLILARI ANCAK SESLERİNİ DAHA DA YÜKSELTECEKTİR. YİNE DE BU KONUDA BİRKAÇ ÖNERİDE BULUNMAM YERİNDE OLUR. SİZ VEYA TANIDIĞINIZ BİRİNİN BU KİTABI SESLİ BİR ŞEKİLDE OKUMASI GEREKİRSE PANJURLARIN KAPALI OLDUĞUNDAN, ÇEVREDEKİ KAYIT CİHAZLARININ ÇALIŞMADIĞINDAN VE ELBETTE HERKESE YETECEK KADAR ÇOK ÇİKOLATA OLDUĞUNDAN EMİN OLUN.

TEŞEKKÜRLER,

P.B.

BÖLÜM -SEKİZ

Çifte Monokl başını ağrıtmıştı.

Cass ne görmeyi umduğundan emin değildi. Kâhin'in bahsettiği şu hayaletleri göreceğini mi umuyordu? Tek yapabildiği, tek gözüyle bakıp çift görmek olmuştu.

Monoklü sıkıca kavrayıp çevresine bakarak kendi etrafında döndü. Bir nesne görüş alanından çıkıp yerini yenisi alırken, ilk nesne (bir yaba, bir eşek, bir saman balyası) geride bir ardıl görüntü bırakıyordu. Elinizi sallarken size eliniz geride bir iz bırakıyormuş gibi gelir ya, işte onun gibi bir şey. Tuhaf bir etki olsa da normal ötesi bir yanı yoktu.

Bunun görülmeyeni görmek olmadığını düşündü. Sadece çift görüyordu.

Ancak monoklü bıraktığında, son derece şaşırtıcı bir şey fark etti. Baktığı bazı şeyler monoklün gösterdiğinden çok daha uzaktaydı. Çıplak gözle bakıldığında uzakta birer nokta gibiydiler. Monoklün camından tekrar bakınca gözlüğün güçlü bir dürbün vazifesi gördüğünden emin oldu.

Monoklü tekrar tekrar gözüne yaklaştırıp uzaklaştırdığında bir başka şeyi fark etti: Monoklün çift camından baktığında gördüğü bazı şeyleri çıplak gözle göremiyordu. Duvarlar, hayvanlar ve insanlar, çıplak gözle göremediği bu şeylerin önünü kapatıyordu. Monoklle baktığında ise hemen her şeyi görebiliyordu. Baktığı şeyler ne kadar uzakta ve ne kadar örtülü olurlarsa olsun. Ruhları görmek kadar heyecan verici olmasa da, monoklün bu özelliği Cass'i heyecanlandırmıştı. Üstelik böylesi daha çok işe yarardı.

Bunun birini bulmasını çok daha kolaylaştıracağına şüphe yoktu.

Soytarı'yı en son gördüğü yöne doğru döndü. Kalabalık henüz tamamen dağılmamıştı. Monoklü kullanarak pazaryerindeki insan kümelerinin ötesini görebilse de onu göremedi. Üzerine çıktığı kutunun üstü boştu.

Monoklle etrafı şöyle bir taraması endişelerini doğrulamaya yetti: Soytarı gitmişti.

Ümitsizlik içini sarmak için hamle etse de iradesini toplayıp onu bastırdı. Kendisine bundan çok daha kötü durumlardan çıktığını hatırlattı.

Elbette, öyle durumlarda çoğu kez Max-Ernest yanındaydı. Sık sık kendisine ayak bağı oluyor diye şikayet ettiği arkadaşı bu kez yanında olmaması Cass'in kendisini çaresiz hissetmesine neden olmuştu. Bilmeceleri çözmede ve şifreleri kırmada hep Max-Ernest'ın mantığına bel bağlamıştı.

Eğer o an yanında olsaydı, Soytarı'yı bulmak için nasıl bir yol izlerdi?

Max-Ernest'ın "Bakalım Soytarı hakkında neler biliyoruz?" sorusunu sorduğunu hayal etti.

Görev bilinci içinde, zihninde bir liste oluşturdu:

1. Soytarı, Terces Derneği'nin kurucusuydu.
2. Kafiyeler kurmaktan ve şakalar yapmaktan hoşlanıyordu.
3. Ucunda ziller olan tuhaf bir şapka takıyordu.
4. Kral için çalışıyordu (tabii soytarılık etmeyi işten

sayıyorsanız).

5. Cass gibi sivri kulakları olan Soytarı onun büyük büyük büyük (*büyük* sözcüğünün kaç kez tekrar etmesi gerektiğinden emin değildi) büyükbabasıydı.
6. Bir çadırda yaşıyordu.
7. Sırrı biliyordu.

Cass bunların çoğunu merhum dostu, muhteşem homunkulüs Bay Faremsi'yle yaptığı sohbetlerden öğrenmişti. Beş yüz yaşında olduğundan Soytarı'yı bizzat tanıyordu. Ayrıca (yaklaşık) altmış santim boyunda olan Bay Faremsi, dünyaya bir şişenin içinde gelmişti. Ancak bu bir başka hikaye. "Faremsi Efsanesi"nde anlatılan bir hikaye.*

O an için ona listenin sadece iki maddesi faydalı olabilirdi: 4 (Kral için çalışıyordu) ve 6 (Bir çadırda yaşıyordu) numaralı maddeler.

Cass kralın bir çadırda değil, saray veya şatoda (ikisi arasında ne fark vardı ki?) yaşaması gerektiğini düşündü.** Max-Ernest yanında olsa Soytarı'yı aramak

* "FAREMSİ EFSANESİ"Nİ OKUMADIYSANIZ İKİNCİ KİTABIM OLAN *BUNU OKUYORSANIZ ARTIK ÇOK GEÇ*'TE BULABİLİRSİNİZ. ANCAK BİR UYARI YAPMAM GEREK: TERCES DERNEĞİ ARŞİVCİSİ BAY WALLACE'IN KİTAPTA BELİRTMİŞ OLDUĞU GİBİ "FAREMSİ EFSANESİ" *YAZARLIK HEVESLİSİ* BİRİ TARAFINDAN YAZILMIŞTI. YANİ YAZAR EDEBİ BİR ETKİ YARATMAK İÇİN GERÇEKLERİ SÜSLEMİŞ, HATTA BAZI ŞEYLERİ UYDURMUŞ OLABİLİR. HİKAYEYİ OKURKEN ŞÜPHECİLİĞİ ELDEN BIRAKMAMANIZ, BİR BAŞKA DEYİŞLE (BU KİTAP HARİÇ!) HER KISA ÖYKÜYÜ VEYA ROMANI NASIL OKUYORSANIZ ÖYLE OKUMANIZ GEREK.

** MAX-ERNEST ORADA OLSA CASS'E ARADAKİ FARKIN SARAYIN KRALİYET AİLESİNİ RAHAT ETTİRMEK VE ZİYARETÇİLERİ ETKİLEMEK İÇİN TASARLANMIŞ LÜKS BİR KONUT, ŞATONUN İSE DÜŞMAN SALDIRILARINA DİRENMEK İÇİN İNŞA EDİLEN, TAHKİM EDİLMİŞ BİR YAPI OLDUĞUNU SÖYLERDİ.

için akla en yatkın yerin işte bu saray veya şato olacağını söylerdi. Soytarı'yı orada bulamazsa, yakınlardaki çadırında bulabilirdi.

Dolayısıyla, soru şuydu: Saray neredeydi? (Soruyu kısa tutmak için "veya şato" kısmını atmıştı. Bir neden de gerçekte Max-Ernest'ın düşündüklerine kulak misafiri olmamasıydı. Her ne kadar öyleymiş gibi davranmaya çalışsa da öyle olmadığının gayet farkındaydı. Görünmez olduğu için de kimseye adres soracak hali yoktu.)

Ne yazık ki çevrede hiç tabela bulunmuyordu. Pazaryeri bir Rönesans panayırı gibi görünse de Kralın Sarayı'na veya Pizza Standı'na giden yolu gösteren oklardan eser yoktu.

Buraya hangi yoldan gelmişti? İşe oradan başlayabilirdi. Kasabaya geldiği yolda saray görmediğine göre, ters yönü mü denemeliydi?

Tam geldiği yolu gözden geçirecekken bir trompet sesi geldi.

"Açılın! Açılın! Dük geçiyor. Krala hediyeler getiriyor!"

Bir anda, pazardaki kalabalık ikiye ayrıldı. Bazıları öfke içinde homurdanırken, kalanlar heyecan içinde çene çalmaya başladı. Ancak hepsi de boyun eğmekten başka bir seçenekleri yokmuş gibi kenara çekilmişti.

Hemen sonra, aralarından uzun bir tören alayı geçmeye başladı.

Cass, Çifte Monokl'den bakarak alaydakileri inceledi. Başta Cass'in *piyade neferi* olduklarını düşündüğü bir grup asker geldi. Ellerinde kavisli kılıçlar tutan bu askerler (Cass'in *jokey pantolonuna* benzettiği) diz altında biten pantolonlar giyiyorlardı.

Ardından at sırtında şövalyeler geldi. Tamamen zırh içindeki şövalyeler güneşin altında parlıyorlardı. İki yanlarından uzun kılıçlar ve bir sonraki mızrak dövüşü için hazır edilmiş mızraklar sarkıyordu.

Atlarına "Sakin ol oğlum!", "Deh!" diye bağırıyorlardı.

Yine at sırtında ilerleyen ve bir Rönesans panayırında kolayca *lordlar* ve *leydiler* olarak ayırt edilebilecek şık giyimli birçok erkek ve kadın vardı. Ancak Cass onların çok daha özel isimleri ve unvanları olduğunu hissediyordu.

Kalabalığa seslenmiyor, bunun yerine kendi aralarında çene çalıp dedikodu ediyor, birbirlerine takılıp yelpazelerle serinliyorlardı. Giysilerinin kaskatı duran, fırfırlı yenleri, oluşan esintiyle az da olsa kıpırdanıyordu.

Kimdi bunlar? Dükün ailesi mi? Prensler ve prensesler mi? Onları izlemek sayfanın altında yazanları okuyamadan bir tarih kitabının resimlerine bakmak gibiydi. Altlarında açıklayıcı yazılar olmadan resimler bir anlam ifade etmiyordu.

Tören alayının tam ortasında kenarları pirinçle çevrili, adaleli dört asker tarafından taşınan büyük, tahta bir sandık vardı. Zorlandıkça hırıltılar çıkarıyor, adımlarını aynı anda atabilmek için "bir, iki, üç, dört, bir, iki, üç, dört" diye sayarak ritim tutuyorlardı.

Cass'in çevresini saran köylüler sandığı görmeleriyle homurdanmaya başladılar:

"Krala hediyeler gelmiş mi diyor? Kralın haracı dese daha doğru kaçar."

"Zorlamayla alınan hediye mi olurmuş?!"

"Dük için üzülmeyin! Parası yeter bunlara."

"Tabii ki yetecek, tüm kazancımıza el koyuyor!"

Cass tören alayına yaklaşırken sandıkta ne olduğunu merak ediyordu. Sandığa monoklle baktı. Sandığın üzerindeki kilit (büyük, gösterişli ve armaya benzeyen bir kilitti bu) ona sandıkta paradan daha kıymetli bir şey olduğunu düşündürüyordu. Her halükarda, sandık krala teslim edilecekti. Sandık onu saraya, şansı yaver giderse de Soytarı'ya götürecekti.

Görünmezlik ona büyük bir hareket özgürlüğü sağlıyordu. Tam en gerideki piyade neferinin peşine takılacağı sırada önünde tuhaf bir şey oldu: Pazarın bir ucunda duran, kenara atılmış izlenimi veren bir soğan fıçısının içinden bir kafa (daha açık ifade etmek gerekirse, bir adamın kafası) çıkıp çevreye baktı.

Şaşkın (ve bir an için soğan kokusu yüzünden kendinden geçen) Cass, kuvvetli bir şekilde ciğerlerindeki nefesi dışarı verdi.

Adam aniden dönüp ona doğru baktı. Yüzünün üst yarısı siyah bir maskeyle, alt yarısı ise yüzüne tehditkar bir ifade veren sakallarla kaplıydı. Elinde kocaman bir balta tutuyordu. Saçında samanlar ve çeşit çeşit soğan kabukları olmasa iyice kötücül görünecekti.

Cass, adamın kendisini göremediğini düşünerek

korkusunu bastırmaya çalıştı.

Maskeli adam kaşlarını çatarak arkasına döndü ve yavaşça fıçıdan çıktı. Sağına doğru el etmesinin ardından Cass bir başka adamın bir patates çuvalından çıkışına şahit oldu. Ardından bir adam da elma dolu bir yük arabasının arkasından çıktı.

Gürültü çıkarmaktan korkan Cass hiç kıpırdamadan olup bitenleri izledi. Bu üç adamın yasak, muhtemelen kanunsuz bir işin peşinde oldukları açık olsa da amaçlarının ne olduğu konusunda hiçbir fikri yoktu.

Aniden, dörtnala koşan bir atın sesi pazardaki diğer tüm sesleri bastırdı.

Cass omzunun üzerinden bakınca, siyah bir savaş atının üzerinde hızla ilerleyen bir başka maskeli figür gördü. Atın boynu yere doğru eğilmişti. Uzun ve siyah yelesi rüzgarda uçuşuyordu. Duruşunu ata göre ayarlamış olan binici de öne doğru eğilmişti. Uzun ve siyah saçı havada uçuşuyordu. Etraflarında, at arabaları ters dönüyor, kafesler açılıyor, insanlar kaçışıyordu. Buna karşın, at ve binicisi kendi evrenlerinde ilerler gibiydiler. Çok hızlı hareket ettiklerinden pazarın geri kalanı onlara kıyasla sanki yavaş çekimde hareket eder gibiydi. Yine de Cass monoklüyle baktığında sanki zaman durmuş gibi atın ve binicinin her hareketini seçebiliyordu.

Atın (takırdayan toynakları, titreyen burun delikleri ve parlayan kaslarıyla canlı bir kasırga) yaklaşmasıyla, Cass kısa bir süre için biniciyi görebildi. Binici, dudakları kararlıkla büzülmüş bir kadın, hem de güzel bir kadındı.

"Anastasia! Anastasia!" Bu isim kalabalığın arasında sanki bir büyü sözcüğüymüş gibi tekrar tekrar çınladı.

Hemen ardından, at hızla tören alayına yöneldi.

Her şey çok hızlı gerçekleştiğinden kimse nereye döneceğini bilemedi. Çığlıklar ve bağırışları bir arbede izledi. Askerler kılıçlarını sallıyorlardı. Atlar daireler çiziyordu. Leydiler (hatta birkaç lord) korkudan bayıldı.

Saniyeler içinde, büyük tahta sandık yere düştü. Hâlâ saçından bir iki soğan kabuğu sarkan sakallı haydut ağır baltasını indirerek büyük, pirinç kilidi kırdı. O ana dek sandığı taşımış olan askerler elleri arkadan bağlı halde, çaresizce olanları izliyorlardı.

Maskeli kadın (Anastasia) hızlı ve hünerli hareketlerle yakut yüzükleri ve zümrüt kolyeleri, gümüş kupaları ve altın şamdanları suç ortaklarına dağıtmaya başladı. Şimdi kendileri de at üstünde olan adamlar kollarını uzatıp ışıltılı ganimeti yakalamalarının ardından atlarını pazardan uzağa, yakındaki ormana doğru sürdüler.

Kadının baltalı arkadaşı küçük, tahta bir kutuyu açıp içindeki kertikli, siyah taşı çıkararak "Bu da ne?" diye sordu. Kavun büyüklüğündeki taşın üzerinden ince, altın rengi çizgiler geçiyordu.

"Çirkin görünse de kıymetli olabilir," dedi Anastasia. Yırtarak açtığı bir kesenin içinden altın sikkeler çıktı. "Yoksa Dük onu krala göndermeye cüret edemezdi."

O konuşurken, sikkeler keseden fırlayıp gizemli taşın üzerine indi. Dizginler, mahmuzlar, zincirler, çevredeki her tür metal ona doğru çekiliyor gibiydi. Kısa sürede, taşın üstü küçük bir metal dağıyla kaplandı.

Cass kalabalığın içinden olanları izliyordu. Çifte Monokl'ün camlarından baktığında, taşın üzerinde benzersiz, mavimsi bir ışıltı fark ediliyordu. Işık neredeyse nabız atar gibiydi. Hayal gücü ona bir oyun oynamıyorsa, monokl de taşın olduğu tarafa doğru çekilir gibiydi.

Anastasia taşa baktı. "Hiç böyle bir şey görmemiştim."

Meraklı haydut arkadaşı sikkeleri eliyle süpürüp, baltasını üzerinde boş bir alan açtığı taşa yaklaştırdı. Balta metalik bir gürültüyle taşa yapışıverdi.

İkisini birbirinden ayıran adam, "Ne güç!" dedi. "Bu taş bir büyücüye ait olsa gerek. Sence lanetli mi?"

Anastasia, "Saçma. Daha basit bir açıklaması olduğundan eminim," dedi. "Sakla şunu Thomas. Bununla oynayacak vaktimiz olacak. Sandığı yanına al. Neredeyse boşaldı."

Taşı incelerken yüzünden tedirginliği seçilebilen maskeli adam (Thomas), onu sırtındaki çantaya attı. Ardından büyük, tahta sandığı kayışla en yakınındaki atın sırtına bağlayıp, kendisi de atın sırtına çıkarak dörtnala uzaklaştı.

Bu esnada, Anastasia bir başka altın kesesini başının üzerine kaldırmıştı.

"Şimdi de halka kendilerine ait olanı veriyorum!" Çalımlı tavırlarla keseyi sallayarak tezahürat eden kalabalığın üzerine altın sikkeler yağdırdı.

"Anastasia! Sen çok yaşa!" diye bağırıyorlardı.

Anastasia'nın atı şaha kalkıp gür ve siyah yelesini güneşin önünde savurdu. Atın ön ayakları yere değer değmez, gizemli bir cömertliği olan hırsız kendi yelesini de benzer bir şekilde savurdu. Ardından, o da ormana yönelen haydut yoldaşlarının peşi sıra gitti.

Cass özlem dolu gözlerle Çifte Monokl'den onları izledi. Bu cesur kadını ve onun hırsızlar çetesini takip etmek için umulmadık bir istek duydu. Ancak yapması gereken bir iş vardı.

İç geçirerek, monoklü indirdi. Tören alayına (veya soyguncular işlerini bitirdiğinde ondan geri kalana) dönüp, kendisini alaydakilerin peşinden saraya gitmeye hazırladı.

BÖLÜM ÜÇ

Duyduk Duymadık Demeyin!

Xxxxx Okulunun Tüm Delikanlıları
ve Genç Kızları
10 Ekim Cuma Günü Majestelerinin Sarayına Davetlidir.

Orada olun, olmazsanız da çiçek hastalığına tutulun!
En iyi kostümün sahibine ödülü bizzat
Kraliçe Elizabeth verecektir.

Bu okul gezisinin sponsorluğunu Ortaçağ Günleri Aile Restoranları yapmaktadır.

Yiyin, İçin ve Ortaçağ'a Uygun Davranın!

Sarı el ilanında at üzerinde karşılıklı mızrak dövüşü yapan iki şövalye resmedilmişti.

Max-Ernest başını iki yana salladı. Kendi kendine "Neden kimse Rönesans ve Ortaçağ arasındaki farkı bilmiyor?" diye mırıldandı. "Bu ikisi birbirleriyle taban tabana zıt."

Xxxxx Okulu her sonbaharda sezonun ilk büyük etkinliği olan ve okulun açılmasından hemen hemen bir ay sonra düzenlenen Rönesans Panayırı'na giderdi. Genellikle Max-Ernest, Rönesans Panayırı yaklaştığında heyecanlanırdı. Hiç kostüm giymemiş olsa da panayırda anlaşılması güç Rönesans bilmecelerini çözmek veya İngiliz ve İtalyan zırh çeşitlerini birbirinden ayırmak gibi ilgisini çekecek bir şeyler mutlaka olurdu. Ancak o yıl okul gezileriyle ilgilenecek hali yoktu.

Cass'in hayatı tehlikedeyken, eğlenmesi söz konusu olamazdı. İlla Rönesans'a bir gezi yapacaksa da bunun gerçek Rönesans olmasını tercih ederdi. Böylelikle oraya gidip Cass'i bizzat kurtarabilirdi. Elbette, Soytarı'nın zamanına dönüp annesinin lise mezuniyet balosunda takılıp kalmazsa.

Ancak içinde bulunduğu durumda, o okul gezisine gitmek en son tercih edeceği şeydi.

Okulun ilk günüydü. Durmadan konuşan öğrenciler yanından hızla geçerken, Max-Ernest koridorda öylece dikiliyordu. Nihayet, duyuru panosundan kopup gergin bir halde idare ofisine adım attı.

Masada tanımadığı bir kadın oturuyordu. Sakız çiğniyor (bu okul kurallarına aykırıydı) ve tırnaklarına oje sürüyordu.

Max-Ernest, "Merhaba" derken sesi niyetlendiğinden daha yüksek çıktı. "Ben..."

Kadın New York aksanıyla genizden konuşarak ve hiç başını kaldırmadan "Biliyorum, Max-Ernest'sın. Bayan Johnson seni bekliyor," dedi.

"Eee. Şey, siz kimsiniz?"

Kadın balon yapıp patlatarak "Okulun yeni sekreteriyim," dedi. "Adım Opal. İsmimi şu taştan almışım." Sekreter elini Max-Ernest'a doğru uzatarak, ona üzerinde yüzeyi türlü renklerle bezeli bir taşı olan altın bir yüzük gösterdi.

"Eh, tanıştığımıza memnun oldum."

"Ben de öyle." Sözcükleri farklı vurguluyordu.

Max-Ernest yeni sekreter hakkında ne düşüneceğini

bilemiyordu. Otururken bile, Opal epey uzundu. Sarı, kıvırcık ve kabarık saçları onu olduğundan da uzun gösteriyordu. Elleri alışılmadık ölçüde iriydi. Yüzünde hep aynı yapmacık gülümseme ve sağ yanağında irice bir ben vardı. Sonuçta, görüntüsü Max-Ernest'ta pek de güven uyandırmamıştı.

Max-Ernest ümit içinde "Meşgul olmadığından emin misiniz?" diye sordu. "Eminim yapacak çok işi vardır. Belki de yarın gelsem daha iyi olur. Evet, bu iyi bir fikir. Buna ne dersiniz?"

"Üzgünüm Max-Ernest. Öyle bir ihtimal yok."

Hayal gücü Max-Ernest'a oyun oynamıyorsa, sekreter gülmemek için kendisini zor tutuyordu.

Max-Ernest tereddüt içinde müdirenin kapısına doğru bir adım attı. Son görüşmelerinde, Bayan Johnson, Max-Ernest'a onu bir daha asla görmek istemediğini söylemişti. Haksız da sayılmazdı. Max-Ernest, Cass ve Yo-Yoji, Bayan Johnson'ın aile yadigarı Diyapazon'unu çalmakla kalmamış, bir de ona şantaj yapmışlardı. (Tüm bunları Cass'in annesinin hayatını kurtarmak gibi asil bir amaç uğruna yapmalarına rağmen, şüphesiz bu durum Bayan Johnson'ı ilgilendirmiyordu.) Bayan Johnson'ın ofisinden çıktığında yıl boyunca göz hapsi cezası alsa şanslı sayılırdı. Zira okuldan atılması daha yüksek bir olasılıktı.

Opal neşeli bir sesle "Kapıyı çalmamanı istedi," dedi. "Doğrudan gir içeri."

Max-Ernest başını hafifçe salladı. Boğazı kurumuş, avuçları terlemişti. Nihayet cesaretini toplayıp kapı tokmağını çevirdi.

* * *

"Max-Ernest, ne ayıp! Sana kapı çalmayı öğretmediler mi?"

"Şey, özür dilerim... Bayan Johnson." Max-Ernest içinden yeni sekretere lanet okuyarak kekeledi. Anlaşılan sekreter onu oyuna getirmişti.

Bayan Johnson abartılı bir İngiliz aksanıyla "Majesteleri diye hitap edersen memnun olurum," dedi. "Eh, orada dikilme de içeri gir."

Max-Ernest şaşkınlıktan küçük dilini yutacaktı. Bir boy aynasının önünde duran kadını neredeyse tanıyamayacaktı. Her zamanki polyester takım elbisesinin ve aynı renkte şapkasının yerini uzun, kadife bir elbise ve taklit elmaslı bir taç almıştı. Boynundan siyah kadifeden bir kurdeleye tutturulmuş siyah taşlı bir kolye sarkıyordu. Şekli ters çevrilmiş bir gözü andıran, cilalanmış taş pırıl pırıl parlıyordu.

"Ben, şey, yani *majesteleri olarak ben,* bu yılki Rönesans Panayırı'nda Kraliçe Elizabeth olacağım. Taht odasına gelip beni işlerimden alıkoyduğunu görüyorsun. Normalde, bu tür bir saygısızlığın cezası ölüm olurdu."

"Üzgünüm Bayan... Yani, Majesteleri."

"Hah, şöyle. Şimdi, kıyafetimi nasıl buldun bakalım. Çok mu sade? Çok mu şatafatlı? Terziden henüz geldi."

"Hmm..." Soruya nasıl cevap vereceğinden emin olmayan Max-Ernest başını öne eğdi.

Başını yukarı kaldırdığında ağzından yüksek sesli bir şaşkınlık nidası çıktı. Bayan Johnson'ın boynundaki kolye sanki havada asılı duruyordu.

Gözlerini Max-Ernest'ın gözlerine diken Bayan Johnson, "Bu bir mıknatıs," dedi.

Eh, bu durumu açıklıyordu. Kısmen.

Mıknatıs doğrudan Max-Ernest'ı gösteriyordu. Ya da Max-Ernest'ın düşündüğü gibi cebindeki Diyapazon'u.

Bayan Johnson, "Çok *güçlü* bir mıknatıs," diye ekledi. "Tüm negatif enerjileri kendine çekip emiyor. Benim, yani, *majestelerinin* hayatını değiştirdi."

Kolyeyi okşamasıyla, taş yeniden göğsünün üzerine yerleşti.

"Majestelerinin başına çok önemli bir şey geldi. Ona... Ona bir mesaj ulaştı."

Max-Ernest bunun ne anlama geldiğini soramadan, duyduğu şeyin kendisine mantıksız geldiğini söyleyemeden, hatta gelen mesajın ne olduğunu soramadan Bayan Johnson sözlerini sürdürdü: "Böylece majesteleri uzak, çok uzak bir ülkeye doğru bir seyahate çıkıp orayı buldu; yani Sev Ken-"

Max-Ernest onu doğru duyduğundan emin olamadı. "Sev kendini mi?"

"Eh, evet, öyle bir sözcük oyunu olduğu doğru. Ancak majestelerinin sana söylediği şey, *Sev Kenti*'ni bulduklarıydı. Hepimizin içindeki saf özün kenti... Peki onu doğru bir seyahate yönelten sence ne oldu?" Sözlerindeki vurguyu artırmak için duraksadı. "Yanıt *sen*sin. Sen ve arkadaşların."

"Ben mi, şey... Biz mi?"

Bayan Johnson başını salladı. "Kendine has bir şekilde, bana bir iyilik yaptın."

Dikkatlice elbisesini düzeltip masasına geçti. Yeniden bir müdire olmuştu.

"Majesteleri" sözcüğünü ve İngiliz aksanını aynı anda bırakıp "Sen Diyapazon'u aldıktan sonra, bir süre kendimi dinledim ve Diyapazon'un beni yönettiğini fark ettim. Demek istediğim, kendi kentimin sahibi ben değildim," dedi. "*Ben*i yeniden *kendim*le birleştirmenin zamanı gelmişti."

Yiğitçe söylenenleri kavramaya çalışan Max-Ernest, göz şeklindeki kolyeye bakarak yorum yaptı: "İyi de bu ikisini birleştirirsek 'benkendim' diye bir şey çıkar ki bu da anlamsız bir sözcük olur."

"Neyse," dedi Bayan Johnson sabırsızca "Söylediğim mecaz anlamdaydı. Bir şekilde, Diyapazon'un bana geri geleceğini biliyordum. Geldiğinde hazır olmak istiyordum. *Kendi kendime* 'Beni ondan hangi güç koruyacak?" diye soruyordum. Diyapazon'un çekimine kapıldığımda beni ondan ne uzak tutabilirdi? Peki, *kendi kendime* sorularımın yanıtının ne olduğunu buldum, biliyor musun?"

Max-Ernest müdirenin karşısında bir koltuğa oturup tahmin yürüttü. "Bir mıknatıs mı?" İki gün arayla hem Pietro'nun hem de Bayan Johnson'ın mıknatıslar konusunu açması hiç şüphesiz tuhaf olsa da, Max-Ernest'ın içinden bir ses aradığı yanıtın bu konuyla ilgili olduğunu söylüyordu.

"Çok güzel." Bayan Johnson hem etkilenmiş hem de muhtemelen kendi sorusunu kendi yanıtlamak istediğinden hayal kırıklığına uğramış görünüyordu.

Bayan Johnson kaldığı yerden devam etti: "Doğal olarak, bir mıknatıs okulun müdiresi olduğumdan mıknatısların öneminin zaten farkındaydım.* Ancak kişisel bir uygulama alanları olacağı hiç aklıma gelmemişti. Sonra şans eseri evimin tavan arasında, Diyapazon'un da asıl sahibi olan ve hani şu herkesin cadı olduğunu söylediği büyük büyük büyük halam Clara'ya ait bir kutunun içinde ne bulsam beğenirsin?"

"Mıknatısı mı?"

"Doğru. İşte boynuma taktığım şu mıknatısı."

Max-Ernest incelesin diye kolyeyi yukarı kaldırdı. Yakından bakıldığında, üzerinden altın rengi çizgiler geçen siyah bir taştı.

Bayan Johnson, "Artık atalarımdan utanmayıp onun anısına sahip çıkmaya karar verdim," dedi. "Onun sözde cadılığından öğrenebileceğim çok şey olabilir... Ar-

* OF! AZ ÖNCE KAHRAMANLARIMIZIN OKULUNUN BİR MIKNATIS OKUL OLDUĞUNU AĞZIMDAN KAÇIRDIM. DAHA DOĞRUSU BAYAN JOHNSON KAÇIRDI. NEYSE, ARTIK ÇOK GEÇ. OLAN OLDU...

MUHTEMELEN MIKNATIS OKULUN NE OLDUĞUNU BİLİYORSUNUZDUR. BELKİ SİZ DE ÖYLE BİR OKULA GİDİYORSUNUZDUR. BİR MIKNATIS OKUL BELLİ BİR EĞİTİM BÖLGESİNDE BAŞKA TÜRLÜ AYNI OKULDA OKUYAMAYACAK ÖĞRENCİLERİ ÇEKMEK ÜZERE TASARLANMIŞ BİR OKULDUR; BU DURUMA ÇEŞİTLİLİK DENMEKTEDİR. BU AMACA ULAŞMAK İÇİN ÇOĞU MIKNATIS OKUL BELLİ KONULARDA UZMANLAŞIR. ANCAK KAHRAMANLARIMIZIN OKULU BİR SANAT, BİLİM VEYA SPOR MIKNATISI DEĞİLDİ. SADECE BİR MIKNATIS VEYA MAX-ERNEST'IN DEYİŞİYLE BİR *MIKNATIS* MIKNATISIYDI. YILLARCA, BAYAN JOHNSON OKULUN BELLİ BİR ALANA ODAKLANMASI İÇİN ÇABALAMIŞTI. İLKELİ BİR MÜDİRE OLARAK, EN GÖZDE FİKRİ OKULU BİR GÖRGÜ MIKNATISINA ÇEVİRMEKTİ. ANCAK ÖĞRENCİLER BU FİKRE HİÇ DE SICAK BAKMAYARAK BİR "GÖRGÜ KURALLARI BOYKOTU" BAŞLATTILAR. OLANLARI HAYAL EDEBİLİRSİNİZ. ÖĞRENCİ HAREKETİ KISA ZAMANDA İĞRENÇ BİR İSYAN OLARAK HAFIZALARA KAZINDI. BUNUN NEDENİ ÖĞRENCİLERİN GEĞİRMESİ, SÜMKÜRMESİ, AĞZI AÇIK YEMEK YEMESİ VE (SÖYLEMEK ZORUMA GİTSE DE) GAZ ÇIKARMASIYDI. SONUÇ OLARAK, BAYAN JOHNSON FİKRİNDEN HIZLA CAYDI.

tık sabrım kalmadı. Diyapazon sende mi? Sanırım beni görmek istemenin nedeni o."

Endişe içinde Max-Ernest'a baktı. Boynunu eğip kabarıklık var mı diye ceplerine bakmaya, çantasının içindekileri görmeye çalıştı.

"Evet, işte burada Bayan Johnson."

Bayan Johnson, Max-Ernest'ı hitap şekli konusunda düzeltme gereği duymamıştı. Max-Ernest Diyapazon'u çıkarır çıkarmaz, Bayan Johnson'ın gözleri sanki birer mıknatısmışlar gibi nesnenin üzerine dikildi.

Boynundaki kolye yine havalanmaya, zincirini germeye başladı. Bu esnada Max-Ernest, kendisini müdireye doğru çeken görünmez gücü hissetti.

Bayan Johnson nefesi kesilerek "Gücünü görüyor musun?" diye sordu.

Bakışlarını Diyapazon'dan ayırıp masasının etrafından dolaşarak Max-Ernest'ın yanına gitti. Onu elinden kavrayıp koltuğundan çekerek "Sen ve ben bir devre oluşturacağız," dedi. "Tüm negatif enerjiyi çekip pozitif bir akım sağlayacağız."

Enerjinin pozitif veya negatif oluşu Max-Ernest'ın umurunda değildi. Tek düşünebildiği şey müdireyle el ele tutuşmuş olduğuydu. *El ele tutuşuyorlardı!* Dişlerini sıkıp o anın bir an önce geçmesini bekledi.

En azından okuldan atılmayacağı belli olmuştu.

BÖLÜM -YEDİ

"Ayağa kalkın baylar! Oyalanmayın hanımefendiler."

Sanki benzer bir soygun daha önce de yaşanmış gibi, şövalyeler ve piyade neferleri, lordlar ve leydiler ve tören alayının geri kalanı homurdanarak da olsa, hızlı bir şekilde toparlandı. Cass maskeli kadın ve onun hırsızlar çetesinin bölgedeki yolculara düzenli olarak saldırdıkları hissine kapıldı. Tıpkı Eski Batı'da posta arabalarının yollarını kesen haydutlar gibi.

Mucize eseri, arbedenin sonunda kimse yaralanmamıştı.

Cass son piyade neferinin peşine takılıp tören alayını kralın sarayı ve Soytarı'yı bulmayı umduğu yöne doğru takip etmeye başladı.

Saatler süren yürüyüş tören alayını perişan etmişti. Burunlardan aşağı ter akıyor, gömlekler sırtlara yapışıyor, çamur pantolonlara bulaşıp askerlerin çizmelerinin içine doluyordu. İnsanlar da hayvanlar da ağrıdan ve acıdan, susuzluk ve açlıktan şikayet ediyordu. Bir hayaletten farkı olmayan Cass bile çekilen eziyeti hissetmeye başlamıştı.

Ancak nihayet engebeli yol yerini, düz taşlara, yabani otlarla kaplı taşra yerini özenle düzenlenmiş bahçelere bıraktı. Tören alayında da bu yeni ortama uygun bir resmiyet hasıl oldu. Sırtlar dikleşti, askerler aynı anda adım atmaya başladı ve bayraklar havaya kaldırıldı. Lordlar ve leydiler ya da daha güzel giysiler giyen herkes durup kendilerine çekidüzen vermeye başladılar.

Cass sarayı görmeden oraya yaklaştıklarını anlamıştı.

* * *

Saray bir tepeye kurulmuş, beyaz ve ışıltılı peri masalı saraylarına benzemediği gibi, hendeği ve kaldırma köprüsü olan sade bir şato da değildi. Yine de gösterişliydi ve Cass'i epey etkilemişti. Kırmızı tuğladan oluşan yapı, iki yana doğru çok sayıda şehir bloğuna karşılık gelecek uzunlukta uzanıyor; üzerindeki beyaz çerçeveli pencereler, titreşen güneş ışığı altında devasa bir yüze ait, bir açılıp bir kapanan yüzlerce gözü andırıyorlardı.

Tören alayı sarayın dış kapılarından geçip, yapıya ait uçsuz bucaksız araziye ayak bastığında bazı askerler ve piyade neferleri muhtemelen kışlalarına gitmek için gruptan ayrılırken, bazıları da yolculardan daha önemli olanlara sarayın kemer şeklindeki girişini destekleyen ikiz kulelere kadar eşlik ettiler.

Cass ürperse de kendisine görevinde başarısız olmak dışında korkacak bir şeyi olmadığını hatırlattı. Çifte Monokl'den girişin ötesindeki avluya baktı. Orada yüksek mevkili kişilerden oluşan bir grup bekleşiyordu. Soytarı aralarında olabilir miydi?

*Hav hav! Hev hev! Huf huf! Gırrrrr...**

Cass diğerlerinin peşinde kraliyet muhafızlarını geçip sarayın iç avlusuna geçecekken aniden bir düzine Beagle başına üşüştü. Köpekler topuklarına öfke

* KORKARIM BU SESLERDEN HANGİSİNİN HAVLAMA SESİNİ TAM OLARAK KARŞILADIĞINDAN EMİN OLAMIYORUM. EN ÇOK HOŞUNUZA GİDENİ SEÇECEKSİNİZ ARTIK. YÜZLERCE YIL ÖNCE GEÇEN BİR DİYALOĞU YENİDEN OLUŞTURMAK ZOR OLSA DA HAYVANLARIN KONUŞMALARINI YANSITMAK BELKİ DAHA DA ZOR OLUYOR... HANGİ ÇAĞ OLURSA OLSUN. NEREDEYSE HER DİLDE KÖPEK HAVLAMASININ FARKLI ŞEKİLLERDE YAZILDIĞINI BİLİYOR MUYDUNUZ? ÖRNEĞİN, "HAV"IN GÜNEY AFRİKA HOLLANDA LEHÇESİNDEKİ KARŞILIĞI "BLAF", ESPERANTO DİLİNDEKİ KARŞILIĞI "VOJ", İSVEÇÇEDEKİ KARŞILIĞI "VOFF"DUR.

içinde pençe atıyor, bir şekilde görünmez kızın orada olmaması gerektiğini, kraliyet arazisinde davetsiz bir misafir olduğunu anlıyorlardı.*

Yorgun görünen, deri pantolonlu bir adam (Cass'in tahminince bu kişi, köpeklerin eğiticisiydi) hızlı adımlarla tazılara doğru koştu.

Sanki o köpeklerin efendisi değilmiş de tersi söz konusuymuş gibi endişe içinde "Terence? Baily? Hunter? Siz küçükbaş belaları gene neyin peşindesiniz? Dağ sıçanı buldunuz, değil mi? Yoksa ölü bir kızıl keklik mi?" diye sordu. "Artıklar için kavga etmenize gerek yok. Köpek evinde sizi bir sürü lezzetli yemek bekliyor! Haydi, kesin havlamayı."

Manzara, eğiticiye veya çevredeki bir başka kişiye çok tuhaf geliyor olmalıydı: Tazılar görünürde hiçbir sebep yokken daire şeklini alıp havaya pençe atıyorlardı. O ana dek görünmezliği kendisini korumuş olsa da Cass'in şansını zorlamaya niyeti yoktu. Ümitsizce köpekleri kendisinden uzaklaştırmaya çalıştı. Bu amaca gürültü yapmadan ulaşabilmesi hayli güçtü.

Neyse ki eğitici çantasındaki birkaç tatlı yiyecekle onları oradan uzaklaşmaya ikna etti.

Ne yazık ki köpekler uzaklaştığında tören alayı gözden kaybolmuş ve ön kapı gürültüyle kapanmıştı. Cass saraya girme şansını kaybetmişti.

Ümitsizliğe kapılmamaya çalışarak kraliyet meskeninin çevresinde yürümeye başladı.

* KÖPEKLERE *BEAGLE* DEMEMİN NEDENİ KOLAYLIK OLMASI İÇİN, OKURA AŞİNA OLABİLECEK BİR CİNSİ SEÇMEMDİ. ASLINDA KÖPEKLER MODERN BEAGLE'IN SELEFİ OLAN *TALBOT TAZILARI*YDI.

Soytarı'yı nerede bulacaktı? Günün belli saatleri mi çalışıyordu yoksa istediği zaman mı işe gidiyordu? (Soytarıların stand-up komedyenlere benzediğini, ancak yaptıklarının daha çok gezici bir komedyenlik, bir çeşit seyyar komedyenlik olduğunu düşündü.) Aklına kırmızı ve beyaz çizgili bir çadır geldi. Acaba çadırını kraliyet arazisine mi yoksa ormanda bir yere mi kurmuştu?

Görünmez olduğundan, açık bir pencereden içeri girmenin çok da riskli olmayacağını düşündü. Ancak dışarısı soğuk olduğundan tüm pencereler kapalıydı. Yine de perdeleri çekili olmayan birkaç pencereden içeri bakarak bazı saray odalarını görebildi. Cass antika eşyalar toplayan büyükbabaları gibi bazı insanların içerideki eşyaları görebilmek için sağ kollarını feda edebileceklerini bilse de ona bütün odalar birbirinin aynısıymış gibi geliyordu: oturması rahat görünmeyen sandalyeler ve karanlık, korkutucu, saçma veya ilahi temaları olan, altın çerçeveli tablolar. Çevrede üç uçlu, zilli bir şapka takmış, uzun boylu bir adam yoktu.

Bir köşeyi dönünce, binanın yan tarafında duran bir merdiven fark etti. Az sayıda basamaktan yukarı çıkınca küçük, demir bir kapı buldu. Giriş kapısından beri gördüğü ilk kapıydı bu. Kapı tokmağını çevirmeye çalıştı. Kilitliydi.

Tam arkasına döndüğünde, açılan kapı onu neredeyse yere devirecekti.

"Of!" diye bağırdı. Sesi zincir şıkırtıları arasında boğuldu.

Çarpmanın etkisi geçince Cass ilk bakışta maymuna benzettiği bir yaratığın üniformalı bir asker tarafından dışarı taşındığını gördü.

Siyah pelerinli, çatık kaşlı bir adam kapı aralığından talimatlar veriyordu. "Köpeklerle aynı yerde yatsın. Konuşmayacaksa, bir köpekten farkı yok zaten!"

Pelerinli adam yaratığın sırtına tükürüp, Cass içeri giremeden kapıyı sertçe kapadı.

Dehşet içindeki Cass ayakları dibinde inleyen yaratığa baktı.

Asker, yaratığın tasmasını çekerek "Haydi, efendini duydun," dedi. "Köpek evine gideceksin."

Yaratığın sıradışı irilikte gözleri vardı. Cass'i şaşırtan o gözlerin dosdoğru kendisine bakıyor olmalarıydı. Yaratık onu görebiliyordu! Ancak onu daha da şaşırtan o gözleri gayet iyi tanıyor olmasıydı...

Boş bulunup "Bay Faremsi!" diye bağırdı.

Yaratık yüzünde tuhaf bir ifadeyle, söylediklerini pek de anlamamış gibi ona baktı.

Ancak Cass emindi. Boyunun onu son gördüğü zamana kıyasla daha kısa, (tabii böyle bir şey mümkünse), kösele gibi derisinin daha az kırışık olmasına rağmen önünde duran yaratık kaybettiği eski dostu homunkulüsün genç halinden başkası değildi. Onu nerede olsa tanıyacağını düşündü: (büyük et parçalarını tutmaya yarayan) iri ellerini, (rostoların ve tatlıların kokusunu almaya yarayan) iri burunu, (durmadan yemek yemeye yarayan) koca göbekli küçük gövdesini. Homunkulüs, kelimenin tam anlamıyla eşsizdi. Cass onun kendisini görebilmesinin nedeninin homunkulüsün tam olarak ölümlü olmaması olabileceğini düşündü.

Asker, kılıcını çekti. "Kim var orada?"

Dostunu zincirlere vurulmuş halde görmek ne acıydı! Onu özgürlüğüne nasıl kavuşturabilirdi? O an tek düşünebildiği buydu.

Cass parmağını dudaklarına götürdü. Homunkulüs başını hafifçe salladı. Onu ispiyonlamayacaktı.

Asker omuz silkip kılıcını kınına soktu. "Galiba yine şu kulağımdaki lanet çınlama başladı."

Homunkulüsün tasmasının ipini çekiştirdi. "Gidelim köpek."

Homunkulüs sitem içinde homurdansa da ayaklarını sürüyerek askeri izledi. Uzaklaşırken, Cass'e kısa bir bakış atabildi.

Sessizce onları izleyen Cass kendisine homunkulüsün sarayda ne işi olduğunu sordu. Ayrıca, asker onu neden köpek evine götürüyordu?

Sonra aklına "Faremsi Efsanesi" geldi.

Hikayeye göre, homunkulüsün yaratıcısı Lord Firavun, homunkulüsü kralın huzuruna çıkarmış, homunkulüs emirlerini yerine getirmeyince sinirlenip onu domuzlarla birlikte çamurun içinde uyumaya göndererek cezalandırmıştı.

Yoksa daha önce okuduğu olayların gerçeğini mi görüyordu?

Cass, eğer öyleyse, kapıda gördüğü pelerinli adamın sadece homunkulüsün babası değil, aynı zamanda Gece Yarısı Güneşi'nin kurucusu olan dâhi ancak kötü kalpli simyacı korkunç Lord Firavun olabileceğini ürpererek fark etti!*

Domuzlara gelince, anlaşılan hikayeyi kaleme alan kişi o kısımda yanılmıştı.

Cass doğrusunun *domuzlar* değil, *köpekler* olması gerektiğini düşündü.**

* ELBETTE LORD FİRAVUN NE BİR LORD NE BİR FİRAVUNDU. BİR SİMYA USTASI OLDUKTAN SONRA İSMİNİ BU ŞEKİLDE DEĞİŞTİREN İSVİÇRELİ BİR DOKTORDU. MAX-ERNEST'IN, LORD FİRAVUN İSMİYLE İLGİLİ OLARAK "BİRAZ AŞIRI KAÇMAMIŞ MI? BU TIPKI KENDİNİZE KRAL KRAL DEMEK GİBİ BİR ŞEY," DEDİĞİNİ HATIRLIYORSUNUZDUR. BİZİM BİLDİĞİMİZ MAX-ERNEST'IN TEKRARLARA ÇOK BAŞVURDUĞU DÜŞÜNÜLDÜĞÜNDE BU SORUSU BİRAZ TUHAF GELİYOR, DEĞİL Mİ?

** BURADA YAŞLI HOMUNKÜLÜS'ÜN KRALIN (KÖPEKLERİYLE DEĞİL DE) DOMUZLARIYLA YEMEK YEDİĞİNİ İDDİA ETTİĞİNİ BELİRTMEK GEREKİYOR. BU AYRINTIYI YANLIŞ ANIMSAMASININ NEDENİ "KENDİNLE İLGİLİ YAZILANLARA İNANMA" FENOMENİNE BAĞLANABİLECEĞİNİ DÜŞÜNÜYORUM. BİR ARA "FAREMSİ EFSANESİ"Nİ OKUYUP KENDİ HAYATININ BU EDEBİ VERSİYONUNU GERÇEK OLARAK KABUL ETMİŞ OLABİLİR.

BÖLÜM DÖRT

Öğle yemeği vakti olmasına rağmen Max-Ernest'ın aklında hâlâ Rönesans Panayırı kostümü içindeki Bayan Johnson'la tuhaf buluşması vardı. O şekilde havada süzüldüğüne göre mıknatısın çok güçlü olması gerektiğini düşündü. Pietro'nun haklı olduğunu kabul etmeliydi. Manyetizma hakkında bilgisi olmayan birine mıknatıs sihir gibi görünürdü.

Kurulmuşçasına her zaman öğle yemeğini yediği noktaya yöneldi: Yemiş Masası'na.

Ancak her zamanki yerine oturduğunda okul avlusunda işlenebilecek en büyük suçu işlediğini fark etti: Yalnız öğle yemeği yemek.

Etrafındaki boş sandalyelere baktı. Normalde Cass karşısında, Yo-Yoji de sağında otururdu. Yıllardır yalnız yemek yemek kendisi için bir sorun olmamıştı. Ancak artık arkadaşlarla yenen yemeğin hazzına varmış olduğundan, onlarsız öğle yemeği yemek olmaktan çıkmıştı.

Ne yapmalıydı?

Çok aç değildi. Zaten o gün okula öğlen yemek için hiçbir şey getirmemişti. (Geçen yıllarda, okula hep birisi annesi, birisi babası tarafından hazırlanan iki ayrı yemek getirirdi. Ancak son zamanlarda annesi de, babası da Max-Ernest'ın ara sıra yemek yeme ihtiyacı duyabileceği gerçeğini hatırlamaz gibiydiler.) Yanında yiyecek namına sadece tek bir çikolata barı vardı. Onunla eve gidene dek idare etmesi gerekiyordu. Ayrıca, çikolata pantolon cebinde durduğundan, neredeyse tamamen erimişti. Çikolatayı soğuk bir yere bırakıp tekrar sertleştirmeliydi.

Kalksa nasıl olurdu? Az önce oturduğu düşünülürse, bu hareket bir ahmak gibi görünmesine yol açabilirdi. Ayrıca gidecek yeri de yoktu. En azından okuldan çıkana kadar.

Yemiş Masası'nın mavi plastik yüzeyine sanki üzerinde talimatlar yazılı olabilirmiş gibi baktı; aslında plastiğin üzerine bir sürü grafiti kazınmış olsa da içlerinde işine yarayacak (hatta okumaya değer) hiçbir şey yoktu.

Max-Ernest'ın ne yapacağını bilemez halde olduğunu söylemek yanlış olmaz.

Bir anda içine doğan bir hisle, yalnız olduğunu düşündü.

Kendini kötü hissediyordu.

Ancak tuhaf bir şekilde bu durum ona iyi hissettiriyordu.

Genellikle duygularla arası iyi olmayan Max-Ernest, *kendisini kötü hissetmez,* bunun yerine *hissetme işini kötü yapardı.* (Tıpkı bir şeyler fırlatmada kötü olduğu gibi; ancak Yo-Yoji bu konuda kendisine biraz yardımcı olmuştu.) O gün ise kendisini *iyi* kötü hissediyordu. Yani kendisini iyi hissetmiyor, kendisini kötü hissetmede iyi bir iş çıkarıyordu.

Çıkardığı bu sonuçtan öyle memnun olmuştu ki bunu sesli bir şekilde tekrarladı. Ancak (ne yazık ki) etrafta onu duyacak kimse yoktu.

Yemiş Masası'ndaki diğer iki çocuk, Danielle-değil-Daniel ve Glob da onu duyamazdı. Bir kere masanın uzak ucunda oturduklarından Max-Ernest ancak bağırarak sesini onlara duyurabilirdi. Ayrıca, ona "merhaba" bile dememişlerdi. (Öte yandan, Max-Ernest da onlara "merhaba" dememişti. Merhabalaşmak Yemiş Masası'na yabancı bir eylemdi.)

Danielle-değil-Daniel, cildi karamel renkli, tatlı dilli bir çocuktu. Hep yüzünü kapatmalarına rağmen saçının uzun örgülerini kestirmeyi reddederdi. Diğer öğrencilerin ona Daniel diye seslenmelerini tercih etse de isminin telaffuzunu defalarca düzeltmek zorunda kaldığından, sonunda yaptığı düzeltme asıl isminin yerini almıştı.

Glob okul hiyerarşisinde arkadaşından da alt bir kademede yer alsa da "hazır yemek" endüstrisi alanında müthiş bir nüfuzu olan sivilceli ve soluk benizli bir oğlandı. Abur cubur eleştiri sitesi Glob'un Blogu binlerce *fast-food* sever tarafından ziyaret ediliyor, söylendiğine göre görüşleri yeni bir ürünün çıktığı ilk haftada başarılı veya başarısız olmasında belirleyici bir rol oynayabiliyordu.

Max-Ernest onları Yemiş Masası'na oturan herkes kadar tanısa da adamakıllı tanımıyordu. Yani onlarla arkadaş değildi. Öte yandan, aralarında bir düşmanlık da yoktu.* Max-Ernest nabız yoklamak için iki çocu-

* MAX-ERNEST, GLOB'LA BİR KEZ KONUŞMUŞ, O KONUŞMADA *GLOB* VE *BLOG* SÖZCÜKLERİNİN BİRBİRLERİNİN ANAGRAMI OLDUĞUNU SÖYLEMİŞTİ. "İKİ SÖZCÜK DE AYNI HARFLERDEN OLUŞUYOR. SCRABBLE VEYA BOGGLE OYNARKEN KELİME BULMAYA ÇALIŞIRKEN OLDUĞU GİBİ. BİR YANDAN DA HER İKİ KELİME DE *BOGGLE* İSMİNDEN TÜRETİLEBİLİYOR. BUNA NE DİYECEKSİN?" MAX-ERNEST'IN BU YORUMU ÖVGÜ AMAÇLI OLSA DA GLOB, SANKİ BLOGUNUN ADINI BOGGLE OYUNUNDAN AŞIRDIĞINI İMA ETMİŞ GİBİ ONUN SÖYLEDİKLERİNE ALINMIŞTI. "NE OLMUŞ?! YİNE DE GLOB'UN BLOGU BANA AİT. SİTENİN FİKRİ BENDEN ÇIKTI. O DEDİĞİN OYUNU BEN HAYATIMDA OYNAMADIM ZATEN."

ğa yakın bir sandalyeye oturdu. Onu sıcak bir şekilde karşılamasalar da gelişinden rahatsız da olmamışlardı.

Bunu olumlu bir işaret olarak algıladı.

Danielle-değil-Daniel bir fısıltıdan birazcık daha yüksek bir sesle "Onun bir tür İngiliz aristokrat olduğunu sanıyordum; lord veya kont gibi bir şey," dedi. "Ama sonradan DNA kanıtları sayesinde ıslahevinden çıkan eski bir mahkum olduğunu duydum!"

Max-Ernest *lord* ve *kont* kelimelerini duyunca, başta onların okulda herkesin bahsettiği şey olan Rönesans Panayırı hakkında konuştuklarını sandı. Ancak Glob ve Danielle-değil-Daniel'ı dinledikçe bambaşka bir konu üzerine konuştuklarını fark etti. Anlaşılan, etkileyici bir yeni öğrenci, varlığıyla okullarını onurlandırmıştı.

Glob lime yeşili, nane aromalı, ferahlatıcı, deneysel bir tür patlamış mısırı hapur hupur yerken "İkisi de değil o. O bir çocuk oyuncu," dedi. (Yiyecek şirketleri Glob'un internet sitesinde ürünlerinden bahsetmesi ümidiyle Patlayan Vişne Bombası Sakız veya Peynirli Ekstrem Patates Cipsi gibi yeni ürünlerini ona bedava gönderiyorlardı.) "Tatildeymiş. Tabii benim blogum şu yemek kanalında çıkmaya başlayınca yazın tatil yapmayacağız. Kablolu TV'lerin yayın programı farklı oluyor." Ağzından yarım yenmiş bir mısır çıkarıp inceledi. "Bu şeyler resmen iğrenç ama insan yemeden de edemiyor. Tuhaf."

Danielle-değil-Daniel, "Ya?" dedi. "Eh, her iki durumda da kesinlikle bir dâhi. On iki dili akıcı bir şekilde konuşabiliyormuş. Hatta Belçikaca bile."

Araya giren Max-Ernest, "Bu imkansız," dedi. Bu parlak yeni öğrenci canını giderek daha fazla sıkmaya başlamıştı.

Glob, "Neden? Senden daha çok dil biliyor diye mi?" diye sordu. Ağzındaki yeşil patlamış mısırlar alaycılığını olduğundan biraz daha "keskin" kılıyordu.

"Hayır. Çünkü Belçikaca diye bir şey yok."

"Yapma ya? Sana kalsa Belçika gözlemesi diye bir şey de yoktur."

"Ne olmuş ona? Bildiğim kadarıyla gözlemeler herhangi bir dil konuşmuyor. Konu Belçika'da Fransızca ve Felemenkçenin bir lehçesi olan Flamanca konuşmaları. Buna ne diyeceksin?"

Danielle-değil-Daniel, "Neyse ne," dedi. "O zaman Flamanca konuşuyordur."

Glob, "Evet, ha bir de Belçika gözlemelerine dil uzatma," dedi. "Ortaçağ Günleri Restoranı, Belçika gözlemelerini denemem için bana yüz dolar değerinde kupon verdi. Rönesans Panayırı boyunca blogumun sponsorluğunu yapacaklar. Üstelik bu kez nakit para verecekler!"

Max-Ernest ikiliden uzaklaştı. Kendini aptal gibi hissediyordu. Neden onlarla konuşmaya çalışıyordu ki? Bir de şu aristokrat mı, aktör mü, neyse ne çocuğa neden bu kadar öfkeleniyordu ki? Sadece ve sadece Cass'i kurtarmaya odaklanmalıydı.

Aniden Max-Ernest, Cass'i çok ama çok özledi. Az önce hissettiği bir ağrıysa, o an hissetmekte olduğu kavurucu bir acıydı. Cass'le Belçika üzerinde saatlerce tartışabilir, yine de kendini aptal gibi hissetmezdi. Max-Ernest, Flaman Felemenkçesiyle, Felemenk Felemenkçesi arasındaki fark gibi şeylere aklını çok takıyor diye Cass *ona* gülecek olsa da bir yandan *onunla* gülmeyi de sürdürürdü.

"Hey, bu o!" dedi Glob.

Danielle-değil-Daniel, "Yemiş Masası'na gelmiyor, değil mi? Bu *imkansız,*" dedi.

Glob ve Danielle-değil-Daniel gözlerini kendilerine doğru yürüyen (daha doğrusu salınarak gelen) oğlana basbayağı diktiler. Uzaktan bile, oğlanı okuldan bir başkasıyla karıştırmak imkansızdı. Üzerinde kot pantolon ve tişört yerine çizgili bir takım elbise ve papyon vardı. Sırt çantası yerine de bir evrak çantası taşıyordu. Bu haliyle ortaokul öğrencisinden çok şık bir işadamını andırıyordu. Güneş ışığı altın rengi buklelerini aydınlatıyor ve sol gözünü kapatan geniş gözlük camında parlak kıvılcımlar oluşturuyordu.

Max-Ernest, Danielle-değil-Daniel'ın ne kastettiğini gayet iyi anlamasına rağmen aksi bir tavırla "İmkansız değil. Burada herkes oturabilir," dedi. "Ayrıca fıstık alerjisi olması gayet olası," diye ekledi.*

Glob heyecan içinde "O gözündeki de ne? Büyüteç gibi bir şey mi yoksa? Belki de onunla bir ateş yakabiliriz," dedi.

* ASLINDA YEMİŞ MASASI FISTIK ALERJİSİ OLAN ÇOCUKLARA AYRILMIŞTI. MAX-ERNEST UZUN SÜRE MASAYA NEDEN YEMİŞSİZ MASA DENMEDİĞİNE KAFA YORMUŞTU. YAKIN ZAMAN ÖNCE YANITI BULMUŞTU: OKULDAKİ ÇOCUKLAR YEMİŞ MASASI'NDA OTURAN ÇOCUKLARIN (EVET, DOĞRU TAHMİN ETTİNİZ) *KAFAYI YEMİŞ* OLDUKLARINI DÜŞÜNÜYORLARDI.

Max-Ernest, "O bir monokl," dedi. "Bir gözlük ama tek göz için. Eskiden zenginler takardı bunu." Monoklü bazı sihirbazların da taktığını düşündü. Zaten onlara aşinalığı buradan geliyordu.

Danielle-değil-Daniel, "Basbayağı masamıza geliyor," dedi.

Gerçekten de oğlan onlara el sallıyordu.

"Merhaba Max-Ernest, can dostum."

Danielle-değil-Daniel ve Glob aynı anda Max-Ernest'a döndü. Yüzlerindeki ifadeden oğlanın Yemiş Masası'na gelmesinden daha az olası bir şey varsa, onun da Max-Ernest'ı ismen tanıması olduğunu düşündükleri anlaşılıyordu.

⚠ ACİL DURUM TATBİKATI ⚠

OKURLARIN DİKKATİNE:

BİR BÖLÜMÜN ORTASINDA ARAYA GİRDİĞİMİZ İÇİN ÜZGÜNÜZ. ANCAK SİZİN DE BİLDİĞİNİZ GİBİ ACİL DURUMLAR EN BEKLENMEDİK ANLARDA ORTAYA ÇIKAR. ASLINDA NE ZAMAN ÇIKACAKLARI HİÇ BİLİNMEZ. ZATEN BU YÜZDEN ONLARA ACİL DURUM DENİR.

BİZİ, YANİ KISACA **A.D.A.U.M.T** OLARAK BİLİNEN **A**CİL **D**URUM **A**JANLAR, **U**ZMANLAR VE **M**ÜHENDİSLER **T**AKIMI'MIZI GERÇEK BİR ACİL DURUMA HAZIR OLMANIZI TEMİNAT ALTINA ALMAK İÇİN KİTABIN YAZARI TUTTU. BU SADECE BİR TATBİKAT OLSA DA KENDİNİZİN VE DİĞERLERİNİN EMNİYETİ AÇISINDAN TAM BİR İŞBİRLİĞİ VE KATILIM SERGİLEMENİZ ÖNEMLİ. AYRICA EMEĞİMİZİN KARŞILIĞINI DA ALMAMIZ GEREKİYOR. (PSEUDONYMOUS BOSCH DENEN O UCUZ @$%@#%$&!! BİZE ÖN ÖDEME YAPMAYI REDDETTİ.)

TATBİKATA VERDİĞİNİZ TEPKİ DİĞER OKURLARIN TEPKİLERİYLE KARŞILAŞTIRILACAK. TATBİKATIN AMACI SADECE BİLGİ TOPLAMAK. NİYETİMİZ BAŞARISIZLARI AŞAĞILAMAK OLMASA DA BU DA İŞİN TUZU BİBERİ.

SLOGANIMIZI UNUTMAYIN: İLKİNDE BAŞARILI OLAMAZSAN ASLA İKİNCİ BİR ŞANSINIZ OLMAYACAK.

HAZIR MISINIZ?

KİTABIN YAZARININ BİZE SUNDUĞU TATBİKAT AMAÇLI SENARYOYA AZ SONRA GEÇECEĞİZ. SENARYONUN OLASILIĞINA VEYA GERÇEKLİĞİNE KEFİL OLMUYORUZ. SENARYOYA DAHİL OLMAKLA OLUŞABİLECEK YARALANMALARDAN **A.D.A.U.M.T**'U SORUMLU TUTMAYACAĞINIZI BEYAN ETMİŞ OLUYORSUNUZ. İŞTE SENARYO:

OKUL OTOBÜSÜNDESİN. EN İYİ ARKADAŞIN HASTA OLUP OKULA GİTMEDİĞİNDEN İKİLİ KOLTUK TAMAMEN SANA KALMIŞ.

SESSİZCE KİTAP (*BU KİTABI*) OKUYORSUN. ANCAK DAHA ÖNCE DEĞİNDİĞİMİZ GİBİ, KİTABIN KAPAĞINI DEĞİŞTİRDİĞİNDEN OTOBÜSTEKİ DİĞER HİÇ KİMSE BU KİTABI OKUDUĞUNU BİLMİYOR.

BİLDİĞİN GİBİ; UMUMA AÇIK YERLERDE, HATTA OKUL OTOBÜSÜ GİBİ SANA EMNİYETLİ VE SAMİMİ GELEN ORTAMLARDA BİLE, SIR SERİSİNDEN BİR KİTAP OKURKEN BİRKAÇ DAKİKADA BİR BAŞINI KALDIRIP ETRAFTA GECE YARISI GÜNEŞİ ÜYESİ OLABİLECEK BİRİLERİ VAR MI DİYE BAKMAN EN DOĞRUSU. NE YAZIK Kİ BU KEZ KENDİNİ ÖYKÜYE FAZLA KAPTIRIP (NE AYIP!) ON DAKİKA BOYUNCA BAŞINI KALDIRIP ÇEVREYE BAKMIYORSUN.

ŞİMDİ ŞUNU HAYAL ET: BİRDEN YAPTIĞIN HATAYI FARK EDİYOR VE BAŞINI KALDIRIP CAMDAN DIŞARI BAKIYORSUN. GÖZLERİNİ OVUŞTURUP, ELİNİ GÜNEŞE KARŞI SİPER EDEREK ÇEVREYİ İNCELEDİĞİNDE BAŞTA YANLIŞ GİDEN BİR ŞEY FARK ETMİYORSUN.

BİRAZ ZAMAN GEÇİNCE OTOBÜSÜN, TRAFİĞİN YOĞUN OLDUĞU BİR KAVŞAKTA DURDUĞUNU FARK EDİYORSUN. ELEKTRİKLER KESİK OLDUĞUNDAN TRAFİK LAMBALARI SÜREKLİ KIRMIZI YANIYOR. KAVŞAĞIN ORTASINDA TRAFİĞİ YÖNETEN BİR TRAFİK POLİSİ VAR. DUR BİR SANİYE, BU KADIN POLİS (ELBETTE TÜM TRAFİK POLİSLERİ GİBİ) BEYAZ ELDİVEN TAKIYOR! ELDİVENLER ÜNİFORMASININ BİR PARÇASI. BU GAYET DOĞAL BİR DURUM. PANİĞE GEREK YOK. YİNE DE ÜRPERİYORSUN.

SOKAĞI DAHA DA İNCELEDİĞİNDE, HAYRETLER İÇİNDE BİR LAĞIM KAPAĞININ AÇILIP YANA DOĞRU, ASFALTIN ÜZERİNE DEVRİLDİĞİNE ŞAHİT OLUYORSUN. SARI KASKLI VE PORTAKAL RENGİ TULUMLU BİR İNŞAAT İŞÇİSİ SOKAĞIN AŞAĞISINDAN YUKARI TIRMANIYOR. ONUN DA BEYAZ ELDİVENLERİ VAR. BUNLARIN İŞ ELDİVENLERİ OLABİLECEĞİNİ DÜŞÜNÜYORSUN. ANCAK BEYAZ OLMALARI TUHAF. İNŞAAT İŞİ İÇİN HİÇ DE UYGUN OLMAYAN BİR RENK. EH, BU ONUN SORUNU. PANİĞE GEREK YOK.

BAŞTA BİR IŞIK OYUNU OLDUĞUNU SANSAN DA, SOKAĞIN UZAK UCUNDAKİ OTOBÜS DURAĞINDA OTURAN ADAM DA BEYAZ ELDİVENLER TAKIYOR. BİR KEZ DAHA GÖZ GEZDİRDİĞİNDE, GERÇEKTEN BEYAZ ELDİVENLERİ OLDUĞUNU FARK EDİYORSUN. PEKİ NEDEN? ÜZERİNDEKİ SİYAH TAKIM ELBİSE VE YANIBAŞIN-

DAKİ BANKA YASLANMIŞ OLAN NOTA SEHPASINA BAKILIRSA, BELKİ DE BİR ORKESTRA ŞEFİ OLABİLİR. ORKESTRA ŞEFLERİ BEYAZ ELDİVEN TAKAR. DOLAYISIYLA, ORTADA ADAMIN BİR GECE YARISI GÜNEŞİ ÜYESİ OLDUĞUNA DAİR GERÇEK BİR KANIT YOK.

YİNE DE SAĞDUYUNUN SESİ SANA ŞÖYLE DİYOR: BEYAZ ELDİVEN TAKMIŞ İKİ KİŞİ TESADÜF OLSA DA ÜÇ KİŞİ, ENDİŞE KAYNAĞIDIR.

BİR DİZİ ARABANIN ARKASINDAN BİR ANDA UYGUN ADIM YÜRÜYEN BİR BANDONUN ORTAYA ÇIKMASI VE OKUL OTOBÜSÜNÜN TAM ÖNÜNDEN GEÇEREK KAVŞAĞIN KARŞISINA DOĞRU İLERLEMEYE BAŞLAMASIYLA İYİDEN İYİYE ENDİŞEYE KAPILIYORSUN. BANDODA ALTIN RENGİ ÖRGÜLERLE BEZELİ KIRMIZI ÜNİFORMALAR GİYMİŞ BORAZAN, TUBA VE DAVUL ÇALAN YÜZÜN ÜZERİNDE ÇALGICI VAR.

HEPSİ DE BEYAZ ELDİVENLİ.

KARŞINDAKİNİN BİR ŞEYTANİ SİMYACILAR ORDUSU DEĞİL DE GERÇEK BİR BANDO (MUHTEMELEN BİR LİSE BANDOSU) OLDUĞUNA DAİR HERHANGİ BİR İŞARET BULMAK ÜMİDİYLE ÇALGICILARIN YÜZLERİNE BAKIYORSUN. ANCAK GÖZLERİ SOĞUK BAKIYOR. CİLTLERİ İSE HER NE KADAR GENÇ OLSA DA SOLUK VE FAZLACA GERGİN. HAYALİNDE, ELİ YÜZÜ DÜZGÜN VE SAĞLIKLI İNSANLARDAN KURULU BANDO, ÖLÜLER GÜNÜ'NDE* YÜRÜYÜŞ YAPAN BİR İSKELETLER BANDOSUNA DÖNÜŞÜYOR.

KALBİN İYİCE HIZLI ATIYOR. AKLINDAN BİRÇOK KORKUTUCU DÜŞÜNCE GEÇİYOR. OTOBÜS BANDOYU YARIP GEÇEMEYECEĞİNDEN DURUYOR. İŞTE O HAYATİ AN GELDİ. SEN ONLARI GÖRSEN DE ONLAR SENİ GÖRMEDİ.

HAREKETE GEÇME ZAMANI.

TATBİKAT BAŞLIYOR.

ŞİMDİ.

LÜTFEN YAPACAĞIN HER ŞEYİ SANİYESİ SANİYESİNE BİR ZAMAN

* LATİN AMERİKA ÜLKELERİNDE ÖLÜLERİ ANMAK İÇİN DÜZENLENEN BİR FESTİVAL (Ç. N.)

ÇİZELGESİ ÜZERİNDE BELGELE. TATBİKATINI VİDEOYA ÇEKERSEN DE OLUR. ANCAK BUNUN YAZILI METNİN YERİNİ TUTABİLECEK BİR BELGE OLARAK GÖRÜLMEMESİ GEREKİR.

HAZIRLADIĞIN METNİ ŞURAYA GÖNDER:

A.D.A.U.M.T
P. BOSCH ACİL DURUM TATBİKATI
EĞİTİM ÇAVUŞUNA TESLİM EDİLECEK

BÖLÜM DÖRT

Max-Ernest kendisine el sallayan çocuğun yüz hatlarını çıkarabilmek için gözlerini kıstı. İşin aslı, o da diğer iki çocuk kadar şaşırmıştı.

Oğlan, Yemiş Masası'na ulaştığında sitemkar bir sesle "Eski silah arkadaşını tanımadığını söyleme bana," dedi. Işıltılı bir gülümsemeyle monoklünü çıkardı. "Son tête-à-tête çay saatimizden bu yana sadece bir yıl geçti."*

Max-Ernest nihayet onu anımsamış ama yeni halinden dolayı bunda epey zorlanmıştı. "Bir buçuk yıl," diye düzeltti. "Aslında bir yıl, sekiz ay."

Oğlan kıkırdayarak "Ah, işte hepimizin tanıyıp sevdiği Max-Ernest bu! Her zaman kesin konuşur, değil mi?" dedi. "Sakın yanında yanlış bir şey söylemeyin, hatanızı hemen yakalayıverir."

Masadaki diğer iki çocuk, yeni öğrencinin sözlerini onaylayan bir edayla güldü. Rahat ve kendine güvenir halinden dolayı; oğlanın tuhaf, eskiye has konuşma tarzı çevredekilere tuhaf değil, olgun ve sofistike geliyordu.

"Hempalarınla tanıştırmayacak mısın beni?"

Max-Ernest soruyu hemen anlayamadı. Bunun iki nedeni vardı. Birincisi, daha evvel *hempa* sözcüğünü günlük dilde hiç duymamıştı. (Bu sözcüğe sadece iki dedektif kardeşin maceralarını anlatan eski kitaplarda rastlamıştı.)** İkincisi, Danielle-değil-Daniel ve Glob

* FRANSIZCADAKİ *TÊTÊ-Á-TÊTE* BAŞ BAŞA ANLAMINA GELMEKTEDİR (BAŞ BAŞA SOHBET ETMEKTE OLDUĞU GİBİ). BUNUN DİLİMİZDEKİ ANLAMI İSE BİR KİŞİNİN FRANSIZCA KALIPLAR KULLANARAK GÖSTERİŞ YAPMAKTAN HOŞLANDIĞIDIR.

** MAX-ERNEST İSTİSNASIZ BİR ŞEKİLDE KURGUSAL YAZINDAN HAZZETMEZDİ. GERÇEK OLMAYAN BİR ŞEYİ OKUMANIN GERİSİNDEKİ MANTIĞI ANLAMIYORDU. ANCAK DEDEKTİFLİK ROMANLARI BİR İSTİSNAYDI. BUNUN NEDENİ BU KİTAPLARIN UZUN BİLMECE VE BULMACALAR GİBİ OLMALARIYDI. DAHA KÜÇÜKKEN FAVORİSİ HARDY KARDEŞLER'Dİ. ARTIK EDGAR ALLAN POE VE SHERLOCK HOLMES'U SEVİYORDU.

zaten onun hempaları değildi.

Max-Ernest, "Hmm, tamam. Danielle-değil-Daniel, Glob, bu, şey, Benjamin Blake," dedi. "Eskiden bu okulun öğrencisiydi."

En azından karşısındaki Benjamin Blake gibi *görünüyordu*.

Max-Ernest onu son gördüğünde, Benjamin daha kısa ve çok daha genç görünüyordu. Ancak en büyük değişim görüntüsünde değil, konuşmasındaydı. Eski Benjamin, sözcükleri kimsenin anlayamayacağı kadar çok gevelerdi. Dahası, olur da biri söylediklerini anlamaya çalışırsa, Benjamin'in fikirlerinin ağzından dökülen sözcüklerden daha da anlaşılmaz olduğunu görürdü. Uç düzeyde sinestezi hastası olan Benjamin'in tüm duyuları birbirine karışıyordu. Düşünceleri renklerin, seslerin, tatların ve kokuların karman çorman bir temsiliydi.*

Ancak o gün diksiyon derslerinde örnek olarak gösterilebilecek mükemmellikte konuşuyordu. Sesiyle de görüntüsüyle de siyah beyaz bir film yıldızı gibi görünüyordu. En şaşırtıcı olanı ise tavırlarıydı: Bir zamanlar hayatı kendisine zorlaştıracak kadar çekingen ve beceriksizken, şimdiyse neşeli, gailesiz ve savoir faire'li bir hali vardı.**

* SİNESTEZİYİ HİÇ DUYMADIYSANIZ SIR SERİSİNİN İLK KİTABINA BAŞVURABİLİRSİNİZ. ANCAK SİZİ UYARIYORUM ANLAMI YİNE KARIŞIK OLACAK, DEMEK İSTEDİĞİM, DUYULARIN KARIŞIKLIĞI.

** İSTESEM SİZE *GAİLESİZ* SÖZCÜĞÜNÜ AÇIKLARDIM. ANCAK ŞU GÜNEŞLİ GÜNDE HİÇ Mİ HİÇ BUNUNLA UĞRAŞACAK HALİM YOK (İPUCU: GAİLESİZİN TERSİ HUZURSUZ VE GERGİN). *SAVOIR FAIRE*'E GELİNCE FRANSZICA *NE YAPACAĞINI BİLMEK* ANLAMINA GELİYOR. DİLİMİZDEKİ ANLAMI İSE *TÊTÊ-Á-TÊTÊ* KALIBIYLA AYNI; YANİ BU SÖZÜ KULLANAN KİŞİNİN FRANSIZCA KALIPLAR KULLANARAK GÖSTERİŞ YAPMAKTAN HOŞLANDIĞI ANLAMINA GELİYOR.

İlk şokun etkisini üzerinden atan Max-Ernest, "Ben senin özel, şey, yani farklı bir okula gittiğini sanıyordum," dedi.

Ona ve Cass'e, Benjamin'in özürlü çocuklara yönelik bir "özel" okula gittiği söylenmişti. Benjamin, Gece Yarısı Güneşi için değerli olduğundan, Terces Derneği'nin ona göz kulak olması gerekirdi. (Bir dönem, Gece Yarısı Güneşi Benjamin'in kendine has beyin kimyasının sırrın formülünün anahtarı olabileceğine inanmıştı.) Ancak o tür bir özel okulun onu emniyette tutabileceğini düşünerek onunla ilgili endişelerini bir kenara atmışlardı. Max-Ernest suçluluk hissi içinde Benjamin'in okula kaydolup kaydolmadığını hiç kontrol etmediklerini fark etti. Cass ve Max-Ernest'a soracak olsanız onun her yerde olabileceğini söylerlerdi. Gece Yarısı Güneşi Benjamin'i daha önce bir kez kaçırmıştı; bunu bir kez daha yapmamaları büyük bir şans olurdu.

Benjamin, "Ha, ama ben zaten özel okula gittim. Çok özel bir okula..." dedi. "Yeni Yenilikçi Akademi. Bir tür *görgü* okuluydu. Bilirsin, toplum içinde nasıl hareket edileceği gibi şeyleri öğreten bir kurum. Ancak benim için bundan fazlası oldu. Bana hayat verdi."

Max-Ernest bu söze itiraz edemezdi. Yine de eski, cansız Benjamin'i tercih edip etmeyeceğinden emin olamıyordu.

"Oturabilir miyim?"

Max-Ernest'ın başını sallamasıyla, Benjamin, Cass'in yerine oturdu. (Muhtemelen bir kişinin Yemiş Masası'na oturmak için izin istemesi masanın tarihinde bir ilkti.)

Max-Ernest bu eski arkadaş, yeni yabancıyla konuşacak bir şeyler aradı. "Peki bu yıl resimlerinden biriyle Rönesans Ustaları'na katılmayı düşünüyor musun?"

Rönesans Ustaları, Rönesans Panayırı'yla birlikte düzenlenen öğrenciler arası bir resim yarışmasıydı. Benjamin Blake katıldığı yıl yarışmada birinci gelmişti.

"Hayır, artık resim çizmiyorum."

"Gerçekten mi?"

Max-Ernest şaşkındı. Geçmişte, ödül kazanan bir ressam olmasının yanı sıra Benjamin resme karşı büyük bir sevgi beslerdi. Onun için resim dış dünyayla iletişim kurmasının neredeyse tek yoluydu.

"Sanat çocukça bir uğraş, sence de öyle değil mi? Yani gerçekten büyük bir sanatçı değilsen. Bir Michelangelo veya Raffaello olmayacaksan, ne anlamı var ki? Vasatlıktan hiç hazzetmem."

Max-Ernest hiç düşünmeden "Evet, ben de," yanıtını verdi. Ardından biraz düşündü. "İyi de çaba göstermezsen büyük bir sanatçı olup olmayacağını nasıl bilebilirsin ki? Michelangelo, Michelangelo olana dek Michelangelo olacağını bilmiyordu. Buna ne diyeceksin?"

Benjamin'in yüzünde alaycı bir gülümseme belirdi. "Aman ne yüreklendirici! Aman ne bilgece! Zavallı annem ve babam gibi konuştun."

Max-Ernest kızardı. Söylediklerinin ebeveynlerin söyleyecekleri türden sözler olduğunu kabul etmeliydi. "Neyse, bazı insanlar senin çok başarılı olduğunu düşünüyorlardı."

"Elbette, çoğu çocuğa göre öyleydim de. Ancak kaderim bir başka yerde yatıyor." Benjamin, sanki kaderi monoklün içindeymiş gibi, camı ışığa tutup bir süre içine baktı.

Max-Ernest monoklün üst üste duran iki camı olduğunu fark etti. Benjamin'in göz çukurundan hafifçe dışarı kaymasının nedeni buydu. "Vay canına, hiç böyle bir monokl görmemiştim. Başlı başına bir görsel tezat. Biliyorsun, *mono* tek demek ama bu monoklün *iki* lensi var. Aslında bunun *görsel* bir görsel tezat olduğu söylenebilir. Çünkü terimler arası çelişkiyi *görmen* görsel bir eylem. Monoklün içinden bakman da görsel bir eylem. Buna ne diyeceksin?"

Benjamin monoklü alelacele gözüne geri takarak "Vay canına, konuya hiç bu açıdan bakmamıştım," dedi.

"İkinci lens, monoklün daha da yakını göstermesini mi sağlıyor?"

"Onun gibi bir şey... Şimdi, daha ciddi konulara geçelim. Dostumuz Cassandra nasıl? Onun için çok endişeleniyorum. Sanırım halen hastanede, değil mi?"

Max-Ernest kaşlarını çattı. "Onun hastanede olduğunu nereden biliyorsun?" diye fısıldadı. Sohbete dahil olmasınlar diye Danielle-değil-Daniel ve Glob'a baktı. İki arkadaş arkalarına döndüler (yine de konuşulanlara kulak kabartmadıklarından emin değilim).

"Herkes biliyor sanıyordum. Bunun bir sır olması gerektiğinden haberim yoktu."

Max-Ernest panik içinde eski/yeni okul arkadaşına

baktı. Benjamin gibi bir yabancı, Cass'in durumunu biliyorsa, herkes, hatta Gece Yarısı Güneşi bile biliyor olabilirdi. Max-Ernest bu bilgiden nasıl fayda çıkaracaklarından emin olmasa da (Cass'i hastaneden kaçırabilirler veya serumuna zehir koyabilirler miydi?) neler yapabileceklerini görmek için beklemeye niyetli değildi.

Hiç yapmadığı kadar hızlı bir şekilde harekete geçmeliydi.

Benjamin'e "Neyse, bundan kimseye bahsetme. Cass insanların durumundan bahsetmelerini istemezdi," dedi. "Ayrıca, onu dert etme. Yakında iyi olacak."

"Umarım! Tanrım, sevgili Cassimiz onları öngöremeyecek olduktan sonra dünyadaki tüm o felaketlerin hali nice olur?"

Max-Ernest başıyla Benjamin'in sözlerini onayladı. Alaycılığı sezme gücü geçen birkaç yılda epey gelişme kaydetmiş olsa da, Benjamin'in sesinde alaycılık varsa (olduğunu söylemiyorum) Max-Ernest'ın ayırt edemeyeceği kadar inceydi.

Hemen sonra öğle yemeği sona erdi. Yeniden bir araya gelen arkadaşlar ayrılırken Benjamin öksürüp sesini alçalttı.

"Max-Ernest, eski hempam, seni utandırmak gibi bir niyetim yok ama sırtına bir kağıt yapışmış... Alabilir miyim?"

Benjamin ciddi ve nazik bir tavırla kağıdı çıkarıp Max-Ernest'a verdi.

Max-Ernest homurdandı. Okul bahçelerine has,

klasik bir eşek şakasına maruz kalmıştı. Geçen yıllar boyunca kendinse onlarca kez yapılmış olan bir şakaya. Kağıdın üzerinde iki kelime yazılıydı:

TEKMELE BENİ

Max-Ernest sıktığı dişlerinin arasından "Sağ ol," dedi.

"Lafı olmaz." Benjamin hafifçe öne eğildi, sonra salınarak uzaklaştı.

Max-Ernest sinir bozucu kağıdı çöp kutusuna fırlatacakken arka yüzünde bir başka yazı olduğunu fark etti. Sanki bir tür tavsiye notuydu:

DİKKAT:
L GEMİSİ-ORD FİRE VERMEZ, MÜZİKLE AVUN, YAŞI İLERLEMİŞLERİ YOR, M'SİZ KELİMELERLE

Notun ifade tarzının tuhaflığı Max-Ernest'a hemen bunun Terces Derneği'nden gelen bir şifreli mesaj olabileceğini düşündürdü. Pietro bu tür mesajlar göndermeyi çok severdi. Peki, anlamı neydi? İlk bakışta notun bir anahtar sözcük şifresi veya harflerin basitçe yer değiştirdiği bir şifre olmadığını anlamıştı.

ORD, Şikago O'Hare Havaalanı'nın kısaltmasına benziyordu. Oraya gitmesi mi gerekiyordu? Peki neden? Nasıl?* Belki de oraya giden, ismi L ile başlayan bir gemi vardı. İyi de geminin fire vermesi de ne de-

* YERİ KONUSUNDA FAZLA FİKİR VERMEDEN, EN AZINDAN MAX-ERNEST'IN ŞİKAGO O'HARE HAVAALANI'NA EPEY UZAKTA BİR YERDE YAŞADIĞINI VE ONUN YAŞINDA BİRİ İÇİN ORAYA GİTMESİNİN ÇOK GÜÇ OLDUĞUNU SÖYLEYEBİLİRİM.

mek oluyordu? Uzun yol boyunca kendisini müzikle mi avutmalıydı?

YAŞI İLERLEMİŞLERİ YOR, M'SİZ KELİMELERLE. Max-Ernest mesajı deşifre etmesinin anahtarının önceki cümlelerden de tuhaf olan bu son cümlede yattığını sezmişti. Belki de bir palindrom söz konusuydu. "YOR" sözcüğü tersten okununca "ROY" ismini veriyordu. Ancak diğer sözcüklerde palindrom arayışı başarısız olmuştu. Belki de şifrede bir iki anagram olabilirdi. GEMİSİ=SİMGE? İyi de ikinci İ ne olacaktı?

Yaşı ilerlemiş kişileri "M'siz kelimelerle yormak" sözüyle ne kastediliyordu? M harfi içermeyen ve yaşlıları yoracak bir şey mi?

Max-Ernest hiç de kendisinden beklenmeyecek bir şekilde pes edip mesajı cebine attı. Normalde, Terces Derneği'nden gelen bir mesaj öncelikler listesinin en üstüne yerleşir, mesajı deşifre edene dek diğer tüm işlerini askıya alırdı. Ancak bu seferki mesajın beklemesi gerektiğine karar verdi. İlgilenmesi gereken daha acil bir mesele vardı: Cass.*

Hemen sonra, Max-Ernest kütüphanede Yo-Yoji'ye, Benjamin Blake'in beklenmedik dönüşüne ve Cass'i günümüze döndürmek konusunda ne denli çaresiz kaldığına dair bir e-posta yazdı.

Kendi kendine Cass'in zihnine girmesi gerektiğini telkin etti. Bunu nasıl yapacağını derhal bulmalıydı.

* ÖTE YANDAN, MAX-ERNEST'IN BİR NEBZE RENCİDE OLMUŞ OLMASI DA GAYET MÜMKÜN. PIETRO EŞEK ŞAKALARINDAN NE KADAR HAZZETSE DE ÜZERİNDE *TEKMELE BENİ* YAZILI BİR KAĞIT AŞIRIYA KAÇMIŞTI. SİHİRBAZ ŞU MESAJI BAŞKA BİR ŞEKİLDE ULAŞTIRSA OLMAZ MIYDI? SANIRIM MAX-ERNEST MESAJI DEŞİFRE ETME İŞİNİ GECİKTİRMEKLE SESSİZ VE EPEY ETKİSİZ BİR MİSİLLEME YAPIYORDU.

BÖLÜM - ALTI

Faremsi Efsanesi"nde geçen domuz ağılının korkunç tasvirine kıyasla kraliyet köpek evi gecelemek için hiç de fena bir yer gibi görünmüyordu. Aslında, harika bir yerdi.

Köpek evi, sarayın bir minyatürü olan, tuğladan, uzun bir yapıydı. İçinde, duvarlara ormanda sıçrayıp oynayan ve şişman bir köpek, tepelerinden onlara gülümserken korkmuş bir tilkiyi kovalayan köpeklerin freskleri vardı. Kralın değerli tazılarının üzerinde yattığı kadife yastıkların kenarlarında, kralın kendi yatağının tepesindeki karyola sayvanından sarkmasını bekleyeceğiniz kadar kalın ve gösterişli altın rengi saçaklar vardı. Her bir köpeğin yiyeceği, ortasına kraliyet armasının, kenarına tazının isminin işlendiği gümüş kaselerde veriliyordu.

Hem de ne yiyecekler!

Aç olduğu her halinden belli olan homunkulüs asker tarafından içeri sürüklenirken kraliyet tazıları üzerlerinden iştah kabartan yağlar ve sular damlayan türlü etleri mideye indiriyorlardı. Cass, homunkulüsün gözlerinin en başta duran, en şişman, en fazla kayırıldığı anlaşılan ve kasesinde yazdığına göre adı Terrence III olan köpeğin yemekte olduğu pirzolaya takıldığını fark etti. Cass, Bay Faremsi'nin taç rostosu takıntısının orada başlamış olabileceğini düşündü.

Homunkulüs ağzı sulanarak yanından geçerken, kasesinden başını kaldıran Terrence, kazara kaburgalardan birini dişlerinin arasından düşürdü. Homunkulüs minnet içinde ayaklarının dibine düşen kemiğe uzandı. Ancak daha elini değdiremeden Terrence hırlayarak kemiği kaptı.

Homunkulüs sanki biri kendisine vurmuş gibi irkildi.

Bu da yetmezmiş gibi, karnını fazlasıyla doyuran köpek, kemiği tekrar homunkulüsün önüne atıp, yine o yakalayamadan geri kaptı.

Cass gördüklerinin şaşkınlığı içinde başını iki yana salladı. Ne tür bir köpek kasten birisine bu şekilde işkence ederdi?

Ne yazık ki bir kraliyet tazısının lüks hayatı, zavallı bir homunkulüse fazla görülmüştü. Askerin homunkulüsü köpek eğiticisine emanet etmesiyle, onun için farklı planlar yapıldığı belli oldu. Değil bir kadife yastıkta uyumak, hiç uyumayacaktı. Eğitici ona geceyi köpek evinin tertemiz mermer zeminini kirleten (kibarca ifade etmek gerekirse) kraliyet atıklarını temizlemesini emretti. Homunkulüse bir kürek ve paspas verip ertesi sabah yerde leke olursa onu pişman edeceğini söyledi.

Cass, homunkulüsle konuşmak için diğer insanların (belki de zaman içinde yolculuk eden görünmez bir kız ve bir şişede üretilen küçük bir adamdan bahsettiğimizi göz önüne alarak diğer *insansıların* da denebilir) köpek evinden ayrılmalarını bekledi.

"Beni tanımıyorsun, değil mi? Elbette, tanımıyorsun. Daha tanışmadık ki. Beş yüz yıl sonrasına kadar da tanışmayacağız." Bu sözleri söylerken homunkulüse açıklama yapmasının yanında anılarını da tazeliyordu. "Adım Cassandra. Sana uzun gelirse, kısaca Cass diyebilirsin. Hemen hemen herkes Cass der bana."

Homunkulüs şaşkınlık içinde ona baktı. Sözlerini anlayamıyor gibi görünmesi bir yana, Cass'in niyetini anlamakta daha da fazla güçlük çektiği belliydi.

"Sen bilmesen de bir gün ikimiz iyi arkadaş olacağız. Yani onun gibi bir şey. Aslında yamyam olduğundan bir yanımın hep senden korkacağını itiraf etmeliyim."*

Cass belki de bundan bahsetmese daha iyi olacağını düşündü. Söylediklerinden etkilenen homunkulüs yakın zaman içinde yamyamlığı deneyebilirdi.

Birlikte anılarınız olan eski bir dosta rastlayıp onun bunların hiçbirini anımsamadığını görmek tuhaf bir deneyimdi. Genç Faremsi'ye neyi ne kadar anlatması gerektiğini, nelerden bahsetmeyip, bunları ileride ilk elden öğrenmesine izin vermesi gerektiğini bilemiyordu. Ana Direktif'e göre, onun normal gelişimine müdahale etmemesi gerekiyordu. Ancak yıldızlar arası uzay yolculuğunun kuralları beyin içi zaman yolcu-

* BU NOKTADA HER NE KADAR PİSBOĞAZIN TEKİ OLSA DA HOMUNKULÜSÜN ASLINDA BİR YAMYAM OLMADIĞINI, EN AZINDAN KELİMENİN TAM ANLAMIYLA ÖYLE OLMADIĞINI BELİRTMEM ŞART. BAZEN İNSANLARI (GENELLİKLE DE KIZARMIŞ KÖTÜLERİ) YEDİĞİ DOĞRU OLSA DA KENDİSİ TAM OLARAK İNSAN OLMADIĞI İÇİN TAM OLARAK YAMYAM DA OLMADIĞI SÖYLENEBİLİR. TAM ANLAMIYLA BİR YAMYAM OLMASI İÇİN DİĞER HOMUNKULÜSLERİ (KIZARTILMIŞ, JÖLE SÜRÜLMÜŞ VEYA ÇİĞ) YEMESİ GEREKİR. TIPKI BİR YAMYAM SİNCABIN İNSAN YAHNİSİ DEĞİL DE SİNCAP GÜVECİ YEDİĞİ GİBİ. NE YAZIK Kİ O, DÜNYAYA GELMİŞ, BİLDİĞİM TEK HOMUNKULÜS. DOLAYISIYLA, NE KADAR UĞRAŞSA DA YAMYAM OLAMAZ. YO, HAYIR. BİR DÜZELTME YAPMAM GEREK: KENDİSİNİ YERSE OLABİLİR. ONU TANIDIĞIM KADARIYLA DA, BELLİ ŞARTLAR ALTINDA BUNU YAPABİLECEK BİRİDİR.

luğu için de geçerli miydi?*

Cass konuyu değiştirerek "Neyse, seni buradan nasıl çıkarabileceğimize bakalım," dedi. "Biri gelirse benimle konuşmaman gerektiğini unutma. Beni göremezler... Ama şimdi istersen konuşabilirsin."

Cass onun neden tek kelime etmediğini anlayamıyordu. Anılarındaki homunkulüs dünyanın en konuşkan yaratığı olmasa da anılarını anlatmaya gelince durmak bilmeden konuşurdu. Ayrıca önüne yemek koyduğunuzda pisboğaz Bay Faremsi'nin basbayağı çenesi düşerdi.

"Eh, öncelikle karnını doyuralım, değil mi?"

Tüm tazılar (açlıktan ölecek haldeki homunkulüse nispet yaparmış gibi) kaplarını yalayıp temizlemiş olsalar da Cass, bir tezgahın üzerinde altı tane kızarmış tavuk bulmayı başardı.

"Buyur Bay Faremsi. Altı tavuk geliyor. Bu sana bile yeter."

Tazılar kendi hakları olarak gördükleri tavukların görünmez eller tarafından alıp götürülmelerine acı acı havlayarak itiraz ettiler. Ancak homunkulüsün kendisinden beklenmedik bir canlılıkla Terrence'in kulağına hırlamasıyla tüm köpekler korku içinde inleyerek kadife yastıklarına gömüldüler.

Cass görünmez başını iki yana sallayıp "Sanırım

*YEMİŞ MASASI'NIN GÖZDE KONULARINDAN OLAN ANA DİREKTİF, *UZAY YOLU* SERİSİNDEKİ YILDIZ GEMİSİ MÜRETTEBATININ UYDUĞU TEMEL KURALDIR. KURALA GÖRE BİR UZAY YOLCUSU HENÜZ YILDIZLAR ARASI YOLCULUK YAPACAK TEKNOLOJİYE ERİŞEMEMİŞ BİR GEZEGENİN DOĞAL GELİŞİMİNE MÜDAHALE ETMEMELİDİR. ELBETTE BU KURAL, TEKRAR TEKRAR İHLAL EDİLMEKTEDİR.

bazı köpekler bu durumu kaldırabilir ama bunlar tahammülsüz," dedi.

Boyu altmış santim bile olmayan homunkulüs altı tavuğu Cass'in elinden kapar kapmaz mideye indirdi. Kısa sürede Cass'in önünde, aşina olduğu o kemik yığınlarından biri oluşuverdi. Her bir kemik hiddetle kemirilmiş, ilikler son damlalarına dek emilmişti.

Cass gülümsedi. Bazı şeyler hiç değişmiyordu. Ya da en azından sonraki beş yüz yıl boyunca değişmeyecekti.

Homunkulüsün son ısırığını almasının ardından "Tamam, doydun mu?" diye sordu.

Elinde son bir kemikle yerde diz çöken homunkulüs başını yukarı kaldırıp gözlerini hiç kırpmadan ona baktı. Ya sorusunu anlamamıştı ya da ne yanıt vereceğini bilemiyordu.

"Peki. Asla doymazsın. Biliyorum." Cass iç geçirerek tezgaha dayandı. "Demek istediğim, başka konular hakkında konuşabilmemize yetecek kadar yedin mi. Mesela şimdi ne yapacağımız hakkında?"

Cass ne yapması gerektiğinden emin değildi.

Hatırladığı kadarıyla "Faremsi Efsanesi"nde Soytarı, homunkulüsü domuz ağılında buluyordu. Homunkulüsün karnını doyurmasının ardından, onu konuşmaya ikna ediyordu. Homunkulüsü hem domuz ağılından, hem de Lord Firavun'un elinden kurtaran yine o oluyordu.

Homunkulüsü kendi kurtarırsa kadere çok mu müdahale etmiş olurdu? Zaten Soytarı'nın gelmesini beklemesi gerekmez miydi? Orada olmasının başlıca nedeni onunla buluşmaktı. Çikolatayı yiyip beş yüz yıl öncesine Soytarı için gelmişti.

Öte yandan, Soytarı ortaya çıkmazsa ne olacaktı? Hikayenin pek de güvenilir olmadığı zaten belli olmuştu. En önemli şey homunkulüsün özgürlüğüne kavuşması değil miydi?

Cass, "Ne yapacağımı gerçekten bilmiyorum ama bir şeyler söylemezsen, seni burada bırakmak zorunda kalabilirim," dedi. Aslında bu söylediklerinde ciddi değildi. "Bak ne diyeceğim, konuşursan buradan çıkar çıkmaz demin şu köpeğin yediği rostolardan vereceğim sana, tamam mı?"

Rüşvet ümitsizce bir taktik olsa da, geçmişte, daha doğrusu gelecekte işe yaramıştı.

"Haydi ama! O sulu kemikleri bir düşün. Konuşabildiğini biliyorum."

Homunkulüs, "Ko-konuşabiliyorum," diye fısıldadı.

"Ne dedin? Seni duyamadım."

Homunkulüs sesini yükselterek "Konuşabiliyorum," dedi. "*Ben* konuşabiliyorum."

"Aferin!"

Cass dondu. Bu son kelime kimin ağzından çıkmıştı?

Daha onu görmeden, kulağına şapkasındaki zillerin sesi geldi.

"Konuşabildiğini biliyordum. Buraya seni şakıtmaya geldim!"

Köpekler, içeri giren Soytarı'nın arkasından havladı. Yine de hâlâ yastıklarından kalkamayacak kadar korku içindeydiler.

"Çok gelip giderim derken ben, bir baktım, dudakların çözülmüş erkenden!"

Cass öylece bakakaldı. Terces Derneği'nin kurucusu, bilinen tek atası olan Soytarı'yla aynı odada olduğuna inanamıyordu. Onunla (yine çikolata sayesinde gerçekleştirdiği) diğer buluşmaların fazla kısa ve rüya gibi olduğundan, Soytarı ona gerçek gelmemişti.

Görünüşü Cass'in anımsadığı haliyle epey uyuşsa da (yuvarlak, çilli yanaklar, şapkasından taşan portakal rengi bukleler) karşısında epey genç bir Soytarı vardı. Elbette, en dikkat çekici özelliği Cass'le ortaktı: büyük, sivri kulaklar.

Soytarı başarısından hoşnut, fırıl fırıl dönerek sırıttı.

"Bak, hiç yormadan kendimi, kazandırdım sana konuşma yetisini!"

Cass ona öyle önemli bir anda ne diyebilirdi? Evet, görünmezdi. Ancak Soytarı'nın bu durumu göz ardı etmesini sağlamalıydı.

Ayrıca, kendisinin de Soytarı'nın homunkulüsü konuşturma başarısını sahiplendiği gerçeğini göz ardı etmesi gerekiyordu. (Normalde bu tür şeylere epey sinirlendirdi.)

Soytarı, homunkulüsle yalnız olduklarından emin olmak için çevresine bakındı.

"Bizi dinleyecek hayvanlardan başka kimse yok," diye fısıldadı. "Öyleyse sana sırrımı açıklayabilirim."

Cass'in kulakları dikildi. Sırrın ne olduğunu bu kadar kısa zamanda işitmeyi kendisi de beklemiyordu.

"Saray denen bu yerden usandım. Senin gibi, ben

de kendi kendimin efendisi olmak istiyorum. Lord Firavun sana tasma bağlamış. Kral da bana. Zincirlerim görünmese de, ben de en az senin kadar acı içindeyim."

Homunkulüsün tepkisini ölçmek için yüzüne bakmasının ardından konuşmasına devam etti. "Çok cesaret isteyen bir planım var. Gecenin karanlığından faydalanıp kaçacağız. Kraldan ve firavundan uzak, senin de benim de özgür olabileceğimiz bir yere."

Soytarı konuşmasını el hareketleriyle destekleyerek heyecan içinde çevrede dolanmaya başladı.

" 'Ya sonra ne olacak?' diye soruyorsun. Ayaklarımız bizi nereye götürecek? Ne yiyip içeceğiz?" Soytarı gülümsedi. "Ama işin en güzel kısmı bu. Bu gerçeğe dönen bir hayal olacak. Birlikte sahne alacağız! Bir düşünsene, İnsan Soytarı ve Bilge Canavar. Ben onları güldürürüm, sen ağlatırsın. Hesabını şaşırırız çil çil altınların!"

Elleriyle dökülen altınları tutar gibi yapmasının ardından, onları beklenti içinde ovuşturdu.

"Peki, sen ne diyorsun küçük dostum?"

Homunkulüs ağzını açacak olsa da hemen sonra sımsıkı kapadı. Bunun nedeni belki de söylenecek hiçbir şey olmaması veya çok az şey olmasıydı.

Soytarı başını salladı. "Bu gece daha fazla konuşmayacaksın demek. İyi. İdeal arkadaş tanımıma uygun düşüyorsun. Dilimi tutmayı hiç öğrenemesem de katlamayı öğrendim."

Nasıl yaptığını göstermek için dilini katlamaya başlayan Soytarı, homunkulüsün kendisine boş gözlerle baktığını görünce gösterisini yarıda kesti.

"Ne? Seni güldüremiyor muyum? Doğru, bu pek de komik değildi. Peki ya, buna ne dersin? Bir gün bir adam... Of, neye yarar? Uçmayı ne kadar beceriyorsam, komik olmayı da o kadar beceriyorum. Ne harika bir soytarıyım ama!"

Heyecanı tükenen Soytarı sırtını duvara verip kendini yere bıraktı.

Kederli bir sesle "Ama sen, sen kanlı canlı bir mucizesin," dedi. "Konuşan homunkulüs. Seni görmek için, insanlar dünyanın bir ucundan gelirler. Ya ben neyim? Bir soytarı! Üstelik adamakıllı bir soytarı bile değilim. Yarım akıllının tekiyim. Beni ortağın olarak kabul etmemene şaşmamalı. Senin gibi bir yetenekle birlikte çalışmayı hak etmiyorum."

Soytarı başını kaldırıp, çenesini kararlı bir ifadeyle kenetledi. Aşağılayıcı bir tavırla "Eh, öyle gerekiyorsa, yola tek başıma çıkarım. Yalnız çalışmaya alışığım. Ne de olsa bir profesyonelim. Peki ya sen, bugüne dek yaptığın ne var? Kendi gayretinle olduğun şey olmadın! Kendi mucizen değil, Lord Firavun'un mucizesisin," dedi. "Ben sana profesyonel tecrübemden faydalanma şansını veriyorum, sen ise 'Nasıl istersen' demeyi bile çok görüp beni reddediyorsun."

Şaşkınlık içindeki homunkulüs başını ellerinin arasına alıp bir ümitsizlik tablosu oluşturan Soytarı'yı izledi.

Soytarı boğuk bir sesle "Affet beni, ne dediğimi bilmiyorum," diyerek özür diledi. "Bana karşı bir kusurun olmadı senin."

Tezgahın üstünde oturan Cass üzüntü içinde, kabullenmekte zorlandığı bu sahneyi izliyordu. Hakkında çok şey okuduğu ve duyduğu o büyük adam bu muydu? Yıllarca Max-Ernest'ın söylediklerini dinleyerek edindiği tecrübe olmasa konudan konuya atlayan Soytarı'yı takip etmekte daha da zorlanırdı. Bir anda değişen ruh haline gelince, orada olsa, Max-Ernest'ın Soytarı'ya bipolar bozukluk teşhisi koyacağından emindi.

Soytarı, homunkulüse tekrar bakıp derin bir nefes çekti. "İtiraf zamanı geldi: Artık profesyonel değilim. Kraldan kaçmıyorum; kral beni kovdu. Artık Lord Firavun'a kulak verdiğinden, espri anlayışımdan şüphe ettiğini söylüyor. Bugün son kraliyet yemeğimi yedim."

Gözyaşları Soytarı'nın yanaklarından aşağı akarken Cass'in tek yapabildiği Soytarı'ya sarılıp onu teselli etme dürtüsünü bastırabilmek oldu.

"Dün, kralın soytarısıydım, bugün bir kenara attığı paçavrayım."

Soytarı kendini toplayıp ayağa kalkarak bir kez daha homunkulüse seslendi.

"Ortağım olursun diye ummuş olsam da, bu konuyu kapatıyorum burada. Seni özgürlüğüne kavuşturamadı demesin kimsecikler hakkımda."

Gözlerinde bir pırıltıyla, kendi asil doğasına hayran, elini kalbine götürdü. "Doğru düzgün bir soytarı olamıyorsam da adam olurum hiç olmazsa!"

Sözleri çarpılan bir kapının gürültüsü ve yeniden havlamaya başlayan tazıların sesleriyle noktalandı.

"Dinle! Bu da ne?"

Ayak sesleri. Kralın askerlerinin kendilerine özgü, eş zamanlı adımları.

Cass hızla çevreye bakındı. Dışarıya çıkmanın tek yolu bir homunkulüs için yeterli büyüklükte, ancak erişkin bir insanın geçemeyeceği kadar küçük olan, tezgahın üzerindeki pencereydi. Uzanıp pencereyi iterek açtı.

Soytarı sanki pencereyi kendisi bulmuş gibi parmağıyla işaret ederek "Bak, açık bir pencere!" dedi.

Cass bir an için kendini tutamayıp yüksek sesle "Tasmana dikkat et!" dedi. Homunkulüsün tasmasından sarkan zincirin pencereye takılmasından endişe etmişti.

Yakınlarda büyükçe bir bahçe makası vardı. Cass, kaşla göz arasında, makasla homunkulüsü tasmasından kurtardı.

Az önce gördükleri ve duyduğu sesle afallayan Soytarı şaşkınlığını üzerinden atmasıyla "Aa, iyi, ondan kurtulduğuna sevindim," dedi. Ardından abartılı ölçüde kuvvetli bir sesle "Şimdi, pencereden dışarı çık. Ben de... Ben kalıp kralın askerleriyle yüzleşeceğim," diye ekledi.

Zaten homunkulüsün de Soytarı'nın emrini ikiletmeye niyeti yoktu. Devasa bir kurbağa gibi tezgahın üzerine sıçrayıp, tam askerler içeri daldıklarında pencereden geçti.

Askerlerin hemen ardından Lord Firavun geldi.

Soytarının tepesinde dikilip "Nerede o?" diye sordu. "Homunkulüsüme ne yaptın?"

Soytarı, "O sana ait değil," diye yanıt verdi. "O kendi kendisinin efendisi. Benim yaptığım, kalbi olan her insanın yapacağı şeydi."

"Kalbin olsa da beynin yok. Tutuklayın şu babunu!" Lord Firavun eliyle Soytarı'nın şapkasına işaret etti. "Artık bu zillerin sesini saray zindanından başka bir yerde duymak istemiyorum!"

Cass çaresizce olanları izlerken, askerler Soytarı'nın kollarını ve ayaklarını bağlayıp onu köpek evinden dışarı sürüklediler. Cass, kraliyet tazılarının alaycı havlamalarıyla baş başa kaldı.*

* EFSANE VE GERÇEKLİK ARASINDAKİ FARKLAR ÜZERİNE SON BİR NOT: "FAREMSİ EFSANESİ"Nİ OKUMADIYSANIZ, BU DİPNOTU GEÇEBİLİRSİNİZ. OKUDUYSANIZ HİÇ ŞÜPHESİZ O ÖYKÜYLE YUKARIDAKİ BÖLÜM ARASINDAKİ BİRÇOK ÇELİŞKİYİ FARK ETMİŞSİNİZDİR. BİZZAT CASS'İN DEĞİNDİĞİ DOMUZLAR VE KÖPEKLER KARMAŞASININ YANI SIRA BELİRTMEM GEREKTİĞİNİ DÜŞÜNDÜĞÜM İKİ BÜYÜK ÇELİŞKİ VAR. "FAREMSİ EFSANESİ"NDE HOMUNKULÜSÜN SOYTARI'YLA İLK KONUŞMASINDA LORD FİRAVUN'UN HİZMETÇİSİNİN ARA SIRA KENDİSİNE "BENİM KÜÇÜK FAREMSİM" DİYE SESLENDİĞİNİ SÖYLEMESİNİN ARDINDAN SOYTARI BUNU HOMUNKULÜSÜN ADI OLARAK BENİMSEMİŞTİ. BENİM BİLDİĞİM KADARIYLA, GERÇEKTE BU TÜR BİR DİYALOG HİÇ YAŞANMADI (EN AZINDAN İDDİA EDİLEN ZAMAN DİLİMİNDE). DİĞER ÇELİŞKİ İSE "FAREMSİ EFSANESİ"NDE SOYTARI'NIN BİR ENSTRÜMAN GİBİ ÇALDIĞI VE YILLAR SONRA CASS, MAX-ERNEST VE YO-YOJI'NİN HOMUNKULÜSÜ ÇAĞIRMAK İÇİN KULLANDIKLARI SİHİRLİ BİR SES TOPU OLAN SES PRİZMASI'YLA İLGİLİ. KİTABIN BU BÖLÜMÜNDE SES PRİZMASI'NIN NEDEN SOYTARI'DA OLMADIĞINI SORMADAN EDEMİYORUZ. BU DURUMA KESİN BİR YANIT GETİREMESEM DE SANIRIM HER İKİ ÇELİŞKİ DE AYNI SEBEBE DAYANIYOR. BU İKİ OLAY SONRADAN GERÇEKLEŞMİŞTİ. YANİ HOMUNKULÜSE İSMİ YAŞAMININ SONRAKİ DÖNEMLERİNDE YAKIŞTIRILMIŞ, SOYTARI DA SES PRİZMASINI YAŞAMININ SONRAKİ DÖNEMLERİNDE ELİNE GEÇİRMİŞTİ. "FAREMSİ EFSANESİ"Nİ YAZAN KİŞİNİN KENDİ EDEBİ AMAÇLARI UĞRUNA OLAYLARIN KRONOLOJİSİNİ ÇARPITMIŞ OLMASI GEREKTİĞİNİ DÜŞÜNÜYORUM. ÇOĞU YAZAR BUNU YAPAR. BİYOGRAFİLERİN HİÇ DE GÜVENİLİR OLMAYAN KAYNAKLAR OLARAK BİLİNMELERİNİN NEDENİ DE BUDUR.

BÖLÜM
BEŞ
ÖNEMLİ BİR DUYURU

"Anne, baba, sizde telepati veya diğer boyutları görme yeteneği gibi konularda kitaplar var mı?"

Max-Ernest annesi ve babasını yakın zaman önce ikisinin ortak ofisi haline getirilen odada buldu. Masalarını sırt sırta gelecek şekilde yerleştirmişlerdi. Böylece başlarını çevirmek zorunda kalmadan transa geçmiş gibi gözlerinin içine bakabiliyorlardı. Bir zamanlar iki ayrı ofis olan odanın ortasından, çatlaklar ve kıymıkların uç uca getirildiği tırtıklı bir çizgi geçiyordu. Zeminde kırık kereste parçaları ve tebeşiri andıran harç yığınları (epey tehlikeli bir dağınıklık) olsa da bunun hiç farkında değilmiş gibiydiler.

Ya da bu manzarayı umursamayacak kadar birbirlerini seviyorlardı.

Max-Ernest sesli bir şekilde öksürdü. "Merhaba anne. Merhaba baba. Ben buradayım, hemen yarım metre ötenizde. Beni duyabildiğinizi biliyorum."

Eskiden, anne babası Max-Ernest'ı hiç yalnız bırakmazdı. Şimdi ise ilgilerini çekmekte bile zorlanıyordu.

"Size telepati hakkında kitabınız olup olmadığını sordum. Hani şu psişik fenomenler veya duyu ötesi beyin gücü gibi konularda."

Hem annesi hem de babası psikolog olduğundan, dört yanları insan beyninin yanı sıra hayvan beyinleri, hatta robot beyinleri hakkında her türlü bilgiyi içeren kitaplarla doluydu. Dolayısıyla, Max-Ernest'ın bahsettiği konularda birçok kitapları olması gayet olasıydı. Ancak koleksiyon yapan pek çok kişi gibi onlar da kitaplarını paylaşmaktan pek hoşlanmıyorlardı. Max-Ernest bir kitap ödünç almak istediğinde, koydukları kural gereği, izin alması gerekiyordu. Ardından anne babası kitabı ödünç verdiklerini unutmasınlar diye, kitabın ismini bir deftere not etmesi gerekiyordu.

Babası gözlerini Max-Ernest'ın annesinden ayırmadan "Telepatiyle ilgili bir kitaba niye ihtiyacım olsun? Şu an zaten zihnini okuyabiliyorum," dedi.

Annesi babasından gözlerini ayırmadan "Telepatiyi araştırmaya ne gerek var? Zaten ne düşündüğünü biliyorum," dedi.

Max-Ernest'ın anne babası boşanmış (ancak aynı evde yaşayan) bir çiftken birbirlerini duymazdan gelip benzer cümleleri tekrar etmeyi alışkanlık haline getirmişlerdi. Ne yazık ki, şimdi yeniden birleşmelerine rağmen bu huylarını sürdürüyorlardı. Bu yüzden, onlarla konuşmak duruma alışık olan Max-Ernest için bile hayli akıl karıştırıcı bir deneyim oluyordu.

"Öyleyse, bu dediğiniz bazı kitapları ödünç alabileceğim anlamına geliyor mu, gelmiyor mu?"

Babası bakışlarını Max-Ernest'ın annesinden ayırmadan "Of, haydi ama Max-Ernest," dedi. "Rol kesmene gerek yok. Düşüncelerin yüzünden okunuyor zaten."

Annesi bakışlarını babasından ayırmadan "Of, lütfen ama Max-Ernest," dedi. "Ne düşündüğün gün gibi ortada. Aptal numarası yapma."

Babası, "Unutma ki biz sadece anne baban değiliz," dedi. "Aynı zamanda psikoloğuz."

Annesi, "Bizim akıl sağlığı uzmanları olduğumuzu unutma," dedi. "Biz sadece seni dünyaya getiren insanlar değiliz."

Max-Ernest şaşkınlık içinde onlara baktı. "Siz neden bahsediyorsunuz böyle? Benim hiçbir şey düşündüğüm yok."

Babası, "Konu düşündüklerin değil, hissettiklerin," dedi. "Hislerini de hesaba kat oğlum."

Annesi, "Hislerden bahsediyoruz," dedi. "Her şey her zaman mantıklı olamaz Max-Ernest. Hatta sen bile."

Pes eden Max-Ernest, "Peki o zaman ne hissediyorum ben?" diye sordu. Annesinin ve babasının hastalarına ayrılan uzun kanepeye oturdu. Ancak onların hastaları gibi boylu boyunca uzanmaya niyeti yoktu. Bu kadarı da fazla olurdu.

Gizlice raflara bakıp içlerinde aradığı şeyi bulabileceği kitapları gözden geçirdi. Başlıklardan biri dikkatini çekti: Görülmeyeni Görmek: Dört Adımda Üçüncü Gözünüzü Açmak, Beşinci Baskı. Kitap omzunun hizasında, kışkırtıcı ölçüde yakınında duruyordu.

Nihayet yüzünü Max-Ernest'a çeviren babası, "Şu son günlerde, biraz, nasıl desem, bunalımda olduğun gözümüzden kaçmıyor," dedi.

Nihayet annesi de Max-Ernest'a dönerek "Her gittiğin yere götürdüğün kara bulutları fark etmediğimizi sanma," dedi.

Aman, ne harika! diye düşündü Max-Ernest. En iyi arkadaşım komada. Bunalımda olduğumu anlamak için gerçekten dâhi olmak gerek. Ben bile bunun farkındayım.

Ancak düşündüklerini dile getirmedi. Anne babasının kitaplarını ödünç alacaksa ödemesi gereken bedelin onları dinlemek olduğunun farkındaydı. Eninde sonunda kitap konusuna dönmek zorunda kalacaklardı.

Annesi, "Olanları anladığının farkındayız," dedi. "Çoğu çocuk gibi."

Babası, "Birçok çocuk gibi biz sana anlatmadan sen tahmin ettin," dedi.

Max-Ernest tahmin etmesi gereken şeyin ne olduğunu bilmiyordu. Yeniden mi evleneceklerdi? Yeniden mi boşanacaklardı? Evi bölecek, ancak birlikte mi yaşayacaklardı? Yoksa aynı evin içinde ayrı mı yaşayacaklardı? Konu buna benzer bir şeyler olmalıydı. Yine de tüm bu konulardan hangisinin en olası olduğunu veya hangisini tercih etmesi gerektiğini bilemiyordu. Tüm senaryolar eşit düzeyde problemliydi.

Max-Ernest kitaba biraz daha yaklaştı. Belki de fark ettirmeden kitabı raftan aşırabilirdi.

Annesi, "İstersen buna kardeşler arası telepati diyebilirsin," dedi.

Babası, "Kardeşlerde görülen bir çeşit altıncı his," dedi.

Anne babasının gözleri üzerindeyken kitabı bir türlü alamayan Max-Ernest kaşlarını çattı. Kardeşler arası mı? İkizlerde olduğu gibi mi? Bu kardeşler meselesi de neydi? Max-Ernest tek çocuktu. Tek çocuk olmak çocukluğuna damgasını vurmuştu. Ona bir yerlerde gizli bir ikizi olduğunu mu söyleyeceklerdi? Yoksa doğumda ölen bir kardeşi olduğunu mu?

Babası bilgiç bir edayla ona gülümsedi. "Söyle bize Max Ernest, annenin hamile olduğunu ilk ne zaman anladın?"

Annesi de benzer bir şekilde gülümsedi. "Dürüst ol, ne zamandan beri bir erkek kardeşin olacağının farkındaydın?"

"Er...kek...kar...deş...mi?"

Max-Ernest kitap aşırma görevini bir anlığına unutup ağzı açık halde anne babasına baktı.

Demek bir erkek kardeşi olacaktı. Bunu nasıl sezememişti? Böyle önemli bir gelişmeyi fark edemeyecek kadar mı kendinde değildi?

Annesi, "Evet, varlığını sezdiğin bebek bir erkek," dedi. "Sana olan sevgimizi ona yönelteceğimiz hissine kapılmanı anlıyoruz."

Babası bilmiş bir tavırla başını salladı. "Senin durumundaki çocuklar çoğu zaman kardeşlerinin yerlerini alacağı hissine kapılırlar."

Annesi de babasını destekleyerek "Kıskançlığa kapılman gayet doğal," dedi.

Babası, "Bu durum karşısında hissettiklerin gayet doğal bir tepki," diye ekledi.

Bunalımda oluşunun nedeninin bebek olduğunu mu düşünüyorlardı? Cass'i unutmuşlar mıydı? Anne babası yaşamının her ayrıntısına takıntı derecesinde eğilirlerdi. Artık onu etkileyen olayları önemsemez mi olmuşlardı?

Şaşkınlığından onlara işin aslını söylemeye bile yeltenmedi.

Babası, "Lütfen öfkeni bastırmaya çalış," diyerek onu uyardı. "Gecenin bir yarısı bebeğin üzerine mayonez dökmeye falan kalkma!"

Annesi de "Kendine hakim ol," diyerek onu uyardı. "Gece kalkıp seni elinde boş bir mayonez kavanozuyla bebeğin tepesinde dikilir halde bulmak istemiyorum!"

Max-Ernest zorlama bir gülümsemeyle "Tamam. Mayonez yok," dedi.

Şaka yaptıklarını düşünüyor, en azından bunu umuyordu. Yine de onunla bu şekilde konuştuklarına inanamıyordu. Sanki yakında doğacak erkek kardeşini hayatta en sevmediği maddeyi üstüne dökecek kadar kıskanan iki yaşında bir oğlanla konuşuyorlardı. Ayrıca annesiyle babası, mayonezden kavanozuna dokunmayacak kadar tiksindiğini bilmiyorlar mıydı?

"Güzel. Bu konuşmayı yaptığımız iyi oldu," dedi babası. "Ayrıca, herhangi bir endişen varsa, seni temin ederiz ki küçük kardeşin emin ellerde olacak. Hatalarımızdan ders aldık. Sözümüz söz," dedi.

Annesi de "Güzel. Birbirimizi anladığımıza sevindim," diye ekledi. "Endişe etme. Küçük kardeşini mutlu edeceğiz. Seni yetiştirirken yaptığımız hataları bu kez yinelemeyeceğiz. Söz veriyoruz."

Babası annesine gülümseyerek elini tuttu. "*O*, çocukluğunu bir doktordan diğerine gitmekle, kuruntular denizinde boğulmakla geçirmeyecek."

Annesi babasının gülümsemesine gülümseyerek

karşılık verdi. "Tedavisi olan veya olmayan rahatsızlıklar arayıp *onu* bir evham kumkumasına çevirmeyeceğiz!"

Max-Ernest kendisine kendi hayatı veya kardeşinin hayatına değil, Cass'inkine odaklanması gerektiğini hatırlatarak anne babasının söylediklerine kulak kesilmek için elinden geleni yapıyordu. Elbette onu yetiştirmede başarısız oldukları fikri onun gibi duygularla arası iyi olmayan biri için bile epey moral bozucu olsa da şimdi yelkenleri suya indirmenin zamanı değildi. Şimdi tüm dikkatini onu bekleyen görevine odaklamalıydı:

Hırsızlık.

Anne babasının dikkati yine birbirlerine odaklanınca üçüncü gözle ilgili kitabı hızla raftan alıp arkasına gizledi. Onlara fark ettirmeden rahat bir nefes aldı. O ana dek her şey yolunda gitmişti.

Babası, "Her an nefesimizi ensesinde hissetmeyecek," dedi.

"Her saniye yanında olmaya çalışmayacağız," dedi annesi.

Babası, "*Yeni* oğlumuzun güzel, normal bir çocukluğu olacak!" diyerek son noktayı koydu.

Annesi de "*Yeni* oğlumuz hoş, normal bir çocuk olacak!" diyerek son noktayı bir kez daha koydu.

Max-Ernest yutkundu. Tüm çabasına rağmen anne ve babasını tamamen, tümden, yüzde yüz görmezden gelemiyordu. Normal olmadığını düşündüklerini biliyordu. Yoksa ne demeye tüm zamanlarını ve paralarını rahatsızlığını tedavi etmeye harcayacaklardı ki? Ancak bunların sesli bir şekilde ifade edildiğini duymak bambaşka bir şeydi.

Kendi kendine bu durumu önemsememesi gerektiği telkininde bulundu. *Normal* biri, komadaki bir kızın atalarının geçmişinde kaybolmasına engel olamazdı. *Normal* biri, Cass'i kurtaramazdı. Cass onun normal olduğunu düşünmese de normal olmasını *istemiyordu da*. Ona olduğu haliyle güveniyordu. Ona inancı vardı. Bunu ona söylemişti de. Bu yüzden düşünmesi gereken tek şey onun inancını boşa çıkarmamaktı.

Anne babası parlayan gözlerini yine birbirlerine diktiklerinden fark edilmeden elinde kitapla odadan çıkabileceğini düşündü.

Bunu yaptı da.

Sonra biraz çikolata yedi.

Sonra biraz daha çikolata yedi.

Sonra biraz daha.

Sonra biraz daha.

Ve sonra...

hıııımmmh...

biraz daha.

BÖLÜM - BEŞ

Karanlıkta Sohbet

Cass köpek evinden Soytarı'nın nereye götürüldüğünü göremeyecek kadar geç çıktı. Saraya yaklaşırken, Çifte Monokl'ü bir dürbün gibi kullanarak çevreyi taramasının da yararı olmadı.

Homunkulüse gelince, onu iyi tanıyan Cass, içinden "Muhtemelen saray mutfaklarını bulmuştur ve şu an kendisinin iki katı büyüklüğünde bir kızarmış domuzu midesine indirmekle meşguldür," diye geçirdi. Tabii Lord Firavun'un yakınlarına gitmekten korkmamışsa. Her halükarda, Cass onun çoktan sırra kadem basmış olması gerektiğini düşünüyordu.

Soytarı'yla buluşup ona Sırrı, kim olduğunu sorma amacına çok yaklaşmıştı. Ancak artık bu amaca ulaşmaktan her zamankinden de uzak olduğunu hissediyordu. Zaten Sır, Soytarı'ya ait olduktan sonra ne kadar önemli olabilirdi ki? Öyle kaçık, melankolik bir adamın tüm dünyanın kaderini etkileyecek ölçüde önemli bir bilgiye sahip olması epey düşük bir ihtimaldi.

Düşünceler içinde kaybolan Cass ilk anda bir hizmetçinin tepesindeki pencereden aşağı bir kova sarkıttığını fark etmedi.

Kovanın nahoş içeriğinin tepesinden aşağı dökülmesinden hemen önce, Cass burnuna gelen koku sayesinde yana kaçabildi. Kovada neler olduğunu söylemeyeceğim. Yine de lazımlığın ne olduğunu biliyorsanız, bunu kendiniz de tahmin edebilirsiniz. (Bu olayların tuvalet tesisatının icadından önce gerçekleştiğini unutmayın.)

Cass kovadakilerin çevreye dağılacağını düşünse

de anlaşılan lazımlıktakiler doğrudan zemindeki taş bir kuyuyu andıran deliğe dökülmüştü.

Kuyudan yayılan koku (tabii söz konusu delik bir kuyuysa) çoğu insanı kendisinden kaçıracak cinstendi. Ancak oradan gelen ışık Cass'in merakını cezbetti. Burnunu tutarak deliğin kenarından aşağıya baktı.

Pek bir şey göremese de gördükleri ona yetmişti. Aşağıda gerçekten bir su birikintisi olsa da su pislikle dolmuştu. Aşağıda bir yerlerden mahkumların cılız çığlıkları ve (bunun hayal gücünün bir oyunu olmadığından emin olmasa da) Soytarı'nın şapkasındaki zillerin daha da güç işitilen sesi geliyordu.

Bu kraliyet tuvaletinin aynı zamanda saray zindanı olduğu anlaşılıyordu.

Ancak içeri nasıl girecekti? İple aşağı kadar sallanmayı deneyebilirdi. Peki nereye inecekti? Cass, Gece Yarısı Güneşi'nin kaplıcasında iple aşağı inecek olduğunda alevlerin ayaklarını nasıl yaladığını anımsadı. Pislik havuzu daha beter bir deneyim olabilirdi.

Neyse ki bir başka yol buldu. Yakın sayılabilecek bir mesafede, yerin altına inen, zindana gittiği neredeyse kesin olan geniş bir merdiven vardı. Yoluna ağır, demir bir kapı çıktı. Yine de yeterince uzun bir süre beklerse birilerinin nihayetinde bu kapıyı açacağını düşündü.

Beklediği gibi, altı askerden oluşan bir grup, yeni mahkumlarla kapının önünde bitti. Mahkumlardan ikisi Anastasia'nın haydut çetesindendi. Daha önce yüzlerini kapatan maskeleri şimdi boyunlarının çevresinde sallanıyordu.

Haydutlardan biri, "Bizi demir parmaklıkların arkasına hapsetseniz de kralın köleleri asıl sizsiniz!" diye bağırdı.

Diğer haydut, "Bu kez bizi burada geçen seferkinden daha uzun tutacağınızı mı sanıyorsunuz?" diye bağırdı.

Mahkumlara karşı mantıkla açıklaması güç bir sempati duyan Cass bir an için görünmezliğinden yararlanarak bir şekilde onlara yardım etmeyi düşünse de Soytarı'yı bulmaya çalışmasının daha doğru olacağına karar verdi.

Kapıdan geçene kadar askerlere yakın durdu. Ardından aralarındaki mesafeyi açmak için bir süre duraksadı.

Grubun peşi sıra giden Cass kendisini meşale olmasa insanın yolunu bulamayacağı kadar karanlık olacak, uzun ve dolambaçlı bir geçitte buldu. Monokl sayesinde her çatlağı ve yarığı sorunsuz bir şekilde görebiliyordu. Tabii sıçanlar, hamamböceklerinden ve çok büyük bir örümcekten sakınmayı sorundan saymıyorsanız.

Burnunu tutmak zorunda kaldığında yaklaştığını anladı.

Artık yalnızca duvarlardaki birkaç mumla aydınlanan koridor giderek genişleyerek yeraltına kurulu, dairesel bir yapıya açıldı. Yapının ortasında dışkı havuzu, havuzun etrafında ise mahkumların hücreleri vardı.

Cass'e yakın bir noktada, askerler haydutları hücrelerden birine tıkıp kapıyı sertçe kapadılar. Dışarı çıkmak için Cass'in yanından geçerlerken, Cass arkasındaki duvara iyice yaslandı.

Hücrelerin kapıları demirdi. Küfle kaplı bu kapıların üzerinde farklı hücrelerdeki mahkumların birbirlerini zar zor duymalarını sağlayacak küçük açıklıklar vardı. Cass parmak uçları üzerinde dikilip baştaki hücrenin içine baktı. Karanlıkta görmekte zorlansa da içeride birisinin olduğundan neredeyse emindi.

İkinci hücrenin başına geldiğinde, Lord Firavun elinde bir mumla, hiddet içinde hücreden çıktı. Yanında bir gardiyan vardı.

Hücredeki kişiye "Bana o yaratığın nereye gittiğini söylemezsen, yemin ederim ki hayatının geri kalanını burada geçirirsin," diye bağırmasının ardından hızlı adımlarla Cass'in olduğu yöne doğru yürüdü.

Kapının gerisinden "Maymununun nereye gittiğini bilmiyorum," yanıtı geldi. "Bildiğim sadece senin nereye gideceğin. Sana tavsiyem de oraya giderken şu pelerinini giymemen. Çünkü gittiğin yer çok sıcak olacak. Aslında orada yanıyor olacaksın."

Cass sırtını duvara yaslasa da geç kalmıştı. Lord Firavun'un geçerken koluna sürtünmesiyle Cass monoklü elinden düşürdü.

Neyse ki cam kırılmadı. Yine de yere düştüğünde Lord Firavun'un dikkatini çekecek bir tıkırtı çıkardı. "Bu da ne?"

Kalbi deli gibi çarpan Cass donup kaldı. Monokl, meşale ışığının altında ışıldıyordu.

Lord Firavun monoklü alıp elinde çevirdi. "Ne tuhaf, bir Çifte Monokl..."

Ardından olanlar oldu. Monoklü gözüne takıp dosdoğru Cass'e baktı. Yüzünde hain bir gülümsemeyle "Gerçekten tuhaf," dedi.

Uzanıp kolunu kavradı. Cass onu itmeye çalışsa da Lord Firavun çok güçlüydü. "Bir an için seni bir göz yanılgısı sandım. Ancak şimdi görüyorum ki bir dokunma yanılgısı da yaratabiliyorsun."

Cass gözlerini kendisine diken adama aynı şekilde bakarak karşılık verdi. Çifte Monokl'ün camlarının büyüttüğü koyu yeşil gözünün meşum, sürüngenlerin gözlerini andıran bir görüntüsü vardı. Ona karşılık vermek, o korkunç adama zekice ve iğneleyici bir şeyler söylemek istese de bunu yapamayacak kadar korkmuş olduğunu fark etti.

Lord Firavun düşünceli bir sesle "Neden sana bakınca geleceği gördüğüm hissine kapılıyorum?" diye sordu. "Sen bu zamana ait değilsin, değil mi?"

Gardiyan tedirgin bir halde "Nedir o?" diye sordu. "Bir hayalet mi?"

Lord Firavun kıs kıs güldü. "Hayalet olmaya hayalet ama pısırık bir hayalet bu. Korkulacak bir tarafı yok."

Cass'i tutan elini gevşetti. "Şu gözlüğün epey ilginçmiş... Görünmez dünyandan getirdiğin başka neler var? Boşalt ceplerini. Hemen. Yoksa o işi gardiyana yaptırırım."

Cass itaat etti. Ceplerinde buruşturulmuş bir ambalaj kağıdından başka bir şey yoktu. Lord Firavun kağıdı açınca, içinden üçgen şeklinde bir çikolata parçası çıktı.

İrkilen Cass'in ağzından kısa bir nida fırladı. Bu Sinyor Hugo'nun özel zamanda yolculuk tarifinden geri kalan son parçaydı. Çikolatayı bitirmediğini unutmuştu.

Lord Firavun çikolatayı koklayıp diliyle dokundu. "Ne bu? Bir tür baharat mı?"

Şaşkınlığı bir an için korkusuna galip çıkan Cass, "Bu çikolata," diye yanıt verirdi. Hemen sonra Avrupa'nın Yeni Dünya'ya ait bu tatlıyla henüz tanışmadığını anımsadı.

Çikolatadan geri kalanları yeniden ambalaja saran Lord Firavun, "İğrenç. Yine de kendine has bir tat. Bunu bir ara incelemem gerek," dedi.

Cass, Sinyor Hugo'nun çikolatasının Lord Firavun üzerinde bir etkisi olduğunu gösterecek bazı belirtiler arasa da (şansı varsa Lord Firavun kendinden geçip yere yığılırdı) anlaşılan yalnızca tadına bakması çikolatanın etkisini göstermesine yetmemişti.

"Sana gelince, seni şimdilik Soytarı'yla aynı yere kapatalım. Sonra, bir hayaleti öldürmenin en iyi yolu neymiş, öğreniriz."

Monoklü indirip şöyle bir inceledi. Yeniden gözüne takarken "İçimde, geleceğin seninle daha parlak olacağına dair güçlü bir his var," dedi. Bu kez yüzünde öyle memnun bir ifade vardı ki halini gören monoklü bir daha asla gözünden çıkarmayacağını düşünürdü.

Cass hıçkırığını tuttu. Monokl olmadan oradan asla kaçamayabilirdi.

* * *

Soytarı'nın şapkasındaki ziller karanlığa meydan okuyarak çınladı.

"Kim var orada?" diye sordu. "Yüzünü göremesem de, bu kasvetli yere bahtsız birisinin girdiğini anlıyorum."

Cass hapishane arkadaşını seçebilmek için gözlerini hücrede gezdirdi. Işık gelen tek yer hücrenin kapısındaki küçük açıklıktı.

Soytarı'nın şapkasındaki zillerden biri olabileceğini düşündüğü bir pırıltı seçti. Yavaşça ona doğru ilerledi.

"Eee, merhaba. Adım Cassandra ama herkes bana Cass der."

Şaşkın haldeki Soytarı, "Cass mi?" diye sordu. "Kulaklarım beni yanıltmıyorsa, küçük bir kızsın sen. Senin gibi bir çocuğun böyle bir yerde ne işi var? Ne suçun vardı? Ya da daha doğrusu, ne iyilik yaptın da buraya düştün? Ben buradaysam, bu hapishane en iyi ve en zeki insanlara ayrılmış demektir."

Cass kıkırdadı. Anlaşılan, Soytarı kendisini yeniden iyi hissetmeye başlamıştı.

"Biraz uzun bir hikaye ama sanırım bir nedeni..." Derin bir soluk aldı. Bir an her şeyi olduğu gibi anlatmayı düşünse de "Görünmezim ve Lord Firavun bunun nedenini öğrenmek istiyor," demekle yetindi.

Soytarı güldü. "Bu iyi bir şaka olsa da bilmece gibi bir tarafı yok. Hepimiz karanlıkta görünmez oluruz. Haydi ama! Bana gerçek hikayeni anlat. Gerçek olmasa da bundan iyi bir hikaye olsun."

"Hayır, gerçekten, ışık olsa da beni göremezdin. İzle şimdi. Şapkanı alabilir miyim?"

O ana kadar Cass, Soytarı'nın yerini belirlemişti. Daha itiraz edemeden, şapkasını başından alıverdi.

"Şu azıcık ışığın bu zilin üzerinde nasıl parladığına bak. Şimdi, elimi hisset. Elim orada, değil mi? Şimdi elimi zilin üzerinde oynatıyorum. Zilin üstünde hâlâ ışık olduğunu görüyorsun, değil mi? Hiç gölge yok."

Gördüklerinden etkilenen Soytarı, "Hoş bir numara," dedi. "Bu tür sihirleri gün ışığında da yapabiliyorsan, birlikte gösteriler yapabiliriz."

"Bu bir sihir numarası değil. O işlerden arkadaşım Max-Ernest anlar."

"Arkadaşın büyük bir sihirbaz olmalı. Peki ya *onun* ortağa ihtiyacı var mı? Birlikte kazanacağımız her on sikke için ona bir sikke veririm. Şimdiden kendimi zengin bir adam gibi hissediyorum. Haydi şunu iki yapalım."

"Bırak şimdi Max-Ernest'ı. Birlikte çalışması zor bir ortaktır; bu konuda bana güvenebilirsin. Asıl konu görünmez olduğumdan ışığın içimden geçmesi."

Cass onu ikna etmesinin önemli olduğuna karar verdi. Öncelikle, hücre bir şekilde aydınlanırsa Soytarı'nın onu göremeyip şok geçirip ölmesini istemiyordu. Görünmez olduğu gerçeğini kabul ederse, onu daha da imkansız olana, yani gelecekten gelen bir ziyaretçi olduğuna inandırmak daha kolay olurdu.

"Bak, elimi gözlerinin üzerine koysam da hâlâ görebiliyorsun, değil mi?"

Soytarı bir şey söylemeden başını salladı.

Hemen sonra "O zaman sen bir hayalet misin? Yoksa bir ruh mu?" diye fısıldadı. "Daha önce hiç böyle biriyle karşılaşmamıştım."

Cass, "Bilmem... Açıklamak zor," dedi. "Sanırım mesele *hayalet* dediğin şeyi nasıl tanımladığına bağlı."

Soytarı karanlıkta ürperdi. "Ne olduğunu biliyorum. Hayalet falan değilsin; sen kafamın içindeki şu sessin. Hani insanların sakınmak gerek dedikleri o sesler yok mu?"

Şapkasını tutup, sanki Cass'in susmasını sağlayacağını umarak yeniden başına koydu. Ziller alaycı bir çınlama çıkardı.

"Görüyorsun ya, kibrime rağmen, akıl sağlığımdan endişe ediyorum," diye fısıldadı. "Bana deli dediklerinde, hep güler, bir espri daha yaparım. Ancak gizliden gizliye akıl bağlığım için de endişe ederim... Bu arada, bu bir kelime oyunu. Bir kesenin ağzını bir bağla kapatırsın. Bağ çözülünce içindekiler dökülür gider. Akıl sağlığının da bağı çözülürse gerçekle arandaki bağ kaybolur. Bak, nasıl da abuk subuk konuşuyorum."

"Dur biraz. Yemin ederim ki zihninin içinde duyduğun bir ses değilim. Aslında, bu durumda senin benim zihnimin içinde bir ses olduğun söylenebilir. Demek istediğim, bir açıdan, ben senin hayalini görüyor olabilirim."

"Ne? Ne diyorsun sen? Aklımı daha da karıştırıyorsun seni hin hayalet! Öyle olsun, seni sinsi hayalet, gel üstüme!"

Bulduğu bu yeni konuya iyice ısınmıştı. "Alın beni, ey delilik tanrıları. Köleniz olacağım. Beni alırsanız tam bir zırdeli olacağım! Zira bu korkunç hapishaneden kaçışın anahtarı delilik. Alışacaksam karanlığa, hayalimde olurum bir saka. Ölüp yenilmeyeceğim bu duvarlara çünkü zihnimde uçacağım uzaklara. Etim çürüyebilir ama artık ihtiyacım yok ona!"

Cass, Max-Ernest'ın lafı çok uzatıp saçmalaya başladığı anlar için ayırdığı katı bir ses tonuyla "Bir saniye konuşmayı keser misin?" dedi. "Deli falan değilsin ama *beni* delirtiyorsun. Şimdi beni dinle. Söyleyeceklerimin sana gerçekten tuhaf geleceğini biliyorum ama ben gelecekten, yüzlerce yıl sonrasından geliyorum. Aslen sen benim büyük büyük ve çarpı bilmem kaç kere büyük büyükbabamsın."

"Hah! Beynimi jöleye çevirdin de başın göğe mi erdi şimdi? Bir de ekmeğin üzerine sür de ye istersen."

"Dur, kulaklarımı hisset." Cass, Soytarı'nın eline uzanıp kulaklarına dokunmasını sağladı. "Bak, aynı seninkiler gibi."

Soytarı ona hak vererek "Gerçekten öyleler," dedi. "Yine de bu demek olmuyor ki sen gelecekteki bensin, bunun tek anlamı sen de benim gibi bir yarı elfsin."

Kalp atışı hızlanan Cass donup kaldı. Kulağa inanılmaz gelse de doğru olabilir miydi bu? Cass'in sırrı bu muydu yoksa? *Sır* bu olabilir miydi?

"Gerçekten yarı elf misin?" diye sordu.

Soytarı güldü. "Şimdi de sen aklını yitirdin herhalde! Hayır değilim, yarı elf olan kimseyi de tanımıyorum."

Rahatlayan ancak aynı zamanda hayal kırıklığına uğrayan Cass, "Ya?" dedi. "Eh, elf olsan da olmasan da ben senin soyundan geliyorum. Bundan yüzde doksan dokuz eminim."

Soytarı iç çekti. "Belki de öylesindir. Ben artık hiçbir şeyden emin olamıyorum."

Yeniden sakinleşen Soytarı, Cass'in yanına oturdu.

Cass doğru anın geldiğini düşündü. Tam Soytarı'ya Sırrı soracakken koridorda bir gürültü yankılandı.

BÖLÜM ALTI
OKULA DÖNÜŞ

Max-Ernest kendini bundan daha kötü hissedemezdi.

Aşırdığı* kitabı okumak Cass'in zihnini okumasına biraz olsun faydası olmamıştı. Max-Ernest'a soracak olsalar *Görülmeyeni Görmek: Dört Adımda Üçüncü Gözünüzü Açmak* kitabının fiziksel olarak üç gözü olan biri tarafından yazılmış olabileceğini söylerdi. Kitap o denli saçmaydı.

Kitabın pek faydalı olmamasının ardından, anne babasından kitap raflarını karıştırmak için izin kopardı. Max-Ernest'ın küçük kardeşinin yakında dünyaya gelecek olması kurallarında bir gevşemeye neden olmuş gibiydi.

Babası, "Çocuk bakımıyla ilgili, gözden kaçırmış olabileceğimiz kitaplara da göz at," dedi.

Annesi, "Çocuk yetiştirme üzerine başka kitaplara rastlarsan bize haber ver," dedi.

Max-Ernest saatlerce ofisin zemininde oturup sadece bebekler değil, (bazıları mantıksal ve bilimsel olan ancak çoğu Max-Ernest'ın bakış açısına göre fantastik kaçan) duyu ötesi algıyla ilgili kitaplar okuyup bir sürü etkileyici ıvır zıvır öğrendi. Örneğin, *bilokasyon* aynı anda iki yerde olma haliydi. (Max-Ernest'ın anne babası ayrı yerlerde yaşarken bu durumdan mustarip olduğu söylenebilirdi.) Bir çubuk veya sarkaç kullana-

* *AŞIRMAK,* HER HIRSIZ ADAYININ BİLECEĞİ GİBİ ÇALMAK ANLAMINA GELİR. EDGAR ALLAN POE'NUN "ÇALINAN MEKTUP" ADLI ÜNLÜ BİR ÖYKÜSÜ VARDIR: ÖYKÜDE AŞIRILAN MEKTUBUN NEREDE SAKLANDIĞINI KİMSE BULAMAZ. TA Kİ POE'NUN KAHRAMANI DEDEKTİF DUPIN, MEKTUBUN BAŞINDAN BERİ ŞÖMİNE RAFINDA, HERKESİN GÖZÜNÜN ÖNÜNDE DURDUĞUNU FARK EDENE DEK.

rak kayıp bir nesnenin yerini *belirlemek* olasıydı. (Max-Ernest, Bayan Johnson'ın Diyapazon'u bulmak için mıknatıs kullanmasının bu tür bir faaliyet sayılıp sayılamayacağını merak ediyordu.) Uzak yerlerde olanları *görmek* için de kristal bir küre veya ayna kullanılıyordu. (Max-Ernest televizyon izlerken yaptığımız şeyin de aşağı yukarı bununla aynı şey olduğunu düşünerek bu sonuncuyu pek de etkileyici bulmadı.)

Telepatinin nasılları, nedenleri ve amaçlarına dair birçok kuram vardı. Ancak tüm bunlar şu ya da bu şekilde Max-Ernest'a saçmalık gibi geliyordu. Okuduğu konular arasında komadaki bir kızın zihninin nasıl okunabileceğiyle ilgili hiçbir şey de yoktu. Kitapların çoğunda işe zihni okunacak kişinin gözlerinin içine bakarak başlanması (Cass'in gözleri kapalıydı), yüz ifadelerinin incelenmesi (Cass'in yüzünde nadiren herhangi bir ifade beliriyordu) veya sesinin dinlenmesi (Cass hemen hemen her zaman sessizdi) tavsiye ediliyordu.

Max-Ernest tüm o kitaplar, bakmak ve dinlemekten başka herhangi bir tavsiye veremiyorsa neden bu işe zihin *görme* veya zihin *duyma* değil de zihin *okuma* dendiğine şaşırdı.

Bir şifre ve bilmece çözme uzmanı olarak, Max-Ernest karşısına çıkan problemleri bir anahtar, bir kurallar dizisi veya talimatlara göre çözmeye alışıktı. Kitaplarda sezgilerine güvenmesi tavsiyesinin verilmesi onu büyük hayal kırıklığına uğrattı.

Homurdanarak kendi kendine "Sezgi dediğin de

nedir ki?" diye sordu. "Sezgi bir hiçtir. Bir kuruntudur. Mantıksal değildir. Bir temele dayanmaz. Benim sezgilerim yok. Fikirlerim var."

Yine de okudukları beklenmedik birkaç keşif yapmasına yaramıştı. Bunlardan ilki Bayan Johnson'ın mıknatıs kolyesiyle ilgiliydi. Max-Ernest'ın hakkında bir şeyler okuduğu sözde sihirli nesnelerden biri de doğada kendi kendine ortaya çıkan bir mıknatıs olan *mıknatıs taşı*ydı. Görür görmez Bayan Johnson'ın kolyesinin bir taşa benzediğini düşünmüştü. Artık bundan emindi. Ancak bu bilginin ona bir faydası yoktu. Cass'i yüzünün üzerinde siyah bir taş sallayarak uyandırabileceğinden şüpheliydi.[***]

Diğer keşfi ise sırtına yapıştırılan TEKMELE BENİ yazısıyla ilgiliydi. *Açık Zihin* adlı bir kitabın yardımıyla sırtına yapıştırılan mesajı nihayet çözmüştü.

Kitapta "hayatınızdaki fazlalıkları atın" önerisinde bulunuluyordu. Bununla evlerdeki gereksiz eşyalar kastedilse de Max-Ernest'ın aklında bir ışık yandı. Şifrelenmiş mesajda fazlalık sözcükler olup olmadığına bakacaktı. M'SİZ KELİMELERLE... Belki de bunun anlamı M içeren tüm sözcüklerin fazlalık olduğu ve mesajdan atılmaları gerektiğiydi.

Bunu yaptığında...

***MIKNATIS TAŞI (MAGNETİT OLARAK DA BİLİNİR) JEOLOGLAR İÇİN BİLE GİZEMLİ BİR TAŞTIR. BİRÇOK JEOLOG TAŞIN MANYETİK GÜCÜNÜ YILDIRIM ÇARPMASI SONUCU KAZANDIĞINI DÜŞÜNSE DE BU GÜCÜN KESİN SEBEBİNİ KİMSE BİLMEMEKTEDİR.

DİKKAT:
L GEMİSİ-ORD FİRE VERMEZ,
MÜZİKLE AVUN, YAŞI İLERLEMİŞLERİ YOR,
M'SİZ KELİMELERLE

mesajı önce şu hale,

DİKKAT:
L ~~GEMİSİ~~ - ORD FİRE ~~VERMEZ~~,
~~MÜZİKLE~~ AVUN, YAŞI ~~İLERLEMİŞLERİ~~ YOR,
~~M'SİZ KELİMELERLE~~

sadeleştirince de şu hale geldi:

L – ORD FİRE AVUN YAŞI YOR

İlk bakışta fazla E harfi bir anlam kargaşası yaratsa da hemen sonra cümle zihninde şekillenmişti. E harfini mesajdan çıkarmasıyla asıl cümle ortaya çıktı.

LORD FİRAVUN YAŞIYOR

Öfkesi Max-Ernest'ın bilmeceyi çözmekten duyduğu tatmin duygusunun kısa sürmesine neden oldu. Nasıl bir mesajdı bu böyle? Tuvalet duvarlarında göreceğiniz cinsten bir cümleydi. ELVIS YAŞIYOR. Ya da TUTTUĞUM EN BÜYÜK TAKIM/SEVDİĞİM ROCK GRUBU gibi bir şey. Bu adamakıllı bir mesaj değil, bir slogandı.

Kesin olan bir şey varsa o da mesajın Pietro'dan gelmediğiydi. Her ne kadar kendisi şakalardan hoşlanan bir olsa da asla Max-Ernest'ın sırtına TEKMELE BENİ yazısı iliştirmezdi. Pietro yumuşak kalpli biriydi. Onunla simyacı kahramanları ve kurucularının ismini kullanarak alay eden Gece Yarısı Güneşi olmalıydı. Olası tek açıklama buydu. Mesajın bir anlamı varsa, o da Max-Ernest'a ne denli yaklaşabildiklerini ve hiç beklemediği anda onu ele geçirebileceklerini göstermek istedikleriydi.

Bu mesajı bıraktıklarına göre, epey yakınındaydılar.

Peki mesajı sırtına kim yapıştırmıştı? Ertesi sabah okulda yürürken aklında söz sanatları dersi için hazırladığı Shakespeare oyunlarında soytarıların yeriyle ilgili sunum değil, işte bu soru vardı. (Rönesans Panayırı'na hazırlık amacıyla derslerde Shakespeare'le ilgili konular işlenecekti. Max-Ernest soytarılar konusunu almaya gönüllü olmuştu. Ancak bilmediği şey bunun içlerinde soytarıların geçtiği oyunları okuması gerektiğiydi.)

Yemiş Masası'nın yanından geçerken kendisine karşı nispeten daha arkadaşça davranan Glob ve Danielle-değil-Daniel başlarıyla onu selamladılar. Şu TEKMELE BENİ yazısını onların yazdığını hayal edebiliyordu. Ancak Gece Yarısı Güneşi'nin ajanları olmak mı? Ajanlık yaptılarsa bile, bunu bilerek yapmamış olmaları daha olasıydı.

En bariz aday (aslında tek aday) Amber'dı. Herkes

onu okulun en iyi kızı olarak biliyordu. Ancak herkesin bilmediği onun Gece Yarısı Güneşi'nin (her ne kadar tam yetkili bir üyesi olmasa da) bir ajanı olduğuydu.

Amber'ın her zaman oturduğu, okul bahçesinin tam ortasındaki masaya vardığında,

a) onun suçlu olduğuna ikna olmuş haldeydi,
b) ona söyleyeceği tüm cesurca ve aşağılayıcı sözleri hayalinde canlandırmış ama hemen sonra,
c) onunla yüzleşmeme kararı almıştı. Bunu yapması Amber'ı çok memnun ederdi.

Ne yazık ki genellikle Max-Ernest'la konuşmaya Max-Ernest'ın onunla konuşmaya olduğundan daha da hevessiz olan Amber'ın o sabah onunla konuşacağı tutmuştu. "Max-Ernest! Merhabaaaa! Gelsene!"

Onu duymamış gibi yapmak için büyük bir çaba sarf etti.

Ne yazık ki Amber'ın vazgeçeceği yoktu. "Max-Ernest! Hu-huuu! Beni duyduğunu biliyorum!"

Amber'ı görmezden gelmek gittikçe ona yanıt vermekten daha güç bir hal aldığından, Max-Ernest durup ona doğru döndü. Ancak hiçbir şey demeden öylece bekliyor, yüzündeki ifade açıkça şu soruyu soruyordu: *Evet, ne istiyorsun*?

Amber'ın masasının karşı tarafından arkadaşı Veronica neler olacağını görmenin sabırsızlığı içinde onları izliyordu.

Amber'ın yüzünde kocaman bir gülümseme belirdi. "Bir merhaba bile demeyecek misin?"

Max-Ernest, "Hmm, aslında bunu aklımdan geçirmemiştim," yanıtını verdi.

Sözleri karşısında yılmayan Amber daha da yayvan bir gülümsemeyle karşılık verdi. "Ama ben geçirdim! Merhaba Max-Ernest! Yaz tatilin nasıl geçti?"

Max-Ernest donuk bir ifadeyle "Ne diye bana merhaba diyorsun ki? Benimle konuşmazsın. Benden nefret edersin," dedi. Amber'ın kendisine gösterdiği ilginin sebebinin mesajı bırakanın kendisi olduğunu anlayıp anlamadığını tartmak olabileceğini düşündü.

"Haydi ama aramızda geçenlerin üzerinden üç ay geçti. Arkadaş olamaz mıyız? Kime sorarsan söyler, ben çok hoş biriyimdir."

Veronica başını coşkuyla salladı. "Kesinlikle öyledir."

"Bazıları benim okuldaki en iyi kişi olduğumu düşünüyor. Bunu biliyor muydun?"

"Evet, biliyordum. Yine de bu haklı oldukları anlamına gelmiyor."

"Tanrım, ben sana ne yaptım ki? Cidden, merak ediyorum bunu."

"Bir bakalım..." Max-Ernest soruya yanıt vermeyi, Amber'ın onu ve Cass'i birbirlerinden hoşlanmakla (yani *o anlamda* hoşlanmakla, Max-Ernest'a göre *hoşlanmadan öte hoşlanmak* olarak adlandırılabilecek ve Cass'le arasındaki ilişkiye asla yakıştırılamayacak bir şekilde hoşlanmakla) itham ettiğini, Gece Yarısı Güneşi'ne arkadaşları homunkulüsü tutsak almasına yardımcı olduğunu ve son olarak da sırtına TEKMELE BENİ yazısı yapıştırdığını söylemeyi düşünse de bunu yapmamasının daha doğru olacağına hükmetti.

Bunun yerine "Yanıtı bildiğini düşünüyorum," dedi.

Amber gülerek "Şimdi de medyum mu oldun yoksa?" dedi. "Aslında ben oldum. Veronica'yla bugün fal bakacağız. İnsanların geleceğini okumak için Rönesans Panayırı'nı beklemek istemedik. Falına bakmamı ister misin?"

"Hayır."

"Haydi ama."

"Neden?"

"Neden olmasın? Korkuyor musun?"

Max-Ernest'ın tartışacak gücü yoktu. Ayrıca Amber, Gece Yarısı Güneşi'nin neyin peşinde olduğunu biliyor olabilirdi. Falına bakarken boş bulunup ağzından işine yarayacak bir şeyler kaçırabilirdi.

"Olur ama bu tür şeylere inanmadığımı söyleyeyim."

"Otur."

Max-Ernest yine tarot kartlarıyla karşılaşmayı umsa da Amber'ın karıştırdığı kartlar bilindik iskambil kağıtlarıydı. Tek farkları arka yüzlerinin ışıltılı ve pembe oluşuydu.

"Evet, ilk kart aşk kartı. Bakalım bize birinden hoşlandığını söyleyecek mi..."

Destenin en üstündeki kartı çekti. Karta bakıp gülümsedi.

"Ooo, bu Kupa Onlusu. Cevap kocaman bir evet. On üzerinden on. Sırılsıklam âşıksın! Bu kız kim, Max-Ernest? Utanma. Bize söyleyebilirsin."

Yüzü kızaran Max-Ernest, "Kimse değil," dedi.

Kendi kendine neden buna razı olduğunu sordu. Bir an için aklını kaybetmiş olabileceğini düşündü. Serebral korteksini muayene ettirse iyi olurdu. Hasar görmüş olabilirdi. Laparoskopik cerrahi faydalı olabilir miydi?

"Haydi ama kartlar yalan söylemez. Ayrıca hepimiz o kişinin kim olduğunu biliyoruz." Amber sinsice gülümsedi. "Cass, bizi duyuyor musun?"

İçlerinde Danielle-değil-Daniel ve Glob'un da olduğu küçük bir kalabalık etraflarını sardı. Normalde, Amber Yemiş Masası'nda oturan kimseyi yanına yaklaştırmasa da, anlaşılan bu sefer özel bir durum söz konusuydu.

"Cass, sanırım ismi sır olmayan bir hayranın var," diye bağırdı. "Sanırım sana çıkma teklif etmeye hazır!"

Bir yandan Volkan adlı yeni bir sakız markasını deneyen Glob öyle sesli güldü ki ağzındaki kocaman sakız topağı fırlayıp asfaltın üzerinde patlamaya başladı.

Amber ne çok alçak ne çok yüksek bir sesle "Sonraki kart hayatındaki bir sonraki önemli olayın ne olduğunu söylüyor," dedi. "Arkadaşlar, sizce bu olay ne olacak? Yoksa Max-Ernest'la ismi malum kız yakında evlenecekler mi? Kızın adını vermeyeceğim. Yine de büyük, güzel kulakları olduğunu söyleyeceğim."

Destenin üzerinde duran bir sonraki kartı çekip inceledi. Yüzünde ciddi bir ifade belirdi.

Endişeli bir sesle, Max-Ernest'a "Yo, olamaz. Biri mi hasta?" diye sordu. "Çünkü bu kart Maça Kızı. Anlamı da sevdiğin birinin öleceği." Amber çevrelerini saran kalabalığa göz gezdirdi. "Bu arada, Cass nerede? Bugün okula geldi mi? Umarım iyidir."

Max-Ernest midesinde bir bulantı hissetti. Öfke dolu, meydan okuyan sözler söylemek istese de bir türlü konuşamıyordu.

Amber'ın Max-Ernest'ın falına bakmaya başlamasının hemen ardından gruba katılmış olan Benjamin Blake bir adım öne çıktı.

Abartılı bir resmiyetle "Şuna bir bakabilir miyim hanımefendi?" diye sordu.

"Adım Amber."

"O halde, şu karta bir bakabilir miyim Bayan Amber?"

Telaşlanan Amber, "Ne demek istiyorsun? Ne kartı?" diye sordu.

"Tabii ki elinizdeki kart."

"Neden?" Amber kimse görmesin diye kartı göğsüne dayadı.

"Çünkü o kart Maça Kızı değil. Neden böyle bir şey uydurduğunu bilmiyorum. Herhalde Max-Ernest için önemli bir insanın ölmesinin komik bir yanı olduğunu düşünmüyorsundur. Bununla birlikte, yalan söylediğin bir gerçek. Elinde tuttuğun kart Sinek Üçlüsü."

"Nereden biliyorsun?"

"Elindeki kart Maça Kızı'ysa, göster de görelim."

Ne yapacağını bilemediği halinden belli olan Amber elindeki karta göz attı. Şaşkınlıktan kartı masaya düşürdü.

Max-Ernest kartı ondan önce kaptı. Gerçekten de Sinek Üçlüsü'ydü. Herkes görsün diye kartı havaya kaldırdı.

Beklenmedik bir şekilde saç örgülerinin altından sesini yükselten Danielle-değil-Daniel. "Iyyy. Amber, bu hiç de klas bir hareket olmadı," dedi.

Glob da "Evet, hem de hiç," diyerek onu onayladı. "Şu 'okulun en iyi kızı' konusu ne oldu?" Okulun en iyi kızı derken her iki elinden ikişer parmağını bükerek şu evrensel "hayali tırnak işaretini" yapmıştı.

Danielle-değil Daniel, Glob ve yarım düzine öğrenci başlarını iki yana sallayarak dağıldı.

Benjamin Blake, "Haydi eski hempam, ders zamanı," dedi.

Hâlâ sersemlemiş halde olan Max-Ernest'ı Amber ve Veronica'nın kızgın bakışları altında çekiştirerek oradan uzaklaştırdı.

Yeniden Yemiş Masası'na geçip öğle yemeği yerlerken (bu kez Benjamin oturmak için izin istememişti), az öncesine kıyasla biraz daha neşeli Max-Ernest, "Nasıl yaptın bunu?" diye sordu. "Sana bakmadığı sırada Amber'ın destesine müdahale mi ettin?"

Benjamin başını iki yana salladı. "Bununla ne kastettiğini bile anlamadım."

"Anlarsın ya, yani desteyi o kartı çekmekten başka

bir şansı kalmayacağı şekilde ayarladın mı?"

"Kastettiğin buysa, hayır, desteye müdahale etmedim."

"Ama o kartlarını görmeden sen *gördün*? Görmüş olmalısın."

"Hayır."

"Ayna mı kullandın?"

"Yo."

"Biri sana işaret mi etti?"

Benjamin başını iki yana salladı.

Max-Ernest hem etkilenmiş hem de şaşırmış halde ona baktı. "O zaman pes ediyorum. Elinde hangi kart olacağını nasıl bildin?"

Benjamin'in yüzünde gizemli bir gülümseme belirdi. "Bir sihirbaz asla numaralarını açıklamaz. Duyduğum kadarıyla sen de bir sihirbaz olmak istiyormuşsun, değil mi? Ya da stand-up komedyen artı sihirbaz gibi bir şey."

"Bunu yapmanın hiçbir yolu olmadığını ya da illüzyon içermeyen bir yolu olmadığını bilmemin nedeni de bu zaten."

"Belki de Amber'ın zihnini okumuşumdur. Bu olasılığı aklına getirdin mi?"

Max-Ernest, "Ya, tabii, ona ne şüphe," diye yanıt verdi.

Ardından aklına Pietro'nun sözleri geldi. Telepati olasılığını kestirip atmakta aceleci davranıyor olabilir miydi? Pietro, Max-Ernest'a anlamadığı şeylere karşı daha açık olmasını tavsiye etmişti.

Ayrıca Benjamin zihin okumayla ilgili bir şeyler biliyorsa, Max-Ernest'ın onun bildiklerini öğrenmesi şarttı. Cass'in hayatı tehlikedeydi.

"Dur bir saniye. Sana benim sihirbaz olmak istediğimi kim söyledi?"

"Hah, bunu herkes biliyor."

"Evet, ama bunu sana söyleyen kimdi?"

"Dedim ya, herkes..."

"Cass'in hastanede olduğunu nereden bildiğini sorduğumda da aynı cevabı vermiştin. Sihirbaz olmak istediğimi herkes biliyor olsa da, Cass'in durumunu herkes bilmiyor. Neredeyse kimse bilmiyor."

"Yani? Ne demeye çalışıyorsun?"

"Sen..."

"Evet? Ne olmuş bana?"

Max-Ernest aklından geçeni söyleyemedi. Aklına gelen şeye kendisi bile inanamıyordu.

Max-Ernest bir deneme yapmaya karar verdi.

Elinden geldiğince zihnini boşaltarak, aklından şu sözleri geçirdi: *Zihnimi okuyorsun. Zihinleri gerçekten okuyabiliyorsun.*

Benjamin bir an için hiçbir şey söylemeden, Max-Ernest'ı monoklüyle incelemekle yetindi. Ardından başını salladı. "Evet, eski hempam, bunu yapabiliyorum."

Max-Ernest gözlerini ona dikti. Bundan daha iyi bir kanıt olamazdı.

"Bu kadar şaşırman yersiz. Pietro'nun sihirli görünen şeyler hakkında söyledikleri gibi. Telepati açıklanamayacak diye bir şey yok. Sadece *henüz* açıklanmamış bir şey."

"Bunları da zihnimden okuduğunu söyleme bana."

Benjamin başıyla onu onayladı. Max-Ernest şaşkınlık içinde başını iki yana salladı.

"Tamam, öyleyse bana telepatiyi açıkla. Sinestezinle bir ilgisi var mı? O sayede mi zihin okuyabiliyorsun?"

"Hayır, doğrudan bir ilgisi yok. Yeni Yenilikçi Akademi'de bana zihin kontrolü eğitimi verdiler. Yeterince konsantre olursan, neler yapabileceğine inanamazsın. Üzgünüm ama şimdilik ancak bu kadarını söyleyebilirim."

"Bunun nedeni nasıl yaptığını tam anlamıyla bilmemen mi yoksa bunu açıklamanın yasaklanmış olması mı?"

"Her ikisi de."

"Sana zihin okumayı kim öğretti?"

Benjamin muğlak bir yanıt vererek "Özel öğretmenler," dedi. "Uzmanlar."

"Bana öğretebilir misin?"

"Üzgünüm. Bunu kimse yapamaz eski hempam."

"Peki, zihin okuma okumaya mı görmeye mi yakın bir şey?" Bu soruyu sorarken Max-Ernest'ın ümitsizliği bayağı hissediliyordu. "En azından bunu söyleyebilir misin?"

Görülmeyeni görmeye dair kitabı okuduğundan beri bu soru Max-Ernest'ın zihnini meşgul ediyordu. Zihin okuma bir tür okuma eylemiyse, ümit var demekti; o halde kırabileceği bir şifre söz konusu olabilirdi. Öte yandan, bir tür görme eylemi, üçüncü gözü gerekli kılan bir işse, zihin okuma onun için tam bir muammaydı.

"Hmm..." Benjamin duraksadı. "Sözcükleri okumak için onları görmen gerekir, değil mi?"

Max-Ernest, "Tabii kör değilsen ve kabartma yazı okumuyorsan," dedi. "Ya da birisi senin için yüksek sesle bir sözcüğün harflerini tek tek söyleyebilir. Hatta kokuları kullanarak birbirlerine sözcükleri harf harf ileten iki kardeş biliyorum. Buna ne diyeceksin?"**

Benjamin onun sözlerini tekrarlayarak "Buna ne diyeceksin?" dedi.

"O zaman hangisi? Zihinlere bakıyor musun yoksa onları okuyor musun?"

Benjamin omuz silkti. "İkisi de. Hiçbiri de. Anlatması çok zor."

Max-Ernest'ın hayal kırıklığına uğradığını söylemek bile hissettiklerini hafife almak olur. Karşısında zihin okuduğu kanıtlanmış biri olmasına rağmen Max-Ernest, Cass'in zihnini okumaya biraz olsun yaklaşabilmiş değildi!

Offf, ne yapacağım ben? diye geçirdi içinden.

Benjamin sakince "Eh, o zaman senin yerine bunu ben yaparım," dedi. "Yani, sen istersen."

Büyük bir şaşkınlık içindeki Max-Ernest neredeyse olduğu yerde hoplamıştı. Artık ne düşündüğüne daha

*ELBETTE MAX-ERNEST'IN BAHSETTİĞİ İKİ KARDEŞ PIETRO VE (GEÇMİŞTE LUCIANO OLARAK BİLİNEN) DR. L'YDİ. İKİ KARDEŞ HENÜZ ON BİR YAŞINDAYKEN SİRK GÖSTERİLERİNDE KOKULAR SENFONİSİ'Nİ KULLANARAK KOKU ŞİFRELERİYLE İLETİŞİM KURUYORLARDI.

fazla dikkat etmek zorunda kalacaktı.

Benjamin güldü. "Meraklanma. Genellikle, insanların zihinlerine izinlerini almadan bakmam. Ya da onları okumam da diyebiliriz. Bunu çok kaba bir hareket olarak görürüm."

Max-Ernest, "Şey... sanırım... bu... iyi," dedi. "Peki, komada olmasına rağmen Cass'in zihnini okuyabileceğini gerçekten düşünüyor musun?"

Benjamin gülümsedi. "Bir denerim."

Max-Ernest gözlerinde bir ümit ışıltısıyla "Bunu yapar mısın?" diye sordu. "Ben... onun asla uyanmayacağından korkuyorum. Pietro, şey, yani tanıdığım biri, tek yolun Cass'in zihnine girmek olduğunu düşünüyor."

Benjamin monoklünü çıkarıp düşünceli bir edayla inceledi.

"Hastanede çok insan var mı? Öyleyse, sorun çıkarabilir. Sanırım en iyisi onunla yalnız kalmamız."

"Mesai saatinden sonra içeri girmeyi deneyebiliriz. Etrafta yine hemşireler ve hademeler olsa da birkaç dakikalığına yalnız kalma fırsatımız olur... Sorun Cass'in ailesinden olmadığımız için bizi içeri kabul etmeyecek olmaları."

"Biz de dikkatlerini dağıtırız," dedi Benjamin.

"Bize bakmadıkları anda da içeri gireceğiz ha? Bu işe yarayabilir."

"Birkaç dakikalığına hastanenin elektriğini kessek nasıl olur? Karanlıkta kolayca ilerleriz. Ayrıca odasına gidecek kadar zaman kazanırız."

Max-Ernest başını iki yana salladı. "Çok zor. Kesinti anında devreye giren jeneratörleri nasıl kapatacağız? Ayrıca yaşam destek ünitelerine bağlı hastalar var. Kimseyi öldürmek istemeyiz, değil mi?"

Her ne kadar Max-Ernest sorusuna yanıt beklemiyor olsa da, Benjamin soruyu bir kaşını yukarı kaldırarak zihninde tarttı. "Hayır, sanırım istemeyiz. Bu bazı sorunlar çıkarabilir."

Max-Ernest heyecan içinde "Hey, belki de dikkat dağıtma işini ben yapabilirim," dedi. "Sara nöbeti geçiriyormuş gibi yaparım. O zaman tüm hemşireler bana yardım etmek zorunda kalır, sen de görünmeden Cass'in odasına girebilirsin. Buna ne diyeceksin? Daha önce bir iki sara nöbetine şahit oldum. Bunu epey gerçekçi gösterebileceğimi düşünüyorum."

Benjamin etkilenmiş görünüyordu. "Bence bu mükemmel bir fikir!"

Birdenbire Max-Ernest'ın heyecanı sönüverdi. "Aaa, dur biraz; o zaman ben de seninle Cass'in odasında olamam ki. Unut bu fikri."

Benjamin tereddüt içinde "Yalnız şu da var ki, nasıl diyeceğimi bilemiyorum ama... Öylesi daha iyi olabilir," dedi. "Böylece odada dikkatimi dağıtacak fazladan beyin dalgaları olmaz. İnan bana, sen de epey beyin dalgası yayıyorsun."

Meraklanan Max-Ernest, "Öyle mi?" diye sordu.

Benjamin başını salladı. "Bugüne dek daha çok beyin dalgası yayanı görmedim."

Kıvanç duyan Max-Ernest, "Hmm. Sanırım bu gayet akla yatkın," dedi. "Kendimle övündüğümden değil ama aklımda bir sürü düşünce oluyor. Bazen bu durum beni deli ediyor."

Benjamin elini uzatarak "Bunun nasıl bir his olduğunu bilirim," dedi. "O halde, anlaştık mı?"

"Anlaştık."

Soygun planlayan iki mücevher hırsızının ciddiyetiyle el sıkıştılar.

Sonrasında, ince ayrıntılar (katların planlarını çizmek, olası zor durumlardan nasıl çıkabileceklerine dair şemalar hazırlamak) üzerine tartışırlarken Max-Ernest kendisine akıllıca bir iş yapıp yapmadığını soruyordu. Ne de olsa Cass'i kurtarmak Benjamin'in değil, *onun* işiydi. Pietro *başka birinin* Cass'in zihnine girmesiyle ilgili hiçbir şey söylememişti.

Ya Benjamin görmemesi gereken bir şey görürse ne olacaktı? Cass, Sırrın peşindeydi. Onu bulmuşsa, Benjamin (artık Sır her neyse) onu görebilir veya okuyabilir miydi?

Max-Ernest bu düşüncelerini bir kenara attı. Benjamin onu dinliyor olabilirdi.

Üstelik Benjamin onların tarafındaydı. Öyle de olması gerekirdi. Gece Yarısı Güneşi onu kaçırmış, beynini çıkarmaya yeltenmişti. Cass ve Max-Ernest onu ölümden beter bir kaderden kurtarmışlardı. Benjamin, Zihin Okuma Operasyonu'nun Terces Derneği ve Gece Yarısı Güneşi arasında süregelen savaşla herhangi bir ilgisi olduğunu öğrense, bu durum olsa olsa onun yardım etme hevesini daha da artırırdı. Sırra gelince, ortada Benjamin'in bu konuyu biliyor olduğunu düşündürecek hiçbir neden yoktu. Olur da Benjamin, Cass'in zihnindeki Sırrı bulacak olursa, muhtemelen bunun önemini anlamayacaktı bile.

Ayrıca Max-Ernest kendisine açık açık itiraf etmese de yeniden bir ortağı, bir dostu olduğu düşüncesi de hoş bir duyguydu.

Bu ortaklığın ve dostluğun sona ermesini istemiyordu.

Max-Ernest'ın o öğleden sonra e-postalarına göz atmamasının talihsiz bir durum olduğunu belirtmem gerek.

Anlaşılan Max-Ernest ve Benjamin el sıkışırlarken, Yo-Yoji, Max-Ernest'ın kendisine daha önce gönderdiği, Benjamin'le ilgili e-postaya cevap yazıyordu. İşte Yo-Yoji'nin e-postasının konu satırı:

Konu: AHBAP, BUNU HEMEN OKUMALISIN!!!

Ne yazık ki Max-Ernest, Yo-Yoji'nin mesajını o gecenin geç saatlerine dek görmeyecekti. Elbette, bu noktada size e-postayı aktarabilirim. Ancak olayları Max-Ernest'la aynı sırada tecrübe etmenizin en iyisi olacağını düşünüyorum.

Öyle olunca bu kitap daha eğlenceli oluyor.

En azından benim için.

Öte yandan, sizin açınızdan bakıldığında, bu durum kitabın gerilimini bayağı artırıyor olabilir.

BÖLÜM DÖRT

Bir balta, hücre kapısını yardı.

Anastasia parçalanmış tahtanın arasından elinde bir mumla geçti. Yanında, elinde baltasıyla sakallı meslektaşı Thomas vardı.

"Burnes? Gatewood? Orada mısınız? Siz ikinizi burada uzun süre tutamayacaklarını söylemiştim size!" Gözleri maskesinin üzerinde pırıldayan Anastasia karanlığa doğru seslendi. Uzun saçı ağır tutamlar halinde omuzlarına dökülüyordu.

Bu gizemli kadını görünce büyük bir şaşkınlık yaşadığı belli olan Soytarı gözlerini kırpıştırdı.

"Üzgünüm leydim, burada sadece ben ve..." Soytarı, Cass'in olduğu tarafa baksa da elbette onu göremedi. "Sadece ben varım."

"Peki kim bu Sadece Ben?" Anastasia başında eğri duran şapkasıyla oturan Soytarı'ya baktı. "Lütfen bana bir soytarı olmadığını ve kılık değiştirmiş biri olduğunu söyle! Kral, adamlarımı soytarılarla aynı yere tıkıp bana hakaret etme cüretini mi gösteriyor?"

Soytarı soğuk bir edayla "Meraklanmayın," dedi. "Ben artık gerçek bir soytarı değilim... Kral o işin icabına baktı."

Anastasia'nın haydut dostu, "Haydi. Orada kimse yok," dedi.

"Doğru, Thomas. Hiç kimse yok. Şimdi terk edilmiş bir mülk olan bir kraliyet demirbaşı sadece. Tebaası açlıktan kırılan bir hükümdarı güldürmenin karşılığı buymuş demek? Bana kalırsa, cezasını bulmuş derim! O söz neydi? Köpeklerle yatarsan, pirelerle kalkarsın mıydı?"

Soytarı, "Kralın köpeklerinin yattığı yeri görseniz siz de yanlarında yatardınız!" dedi. "Yastıkları gerçekten bir harika. Kraliyet pirelerine gelince, ısırmak şöyle dursun, kaşıntıdan şikayet ederseniz sırtınızı kaşıyorlar. Minyatür uşaklar gibiler."

Cass gülmemek için kendini zor tuttu. Anastasia ise onu dinlemiyor gibiydi. Soytarı'ya son bir küçümseyici bakış atmasının ardından saçlarını savurup oradan uzaklaştı. Hücre kapısını açık bırakmıştı.

"Haydi gidelim!" diye fısıldadı Cass.

Gözleri hâlâ Anastasia'nın az önce durduğu yere sabitlenmiş olan Soytarı, "Ne? Ha, evet," yanıtını verdi. "Burada olduğun için mutluyum. Hayal gücümün bir oyunu olabileceğini düşünmeye başlamıştım."

"Hayır. Buradayım. Kanlı canlı halde. Eh, en azından görünmez ve kanlı canlı halde."

Cass, Soytarı'yı çekiştirdi.

Hücrelerinin dışında tam bir keşmekeş vardı.

Esir alınan haydutların aranması esnasında zindanın her kapısı açılmıştı. Kaçan mahkumların sevinç çığlıkları yeraltında öyle gürültülü çıkıyordu ki sesleri duyan bir kişi kendisini yeraltında bir spor salonunda zannedebilirdi.

Cass, zindandan çıkan mahkumların peşine takılmadan önce bir an duraksadı.

"Of. Vah zavallılar."

Gardiyanların hepsi merkezdeki lağım çukuruna ağızları tıkalı, elleri bağlı halde atılmıştı. Omuzlarına kadar pislik içinde, sessiz bir öfkeyle olanları izliyorlardı.

Soytarı kıkırdadı. "Neden yüzleriniz öyle öfkeli beyler? Siz sümüklüböcekler alışık olduğunuz yeri bulmadınız mı? O kokulu çamur size anne sütü gibi gelmeli!"

Birkaç gardiyan ona doğru atılsalar da bu yaptıkları lağım çukuruna daha da çok batmalarından başka bir işe yaramadı. Gardiyanların gözlerindeki bakışlarda Soytarı'yı yakalarlarsa ona ne yapacakları okunuyordu. Niyetlerinin sırtını sıvazlamak olmadığı belliydi.

"Haydi."

Cass'in Soytarı'nın elini tutmasıyla ikisi taş merdivenlerden yukarı çıkıp ayın aydınlattığı geceye karıştılar.

Çıkışın hemen dışında, yanlarında birkaç binicisiz atı hazır tutan haydutlar, at üstünde bekliyorlardı.

Cass bir iki metre uzaktaki bir ata işaret edip "Bak, haydi şu gri olana binelim!" diye fısıldadı.

Soytarı tereddüt etti. "Atlardan çok korkarım."

"Harika," diye homurdandı Cass. "Uğraşsan Max-Ernest'a bu kadar benzeyebilir miydin? Hiç sanmam."

"Ne?"

"Boş ver. Şu an korkuya ayıracak vaktimiz yok. Buradan çıkmamız gerek!"

Soytarı cesur görünmeye çalışarak "Merak etme," dedi. "Korkuyu uzun zaman önce yendim. Hapishaneden ilk kaçışımda."

"Daha önce de hapse girmiş miydin?" diye sordu Cass. "Ne yapmıştın?"

"Hiçbir şey. Kastettiğim ailemin eviydi. Buradan beter bir yerdi."

Kendisinden beklenmeyecek bir çeviklikle Soytarı gri atın üzerine atlayıp Cass'i de yanına çekti.

Anastasia siyah atını yanı başlarında durdurdu. "Sen, Soytarı, ne yaptığını sanıyorsun? O senin atın değil!"

Soytarı güldü. "Bunu söyleyene de bakın! Madam Hırsız, bir hazineye bahse girerim ki üzerine bindiğin at da senin değildir. Yine de istersen kaçışımızın ardından bu atı sana geri veririm."

Anastasia, Soytarı'ya bir kez daha çıkışmaya hazırlanırken sarayın arka tarafından üzerlerine doğru gelen at üstünde bir düzine asker göründü.

"İyi o zaman," dedi hoşnutsuz bir ifadeyle. "Bizi izle. Yalnız o atı kaybedecek olursan, bunu canınla ödersin. Gidiyoruz!"

Islığının ardından, haydutlar toynakların gümbürtüsü içinde hareketlendiler.

Cass boynu tutulmuş ve sırtına sivri bir dal parçası batar halde uyandı. Tepesindeki akçaağaç yeşil ve altın rengi desenler oluşturuyordu. Gündüz olmuştu.

Başını hafifçe kaldırıp birkaç çuval bezinden çadırlara ve göğe doğru yükselen dumana baktı. İçgüdüsel bir hamleyle, elini Çifte Monokl'e attığında onu kaybettiğini anımsadı. Geçmişte (gelecekte de denebilir) X ışınlı bakışlar olmadan da bir şekilde hayatta kalmıştı; bu duruma tekrar alışması gerekiyordu. Gözlerini ovuşturup kamp yerine eskiden olduğu gibi çıplak gözle baktı.

Haşin görünümlü bir haydudun, Thomas'ın, kendine doğru geldiğini görünce kamp yerinin haydutlara ait olduğu sonucuna vardı. Adamın siyah maskesi boynunda, baltası uyluğunda sallanıyordu. Cass ona selam verecekken, Thomas bir insanın ancak çevrede kimse yokken çıkaracağı türden mırıltılar çıkararak yanından geçip gitti. Bir an için, Cass, Thomas'ın kendisini göremediğini unutmuştu.

Kendisini bir casus gibi hisseden Cass, onun birkaç metre uzaktaki bir ağacın dibinde durduğunu gördü. Kendisine doğru küçük bir su birikintisi gelmeye başladığında Thomas'ın dün içtiği içkilerin yükünden kurtulmakta olduğunu talihsiz bir şekilde fark etti.

Son anda yana kaçabildi.

Haydut kampa dönünce, Soytarı, Cass'in yanına gitti. Ya da Cass'in bir buçuk metre ötesindeki bir kayanın üzerine duran şapkasının yanına. Cass onu ilk kez şapkasız görüyordu. Soytarı'nın portakal rengi bukleleri bobin telleri gibi her yöne uzanıyordu.

Şapkaya doğru "Cass?" diye fısıldadı. "Uyandın mı?"

Cass fısıldayarak ona "Evet, ama o tarafta değil, sağındayım," yanıtını verdi.

"Nerede?" Soytarı şaşkın halde etrafına bakındı. "Şapkamı işaret olarak koymuştum."

"Uyurken çok hareket ederim. Bekle. Orada kal." Cass, ayağa kalkıp ona doğru yürüdü.

Soytarı'nın şapkasını eline alıp "İşte buradayım," dedi.

Soytarı şapkasının havalanıp başına konmasıyla şaşkınlıktan geriledi.

Kendini topladığında "Evet, bunu görüyorum," dedi. "Sana kahvaltı getirdim."

Metal bir kupayı Cass'e uzattı.

Kupanın havada süzülüşünü izleyen Soytarı, "Gerçek yiyecekler mi yoksa sadece görünmez yiyecekler mi yediğinden emin olamadım," dedi.

"Açlıktan ölüyorum. Ama bu şey de iğrenç. Nedir bu?"

Soytarı güldü. "Senin geldiğin yerde buğday lapası yok mu? Tadını çıkar. O bencil hırsızların ejderleri kıskandıracak kadar büyük bir hazineleri olsa da şu küçük teneke kupa için onlara yalvar yakar olmam gerekti."*

"Onlar bencil değil. Zenginden alıp fakire veriyorlar. Tıpkı Robin Hood gibi."

Soytarı güldü. "Kim? Tek bildiğim fakir olduğum ve bana hazinelerinden zırnık koklatmadıkları. Bana kalırsa, şu kupayı bana verdilerse, bunun tek nedeni mıknatıs taşlarına yapışıp kalmasıydı. Hiç mıknatıs taşı gördün mü?"

* *SİZİN* YAŞADIĞINIZ YERDE DE BUĞDAY LAPASI YOKSA NE OLDUĞUNU SÖYLEYEYİM. BU YİYECEK, KAYNATILMIŞ BUĞDAY OLUP, KİMİLERINCE İNGİLTERE'NİN EN ESKİ YEMEĞİ OLARAK GÖRÜLÜR. ORTAÇAĞ MUTFAĞININ VAZGEÇİLMEZLERİNDEN OLAN BU YEMEK GELENEKSEL OLARAK GEYİK ETİ VEYA YUNUS ETİYLE SERVİS EDİLİR.

"Sanmam..."

"İnanılmaz bir şeydir. Metal sanki üzerinde yapışkan varmış gibi ona yapışır."

"Yani sanki bir mıknatısmış gibi mi?"

Soytarı'nın suratı dondu. "Çabuk, kupayı bana geri ver!" diye fısıldadı.

"Ama bitirmedim daha!"

"Ver işte şunu... Anastasia geliyor." Kupayı öyle hızlı çekti ki üstü başı lapa oldu.

"Komedi gösterine mi çalışıyorsun?"

Anastasia kavisli kaşlarıyla Soytarı'ya baktı. Maskesi yokken daha da güzel olsa da ürkütücülüğünden bir şey kaybetmemişti. "Bence bir dahaki provanda boş bir kupa kullansan daha iyi olur."

"Bu aynı şey değil," yanıtını verdi Soytarı. "Rolüme kendimi verebilmek için yemeğin elime döküldüğünü hissetmem gerek."

"Madem öyle, repliğini okuman için karşında gerçek bir aktöre neden gerek duymuyorsun? Az önce seni konuşurken duydum. Kendi kendime 'Çok yetenekli' dedim. Karşısında kimse yokken konuşabiliyor."

"Beni izle, sana yoktan koca bir dünya yaratayım. Komedim sihirdir; esprilerim ise büyüler."

Ciddileşen Anastasia, "Belki de öyledir," dedi. "Ama büyülerinin burada yeri yok. Bizi kralın adamlarından korumazlar. Yoksullara giyecek sağlamazlar."

"Evet, ama ruhu doyururlar."

"Biz açları doyurmanın derdindeyiz. Tek amacımız bu."

"Yemeklerini eğlenmeden yemek zorundalar mı? Fakirler neşeyle yemek yemeyi hak etmiyorlar mı?"

"Böylelikle açlığı, adaletsizliği unutabilirler mi?"

"Hayır, böylelikle bunlara gülüp geçebilirler. Bu ikisi farklı şeyler."

Haydut, başını iki yana salladı. "Adamlar ve ben, senin gitmen gerektiğine karar verdik. Yayan. Atın bize ait olduğunu unutma. Beş dakikan var. Döndüğümde gitmemiş olursan, krala olan yakınlığını anımsar ve sana karşı bu kadar nazik olmayız."

Soytarı kendisinden beklenmeyecek bir sessizlikle Anastasia'nın uzaklaşmasını izledi.

Cass, önce Soytarı'nın gömleği üzerindeki kocaman lapa lekesine, sonra da yüzündeki üzgün ifadeye baktı. "Seni gülünç duruma düşürdüğüm için üzgünüm. Kupayı sana hemen vermem gerekirdi."

Soytarı mutsuz bir ifadeyle omuz silkti. "Sanırım nasıl görünürsem görüneyim, onun gözünde hep gülünç olacağım."

Soytarı kendini gülümsemeye zorladı. "Meraklanma, bir soytarının ara sıra kendi kendisiyle konuşuyor görünmesi âdettendir. İşimiz sağ elimizden sol elimize toplar, ağzımızın sol yanından sağ yanına doğru espriler fırlatmak değil mi? Bir köpek yavrusunun kuyruğunu kovalayacak bir kedi yavrusuna nasıl ihtiyacı yoksa bir soytarının da izleyicilere ihtiyacı yoktur. Yoksa kedi yavrusunun mu köpeğe ihtiyacı yoktu? Yoksa kuşun mu? Demek istediğim, benim artık Anastasia'ya ihtiyacım bir..." Kendi benzetmelerinden aklı karışmış halde kekeledi. "Onsuz da gayet mutluyum. Hepsi bu. Onunla evlenmek istediğimi söylemedim ki ben!"

Şaşıran Cass, "Öyle bir şey söylediğini kim söyledi?" diye sordu.

Telaşlanan Soytarı, "Hiç kimse! Kendi kuyruğumun peşinde kendim koşabilir, kendi kendime etrafımda daireler çizebilirim. Söylemek istediğim sadece bu," dedi. "Şimdi, görünmez arkadaşım, buradan nereye gidiyoruz?"

Cass ormana doğru baktı. Gideceği başka bir yer yoktu. Amacı Soytarı'yı bulmaktı ve onu bulmuştu.

Sırrı sormasının vakti gelmişti.

BÖLÜM YEDİ

Hastanenin temizliği gece yarısı yapılıyordu.

Hademe, Pediatrik Yoğun Bakım Ünitesi'nin on iki numaralı odasına varınca her gece yaptığı gibi gözlerini parlak zeminden kaldırıp kapıdan içeri baktı. O kadar genç bir kızı kalp monitörünün zayıf, yeşil ışığı altında yatar halde görmek üzüntü vericiydi. Yine de onun güçlü bir kız, bir savaşçı olduğunu hissediyordu. Bunu kızın sivri kulaklarında görebiliyordu. Duaları onunlaydı.

Yoluna devam edecekken kızın dudaklarının oynadığını fark etti. Bunun önemli bir belirti değil, sadece bir seğirme olabileceğini düşündü. Yine de paspasını duvara yaslayıp karanlık odaya girdi.

Kızın gözleri kapalı, yüzü neredeyse tamamen hareketsizdi. Yine de hiç şüphe yok, mırıldanıyordu.

Kulağını yaklaştırdığında fısıltıların içinde bazı sözcükleri seçebildi:

"Sır... Sır ne? Bana sırrı söylemen gerek... Bana sırrı..."

Hademe ürperdi. O sırada kızın aklından geçenleri okumak için neler vermezdi! Kızın Sır sözcüğünü söyleyişinden, söz konusu sırrın sırların sırrı, yaşamın sırrı olduğu fikrine kapıldı.

Ancak kendisine kızın durumunda biri için önemli olan şeyin ne söylediği olmadığını hatırlattı. Asıl önemli olan bir şeyler söyleyebilmesiydi.

Başkalarını bu durumdan haberdar etmeli miydi? Bilinci kapalı kızın konuşmuş olmasının ne derede önemli bir belirti olduğundan emin değildi. Bir ilke mi şahit olmuştu? Yoksa kız zaten her gece sayıklıyor muydu?

Ne olur ne olmaz diye aceleyle hemşire odasına gitti. Orada kimse yoktu.

İşte tam o sırada parlayan ışığı fark etti.

Aşağı katta acil bir durum vardı.

Kızın yanından ayrılmak istemese de hemen aşağı inip yardım etmesi gerektiğinin farkındaydı.

Ertesi gün on iki numaralı odaya genç kızın durumuyla ilgili bir not bırakacaktı. Ancak o an, kızın fısıldadığı sözcükler beklemek zorundaydı.

BÖLÜM SEKİZ

İMDAAAAAAAAAAAAAAAT!!!!

Max-Ernest acil servis bölümünün o tanıdık çift kapısından çığlık çığlığa geçerken zihni anılarla dolup taşıyordu. İçtiği buzlu içeceğin beyninde yarattığı müthiş donma hissi yüzünden parietal lobunun kangren olduğuna inandığı günü neredeyse duygulanarak anımsadı.* Bir gece kırmızı turp yediğini unutmuş, idrarının rengi yüzünden paniğe kapılarak 911'i aramış, operatöre son arzusunu ve vasiyetini bildirmişti. Mutasyona uğramış dev bitler olduğunu sandığı şeyin ise gece yarısı yaptığı atıştırmadan kalan kurabiye kırıntıları olduğu anlaşılmıştı. Bir keresinde çok alerjik bir zehirli sarmaşığın vücuduna yerleştiğini, böbreklerine kadar varmasa da karaciğerine kadar ulaştığını düşünmüştü. Tuvalette gördüğü kıymığın tenya olduğunu düşünmüştü. Hıçkırıkları akciğer hastalığının belirtisiydi. Burnunun akması beyin kanaması geçirdiği anlamına geliyordu. Ayak mantarı ya başlangıç aşamasındaki cilt kanserinin ya da fil hastalığının göstergesiydi...

Geçmişte, tıbbi şikayetlerinin sıklığından dolayı, Max-Ernest paranoya ve hipokondri** hastası olmakla, çevresindekileri boş yere telaşlandırmakla ve histerik davranmakla suçlanmıştı. Ancak floresan ışığın altında, aksayarak yürüyen hastalar ve ağlayan bebeklerle dolu bekleme odasından koşarak geçerken konuya farklı bir açıdan da bakılabileceğini düşündü. Sözde

* MERAK ETTİYSENİZ, PARİETAL LOB BEYNİNİZİN BEŞ DUYUYU KAYNAŞTIRDIĞI BÖLGEDİR.

** HASTALIK HASTALIĞI (Ç.N.)

rahatsızlıklarının ortak bir özelliği varsa da o da yaratıcı bir hayal gücünün ürünü olmalarıydı. Benjamin'e göre Max-Ernest aşırı derecede çok beyin dalgası yayıyordu. Sorunu buydu.

Bu aslında iyi bir şeydi de. Az sonra tüm paranoya gücünü kullanması gerekecekti. Üst katlardaki hastane personelini bile yanına çekmeyi ancak hipokondri hastası bir süper kahraman, tıbbi semptomları kendisinde toplamada usta biri, dünya standartlarında bir endişe kumkuması ve gerçek bir laf savaşçısı başarabilirdi.

"İMDAT! İMDAT!' İMDAT!" Artık ses tellerini çalıştırmakta hiçbir sorun yaşamamasından dolayı memnun olan Max-Ernest avazı çıktığı kadar bağırdı.

Ardından kendini yere atıp kıvranmaya ve kollarını sağa sola savurmaya başladı.

İlk hastane çalışanının yanına gelmesiyle, Max-Ernest gözlerini kırpıştırmaya ve gözünün beyazı görünecek şekilde yukarı doğru bakmaya başladı.

Ardından oyunun en can alıcı kısmı geldi. Ağzından köpükler çıkararak kendinden geçti.*

Pencereden olanları izleyen Benjamin gülümsedi. Max-Ernest'ın yetenekli bir oyuncu olduğunu, ancak kendisiyle aşık atamayacağını düşündü.

* BENJAMIN'İN GLOB'UN ZİHNİNİ OKUYUP, ONU KİBARCA SIRLARINI HERKESE AÇIKLAMAKLA TEHDİT ETMESİNİN ARDINDAN, GLOB, MAX-ERNEST'A VOLKAN MARKA SAKIZIN SON NUMUNESİNİ VERMEYE RAZI OLMUŞTU. ARALARINDAKİ ANLAŞMANIN HATRINA, GLOB'UN UTANÇ VERİCİ SIRLARINI AÇIKLAMAYACAĞIM. TEK SÖYLEYEBİLECEĞİM ÖNEMSİZ ANCAK ÇOK SAYIDA SIRRI OLDUĞU.

Max-Ernest'ın sergilediği hayli eğlenceli ve gülünç piyesi bırakıp, hastanenin ana kapısına yürüdü.

İçeride, kabul masasının üzerinde bir ışık yanıp sönüyordu. Masada oturan hemşire sırtını kapıya dayamış, dahili telefonu dinliyordu.

"Tüm personel lütfen Acil Servis Ünitesi'ne gelin."

Hızla odaya bakınıp yeni hastaların gelmediğinden emin olduktan sonra, hemşire görev yerini terk edip acil servisin yolunu tuttu.

Her şey planladıkları gibi gidiyordu.

Ya da Benjamin'in planladığı gibi. Max-Ernest'a o akşam yapılacakların listesindeki birkaç önemli maddeden bilerek bahsetmemişti. Her şey yolunda giderse, Max-Ernest ne denli önemli bir anı kaçırdığını asla bilmeyecekti. Ya da iş işten geçene dek.

Max-Ernest'ın titizlikle hazırladığı ayrıntılı haritaya bakarak sağdan üçüncü asansöre yöneldi.

Üzerinde PYBÜ yazan asansöre.

Teşekkürler Max-Ernest, diye geçirdi içinden. *Oysa benim sana yardım ediyor olmam gerekiyordu! Tüm bunlar bittiğinde, sana bir hediye göndermeliyim. Belki de hediyem yeni sihir numaraları olabilir.*

İçinden bir his yakında Max-Ernest'ın bir sihir numarasında olduğu gibi, dumanlar arasında ortadan kaybolmak isteyeceğini söylüyordu. Zavallı Max-Ernest...

Yerde yatan, trajik bir şekilde rahatsızlanmış çocuğun etrafını üç hemşire, iki hizmetli ve bir doktor çevirmişti. Bekleme odasındaki hasta adayları merak (nesi var acaba?) ve küskünlük (ben üç saattir burada beklerken ona neden bu kadar ilgi gösteriyorlar?) içinde çocuğa bakıyorlardı.

Sesli bir şekilde hırıltılar çıkaran Max-Ernest zorlukla konuşarak "Evet, doğru, göğsümde ağrı var. Nefes almakta da güçlük çekiyorum," dedi. "Bakın... ne kadar... dar..."

Bu iki belirtinin hastanede acil müdahale gerektiren durumların başında olduğunu düşünüyordu. Buna karşın, nedense doktor aynı düşüncede değil gibiydi.

Tepesinden ona şüpheyle bakan doktor, "Bunlar epilepsi belirtileri değil," dedi.

"Biliyorum, zaten onunla ilgisi yok. Sorun astımım. Sanırım şu an astımıma alerjik bir reaksiyon eşlik ediyor."

"Ne alerjisi?"

"Vinil. Zemin kaplaması vinil, bakın."

"Buradaki zemine alerjik bir reaksiyon mu gösteriyorsun?"

"Evet. Zemin çok zehirli. Bence değiştirmeyi düşünmelisiniz."

"Yine de bu durum neden burada olduğunu açıklamıyor. Yoksa reaksiyonun beklentisel kaygının bir ürünü müydü?"

Max-Ernest hararetle başını salladı. "O da var; bir de kalp krizi geçiriyordum."

Doktor, Max-Ernest'ın nabzını ölçmek için eğildi. Göğsüne bir stetoskop koyup dikkatle dinledi.

Max-Ernest elinden geldiğince hızlı bir şekilde soluk alıp verdi. Ancak çabaları boşunaydı.

Doktor ayağa kalkıp gülümsedi. "Eh, içini ferah tut. Kalp krizi falan geçirmiyorsun."

"Ya? Sanırım bunun nedeni bende beyaz önlük sendromu olması. Bilirsiniz ya, bir doktor görür görmez, semptomlarınız aniden kayboluverir. Doktor gidince de yeniden ortaya çıkarlar."

Doktor yumuşak bir sesle "Aslında beyaz önlük hipertansiyonu olarak da bilinen *beyaz önlük sendromu, o dediğinin tam tersidir,"* dedi. "Bir doktor görmesiyle, hastanın normal tansiyonunun yükselmesi halidir. Nedense, senin sorununun bu olmadığını düşünüyorum."

Max-Ernest sessizce kendine lanet okudu. Böyle bir hatayı nasıl yapabilmişti? Bu kendisine hiç de yakışmıyordu! Sebep gergin olması olabilirdi.

"Sanırım ihtiyacımız olan tek beyaz önlük, sana giydirmemiz gereken." Doktor hizmetliye işaret etti. "Deli gömleği getirin lütfen!"

Max-Ernest'ın benzi attı. Houdini ve diğer kaçış ustalarının biyografilerini okuduğundan deli gömleklerine gayet aşinaydı. Dolayısıyla, bir deli gömleğinden kurtulamayacağını da biliyordu. Max-Ernest, "Deli değilim ben! Bende Munchausen sendromu (bir kişinin hastalık öyküleri uydurduğu rahatsızlık) var!" diye bağırdı. "Rahatsızlığımı kontrol edebilirim. Söz veriyorum!"

Max-Ernest'ın tepesine dikilen doktor, "Ben ne kadar Oz ülkesinde bir cüceysem, sende de o kadar Munchausen sendromu var!" dedi.

Kabul odasındaki hemşire hızlı adımlarla içeri girdi. Şaşkınlık içinde yerde yatan Max-Ernest'a baktı. "Max-Ernest!? Ne yapıyorsun burada? İyi misin?"

Max-Ernest ayağa kalktı. "Hiçbir şeyim yok! Önemli değil. İyiyim."

Ardından yanıt beklemeden çıkışa doğru koştu.

Şaşkınlık içindeki hemşireler ve diğer hastane çalışanları bir süre donakalıp ona bakmalarının ardından peşinden koştular.

Cass'in odasına dalan Max-Ernest, "Hey, acele etmemiz gerek," dedi. "Benjamin, beni duyabiliyor musun?"

Cass'in üzerine eğilmiş halde duran Benjamin şaşkınlık içinde ayağa kalktı. Monoklü yere düştü. El yordamıyla monoklü bulup tekrar gözüne taktı.

"Seni korkuttuğum için üzgünüm," dedi Max-Ernest. "Numara yaptığımı anladılar. Hatta numara yapma numarası yaptığımı anladılar. Munchausen sendromu taklidi yaptım. Düşününce, benimkisi aslında bir *yalancı* yalancı sendrom sendromu gibi bir şey oldu... Neyse, her an burada olabilirler." Benjamin'in yüzündeki ifadeye bakmak için durakladı. "Ne oldu? Durumu nasıl? Zihninin içine bakabildin mi?"

"Evet, bir an, neredeyse... görecektim..." Benjamin sanki hâlâ Cass'in zihninden tamamen çıkmamış gibi, bir çeşit trans halindeydi. "Neredeyse... Ona neredeyse ulaşmıştım... Sonra sen..." Sesi giderek kısıldı.

Heyecana kapılan Max-Ernest, "Demek istediğin?..

Vay canına, bu harika!" dedi. "Hemşireleri biraz daha oyalarsam, o sürede ona ulaşabilir misin?"

Benjamin başını salladı. "Sanırım..."

"Tamam. Belki de bu kat boyunca peşimden koşturabilirim onları. Buna ne dersin?"

"Evet... Evet. İyi fikir."

Max-Ernest kapı aralığında durup Benjamin'e baktı. Benjamin'in başarının eşiğinde olması onu heyecanlandırmış olsa da içinde tuhaf bir huzursuzluk vardı.

"Az önce ne gördün... Daha doğrusu neyi görecek gibi oldun?"

Benjamin yumuşak bir sesle "Sırrı," dedi. Cass'in kalp monitörünün üzerinde bir görünüp bir kaybolan çizgi Benjamin'in monoklünün camında hareketli bir çatlağı andıran ürpertici bir yansıma oluşturmuştu. "Anladığım kadarıyla, Sırrı düşünüyordu. Çok yaklaşmıştım."

Max-Ernest telaşlanarak "Sır mı? Sır hakkında ne biliyorsun sen?" diye sordu.

Benjamin aceleyle "Eh, pek bir şey bildiğim söylenemez," dedi. Kendini toplayıp başını kaldırarak Max-Ernest'a baktı. "Senden bana ulaşan beyin dalgalarından ister istemez Cass'in Sırrı ya da daha doğrusu bir sırrı aradığını anladım. Zaten dünyada binbir türlü sır yok mu!?"

Max-Ernest, "Doğru. Sanırım bunu daha fazla gizlemeye çalışmalıydım," dedi. Yine de içinden Sırra dair her şeyi zihninde gizlemeye çalıştığını geçirdi. Zihni *o kadar* şeffaf olamazdı!

"Belki de... Ama yine de görürdüm bunu zaten."

Max-Ernest içinden, *Hani insanların izni olmadan zihinlerine bakmıyordun?* diye geçirse de bunu sesli olarak ifade etmedi.

"Şimdi git," dedi Benjamin. Artık transa geçmiş halinden eser yoktu. Tamamen kendine gelmiş gibiydi. "Yalnız kalmam gerek. Bu çok önemli."

Max-Ernest gözlerini arkadaşına, daha doğrusu arkadaşı olduğunu sandığı oğlana dikti.

Benjamin'e güvenemezdi; artık bundan emindi.

"Eee, bak ne diyeceğim, bence buna vaktimiz yok. Hemşireler birazdan burada olur. Hâlâ vaktimiz varken, buradan kaçalım."

"Beni bir dakikalığına Cass'le yalnız bırak, eski hempam. Üzgünüm ama gerçekten ısrar etmem gerek. Bırak da hemşireler konusunu ben endişe edeyim." Benjamin, Max-Ernest'a doğru bir adım attı. Max-Ernest kendi rızasıyla gitmezse, Benjamin'in onu ite kaka odadan çıkaracağı belliydi.

"Hayır, hiç sanmıyorum," dedi Max-Ernest.

Odaya göz gezdirip gerekirse Cass'i korumak için kullanacağı (bir süpürge veya paspas gibi) bir nesne aradı.

"Max-Ernest? Burada neler oluyor? Hemen bir açıklama yapmazsan güvenliği çağırırım!"

İki oğlan arkalarına döndüler.

Kabul odasındaki hemşire elleri belinde, arkasında duran hademeyle birlikte kapı aralığında dikiliyordu.

Hapı yutmuşlar gibi görünüyordu.

Üç dakika önce olsa, Max-Ernest onları görünce büyük bir hayal kırıklığı yaşardı. Oysa şimdi bu onu rahatlatmıştı.

Benjamin alelacele "Kusura bakmayın, yanlış odaya gelmişim," dedi. "Büyükannemi arıyordum da!"

Kimsenin gözünün içine bakmadan odadan hızla çıktı.

Max-Ernest ise odadan o kadar hızlı çıkamadı. Öncelikle, hastane yöneticilerinden biriyle konuşması gerekiyordu.

Neyse ki hemşire hastaneyi davacı olmamaya (bazıları bunu talep etmişti) veya Max-Ernest'ın akıl hastanesine yatırmamaya (bazıları bunun gerekli olduğunu öne sürmüştü) ikna etti. Max-Ernest'ın bu delice davranışının gerisinde Cass için duyduğu büyük üzüntü olduğunu söyledi.

Bununla beraber Max-Ernest, hastaneden ayrıldığında iyice ümitsizliğe batmış haldeydi. Zamanın tükendiğinin farkındaydı. Cass'i kurtarma olasılığı eskisinden de uzak görünüyordu.

Yine de eve gidip Yo-Yoji'nin e-postasını gördüğünde içi ferahladı. Cass'in durumu kritik olsa da en azından bir trajediyi (hem de çok kötü sonuçları olabilecek bir trajedi) önlenmişti. Max-Ernest'ın Benjamin'e güvenmemekte haklı, hem de tahmin edemeyeceği kadar haklı olduğu ortaya çıkmıştı.

Gönderen: ohnoitsyoyo@xxxxx.com

Konu: AHBAP, BUNU HEMEN OKUMALISIN!!!

Kime: mdash@xxxxxxxxxx.com

Ydjgl, zdouylo, zujwk uwjupdjyufd cuwugd zdo bdquo bdzd kwrjauf lqhdpglo pljd... Ired'ylj cljrx ykjyrh sl Zljeuhdj'gl dgbdgd l-mkpqujd kfryrh. Bladoydbd ylbdpdh zuju qrcui blgyd. Zlj yl frarf zdo uoupqdohu wumqdh. Uoupqdohuyuj pkjra uguhuydh... Ujauf pkjou bdqqdbd pr kfrgr uoupqdoydh. Zdg zufugdh Wljd Wljdgdfad Ufuylhd'jdj "hryror" fdhhdp?... Uyuhdj uyd... (zrouyu qouhmlqglo bdopdj grqilj) Gradujk Zlobuhk. Uc-cu! Yo. Fkofrja G!!! Lslq, Zljeuhdj'dj kfrgrjr Blal Wuodpd Brjlpd dpglqdwkohrp! Zr jl ylhlf zdglhdwkorh... Auprp kguzdgdo hd? Ujauf flpdj kguj zrjrj cuwou uguhlq kghuydbd. Uguoh, uguoh, uguoh! Grqilj zr l-mkpqujdj puju rgupqdbdjd zuju zdgydo yl zlj yl oucuq zdo jlilp ugdm kwrj upuhuguod qupuoguhuwu ylsuh lylzdglwdh.*

Görüşürüz! Y-Y

\m/ (>.<)\m/

(Rock'la kal!)

* ŞİFRELERLE ARASI İYİ OLMAYANLAR BU MESAJIN VE YO-YOJI'NİN İLK E-POSTASININ DEŞİFRE EDİLMİŞ HALİNİ EKLER BÖLÜMÜNDE BULABİLİRLER.

BÖLÜM DOKUZ

YO, HAYIR!
BEBEK MAYONEZE BATTI!
Bir Yeşil Bezelye, Erkek Bebek ve Mayonez Kavanozu Öyküsü

Zaman zaman, bana bayılan hayranlarım (tamam, tamam, fazlaca şüpheci hayranlarım) bana çocukken gerçekten bir mayonez kavanozunda neredeyse boğulacak olup olmadığımı soruyorlar. Bu öyküyü önemli basın kuruluşlarına verdiğim çok sayıda röportajdan hangisinde okuduklarından emin değilim. (Peki, peki, ikinci kitabımın sonunda kendimle yaptığım röportajdı. Yine de sorarım, o röportajı benden iyi yapabilecek biri var mıydı?) Bu kez bu sorunun yanıtını kesin olarak verdim.

Yanıt: Evet, doğru. Az kalsın bir mayonez kavanozunda boğulacaktım.

Olay şöyle gerçekleşti:

Mayonez Korkumun Gerçek Kökeni
Konu Dışı, Kişisel Bir Bölüm

Şu an inanmak zor gelse de bir zamanlar sevgili Pseudonymous Bosch'unuz bir Bebek Bosch'tu. Bırakın Sırrı, sır denen şeyden habersizdi. Ne Terces Derneği'nden ne de Gece Yarısı Güneşi'nden haberdardı. Hatta henüz çikolata denen şeyden bir ısırık bile almamıştı.

Bu dünyadan habersiz çocuk, bu bitmemiş proje, bu pişmemiş ekmek, bu şekil verilmemiş alçı, bu yazılmamış roman, bu bebek bendim.

Sakın sizi kendime acındırmaya çalıştığımı düşünmeyin ama mutlu bir bebek değildim. Anne babam beni paylaşamadıklarından tartışırlar (of, ağzımdan parçalanmış bir ailem olduğunu mu kaçırdım?), iç organlarım kendileriyle cebelleşirlerdi. (Of, ağzımdan midemde yanmalar olduğunu mu kaçırdım?) Bebekliğimin çoğu kimsenin beni avutmadığı bir ortamda, her gittiğim yerde çıkan kavgalar karşısında ağlamakla geçti.

Hayır, niyetim bana acımanız değil ama ağlayan bir bebeğin dostu olmaz. Hem de hiç. Beş dakikalığına bir bebeğin ağlamasını dinlemeyi deneyin bir. Ya da on dakikalığına ya da yirmi dakikalığına ya da benim yaptığım gibi aylarca ağlayan bir bebeği dinlemeyi. İçinizden kuzucuğun boğazını sıkmak geliyor mu, gelmiyor mu görün.

Ağlayan o bebeği gıdıklayacak, mırıl mırıl konuşup onu teselli edecek bir Jo Nine'si; ona çaktırmadan şeker verecek bir Carl Dede'si; yanaklarını sıkacak bir Martha Hala'sı yoktu. Acıyan bir bakış ve iki yana sallanan bir baş bulsa gene iyiydi. Öyle bir bebekseniz, birisi size ayakkabısını fırlatmazsa şanslısınız demektir.

Hayır, gerçekten, samimiyetle, niyetim kimseyi kendime acındırmak değil. Mendillerinizi kendinize saklayın. Bana çiçekler ve teselli edici mektuplar göndermeyin. Sizin iyi niyetli sözlerinize ihtiyacım yok.

Eh, en azından şu an yok. O zamanlarda olsa, sanırım tek bir kişinin bile bana bakıp gülümsemesi hiç de fena olmazdı. Keşke tek bir kişi yüzü kızarmış, burnundan yeşil sümükler akan, ayak parmakları isilik olmuş o küçük erkek bebeğe azıcık ilgi gösterseydi.

Görüyorsunuz ya; birisi o bebeğe azıcık, küçücük, minnacık bir ilgi gösterseydi minik bebek bacağımın kıvrımları arasına kaçan ve zamanla sertleşip kararan o küçük yeşil bezelye tanesini fark edebilirdi. Bu bezelye tanesi bir şekilde derime sıkışmıştı. Küçük ama kalıcı bir ağrıya, bacağımda yapışkan, kaşıntı veren, rahatsız edici bir hisse neden oluyordu.

Öykümün *Prenses ve Bezelye Tanesi* masalına benzediğini düşünebilirsiniz. İsterseniz benimle alay edin. Ama şunu da bilin ki o bezelye beni bir yıl kadar rahatsız etti. Şefkatli biri gelip de bacağıma bakmayı düşünse ve o bezelyeyi oraya sıkıştığı gün çıkaracak olsa neler olacağını kim bilebilir? Kim bilir ne güleç, ne neşeli bir bebek olurdum. Yüzümde güller açar, etrafa neşe saçardım.

Ah, tabii o zaman aynı insan olmazdım, değil mi? Talihsizliklerimiz karakterimizi şekillendiriyor. Bacağımızın kıvrımları arasına kaçan o bezelye taneleri... bizi biz yapıyorlar.

Ancak asıl konudan saparak değindiğim konudan da sapmayayım şimdi.

Annem de babam da çalışıyorlardı. İkisinin de benimle ilgilenecek vakti yoktu. Öte yandan, durmadan ağladığım için bana bir haftadan fazla dayanabilecek bir dadı bulamıyorlardı. Kimisi bir saatten daha az dayanıyordu. Hatta bir tanesi vardı ki bir dakika sonra istifasını vermişti. Birinci yaş günüm yaklaştığında, yüz kilometre yakınımda bana katlanacak hiç kimse; ne bir dadı, ne bir bebek bakıcısı, ne de kendisine sorumluluk yüklenen on yaşında çocuklar kalmıştı.

Böylece akla gelmeyecek olan bir şey gerçekleşti: Anne babam beni ilk doğum günümde yemeğe çıkarmak zorunda kaldılar.

Bunu yapmamaları gerektiğini bilmeliydiler.

Her zamanki gibi annem ve babam birbirleriyle tek kelime konuşmazlarken, öyle ağladım ki garson kız beni mutfağa götürmesine izin vermeleri için anne babama yalvar yakar oldu.

Doğal olarak, beni annem ve babamdan ayırmasıyla daha da sesli ağlamaya başladım. Garson kız türlü şekerli, tuzlu ve bir o kadar da sağlıksız tatlılarla susturmaya çalışsa da hiçbir şey beni durdurmuyordu. Bezim kirlendiğinden ağlıyor olabileceğimi düşünerek beni sert, soğuk, ıslak ve paslanmaz çelikten tezgahın üzerine atıp narin, küçük bebek bacaklarımı yukarı kaldırdı. Ağladıkça ağladım. Ancak şu işe bakın ki garson kız daha önce kimsenin bulamadığı şeyi buldu:

Bezelye tanesini.

Ancak orada çok uzun süre kaldığından resmen derimin içine doğru büyümüştü. Siyahımsı, mavimsi, kahverengimsi, yeşilimsi bir siğile (bir bebeğin bacağında değil, bir cadının yanağında görmeyi umacağınız bir siğil) benziyordu. Bana çok sıkı yapıştığından, garson kız bunun bir parazit veya sülük olabileceğini düşündü. Parmaklarıyla sökemeyince, en güçlüsünden bir kayganlaştırıcı aramaya koyuldu.

Bu işin nereye varacağını tahmin ettiniz mi?

Elinin altındaki en uygun malzeme küçükçe bir çöp kovası büyüklüğünde, bir başka deyişle içine küçük bir bebeğin sığabileceği büyüklükte bir mayonez kavanozuydu.

Ona sorsanız, sadece belden aşağımı kavanoza sokmaya niyetlendiğini söyleyecektir. Öte yandan, ayak parmaklarımın soğuk mayoneze değmesiyle, bir yılanbalığı gibi kıvrılmaya başladım. Bu yüzden, beni tutamadı. Kavanozun içine düşünce de beni elleriyle çıkarması mümkün olmadı. Bedenim iyice kayganlaşmıştı.

Çırpındıkça, debelendikçe daha da battım. Öksürdüm, ağzımdakileri püskürttüm, nefes almaya çalıştım. Bu da sadece daha çok mayonez yutmama neden oldu. Mayonez, burnuma, gözlerime kaçtı. Kulaklarımın içini doldurup tırnaklarımın arasına girdi.

Kısa sürede o soğuk, çamurumsu, kokulu, jelatinimsi, yüksek kalorili, kolesterol deposu, bakteri yuvası, zehir gibi, iğrenç ve tiksinç, beyaz ve yapışkan maddeye tamamen battım.

Sadece saniyeler içinde, bir ton balığı sandviçinden farkım kalmayacaktı: Mayonezde boğulacaktım.

Neyse ki aşçıbaşının yardımcısı o esnada Bin Ada adlı ünlü salata sosunun üzerinde çalışıyordu (tanrılara, daha doğrusu Yeşillik Tanrısı'na şükürler olsun) ve sosu için bir bardak mayonez daha gerekmişti. Bir balık kroketle aynı aşağılayıcı kaderi paylaşacakken adam uzanıp salata maşasıyla beni boynumdan kavradı.

Havada kıvranıp, yeni doğmuş bir bebek gibi ağlarken aşçıbaşı yardımcısı bezelyeyi başparmağı ve işaretparmağı arasına sıkıştırıp çevirdi. Bacağımdan kopan bezelye düşüp gerisinde yaklaşık on sent büyüklüğünde kıpkırmızı bir leke bıraktı. (Şef bu yaptığının çalıfasulyesinin başını koparmak gibi bir şey olduğunu söylemişti.)

Ağlamayı kesip, şaşkınlık içinde bana onca acı ve sıkıntı veren nesneye baktım. Küçülüp paslanmaz çelik tezgahın üzerinde dövülmemiş bir biber tanesi kadar kalan bezelye tanesi, küçüklüğüyle benimle alay eder gibiydi.

Belki düşmanımı dramatik bir finalle yok etme arzusu duyduğumdan, belki de sadece önümde öylece durduğundan, kimse beni durduramadan ona uzanıp bebeklerin sık yaptıkları o işi yaptım: Bezelye tanesini yuttum.

İşte o an tekrar ağlamaya başladım. Bunun nedeni bezelyenin mideme dokunması değil, bedenimin hâlâ içinde boğulacak olduğum o çamurumsu, beyaz maddeyle kaplı olduğunu fark etmemdi. Rahatsızlığımı sezen aşçıbaşı yardımcısı hemen üzerimdeki beyaz maddeyi sildi. Ardından, beni kendisine minnettar kalan garson kıza emanet edip işinin başına döndü.

Niyetim böbürlenmek olmasa da o akşam herkes salata sosuna övgüler yağdırmıştı. Anlaşılan, sosa mayhoş bir je ne sais quoi katmış ve elbette sadece bir bebeğin verebileceği türden sarı bir ton vermiştim.*

O günden beri aşçıbaşı yardımcılarına karşı sıcak bir muhabbet duymuş, mayoneze ise marazi bir korkuyla yaklaşmışımdır.

* LÜTFEN BANA *JE NE SAIS QUOI*'NIN NE ANLAMA GELDİĞİNİ SORMAYIN; SADECE, NE OLDUĞUNU BİLMİYORUM ANLAMINA GELDİĞİNİ SÖYLEYEBİLİRİM.

BÖLÜM -ÜÇ

Cass, Soytarı'yı doğru işittiğinden emin değildi.

"Gerçekten mi? Sırrı bilmiyor musun?"

"Yemin ederim ki bilmiyorum. Sırrı hiç duymadım," dedi Soytarı. "*Sen* görünmez kızsın. *Sen* zaman gezginisin. *Sen* bildiğim tek sırsın. *Sırrı* asıl benim sana sormam gerekir."

Evet, ne yazık ki onu doğru işitmişti.

Düş kırıklığına uğramıştı. Ona bu soruyu sormak için çok uzun bir yol kat etmişti. O ise yanıtı bilmiyordu. Soruyu tam olarak anlamamıştı bile. Cass'in görevi başarısızlıkla sonuçlanmıştı. Bunun ötesinde, artık Terces Derneği'ndeki rolü (yaşamının yegane amacı) tehlikeye girecekti. Koruyacak sırrı olmazsa nasıl Sırrın Koruyucusu olacaktı?

Sırrın bir ağacın arkasına gizlenmiş olabileceğini umuyormuş gibi ormana bakındı. Ancak gözüne çarpan tek şey bir kayanın üzerinde duran bir kozalak oldu.

Ayak direterek "Peki ya Terces Derneği?" diye sordu. "Sen Terces Derneği'nin kurucususun. Derneğin asli amacı da Sırrı korumak. Terces Derneği, Sırrın gizli derneğidir!"

"Üzgünüm, bildiğim tek bir gizli dernek yok. Kurucusuysam, henüz kurmamışım demek."

Giderek daha fazla ümitsizliğe kapılan Cass, "Peki ya anne ve babam? Onlar kim?" diye sordu. "En azından bunu bilmen gerek. Bu kadar yolu kim olduğumu öğrenmek için geldim. Senin bunu bileceğini sanıyordum. Tek bildiğim şey benim Sırın Koruyucusu olmam gerektiği."

Soytarı yadsınamaz bir mantık yürüterek "Gelecekten geliyorsun, anne babanın kim olduklarını nereden bileyim? Daha doğmadın bile," dedi. "Mantıksızca konuşuyorsun. Bunu benim gibi bir soytarı bile görebilir!"

"Cidden bir şey bilmiyor musun? Anlamıyorum."

Soytarı mırıldanarak başını iki yana salladı. "Ya sen burada bile değilsin ve ben rüzgara karşı konuşan bir deliden başka bir şey değilim ya da beni delirtmek için kasten gönderilmişsin. İkisi de aynı kapıya çıkıyor."

Cass sırtını bir ağaç gövdesine yasladı. "Onca yolu bir hiç için geldiğime inanamıyorum! Şimdi ne yapacağım?" Hıçkırığını tutmaya çalışsa da yapamadı.

Soytarı, "Haydi ama, bu o kadar da kötü olamaz," dedi. Cass'in ağlaması onu sarsmıştı. "Neredesin? Elini uzat ki başını okşayabileyim."

Cass ürkekçe Soytarı'nın kolunu dürttü.

"Ah, işte buradasın. Öyle dönüp durma! Dikkatim çok dağılıyor. Bir oradasın bir şurada."

Söz verdiği gibi Cass'in görünmez başını okşadı. "Nasıl geldi? Bugüne dek küçük çocukları teskin ettiğim olmadı pek. Sadece benden sıkılıp bıkana dek güldürürüm onları. Ağlamaya başladıklarında, onları gönderirim. İş açısından iyi görünmüyor."

Burnunu çeken Cass, "Ben küçük bir çocuk değilim ama iyi iş çıkarıyorsun," dedi.

"Bir fikrim var," dedi Soytarı. "Aradığının bir başka soytarı olmadığına emin misin? Duyduğum kadarıyla Fransa kralı için çalışan çok komik bir adam varmış." Yüzü bulutlandı. "Ve o şanslının hâlâ bir işi var!"

Cass başını iki yana salladı. "Hayır, aradığım sensin. Seninle daha önce de görüştük. Demek istediğim, sanırım görüştük. Ancak o farklıydı; sen daha yaşlıydın, en azından bazı görüşmelerimizde..."

Yüzü aydınlanan Soytarı, "Hah, o zaman bu durumu açıklıyor," dedi. "Zamanda çok fazla geriye gittin, hepsi bu. Belki de Sırrı yarın, gelecek yıl veya ancak yaşlı bir adam olduğumda bulacağım. Ayrıca, şu bahsettiğin dernek belki de Sırrı bulmamdan çok uzun bir süre sonra ortaya çıkacak. Eve dönüp geri dönmen gerek, geleceğime!"

Cass hüzün içinde "Bunu yapabileceğimden emin değilim," dedi. "Eve gidip gidemeyeceğimi bile bilmiyorum."

Ev. Hemen eve dönmek istiyordu. Ümitsizce. Eve eli boş dönecek olsa da. Artık oyalanmanın manası yoktu. Bu ancak hayal kırıklığını daha da artırırdı.

Peki ya nasıl? Eve nasıl gidebilirdi?

Max-Ernest'ın onu geri getireceğine güveniyordu. İyi de şimdiye kadar bunu yapmış olması gerekmez miydi? Panzehri daha önce de hazırlamıştı. Bir kez daha hazırlaması ne kadar zor olabilirdi ki? Yoksa aslında henüz çok da vakit geçmemiş miydi?

Ayrıldığından beri kendi dünyasında ne kadar zaman geçmişti? Saniyeler mi, dakikalar mı, saatler mi, yoksa yıllar mı geçtiğini anlamasının bir yolu yoktu. Gerçek hayatında, şu an doksan yaşına bile gelmiş olabilirdi. Belki de arkadaşları ve ailesi ölmüştü. Döndüğünde kendi evini, hatta kendisini bile tanıyamayabilirdi.

Max-Ernest onu bu tür bir sorun çıkabileceği konusunda uyarmıştı. Neden ona kulak asmamıştı ki? Saçmalamak Soytarı'dan değil ondan sorulmalıydı.

Havlamaları duyduklarında iş işten geçmişti.

Kadife yastıklarından kaldırılıp yedikleri bifteklerin hakkını bir kez daha vermeleri için işe koşulan kraliyet tazıları, haydutların kokusunu izlemiş ve kralın askerlerini dosdoğru kamp yerine getirmişti. Gafil avlanmalarının yanı sıra (Cass'in Anastasia'nın söve saya söylediklerinden anladığı kadarıyla nöbetçi bal likörü içip sarhoş olmuştu) haydutların sayısı askerlerinkinden azdı.*

Kamp kuşatılmış, haydutların sırtına kasaturalar dayanmıştı. Tetikte bekleyen kraliyet tazıları, haydutları sanki koyun güder gibi çevrelemişlerdi.

Kampın yirmi metre kadar ötesindeki Soytarı ve Cass, askerler tarafından görülmemiş ve henüz kokuları tazıların burnuna ulaşmamıştı.

Anastasia, "Siz tazılar (*tazılar* derken köpekleri değil, askerleri kastediyordu) peşinde koştuğunuz tilkiyi yakaladığınız için kim bilir ne kadar gururlusunuzdur şimdi!" diye bağırdı. Her zamanki gibi lafını sakınmıyor, her an boğazının kesilebileceğinden habersizmiş

*BAL LİKÖRÜ BALDAN YAPILAN BİR ÇEŞİT ŞARAPTIR. KÖKENİ İLK MEDENİYETLERE KADAR UZANAN BU İÇKİNİN EN REVAÇTA OLDUĞU MEDENİYETLERDEN BİRİ DE ANTİK YUNAN UYGARLIĞIDIR. YİNE DE SİZİN YERİNİZDE OLSAM BU İÇKİYİ DENEMEZDİM. BEOWULF EFSANESİ'NDE GRENDEL ADLI CANAVARIN SALDIRISINA UĞRAYAN İSKANDİNAVYALILAR DA YİNE BAL LİKÖRÜ İÇİP SARHOŞ OLDUKLARINDAN GAFİL AVLANMIŞLARDI. BAL LİKÖRÜ SAVAŞMALARINI GÜÇLEŞTİRMİŞ OLSA DA ÇEKTİKLERİ ACIYI KISMEN AZALTMIŞ OLABİLİR.

gibi görünüyordu. Cass, kendini Anastasia'nın baskı altında sergilediği cesarete hayran olmaktan alamıyordu. "Bakıyorum, kral on hırsızı yakalamaya sadece yüz askerini göndermiş! Siz de kendinize asker mi diyorsunuz?"

Epey azametli görünen, üniformasının üzerinde altın rengi kordonlar, kaşının üzerinde ter damlaları olan ve komutan olduğu anlaşılan bir asker, "Evet, askeriz ve her birimiz eğitimli birer katiliz!" diye kükredi. "Ayrıca, bizi homunkulüs denen o yarım metrelik gübre yığınına götürürseniz birkaçınızın hayatta kalmasına bile izin verebiliriz belki. Lord Firavun küçük canavarı için büyük bir ödül vadetti bize."

Soytarı aceleyle "Haydi," dedi. "Onlar bizi görmeden hemen kaçalım buradan." Başıyla ikisine en yakın mesafede olan ve yürüyerek çevreyi gözetleyen askere işaret etti. "Ya da kokumuzu almadan." Soytarı, sanki tam o sırada firari bir soytarının ve görünmez bir kızın kokusunu almış gibi şüphe içinde yeri koklayan tazıları gösterdi.

Cass hiddetle "Ne diyorsun? Onları geride bırakamayız!" dedi.

"Senin için hava hoş, görünmezsin."

"Yine de bu yanlış."

"Neden? Haydutlar Kraliçesi bana gitmemi söylememiş miydi? Ben de bana söyleneni yapıyorum."

"Evet, ama hatırlarsan bizi zindanda kurtarmıştı. Üstelik bize atını da verdi. Hayatlarımızı ona borçluyuz!"

"Sanırım demek istediğin bize atı ödünç verdiğiydi. Bunu da epey gönülsüzce yaptığını eklemem gerek."

"Bana sanki ondan hoşlanmışsın gibi gelmişti."

"Ondan hoşlanmak mı?"

Her ne kadar Soytarı onu göremese de, Cass derdini daha iyi anlatabilmek için istemsizce kaşlarını yukarı kaldırarak "Evet, *o anlamda* hoşlanmak," dedi. (Görünmez biriyle sohbet etmek kör biriyle konuşmak gibi; her şeyi sesinizle anlatmanız gerekiyor.)

Soytarı, "*O anlamda* hoşlanmak mı? O da ne demek? Nefret ediyorum ondan! Hem de her anlamda!" diye çıkışsa da oradan uzaklaşmaya da yeltenmedi. Cass'in sözlerinin amacına ulaştığı açıktı.

Cass, Max-Ernest'a ve Terces Derneği'yle sıkça yaptığı gibi operasyon havasına girerek "Tamam, sen onları oyala," dedi. "Ben içlerinden bazılarının iplerini çözebilecek miyim diye bakacağım."

"Peki bunu nasıl yapmamı bekliyorsun?"

"Bilmem... Top çevirebilir, fıkralar anlatabilir, kendi kuyruğunu kovalayabilirsin. Sen bir soytarısın, değil mi?"

Soytarı yanıt vermek için ağzını açacak olsa da sessiz kaldı. Cass'in çoktan yanından ayrılmış olabileceğini düşündü. Kendinizle konuşur gibi *görünmek* başka, gerçekten kendinizle konuşuyor olmak başka bir şeydi.

Derin bir nefes alıp kahramanca ileri atıldı.

"Askerler! Selamlar!"

Kendisine en yakın on asker arkalarına dönüp kılıçlarını çekti. Tazılar toplu halde ona doğru koşup, deli gibi havladılar.

Komutan, "Kim var orada?" diye bağırdı.

Tazılar dişlerini ayak bileklerine geçirmesin diye bir ileri bir geri zıplayan Soytarı "Ne? Kim? Kimse!" diye bağırdı. "Yani ben varım orada! Bakın nasıl oradayım, bir oradayım bir buradayım!"

Askerler güldü.

Genç bir asker, "Bakın beyler, karşınızda kralın soytarısı! Kısa bir süre öncesinde de kendisi kralın mahkumuydu," diye bağırdı. "Şimdi ise tazıların akşam yemeği!"

Bir başkası, "Ne oldu Soytarı?" diye bağırdı. "Konukseverliğimiz neden seni mutlu etmedi? Zindanın zemini sana çok mu sert geldi? Yoksa yemekleri çok soğuk mu buldun?"

Tazılardan biri ayakkabısını ısıracakken yana çekilen Soytarı, "Zemin harikaydı. Yemekler de öyle," dedi. "Sorun gardiyanlardı. Berbat kokuyorlardı!"

Komutan, "Etrafını onca adam sarmışken espri yapacak kadar ukalasın!" diye homurdandı.

"Adam mı? Öyleyse ne diye bir hanımefendiyi bağlıyorsunuz?" Soytarı, gördüklerine inanamaz halde başını iki yana sallayan Anastasia'ya işaret etti. Belli ki Soytarı'nın kendisine bir faydası dokunmayacağını düşünüyordu.

Komutan, "Merak etme," diye yanıt verdi. "Uzun süre bağlı halde kalmayacak. Kralın tek istediği onun kellesi. Bu özel tepsiyi onun için getirdik."

Elini havaya kaldırmasıyla genç bir asker elinde gümüş bir tepsiyle çıkageldi. "Başını krala bu tepside götürme emri aldık. Belki senin başın da sığar buraya."

"Başım öyle asil bir başa eşlik etmekten onur duyar. Yine de yüzü lütfen bana dönük olmasın. Bu tazılar ondan önce davranmazsa, burnumu ısırıp koparacağından korkuyorum."

Soytarı, Anastasia'ya bakıp sırıttı. Anastasia da alev saçan gözlerle ona karşılık verdi. Gerçekten, eline geçirse Soytarı'yı ısıracak gibiydi.

BÖLÜM ON

Duyduk duymadık demeyin! Duyduk duymadık demeyin! Tüm lordlar ve leydiler, cesur şövalyeler ve güzel genç kızlar, Rönesans Panayırı'na sadece bir ay kaldı. Eğlence ve cümbüşle geçecek bir günün ardından semtinizdeki Ortaçağ Günleri Aile Restoranı'na gelip krallara layık bir yemek yiyin!

Bu sözleri haykıranlar, ne Ortaçağ'ı ne de Rönesans'ı tam olarak çağrıştırmayan, yeşil taytlar ve soytarı şapkaları giyen Glob ve Danielle-değil-Daniel'di. Ellerinde plastik borazanlar vardı. Üstlerine geçirdikleri sandviç şeklindeki kartonların üzerinde Ortaçağ Günleri Aile Restoranları'nın reklamı vardı:

LEZZETLİ SÖĞÜŞ,
MIZRAKLA DÖVÜŞ!

Okula giden çocuklar ikisinin bu haline kıs kıs gülüp onlarla alay ediyorlardı.

"Harika taytlar!"

"Siz lord musunuz, leydi mi?"

Glob elinde tuttuğu meşrubat kutusunu havaya kaldırarak "Gülün bakalım ahbaplar, bunu yapalım diye her birimize yüz dolar ve gün boyunca bedava gazoz veriyorlar!" diye bağırdı. "*Mucho dinero** denir buna. Siz o eski, pis kokulu kot pantolonlarınızı giyiyorsunuz diye size kaç para veriyorlar? Evet, doğru, kocaman bir sıfır. *Hiç*!"

* ÇOK PARA (Ç. N.)

Geçenlerin yüzünün bir santimetrekaresini göremeyecekleri bir şekilde saç örgüleriyle yüzünü örtmekle meşgul olan Danielle-değil-Daniel, "Bağırmayı keser misin? Durumu daha da kötüleştiriyorsun," diye fısıldadı.

Glob, "Bloguma yazacaklarım hiç de hoşlarına gitmeyecek," diye homurdandı. "Rönesans Panayırı'nı bloguma dakika dakika aktaracağım ve hiçbiri gazabımdan kaçamayacak!"

"Blogun umurlarında değil, adamım."

Öfkelenen Glob, "Geçen hafta blogumun kaç tane doğrudan tık aldığını biliyor musun? Binlerce," diye yanıt verdi. "Hey, Max-Ernest, sen de bize katılmak ister miydin? Elimde fazladan bir tane var." Glob parmağıyla duvara yaslanmış, sandviç şeklindeki kartona ve kartonun üzerinden sarkan yeşil bir tayta işaret etti.

Max-Ernest başını sertçe iki yana sallayıp yürümeye devam etti.

"Öyle olsun. Sana bir daha iş teklif eder miyim, gör bakalım!"

Max-Ernest okula içinde korkuyla dönmüştü.

Benjamin, Cass'i kurtarmak için tek umuduydu. Oysa şimdi onun en kötü düşmanları olduğunu biliyordu. Yo-Yoji'ye göre, Benjamin, Yeni Yenilikçi Akademi'de Dr. L'nin öğrencisi olmuştu. Şimdi de kendi okullarında Gece Yarısı Güneşi'nin casusluğunu (köstebekliğini) yapıyordu.

Seçme hakkı olsa, Max-Ernest bir daha Benjamin'i görmekten, dolayısıyla da bir daha okula gitmekten kaçınırdı. Ancak Max-Ernest, Cass'in zihnine giremese de Cass'in sesi Max-Ernest'ın zihninde hep yankılanıyor, bu ses ona pes etmemesini, Terces Derneği'ni ve Sırrı korumaya yemin ettiklerini unutmamasını söylüyordu.

Max-Ernest kendisine neden Cass'in gerçek hayatta olduğu gibi zihninde de bu kadar buyurgan olduğunu soruyordu.

O esnada zihninde Cass'le şöyle bir konuşma geçiyordu:

C: *Sakın gözünü Benjamin'den ayırma. Gece Yarısı Güneşi onu eğitip okulumuza sokma zahmetine girmişse, amacından kolayca vazgeçmeyecektir.*

M-E: Benjamin'i nasıl takip edebilirim ki? Yanına yaklaşmamla zihnimi okuması bir olur!

C: *Sadece başka düşüncelere odaklan. Onun hakkında hiçbir şey bilmiyormuş gibi davran. Hâlâ arkadaşmışsınız gibi.*

M-E: İyi de nasıl arkadaş olunur bilmiyorum ki. Hiç kimseyle arkadaşlık etmedim.

C: *Ya, demek öyle ha?*

M-E: Sen sayılmazsın.

C: *Sağ ol!*

M-E: Ne kastettiğimi biliyorsun.

C: *Hayır, bilmiyorum. Ayrıca, bu dediğini duysa, Yo-Yoji de epey kırılırdı... Tek bildiğim Benjamin senin bir sonraki hamleni kestirmeden, senin onun hamlesini kestirmen gerektiği.*

M-E: Sana göre hava hoş. Orada hiçbir şey yapmadan yatıyorsun.

C: *Hiçbir şey yapmadan mı?! Komadayken mi? Yer değiştirmek ister misin?*

"Kendi kendine konuşurken fazla ses çıkarmamalısın Max-Ernest. İnsanların deli olduğunu düşünmelerini istemezsin herhalde? Öte yandan, zaten öyle düşünüyorlar."

Max-Ernest arkasına döndü. Yeni okul sekreteri Opal elleri belinde, karşısına dikildiği Max-Ernest'a gülüyordu. Gülmese de sırıtışı, yanağındaki kocaman et benine kadar uzanıyordu.

Sekreter kendisine oyun oynayıp müdirenin odasına kapıyı çalmadan girmesini söylediğinden beri onunla görüşmemişti. O gün onda farklı görünen bir şey vardı. Ama ne?

"Tabii soytarı rolü için seçmelere katılacaksan, bilemem. İstersen seni Rönesans Panayırı'nda sahneye çıkarabilirim."

Max-Ernest kızardığını hissetti. "Aman ne komik."

Söylediklerinin ne kadarını duymuştu? Ümitsizce, Terces Derneği veya Sırla ilgili herhangi bir şeyi yüksek sesle söylememiş olmayı diledi.

"Aaa, bu duyduğum da ne?"

Zil çalıyordu. İkinci zil. İlk dersin başladığını söyleyen zil.

İnsanlar bazen abartılı bir şekilde saatlerine bakarlar ya, işte Opal de saatine aynı şekilde bakıp yorum yaptı. "Cık cık cık. Anlaşılan biraz gecikeceksin. Umarım evden mazeret kağıdı getirmişsindir."

"Şey, pek sayılmaz."

"Eh, o zaman ikinci dersin çıkışında ofise gel. Bakalım müdire hanım, yani majesteleri, bu konuda ne diyecek."

Max-Ernest ona bakakaldı. Bu hiç de adil değildi. Sekreter konuşmak için yolunu kesmemiş olsa, pekala derse zamanında yetişebilirdi.

Tam itiraz edecekken, dikkati başka bir şeye odaklandı: Benjamin Blake, Amber'la konuşuyordu.

Baş başa. Yalnız.

İdare binası ve kafeterya arasında duruyorlardı. İki binanın arasındaki dar boşluğun ziyaretçileri genellikle karıncalar, ara sıra da kemirgenler olurdu. Anlaşılan, rahat konuşabilmek için orayı seçmişlerdi. Max-Ernest'ın doğru anda o yöne bakması tamamen bir şanstı. Bunun sağlayacağı avantajı sonuna kadar kullanmaya niyetliydi.

Sekreteri hemen başından savmalıydı. Bu kesindi.

Ancak kimseye görünmeden okul arkadaşlarının konuştuklarını nasıl dinleyecekti?

İkilinin görüş açısından çıkacak şekilde yana kayıp "Tamam, dersten sonra gelirim," dedi.

Opal onu süzüp "İyi, görüşürüz o zaman," dedi. Max-Ernest'ın tavrındaki değişimi fark etmiş görünüyordu.

"Peki, görüşürüz." Sınıfa gidecekmiş gibi döndüğünde sekreter onu durdurdu.

"Şey, Max-Ernest, kusura bakma ama bana bir iyilik yapabilir misin? Tırnaklarımı daha yeni boyadım ve kurumaları *bin yıl* alıyor. Çantamdan bana bir kağıt mendil çıkarabilir misin?" Parmaklarını yeni sürdüğü oje hiçbir yere bulaşmasın diye iyice açarak rugan çantasını Max-Ernest için açtı.

Max-Ernest çantaya elini sokup sabırsızca kağıt mendil aramaya başladı.

Sekreter ona yardımcı olmaya çalışarak "Pudramın hemen altında, yani şu küçük aynanın," dedi.

Max-Ernest, çevrilebilir olduğunu fark ettiği aynanın iyi bir gözetleme aracı olabileceğini fark etti.

Aynayı sağ avcunun içine alırken, aynı anda sol eliyle mendil paketini aldı. (Ara sıra, bir sihir numarası veya casusluk yaparken, anne babasının ona aynı işi, iki ayrı işmiş gibi aynı anda yaptırmasının faydasını görüyordu.) Şansı varsa, sekreter, pudrasının kaybolduğunu fark etmez, Max-Ernest da ofise gittiğinde pudrayı çantasının içine bırakabilirdi.

Cass'in sesinin kendisini uygun şekilde teskin ettiğini duyuyordu: *Bu çalmak değil ki, ödünç almak.* Ayrıca bu kadın tanışmalarının ilk günü, ortada hiçbir sebep yokken kendisine kötü bir oyun oynamıştı!

Sekreter sırıtarak tırnaklarını hiçbir şeye değdirmeden paketten bir mendil çıkardı. "Teşekkür ederim Max-Ernest. Bu arada, lütfen ayakkabının bağcığını bağla!"

Max-Ernest onu onaylayan bir şekilde başını sallayıp bağcığıyla uğraşmaya tenezzül etmeden sınıfa doğru yürüdü. Sekreterin masasına geçtiğini düşündüğü anda yönünü değiştirip idare binasına yöneldi.

Mümkün olduğunca gizlenerek binaya doğru seğirtti. Pudrayı çıkarıp, Benjamin ve Amber'ı görene dek aynayı sağa sola çevirdi. Sohbete dalmışlardı.

İkisini birlikte en son Amber, Max-Ernest'ın falına baktığında görmüştü. O gün birbirlerini anımsamamış gibiydiler. Oysa o an onlara baktığında, Max-Ernest birbirlerini gayet iyi tanıdıkları hissine kapılıyordu.

Alçı kaplı duvarlar Max-Ernest'ın ikisinin fısıltılarını duyabileceği kadar yankı sağlıyordu:

"Onun zihninin içine bakmaya çalışıyordun, değil mi?" diye soruyordu Amber. "Neden? Senden neyi bulmanı istediler?"

Benjamin omuz silkti. "Artık önemi yok. Çünkü aradığımı bulamadım."

"Haydi ama! Bana hiçbir şey söylemiyorlar,"diye şikayet etti Amber.

"E, o zaman, benim sana söyleyeceğimi nereden çıkardın?"

"Lütfen."

"Bunu bilmeyi neden o kadar çok istiyorsun?"

"Çünkü bir sırrı öğrenememek beni deli eder."

"O zaman yaklaşmışsın demek."

"O da ne demek?"

Benjamin kendini beğenmiş bir edayla "Hmm, hiçbir şey," dedi.

Amber, "Of, senden nefret ediyorum!" diye bağırdı. "Şu fal meselesinden beri kimse beni sevmiyor. Bu iş için şöhretimi ayaklar altına aldım. En azından şu monokle bakmak hakkım!"

Amber monokle uzanınca, Benjamin geri çekilerek ona engel oldu.

"Bunu yapmama izin yok."

"Ne olacak? Dr. L'nin haberi bile olmaz."

"İçimden bir ses, bir şekilde haberi olacağını söylüyor. Özellikle de monoklü geri aldığında."

"Lütfen, lütfen."

"Neden o kadar çok istiyorsun bunu?"

"Böylece zihninin içine bakıp, Cass'in zihninin içinde ne aradığını öğrenebilirim. Ne dersin?"

Max-Ernest heyecan içinde her şeyin ardında başından beri monoklün olduğunu düşündü. Benjamin'in telepati gücünün ona özgü bir şey olduğunu, onun kendine has yeteneği sayesinde Cass'in zihnindekileri gördüğünü düşünmüştü. Oysa gücünün kaynağı monokldü. O halde elinde monoklü olan herkes zihin okuyabilirdi.

O bile.

Max-Ernest monoklü Benjamin'in elinden nasıl alabileceğini düşünürken, Amber gözlüğü almak için atıldı. Saniyeden kısa bir sürede, Amber monoklü gözüne geçirdi.

Pes eden Benjamin kollarını kavuşturup ona baktı. "Eee, ne görüyorsun bakalım?"

"Hiçbir şey. Sıradan bir camdan bakmak gibi. Beni kandırdıysan, buna çok kızarım... Dur, bekle. Görüyorum... Herkesi görüyorum. Okuldaki herkesi! Öğretmenler. Öğrenciler. Herkes. Bu müthiş bir şey! Sanki duvarların arkasını görebiliyorum... Vay canına, bununla bütün okulu avcumun içine alabilirim. Yani, zaten okul avcumun içinde ama neyse..."

Aniden Amber'ın sırıtışının yerini asık bir yüz ifadesi aldı. "Veronica niye Naomi'yle konuşuyor? Ona bunu yapmamasını söylemiştim. Naomi'den nefret ediyorum. Kinci olduğumdan değil, kinci biri değilim ben... Boş verelim Veronica'yı..." Amber parmağıyla Max-Ernest'ın olduğu tarafı gösterdi. Sesini alçaltarak "Sanırım, o köşenin ardında bizi gözetleyen birisi var," dedi. Yine de Max-Ernest söylediklerini işitebilmişti.

"Kim o?"

"Yüzünü göremiyorum."

"Monoklü geri ver."

"Hayır, asla."

"Vermek zorundasın!"

Boğuştular. Benjamin monoklü Amber'dan almaya çalışırken gözlük yere düşüp Max-Ernest'ın olduğu yere doğru yuvarlandı.

Max-Ernest sonuçları hesaplamadan ayağına gelen şansı değerlendirerek monoklü yakaladı. Benjamin ve Amber onu görünce kavgayı bıraktılar.

Benjamin sakince "Max-Ernest, eski hempam! Tanrıya şükür ki senmişsin. Konuşup anlaşabileceğim biri," dedi. "O monokl benim için çok değerli. Tamamen duygusal nedenlerle, anlıyorsun ya. Başka birine hiçbir şey ifade etmez. Benim için onu yakaladın ya, çok sağ ol. Çok naziksin."

Monoklü sıkı sıkı kavrayan Max-Ernest, "Hmm, bir şey değil desem?" dedi.

Benjamin bir çocuğa hitap ediyormuş gibi bir ses tonuyla "Harika. Şimdi onu bana geri ver," dedi.

Max-Ernest geriye doğru bir adım attı. "Hayır, sanırım bir süre bende kalsa iyi olacak. Çünkü... Çünkü..." Aklına Benjamin'in bir casus olduğunu ve monoklün gücünü bildiğini belli etmeyecek bir mazeret gelmediğinden duraksadı.

Amber en tatlı ve en aldatıcı sesiyle "Boş ver onu Max-Ernest," dedi. "Onu bana ver, ben de gerçekten arkadaşın olayım."

Max-Ernest, "Senin arkadaşın olmak istemediğimi ne zaman kafana sokacaksın?" diye sordu.

Kaçmak istese de duraksadı. Çıkışa doğru koşacak olsa, sekreter Opal'in müdire ofisinin penceresinden onu görmesi hayli yüksek bir olasılıktı.

"Ver işte şunu; o benim," dedi Benjamin. "Oyun oynamanın sırası değil."

"Üzgünüm."

Benjamin ve Amber aynı anda monokle doğru atıldılar. Max-Ernest onlardan kaçmaya çalışırken bağcığına bastı. Geriye doğru devrilip yere oturdu. Monoklü hâlâ avcunda sıkı sıkı tutuyordu.

Yanlarında biten Opal ,"Onu ben alayım," dedi. Anlaşılan, başından beri ofise gitmemişti. Monoklü, hazırlıksız yakalanan Max-Ernest'ın elinden kapıp parlak el çantasına attı.

Benjamin ve Amber'a seslenerek "Müdire hanım siz ikinizle sonra ilgilenecek!" dedi.

Max-Ernest'a elini uzatıp, onu kendisinden beklenmeyecek bir kuvvetle çekerek ayağa kaldırdı. "*Sen* hemen şimdi revire gidiyorsun. Dirseğin feci çürüyecek."

Revir boştu. Panjurlar çekili, bilgisayar ekranı kapalıydı. Gün boyunca odaya kimse gelmemiş gibiydi.

Opal, odadaki tek yatağın üzerindeki yastığa eliyle vurarak "Sen burada otur," dedi. Max-Ernest, Opal'in tırnaklarının yatak örtülerine değdiklerinde geride hiç leke bırakmadıklarını fark etti. Bunun tuhaf olduğunu düşündü. Opal kendisine tırnaklarının kurumasının "bin yıl" sürdüğünü söylemişti...

O anda Opal'in o gün gözüne neden farklı göründüğünü fark etti. Fark, et beniydi. İlk görüşmelerinde benin sağ yanağında olduğuna yemin edebilirdi. İdare ofisine girdiğinizde sekreterin yüzünün sağ yanını görürdünüz. Oysa şimdi ben sol yanağındaydı.

"Şu hemşireyi bulabilecek miyim diye bir bakacağım. Seni kimseyle boğuşacak bir tip gibi görmediğimi itiraf etmem gerek."

Ne kadar şanslı olduğuna inanamayan Max-Ernest, sekreter kapıyı kapayana dek bekledi. Ardından, elinden geldiğince hızlı bir şekilde Opal'in çantasını açtı. Monoklü alıp pudrayı geri koydu.

Yeniden yatağa oturmasıyla birlikte Opal odaya döndü. "Akılsız kafam. Hemşirenin bugün izinli olduğunu unutmuşum. Hastaymış. Hiç aklına gelir miydi? Sanırım dayanman gerekecek."

Max-Ernest, "Hiç olmazsa dirseğime buz filan koyamaz mıyım?" diye sordu. Sekreter, dirseğinde çürük oluşabileceğini söylediğinden beri aklına en kötü olasılıklar geliyordu. "Kırığım olabilir. Burkulma da olabilir. Bilirsiniz, kötü bir burkulma kırıktan beter olur derler."

Opal, "Haydi oradan" der gibi elini savurdu. Max-Ernest'ı revire kendisinin getirdiğini unutmuş gibi "Bir şey olmaz," dedi. "Bir kez olsun hastalık hastası gibi davranmasan olmaz mı Max-Ernest?"

Opal'in onu başından savmasıyla, Max-Ernest müdirenin tavsiyesine uymaya çalıştı. Ne de olsa dirseğinden daha önemli sorunları vardı. Neyse ki monoklü ele geçirdiği için, artık Benjamin'in görmeye çok yaklaştığı şeyi görebilecekti. Böylece onu eve geri getirebileceğini umuyordu.

Yine de dolabını açıp hastaneye götüreceği eşyalarını alırken şu soruyu sormadan edemiyordu: Sekretere hastalık hastalığından kim bahsetmişti? Bu kesinlikle garipti. Neredeyse hiç tanımadığı bir kadın onu çok iyi tanıyordu.

Bu neredeyse et beninin sağ yanağından sol yanağına geçmesi kadar garipti.

Gece Yarısı Güneşi okula bir başka casus (bir başka köstebek) yollamış olabilir miydi? Kesin olan bir şey varsa, o da bu casusun Max-Ernest'ın sırtına TEKMELE BENİ yazısı iliştirmekten öte becerileri olduğuydu.

BÖLÜM - İKİ

Cass henüz bir plan yapmış değildi; bir anda ilham gelmesini umuyordu.

Askerlerin arkalarına dönmelerini sağlayıp, arkalarından geçip haydutların iplerini çözebileceğini düşünse de mesafe çok fazlaydı. Ne yazık ki güvenli bir mesafeden askerlerden birini dürtecek uzunlukta bir çubuk da bulamadı. Etraftaki tüm odunlar kamp ateşinde yakılmıştı. Ulaşıp kopartabileceği yükseklikte ağaç dalları arasa da bulamadı.

Soytarı'nın askerlere "Bu insanları mahkum etmek istediğinizden emin misiniz?" diye sorduğunu duydu. "Bunu yaparsanız, sizler de haydutlar kadar kötü olmaz mısınız? Hayır, beter olursunuz! Zenginlerden çaldıkları doğru. İyi de başta zenginler yoksullardan çalmıyorlar mı?"

Nedense Cass, Soytarı'nın sözlerinin gerisindeki mantığın askerleri ikna edeceğinden şüpheliydi. Ya da onları ikna etse bile, tavsiyelerine uyacaklarından. Daha pratik bir çözüm gerekiyordu.

Soytarı sözlerini "Sende ne kadar altın var? Ya sende? Ya sende?" diye sürdürdü. "Kral, ebeveyninizden onlara ve size ait olması gereken şeyleri almadı mı? Hırsızların ustası asıl o. Başında taç var diye daha az haydut olmuyor... Of, sonunda... Gidin, canavarlar! Ayaklarımı bana bağışladığınız için teşekkürler!"

Anlaşılan kraliyet tazıları Soytarı'yı serbest bırakmaya karar vermişti. Öte yandan, Cass köpeklerin yaklaşan havlamalarından bir başka koku almış olabileceklerini düşünerek endişeye kapıldı. Kendi kokusunu.

Gerçekten de havlamalar giderek arttı ve bir dakikaya kalmadan Cass köpeklerin kendisine doğru geldiğini gördü. Hemen arkalarında da askerlerin olacağını biliyordu.

Görünmezlik avantajı olsa da karşısında koku alma organları insanlardan kırk kat güçlü yaratıklar vardı.

Hızlı düşünüp, uzun kollu tişörtünü çıkarıp bir kayanın üzerine fırlattı. O esnada, sessiz adımlarla aksi yöne doğru ilerledi.

Hilesi işe yaramıştı. Tazılar üzerine üşüştükleri gizemli giysiye pençe atıp Cass'i aradılar. Cass'in ortaya çıkmamasıyla da hayal kırıklığı içinde hırlayarak kayanın etrafında döndüler.

Cass dikkatlerini üzerine çekmek istemediğinden, koşmaya çekindi. Bunun yerine, yavaşça yan yan giderek onlardan uzaklaştı. Tam kaçacağı sırada köpekler aniden kayaya ilgilerini kaybedip yeniden çevreyi koklamaya başladılar.

Hızla, kemerini çözüp bir çalının altına bıraktı.

Tazılar bir kez daha avlarının peşine düşüp kemerin peşine düştüler. Cass'in orada olmadığını, kemerin belinde olmadığını görüp bir kez daha hayal kırıklığına uğradılar. Havayı tekrar kokladılar.

Bu esnada Cass, rüzgarın ne yöne doğru estiğini görmek için parmağını tükürükledi. Hiç ses çıkarmadan, kokusunu gizlemeyi umarak rüzgara karşı ilerledi. Ne yazık ki yanlış bir hesap yapmıştı. Tazılar havadaki kokuları değil, yerdeki kokuları izlerler. Köpekler ona doğru koşmaya başladılar.

Giderek endişelenen Cass, ayakkabılarının bağcıklarını çözmek için eğildi.

Oyun (Cass için bunun pek de hoş bir oyun olmadığı açıktı) devam etti. Cass sol ayakkabısını sağa, sağ ayakkabısını sola; ardından sağ çorabını sola, sol çorabını sağa fırlattı. Ta ki kendisini yalınayak ve bir ağacın arkasında titrer halde bulana dek.

Şimdi ne yapacaktı? Altı metre kadar ötesinde çorapları için kavga eden köpeklerin aklını karıştırmayı başarmıştı. Yine de dikkatlerini çok da uzun süre dağıtamazdı. Dolayısıyla, peşine askerlerin takılması an meselesiydi.

Cass duraksadı. Görünmez olsa da daha fazla soyunma fikri hiç de hoş değildi.

"Heh heh heh."

Homurtu, tıslama ve kahkahanın iç içe geçtiği tuhaf bir ses onu afallattı. Bir domuz, sırtlan taklidi yapar gibiydi. Ya da tam tersi.

"Heh heh heh heh."

Cass arkasına dönünce homunkulüsün kendisini bir kayanın tepesinden izlediğini gördü.

Heyecan içinde "Bay Faremsi!" diye fısıldadı.

"Neden bana hep böyle diyorsun? Efendimin hizmetçisi bazen bana 'benim küçük faremsim' dese de ben hep bunun nedeninin peyniri çok sevmem olduğunu düşünürdüm."

"Hayır, bunun nedeni... Neyse, şimdi bunu açıklayacak vakit yok. Ne zamandır buradasın?"

Homunkulüs küçük omuzlarını silkti. "Bir süredir."

"Neden tek kelime etmedin?"

Homunkulüs sırıtarak "Etrafta hoplayıp zıplamanı izlemek çok eğlenceliydi," dedi.

Cass, homunkulüsün konuşmasının dikkat çekici derecede düzeldiğini fark etti. Bunun nedeni artık kendisiyle dalga geçilen değil, dalga geçen taraf olmasıydı.

"Tuhaf. Burada ne yapıyorsun?"

"Şu an mı? Yiyecek arıyorum. Ancak bu ucuz haydutların yiyecek eti yok. Sadece şu çürük patates." Küflü bir patatesi havaya kaldırdı. Bir kurt, patatesin kenarından başını çıkardı.

Cass gerileyerek "İğrenç," dedi.

Patatesi tiksinti içinde yere atan homunkulüs, "Köylülerle aynı şeyleri yiyorlar," dedi. Ayırdığı kurdu ağzına attı. "Hmm, fena değil..."

Cass, kurdun homunkulüsün ağzında sağa sola oynayan kuyruğunu görmezden gelmeye çalışarak "Sanırım bu sayede gerçek köylülerin karnını doyurabiliyorlar," dedi.

"Seni uyarmaya geldim. Lord Firavun seni arıyor."

"Neden?"

Homunkulüs bir kaşını havaya kaldırdı. "Konu sonsuza dek yaşamasını sağlayacak bir sır. Bu sırrı ona ifşa edebilecek ya da onu bu sırrı öğrenmekten alıkoyabilecek tek kişi senmişsin. Tam olarak hangisiydi, anımsamıyorum. Tüm bunları senin şu gözlüğünden gördü."

Cass heyecan içinde "Yani, Sır hakkında bir şeyler

mi biliyor?" diye sordu. Lord Firavun'la ilgili uyarı kaygı verici olsa da Cass'in Soytarı'nın dünyasına adım attığından beri Sırrı keşfetme yolunda ulaştığı ilk ipucuydu.

"Sır falan bilmiyorum ben. Tek bildiğim onun korkunç bir adam olduğu. Seni bulması olasılığına karşı, sana bir tavsiyede bulunacağım. Zayıflığı kibridir. Ona ayna tutarsan zaman kazanabilirsin."

"Ayna mı? Oh!"

Sebep Cass mi, patates mi, Faremsi mi bilmiyorum ama köpekler deli gibi havlayarak Cass'in izini sürmeye başladılar.

Homunkulüs umursamaz bir tavırla "Şu lanet olası tazıları dert etme," dedi. "Onların çaresine bakabilirim."

Cass, homunkulüse şüpheyle baktı. "Niyetin onları yemek değil sanırım. Yoksa öyle mi?"

Homunkulüs sırıttı. "İşte iyi bir fikir..."

"Bay Faremsi!"

"Aslında tazıların tadı berbat oluyor. Pek kartlar. Buraya gel, gitmeden önce sana bir şey göstermek istiyorum."

"Vakit yok!"

"Bak."

Homunkulüs kayanın tepesinden yapraklar ve çam iğnelerinden oluşan bir yığının üzerine atladı. Yaprakları eliyle kenara ittiğinde altlarından çuval bezinden bir tente çıktı. Tentenin köşesini kaldırdığında, bir şamdan göründü. Hemen sonra tenteyi tamamen kaldırdı. Altından haydutların tören alayından çaldıkları tahta sandık çıktı. Cass büyük, pirinç kilidi tanımıştı. Yarı açık ve ağzına kadar sikkeler ve mücevherlerle dolu sandığın içinde muazzam bir hazine vardı. Ancak gerçek bir hazine öyle ışıl ışıl parlayabilirdi.

"Senin için..." Geçmişte hediye verme deneyimi olmayan homunkulüs duraksadı. "Daha önce kimse benim için hoş bir şey yapmamıştı."

"Vay canına! Teşekkürler. Ama bu hazine sana ait olmadığından onu böyle veremezsin Bay Faremsi," diye çıkıştı Cass. "Ayrıca, şu an benim işim şu haydutları kurtarmak. Tüm bu hazineyi askerlere teklif edersem, bunu alır ama kimseyi serbest bırakmazlar."

Homunkulüsün yanıt verecek zamanı yoktu. Tazılar hızla üzerlerine geliyordu.

"Çabuk, tentenin altına gizlen," diye fısıldadı homunkulüs. "Onları buradan uzaklaştıracağım."

"Ama o kadar hızlı koşamazsın. Seni yakalarlar."

"Koşacağımı kim söyledi?"

Cass hazine yığının içine dalınca, homunkulüs tenteyle onun üzerini örttü. Tentenin üzerini yine yapraklarla kapatmasının ardından köpeklere doğru ilerleyip tiz bir ıslık çaldı. "Tazılar, sizi açgözlü köpekler, domuzlar bile sizden iyidir! Sıkıysa yakalayın beni!"

Homunkulüs köpeklere doğru bir el hareketi yaptı. Tentedeki bir delikten olanları izleyen Cass, bu hareketi görmese de kaba olduğundan pek şüphesi yoktu. Ardından homunkulüs en yakınındaki ağaca tırmandı.

Öfkeyle havlayan köpekler, homunkulüs uzun bir dala tırmanıp, tek eliyle kavradığı dalın ucunda sallanana dek ağaç gövdesinin tabanını tırmıkladılar.

"Bunu izleyin!" diye bağırdı. Ardından...

Yaylanarak kendisini yukarı fırlattı ve bir maymun gibi yandaki ağacın dalına tutundu. "Ha ha!"

Bir ağaçtan diğerine sallanırken, öfkeli tazılar da peşinden geliyordu.

Bir grup asker bir tepenin üzerinde görününce, Cass kısa süreli bir panik yaşadı. Ancak onlar da homunkulüsün peşinden koşmaya başladılar. Bir kez daha yalnız kalmıştı.

Sessizce "Güle güle Bay Faremsi," dedi. Bir daha onu geçmişte, gelecekte veya henüz bilinmeyen bir zaman diliminde göreceğinden şüpheliydi.

Cass üzerinden tenteyi kaldırıp haydutların ganimetini incelemek için beş dakika kadar bekledi.

Mücevherlere asla aşırı bir ilgisi olmasa da gördüğü manzara karşısında etkilenip bir iki parçayı kendi zamanına götürse ne olacağını düşündü. Ganimetin içindeki her parça bir servet değerinde olmalıydı. Öte yandan, yanında bir mücevherli taç götürmek şöyle dursun, kendisini bile kendi zamanına nasıl götürebileceğini bilmiyordu. Kesinlikle taçlara meraklı tipte bir kız olmasa da (çoğu kızın yaşadıkları kendini prenses gibi görme döneminden o geçmemişti) içinden bir his öyle olsaydı bile sivri kulaklarının taç takmasına engel olacağını söylüyordu.

Tam pırıltılı yığından kendisini koparacağı esnada, üzerinde bir sürü sikke, yüzük ve hatta bir kılıç toplanmış olan siyah taşı fark etti. Bunun mıknatıs taşı olabileceğini düşündü. Haydutlar dükün tören alayını yağmaladıklarında gördüğü taşla aynıydı. Ancak Çifte Monokl'le bakılmadığında kurşuniydi ve mavimsi bir ışıltı yaymıyordu.

Kılıcın ipleri kesmek için fazla gösterişli kaçtığını düşünse de (mücevherlerle bezeli altın bir sapı ve kesici kısmının iki yanında özenli işlemeler vardı) gayet iyi iş görürdü. Kılıcı taştan çekmek için tüm gücünü harcadı. Kılıcı havaya kaldırdığında kendisini Kral Arthur'a benzetti.

Kendine gülerek kılıcı ağır ağır indirmeye başladı. Kılıcı tamamen yere indirmeden durdu. Aklına bir fikir gelmişti. Çılgınca, uçuk bir fikir. Başarıya ulaşma olasılığı epey düşük bir fikir.

Ancak kesin olan bir şey varsa, aklına gelen tek fikir de buydu.

Sorun, bu fikri Soytarı'ya nasıl ileteceğiydi.

Kılıcı kullanarak mıknatıs taşından olabildiğince çok sayıda metal parça söktü. Ardından geldiği yoldan kamp yerine döndü.

Yaklaştığında, daha da dikkatli ilerlemeye başladı. Dal parçalarına basmamaya, kamp yerine doğru kazara taş parçaları yuvarlamamaya özen göstererek kılıcı bir ağacın arkasına gizledi. Elleri mıknatıs taşını değerli bir mücevher gibi kavramıştı.

* * *

Kaçmasın diye ayakları bağlanan Soytarı'nın elleri ve ağzına dokunulmamıştı. Anlaşılan askerler öykülerini beğenmişlerdi. Durmadan yeni öyküler anlatmasını istiyorlardı.

"İyi de başka öykü bilmiyorum," diye itiraz etti Soytarı. "Hepsini anlattım!"

Gözdağı vermek için bir kumaş parçası koparan komutan, "O zaman senin de ağzını onlar gibi tıkarız," diye tehdit savurdu.

"Durun! Durun! Şimdi gelecek aklıma! Bir bakalım, size denizyılanının öyküsünü anlatmış mıydım?"

Denizciler hep bir ağızdan "Evet!" diye bağırdılar.

Kimse Cass'in tekmeleyerek bir futbol topu gibi yerde yuvarladığı mıknatıs taşının görünüşte kendi kendine hareket ettiğini fark etmemişti. (Fark edenler de muhtemelen gözlerine inanmamışlardı.) Bu şekilde, Cass kolayca Soytarı'nın yanına vardı.

Ancak omzuna dokunduğu Soytarı olduğu yerde zıplayınca tüm gözler ona döndü.

Komutan alaycı bir tonda "Ürkek bir adamsın, değil mi?" dedi. "Pantolonuna karınca mı kaçtı? Yoksa zindandan buraya fare mi getirdin?"

Soytarı sıktığı dişlerinin arasından "Nereden bildiniz?" dedi. "Hem de nasıl sinir bozucu bir fare!" Cass'in mıknatıs taşını sırtına bastırmasına karşın, kıvranıp askerlere renk vermemek için yiğitçe mücadele veriyordu.

Cass bir süre bekledikten sonra Soytarı'nın kulağına talimatlarını fısıldadı.

Sözlerini bitirdiğinde Soytarı komutanın önünde resmiyetle eğildi. "Efendim, aklıma bir öykü geldi de. Üstelik bu muhteşem ana çok uygun kaçacak bir öykü. Üstelik kendimizi içinde bulduğumuz şu duruma dair fikrinizi değiştirebilecek türden. Hatta içinizden hepimizi serbest bırakmak gelebilir."

Komutan, "Bundan cidden şüpheliyim," dedi.

"Bekleyip görün... Şu taşa saplı kılıç efsanesini bilirsiniz. Taştan kılıcı çeken, gerçek kral olduğunu ispatlar hani?"

"Evet, hepimiz bu efsaneyi duymuşuzdur. Kısa kes."

"Kesmek mi? Kılıç ve kesmek arasındaki ilişkiyi ne güzel kurdunuz! Zeki olduğunuz kadar kelime oyunlarına da yatkın bir askersiniz!"

Komutan böbürlenerek "Kelime oyunu mu? Ah, tabii! Burada hitabet yeteneği olan tek sen değilsin görüyorsun ki," dedi. Bilerek kafiyeli sözcük seçmediği belli olsa da kendisi komutan olduğundan kimse aksini söylemedi.

"Demek istediğim aslında efsanede görünürdekinden fazlası anlatılıyor. Yani kılıcın iki ucu da keskin denebilir," dedi Soytarı. "Söz konusu kılıç yeniden taşa geri çağrılırsa, o zaman kendisine kral diyen kişi gerçek değil, sahte bir kral demektir. Ona bağlılık göstermemiz gerekmez."

"Bunun bizimle ne ilgisi var? Ortada ne bir kılıç ne bir taş görüyorum."

Soytarı, ellerini sırtına uzatıp siyah ve altın rengi

mıknatıs taşını abartılı jestlerle komutana sundu. "İşte size bahsettiğim taş," diyerek taşı yavaşça yere bıraktı. "Kolumu kaldırdığımda, bir kılıç havada uçup taşa yapışırsa, sahte kralınızı reddedip haydutları serbest bırakır mısınız?"

Komutan güldü. "Güzel. Pek de riskli bir şey değilmiş. Yine de uçan bir kılıç ortaya çıkmazsa başının Anastasia'nın başıyla aynı tepsiye konacağını bil."

"Uyarmadınız demem." Soytarı göğe bakıp gözlerini kapadı. Ardından ciddi bir sesle, "*Excalibur*, Kılıçların Kılıcı, kral sahteyse hemen bu kayaya doğru uç!"

Komutan sabırsızca ayağını yere vururken askerlerden birinin eliyle bir yere doğru işaret ettiğini gördü.

Mücevherlerle bezeli kılıç bir ağacın arkasından çıkıp havada süzüldü. Ağzı bağlı haydutlar da dahil olmak üzere, herkes hayretler içinde kılıcın kısa bir an için avını arayan bir şahin gibi yavaşlamasını izledi. Ardından, güneş ışığında parlayarak hızla ileri fırlayıp, sanki sessiz çağrısına yanıt verirmiş gibi dosdoğru Soytarı'ya yöneldi. Mıknatıs taşı Soytarı'nın ayaklarının dibinde pırıldıyordu.

Kılıç taşa ulaşınca, bir süre havada asılı kaldı. Ardından burnu yere bakacak şekilde döndü. Taşın tam ortasına, dik, tam dengede ve sanki ağırlığı yokmuş gibi oturdu. Mucizevi bir görüntüydü.

Kalabalık şaşkınlık içinde mırıldandı. Haydutlar bile bir anlığına tutsak alındıklarını unutmuş görünerek gözlerini fal taşı gibi açtılar.

Askerler kendilerini birer birer yere bırakıp sanki

karşılarında kral varmış gibi kılıcın önünde diz çöktüler. Sonunda, ayakta sadece komutan kalmıştı. Ancak o da boyun eğdi.

Gözleri ışıldar halde Soytarı'ya "Kılıç her şeyi biliyor," dedi. "Kralı inkar ediyorum. Hepiniz özgürsünüz."

Mutluluk içinde sırıtan Soytarı, "Haydi ama!" dedi. "Bu tür bir drama gerek yok. Gösteri bana ait!"

Anastasia'ya bakıp göz kırptı.

Soytarı'nın hemen arkasında duran Cass bir an için Anastasia'nın Soytarı'ya çekingen bir gülümsemeyle karşılık verdiğini sandı.

Cass, Soytarı'nın kulağına "Sizi yalnız bırakacağım," diye fısıldadı. "Askerler gittiğinde uyuduğumuz yere gelip beni bul. Sana bir şey söylememem gerek. Gerçekten önemli."

Cass uzaklaşırken sabah boyunca giderek daha da artan yorgunluk ve sersemlik hissi yokmuş gibi davranmaya çalışıyordu.

BÖLÜM ON BİR

Hademe Joe, öğleden sonra vardiyasına başlayacakken kısa ve dik saçlı oğlan yanından hızla geçip zavallı kızın odasına daldı.

Daha doğrusu, bir süre öncesine kadar zavallı kızın odası olan yere.

Çocuğu boş yatağa bakar halde buldu.

Oğlan fısıldar gibi "Nerede o? Ne oldu?" diye sordu. Ne düşündüğünü tahmin etmek için medyum olmaya gerek yoktu.

Hademe, "Meraklanma, öyle kötü bir şey olmadı," dedi. "Sadece onu evine götürdüler."

Çocuğun gözlerinde bir umut ışığı belirdi. "Kendine geldi yani?"

"Hayır, üzgünüm ama gelmedi. Doktor onun artık kendi yatağında uyumasının zamanının geldiğini düşündü. Onun için yapılabilecek bir şey kalmamış."

Oğlan hiddetlenerek "Yani pes mi ettiler?" diye sordu.

"Eh, onlar durumu bu şekilde ifade etmiyorlar."

Yüzünün rengi giderek solan çocuk hastane yatağına külçe gibi oturdu.

"Seni biraz yalnız bırakmamı ister misin?"

Oğlan başını salladı. Gözünde yaşlarla, elini kısa bir süre öncesine kadar kızın yattığı çarşafın üzerine koydu.

"Çok kalma evladım. Odayı paspaslayıp bir sonraki hasta için hazırlamam gerekiyor."

Hademe duraksayıp çocuğu teskin edecek bir şeyler düşünmeye çalıştı. Bunu yapamayınca onu yalnız bıraktı.

* * *

Dakikalar sonra, Max-Ernest ayağa kalkabildiğinde monoklün cebinden yatağın üzerine düştüğünü fark etti.

Keder içinde artık çok geç olduğunu düşündü. Monoklü geç elde etmişti.

Monoklü eline aldığında içinden onu lavabonun üzerinde asılı aynaya fırlatmaktan başka bir şey geçmediğini fark etti. Bir yıl önce öfkesini ifade etme girişimleri esnasında bir şeyler (bu şeyler arasında aklında en çok yer eden bir sihirbaz değneğiydi) fırlatmada zorlandığını anımsadı. Şimdi bir hastane aynasını binlerce parçaya ayırmamak için kendini tutması gerekiyordu. Belki de bu bir tür ilerlemeydi.

Monoklü fırlatmak yerine, onunla odaya şöyle bir göz gezdirdi.

Yeniden aynaya baktığında donakaldı.

Aynada bir adam vardı. Yaşlı ama çok da yaşlı olmayan bir adam (adamın yaşını çıkarmak zordu). Darmadağın saçları ve kirli, yarı siyah yarı beyaz bir sakalı vardı. Azıcık deliymiş gibi görünüyordu.

Max-Ernest tedirgin bir halde monoklü gözünden alıp arkasını döndüğünde odada tek başına olduğunu gördü.

Monoklle tekrar baktı. Aynadaki adam hâlâ oradaydı. Gün gibi ortada ama lambadaki cin kadar gizemliydi.

Bir hayalet miydi? Max-Ernest kendisine bunu sormadan edemiyordu. Doğaüstü olaylara şüpheyle yaklaşması, hep mantığıyla hareket etmesi karşısındaki tuhaf görüntü karşısında yok olmuş gibiydi.

Bu her neyse, Max-Ernest'ın olduğu tarafa baksa da onu görmüyor gibiydi. Kaşları çatıktı. Yüzündeki ifadeden hayal kırıklığı ve bir iç çatışma içinde olduğu okunuyordu. Kendi kendine bir şeyler mırıldanıyordu.

Max-Ernest ona doğru birkaç adım atarak "Bana bir şey mi söylemeye çalışıyorsun?" diye sordu. "Bana Cass'ten bir mesaj mı getirdin?"

Yanıt vermeyen adam mırıldanmaya devam etti.

Aynanın kenarları buğulanmış gibi dursa da Max-Ernest eliyle aynayı sildiğinde görüntü değişmedi. Buğu aynanın içindeydi.

Max-Ernest delirdiğini düşündü. Tüm bunlar zihninin bir oyunuydu. Öyle olmalıydı.

Daha yakından bakınca adamın bir masanın üzerine eğildiğini gördü. Önünde masanın dört bir yanına dağılmış, üzerlerinde neredeyse okunmaz yazılar olan kağıtlar vardı.

Max-Ernest bu adamı tanıdığına dair tuhaf bir hisse kapılsa da (adamın burnu Max-Ernest'a babasını hatırlatıyordu) onu daha önce hiç görmediğinden emindi.

Bu kişi atalarından biri olabilir miydi? Mesela bir büyükbaba?

Bu sırada adam mırıldanmaya devam ediyordu. Bir derdi var gibiydi.

Max-Ernest kendini zorlayarak adamın söylediklerinin bir kısmını seçebildi. Tekrar tekrar "Sadece...bir... tane...daha... Sadece...bir...tane...daha..." diyordu.

Ne? Bir tane daha olan neydi?

Adamın eli masanın üzerinde duran parlak bir nesneye gitti. Bu bir gözlük müydü? Bir bıçak mıydı? Bir altın barı mı? Max-Ernest monoklden bakarak tarihin hangi çok önemli anına şahitlik ediyordu?

"Sadece...bir...???...daha...Sadece...bir...????...daha..."

Adam nesneyi eline alıp (nesne gerçekten bir bardı; altın renkli folyoya sarılı bir bar) hırsla ambalajını açtı. Bara sanki çoktandır hasret kaldığı bir dosta bakar gibi baktı. Ardından bir saniye daha tahammül edemeyerek...

"Hıııımhh."

Max-Ernest adamın ne söylediğini anlamıştı: Sadece bir ısırık daha.

Çikolata. Çikolata yiyen bir adam. Max-Ernest'ın aynadan seyrettiği çok önemli an işte buydu. Kendini daha iyi hissediyor olsa (ve çikolata konusunu o kadar ciddiye almıyor olsa) bu sahneye gülüp geçebilirdi.

Adam çikolata barını memnuniyetle masaya bırakıp kısa bir süre huzur buldu. Ta ki...

"Eh, belki de bir ısırık daha almalıyım."

Barı tekrar eline aldı.

"Hıımmmmmhh."

Max-Ernest kendi kendine "Çıkardığı ses de ne öyle?" diye sordu.

"Hıııımhh...Hıııımhh..."

Tuhaf bir sesti: Yarı mırıltı, yarı homurtu. Max-Ernest sesi hem rahatsız edici hem de rahatsız edici ölçüde tanıdık buldu. Yerini tam çıkaramadığı bir kaşıntı gibiydi. Dilinin ucunda olan ama anımsayamadığı bir sözcük gibi.

Birdenbire adam, sanki biri omzuna dokunmuş gibi dönüp dosdoğru Max-Ernest'a baktı.

"Bir kez olsun konuşmaya çalışmaktan zarar gelmez," dedi.

Max-Ernest güçlükle konuşarak "Yani... Cass'le mi?" diye sordu.

Adam yanıt vermedi. Bir kalem alıp bir şeyler yazmaya koyuldu.

Ardından görüntü tamamen sislendi. Sis dağıldığında aynadaki adam gitmişti. Max-Ernest az önce onun olduğu yerde kendini gördü.

Hayal kırıklığına uğramış ve biraz da korkmuş halde monoklü indirip koridora yürüdü.

İçgüdüsel bir şekilde, satış otomatına yöneldi. Sadece tek bir çikolata barı kalmıştı. Bir saniyeliğine çikolatayı sonrası için saklamayı düşündü. Ancak hemen ardından sonrası diye bir şey olmayacağını anımsadı; artık hastaneye gelmesi için bir neden yoktu.

"Hımmmhh..."

Çikolata barını ısırdığında, Max-Ernest ürkütücü bir şey fark etti: Adamın çıkardığı sesin ona tanıdık gelmesinin nedeni Max-Ernest'ın da çikolata yerken aynı sesi çıkarmasıydı.

Aynadaki kişi bir hayalet değildi.

Atalarından biri de değildi. Geçmişten biri de.

Aynadaki, kendisinin gelecekteki haliydi.

BÖLÜM - BİR

Soytarı, Cass'i ancak ona ayağa takıldığında bulabildi. Yarı uyanık haldeki Cass bir çam iğnesi yığını üzerinde yatıyordu.

"Ah, işte buradasın!"

Portakal rengi bukleleri güneşi kapatan Soytarı, Cass'in tepesinde dikildi.

"İyi misin? Seni bulmak için her yere baktım."

Cass oturduğu yerde doğrulmak için kendini zorladı. "İyiyim. Sadece biraz uzanmam gerekiyordu."

"Yirmi dakikadan daha uzun sürdü... Al, şunu iç."

Cass, Soytarı'nın uzattığı kupadaki suyu minnetle yudumladı.

"Sana rastladığım için çok mutluyum. Görünmez bir arkadaş edinene dek sana ne faydaları dokunabileceğini bilemiyorsun. Öyle bir arkadaşım olmasa muhtemelen şu an hayatta olmayacaktım!" Soytarı, Cass'in başını okşadı. "Örgülü saçların var. Doğru bildim mi?"

"Şu görünmez arkadaşınla ne de çok meşgul oluyorsun."

Cass ve Soytarı, şaşkın halde başlarını yukarı kaldırdılar.

Anastasia hınzırca gülümsedi. "Sanırım görünmez yaratıklar söz konusuyken özen göstermek de yeterli gelmiyor. Yeteri kadar özen göstermezsen hepten yok olabilirler."

Soytarı heyecan içinde "Görünmez yaratıklar mı?" diye sordu. "Ne görünmez yaratığı?"

Soytarı, Cass'in olduğu tarafa bakmamaya özen göstererek ondan bir adım uzaklaştı.

"Ben de sana tam olarak o soruyu soruyorum. Az önce kılıcın havada uçtuğunu görmesem sana deli deyip geçerdim."

Kendini toplayan Soytarı, "O halde efsaneye inanmadın, öyle mi?" diye sordu.

"Ben efsanelerden anlamam. Gördüğüme inanırım."

"Çok iyi. Efsaneyi uydurduğumu itiraf etmem gerek. Peki ama bizzat benim bir efsane olduğumdan haberin var mı? Yani efsanevi bir sihirbaz olduğumdan. Cansız nesneleri uçuyormuş gibi gösteren bir illüzyonistim ben."

"Olduğun şey görünmez yaratıklarla konuşup onların başını okşayan bir adam."

"Hah, peki, itiraf ediyorum. Elimle konuşuyorum. Bak... Merhaba, Sör El." Sol elini havaya kaldırıp gösteri mahiyetinde eliyle konuştu. "Henüz çocukken edindiğim bir alışkanlık. Şimdi onunla konuşmazsam elim emirlerimi yerine getirmeyi reddediyor. Hokkabazlık veya hiçbir el çabukluğu gösterisini yapmıyor. Bak, işte aynen böyle duruyor."

Bir süre elini hareket ettirmeden sustu.

"Şimdi, biraz gönlünü alırsam bak ne olacak... Of, haydi ama Sör El. Anastasia için bir numara yap. Sadece küçük bir numara..."

Eli ne yapacağına karar veriyormuş gibi bir süre havada sağa sola gitti. Ardından uzun ve akıcı bir hareketle bodur bir ağaçtan bir çiçek kopardı. Çiçeği bir kaybedip bir geri getirmesinin ardından Anastasia'ya takdim etti.

Anastasia güldü. "İyi deneme ama çiçekler aklımı çelmeye yetmez." Çiçeği omzunun üzerinden geriye attı. "Başta sağ tarafınla konuşuyordun. Şimdi de sol elinle."

Cass yüksek sesle "Sorun yok," dedi. "Ona söyleyebilirsin. Zaten onu kandıramıyorsun."

Anastasia çevresine bakınarak "Demek yaratık gerçekten var!" diye bağırdı. "Sesini duymak hayal etmekten ne de farklı."

"Evet, ben varım."

"Yanılmıyorsam küçük bir kızsın, değil mi?"

Alınan Cass, ayağa kalkarak "O kadar da küçük değilim," dedi.

"Elbette değilsin. Niyetim seni gücendirmek değildi. Sadece aklımda bir tür görünmez hayvan falan canlandırmıştım. Kurtarıcımın insan olduğunu öğrenmek beni memnun etti. Yoksa sen peri gibi bir şey misin? İşin aslı bir saat öncesinde perilere inanmadığım gibi görünmez kızlara da inanmıyordum."

"Şey, insanım... Eee... Sanırım öyleyim. En azından evimde öyleyim."

Oraya bir daha geri dönemeyecek olsa da evinde insan olduğunu düşündü.

"Bunu duyduğum için çok mutluyum," dedi Anastasia. "Neredesin? Benim ve adamların hayatlarını kurtaran kişinin elini sıkmam gerek."

"Ama *benim* elimi sıkmadın," diye homurdandı Soytarı. "Ben de kurtarmadım mı seni?"

Utanarak ama memnun bir halde Cass, Anastasia'nın

elini sıkmak için uzandı. "İşte elim. Adım Cass. Tam adım Cassandra. Tanıştığımıza memnun oldum."

Anastasia, Cass'in görünmez ellerini, daha iri olan elleriyle kavradı. "Bakıyorum uzun parmakların var. Tıpkı benimkiler gibi. Ata binmek ve silah kullanmak için ideal."

Soytarı araya girip "Kulakları da benimkiler gibi!" dedi. "Onlar da şey için ideal... Eee? Şey için... Onların da bir şey yapmak için ideal olması mı gerek?"

"Bazen epey iyi işitiyorum," dedi Cass. "Ama bence bunun nedeni kulaklarımın iri ve sivri olması değil, güçlü iç kulaklarımın olması... Ya da onun gibi bir şey."

"İyi işitme aileden gelen bir özellik," diye böbürlendi Soytarı.

Anastasia ikinci kez şaşırmış görünüyordu. "Sen ve görünmez kız akraba mısınız?"

"Neden bu kadar şaşırdın?" diye sordu Soytarı. "Sana göre ben zaten görünmezim."

"Bunu açıklamak biraz zor."

"Cassandra benim torunumun, torununun, torununun... Of, neyse. Yoksa söylemesem daha mı iyi olur?"

"Yo, ona anlatmanda sakınca yok bence," dedi Cass. "Yani birazcık."

Cass hikayesini kendisi anlattı. Hem de uzun uzadıya ve Soytarı'ya bile bahsetmediği ayrıntılarla. Doğal olarak, Sırra ve Terces Derneği'ne dair çok şey anlatıp gizlilik yeminini bozduğu endişesine kapılsa da bunları geçmişten birilerine anlatmanın günümüzden birilerine anlatmakla aynı şey olmadığını düşünüyordu. Ayrıca, Terces Derneği'ni Soytarı kurmuştu, daha doğrusu kuracaktı. Yanında Sırdan bahsedilebilecek biri varsa o da Soytarı'ydı. Anastasia'ya gelince, Cass ona karşı pek açıklayamadığı bir yakınlık duyuyordu.

Anastasia, "Keşke dış görünüşünü görebilseydim, Cassandra," dedi. "Zamanda yolculuk yapacak kadar cesur bir kızsın."

"Şey... Teşekkürler. Ama gerçekten normal bir görünüşüm var. Soytarı'nın bahsettiği iri kulaklar hariç."

"Al." Soytarı, Cass'e bir parşömen tomarı uzattı.

Cass, "Bu nedir?" diye sorup tomarı açtı. Parşömen boştu.

"Bunun üzerine krala istifa mektubumu yazacaktım ama fırsatım olmadı. Sende kalabilir."

"İyi de niçin?"

"Elbette kendini çizmen için. Bu kil epey işe yarayabilir." Yerden bir parça kırmızı kil aldı.

Anastasia, "Evet, lütfen çiz Cassandra," dedi.

"Bilmiyorum. Resim çizmekte gerçekten iyi değilim. Kendime benzetebileceğimi sanmıyorum."

Soytarı, "Eh, benzetemezsen, neye benzediğini asla bilemeyiz, değil mi?" dedi.

Cass baskı altında, birkaç dakika bir şeyler çiziktirdi. Bitirdiğinde, ortaya çıkan resimden hiç de memnun değildi. Kaskatı duran saç örgüleri ve abartılı kulaklarla karikatürize bir havası olan resim, acımasız bir sınıf arkadaşının defterine çiziktirip, Cass'in dolabına yapıştıracağı cinstendi. Yine de yetişkinler resmi beğenmiş gibiydiler. En azından, kendi kendini çizen bir çizime şahit olmak onları büyülemişti.

Anastasia, Soytarı'ya yan bakarak "Soytarı'nın kulaklarını taşıdığını görüyorum... Yine de inan ki sende çok daha hoş duruyorlar," dedi. "Resim bende kalabilir mi?"

Cass utangaç bir ifadeyle "Tabii. Yani, gerçekten istiyorsan," dedi. "Hey, şunu duydunuz mu?"

"Neyi?"

"Şu sesi?"

"Askerler geri geliyor olmalı," dedi Anastasia. "Bunu bekliyordum. Uzaklaşınca gördükleri şeyi sorgulamış olmalılar. Başımı krala götürmezlerse başlarına neler geleceğinin endişesine de düşmüşlerdir. Gitmemiz gerek. Adamlarım bekliyor."

Soytarı gülümsedi. Bu kez Anastasia ondan gruptan biri gibi bahsetmişti.

"Hayır, meraklanma, bu bir asker değil, bu..." Cass, Max-Ernest'ın adını söylemeden önce duraksadı. Zaten büyük olasılıkla bu ismi anımsamayacaklardı. Daha önce Max-Ernest'tan bahsettiğini hatırlayacak olsalar da muhtemelen aklını kaybettiğini düşünebilirlerdi. Belki de gerçekten kaybediyordu.

Ancak Anastasia çoktan uzaklaşıp atını eyerlemeye başlamıştı.

Kendini yine halsiz hisseden Cass, "Siz gidin, ben size yetişirim," dedi.

Bir kayaya yaslandı. Uykuya dalacak gibiydi. Uzakta bir yerde, Max-Ernest'ın ismini söylediğini duyuyordu.

Yoksa bunu sadece hayalinde mi canlandırıyordu?

"Cass, nereye gittin?" Soytarı onu bulmaya çalışarak eliyle havayı yokladı. "Seni bırakıp gitmem."

Cass Sırrı bulmadan dönerse, daha doğrusu *dönebilirse,* bunun Max-Ernest'ı hayal kırıklığına uğratacağını düşündü.

Cass gözlerini açık tutmak için çabaladı. "Buradayım ama ne kadar zamandır burada olduğumu bilmiyorum. Kulağa tuhaf geldiğini biliyorum ama biri beni çağırıyor sanki. Ya da sadece bu dünyadan silinip gidiyorum."

"Saçmalık. Her zaman olduğundan daha iyi görünüyorsun. Öyle ki cildinde tek bir leke yok."

"Ha ha." Cass gülmeye çalışsa da pek beceremedi.

Soytarı ciddileşti. "Bana ne söyleyecektin? Önemli demiştin."

"Evet, evet! Lord Firavun'la ilgiliydi. Önemli. Gerçekten önemli." Cass tüm gücünü toplayıp ayağa kalktı. "Sırdan haberdar."

"*Senin* Sırrından mı?"

"Eh, henüz benim değil. İşte bu yüzden ben gittikten sonra benim için onun peşine düşmen gerekiyor."

"Lord Firavun'un mu? O korkunç simyacının mı? Neden ona yaklaşmak isteyeyim?"

"Tabii ki Sırrı bulabilmen ve onu bu Sırrı öğrenmekten alıkoymak için. Ya da zaten biliyorsa, onu kullanmaması için. Böylelikle yapman gerektiği şekilde Terces Derneği'ni kurabilirsin."

Soytarı tedirgin görünüyordu. "Bilmiyorum. Lord

Firavun çok güçlü bir adam. Ben bir soytarıyım, hatta aslında artık bir soytarı bile değilim."

"Anastasia'nın sana yardım edeceğinden eminim. Neyse, seçme şansın yok. Tarihin seyri buna bağlı. Yoksa Sır senin değil Gece Yarısı Güneşi'nin elinde olacak."

"Biliyor musun? Görünmez bir kız için epey amiranesin."

"Bana söz ver."

"Peki, söz veriyorum."

"Sırrı bulunca da bana bırakman gerekiyor."

"Bir sırrı nasıl bir başkasına bırakabilirsin ki? Sence fiziksel bir şey mi bu Sır?"

"Ne demek istediğimi biliyorsun. Bir ipucu. Bir mesaj. Sadece bir şeyler yazıp bırak ki onu bulabileyim."

"Nereye? Nerede yaşadığını bile bilmiyorum. Daha doğrusu gelecekte nerede yaşayacağını."

Cass hızla düşündü. Yaşadığı kasabanın adı ona pek bir şey ifade etmeyecekti. Hatta yaşadığı ülkenin adı bile.

Onun aşina olduğu isimler kullanarak yaşadığı yeri tanımlamak için elinden geleni yaptı. Soru cevap oyunu oynamak gibi bir şeydi. Ardından aklına bir fikir geldi.

"Evimi boş ver. Onu açıklamak zor. Büyükbabalarının bir itfaiye istasyonları var. Mesajı oraya bırakmalısın."

Soytarı afallamış görünüyordu. "İtfaiye de nedir, şantiye gibi bir şey mi?"

"Hayır, itfaiye, işi yangın söndürmek olan bir kuruluştur. İtfaiye istasyonu da itfaiyecilerin kalacakları binaya denir. Ancak mesele bu değil. İtfaiye istasyonu artık gerçek bir itfaiye istasyonu değil. Büyükbabalarım orada Yangından Kurtarılanlar adında bir dükkan açtılar. Sorun henüz öyle bir yerin var olmaması..."

Cass bir saniye düşündü. "Bir zaman kapsülü* falan yapsan nasıl olur? Hani şu bina temellerinin altına yerleştirilenlerden?"

"Hmm, belki de..." Soytarı'nın Cass'in söylediklerine dikkat kesilmediği belliydi. "Bir mıknatıs taşının altına bir not bıraksam nasıl olur? Mıknatıs taşını görünce tanırsın."

Cass memnuniyetle "Tamam," dedi. "Taşı nereye bırakacaksın?"

Biraz daha dikilebilmek için uğraşsa da çok güçsüz düşmüş olan Cass arkaya doğru devrildi. Tepesinde, Soytarı sorusuna yanıt veriyordu. Ancak artık onun ne söylediğini çıkaramıyordu.

Bir kez daha, adını söyleyen o sesi duydu.

İçgüdüsel bir tepkiyle "Max-Ernest, sen misin?" diye sordu.

Hemen sonra, gözlerini açık tutmaya ne kadar uğraşsa da karanlığa yenik düştü.

Uykuya dalarken kendi kendine "Bir daha uyanabilecek miyim?" diye sordu.

Uyanabilirse de ne zaman uyanacaktı?

* UZAK GELECEKTEKİ BİLİM İNSANLARI VE AKADEMİSYENLERİN BULUP İNCELEMELERİ İÇİN ÖNEMLİ TARİHİ KAYITLAR VE MAKALELERİ MUHAFAZA EDEN METAL MUHAFAZA KABI (Ç. N.)

BÖLÜM ON İKİ

Max-Ernest, Cass'in evini daha önce hiç o halde görmemişti.

Annesi Melanie, tanıdığı en tertipli insanlardan biriydi. Ön kapının açık olması, kapının etrafına yığılan gazeteleri görmek yeterince tuhaf olsa da lavaboda, hatta mutfak tezgahı ve masanın üzerinde bir sürü bulaşığın olması inanılmazdı. Ev, Cass'in büyükbabalarının dükkanı kadar dağınık görünüyordu.

Mutfakta dağınıklıktan payını almamış tek nokta buzdolabıydı. Max-Ernest ve Cass uzun süre önce birbirlerine şifreli mesajlar bırakmak için buzdolabının üzerindeki mıknatıslı harfleri dışarıdan bakan birine rastgele görünecek bir düzen içinde dizmenin yollarını aramışlardı. Normalde, Cass neredeyse her gece annesinin takıntılı bir şekilde alfabetik sıraya dizdiği harfleri yeniden dizmek zorunda kalıyordu. Ancak bu kez harfler tam olarak Cass'in bıraktığı şekilde duruyordu; Cass'in annesi harflere elini sürmeyeli iki hafta olmuştu. Açıkça, Melanie kendinde değildi.

Ocağın üzerinde, bir çaydanlık ıslık çalıyordu. Max-Ernest çaydanlıktaki suyun epey bir zamandır kaynıyor olması gerektiğini düşündü.

Ocağı kapadı.

"Çay... iyi gider şimdi..." Cass'in büyükbabası Larry, kendi kendine mırıldanarak içeri girdi. Endişe içinde çaydanlığa baktı. "Neden çaydanlığın ses çıkardığını düşündüm acaba?"

Max-Ernest öksürdü. "Selam Büyükbaba Larry."*

Larry'nin gözleri parladı. "Bu genç Max Usta değil mi? Ne şans!" Larry zorlama bir neşeyle elini uzattı.

Gerisindeki merdivenlerden yukarı "Wayne. Melanie. Aşağı gelin de sinsi, yaşlı kedi eve ne getirmiş bir bakın!" diye bağırdı.

Max-Ernest'a dönüp "Biz annesini yemeğe çıkarırken Cass'e bakacak bir hemşire getirmeye gidecektim ama burada sen olursan içim daha rahat olur," dedi. "Şu an kızın ihtiyacı olan çevresini sözde tıp profesyonellerinin değil, onu seven insanların sarması."

Max-Ernest, Cass'in annesini görünce şoke oldu. Gözlerinin çevresinde koyu, rakunlarınkine benzer çemberler oluşmuştu. Giysisi omuzlarından eğreti bir şekilde sarkıyordu. Saçları keçe gibi olmuştu. Bilmeseniz, kızı değil o hasta derdiniz.

Dağınık sakallarını şekillendiren Larry ve Wayne ise her zamankinden daha bakımlı ve şık görünüyorlardı. Karamsarlık ve endişe, Cass'in annesini perişan etmişken onlarda tam ters bir etki yaratmıştı. Anlaşılan sadece Cass'in değil, Melanie'nin de bakımını üstleniyorlardı.

Larry ve Wayne'in Cass'in annesini bir saatten kısa bir süre için evi terk etmeye ikna etmeleri, bir saatten uzun bir zaman almıştı.

"Sana biraz kilo aldırmamız gerek," dedi Wayne.

* CASS'İN BÜYÜKBABALARI MAX-ERNEST'IN DA KENDİLERİNE BÜYÜKBABA DEMESİNİ İSTİYORLARDI. CASS ONLARIN TORUNU GİBİYSE, MAX-ERNEST'IN DA TORUNLARI *GİBİ* OLDUĞUNU SÖYLÜYORLARDI. AÇIKÇASI AİLE TANIMLARI HASTANE ÇALIŞANLARINDAN BİRAZ DAHA FARKLIYDI.

"Haftalardır bir şey yememiş gibi duruyorsun."

"Yemedim de ondan. Nasıl yiyecektim? Hele şimdi..." Melanie aniden sustu.

"Cass senin böyle iğne ipliğe dönmeni ister miydi?" diye çıkıştı Larry.

"Çevresindekilerin kan şekerlerine ne kadar dikkat ettiğini bilirsin," dedi Wayne. "Elektrikten çıkan ani bir yangına, depreme veya nükleer saldırıya düşük kan şekeriyle yakalanmamak için. Değil mi Max-Ernest?"

Max-Ernest başını salladı. Bu kesinlikle doğruydu. Cass herkesi hep dinç tutmaya çalışırdı.

Larry, "Şimdi seni bir hamburger yemeye götürüyoruz. Gelince de bu mutfağı temizleyeceğim," dedi. "Burası *Warren Harding* gemisinin mutfağından beter halde.* Hatırlıyorum da donanmada altı yüz denizci için yemek pişirirken ani bir fırtınanın gemiyi sallamasıyla devasa pul biber fıçım güverteye dökülmüştü. Temizlemem üç günümü alsa da..."

Max-Ernest şaşkın halde Larry'ye baktı. "Donanma mı? Ben kara kuvvetlerinde askerlik yaptığını sanıyordum."

"Ayrıntılar. Ayrıntılar. Genç adam, ne zaman güzel bir öykünün keyfini çıkarmayı öğreneceksin?"

* WARREN HARDING AMERİKA BİRLEŞİK DEVLETLERİ'NİN YİRMİ DOKUZUNCU VE ÇOĞU KİŞİYE GÖRE EN KÖTÜ BAŞKANIYDI. BİLDİĞİM KADARIYLA, ONA İTHAF EDİLMİŞ BİR DONANMA GEMİSİ YOK. YİNE DE BÜYÜKBABA LARRY'NİN ÖYKÜSÜNE BİR ŞANS TANIMAMIZ GEREKTİĞİNİ DÜŞÜNÜYORUM. BELKİ DE *WARREN HARDING* ASIL İSMİ FARKLI OLAN, DENİZDE İŞLERİ YAVER GİTMEYEN BİR GEMİNİN TAKMA ADIYDI.

* * *

Nihayet Melanie baskıya yenik düştü.

Yemeğe gitmeyi kabul ederken Max-Ernest'ı sorguya çekmeyi de ihmal etmedi:

"Kalp monitörüne nasıl bakılacağını bildiğinden eminsin, değil mi?"

"Evet, yemin ederim. Kaç kez hastaneye gittiğimi biliyorsun. Bu işte uzmanım."

"Uzmanlık etmeni istemiyorum. Sadece kalbinin çok hızlı veya çok yavaş çarpmadığından emin ol."

"Tamam."

"Ya da çok düzensiz."

"Düzenli olmalı. Anladım."

"Bir de ne yaparsan yap, sakın serum hortumuna dokunma. Bir tıp uzmanı olduğunu düşünsen de hemşire değilsin."

"Olmadığımı biliyorum. Yani, dokunmam."

"Herhangi bir düzensizlik, herhangi bir şey olursa hemen beni ara."

"Tamam."

"Sana önemli görünmese bile."

"Öyle olsa bile."

"Gözünü kırparsa, beni ara."

"Kesinlikle."

"Herhangi bir seğirme olursa bile..."

"Kesinlikle."

"Ya bir şeyler mırıldanırsa..."

"Seni ararım."

"Evet, hemen ara! Ayrıca, söylediklerini yaz."

"Tamam, yazarım."

"Ben çok ciddiyim Max-Ernest."

"Bunu biliyorum."

"Ağzından çıkan sözcüğü anlamasan da çıkardığı sesleri yaz."

"Tamam."

"Hatta kulağa sözcük gibi gelmeyen, nefes sesi veya iç çekiş gibi bir ses olsa da."

"Tamam."

"Olur da bana ulaşamazsan, Larry'nin telefonu sende var, değil mi?"

"Evet."

"Ya Wayne'in telefonu?"

"Şey... İyi de onlar telefonlarını hiç açık tutmazlar ki."

"Ne?"

"Yok bir şey."

"Hiçbirimize ulaşamazsan, caddedeki tüm komşuların telefonları buzdolabının yanında. Ayrıca polisin, en yakın hastanenin, belediye meclisinin ve okulun numaraları da orada. Ha bir de zehir danışma merkezinin numarası."

"Tamam."

"Ama sakın zehirleme onu!"

"Zehir yok. Anladım."

"Elbette, gerçek bir acil durumda, öncelikle 911'i araman gerek. Sende numarası var mı?"

"Eee, 9-1-1 değil mi?"

"Lütfen şu an bana bilgiçlik taslama Max-Ernest..."

"Üzgünüm, niyetim bilgiçlik taslamak değildi. Aklımı karıştırdın, hepsi bu."

"Bunun kötü bir fikir olduğunu *biliyordum.*"

"Haydi Melanie," dedi Larry. "Üç dakikalık mesafede olacağız."

Melanie başka bir şey diyemeden, Larry ve Wayne onun kollarına girip kapıdan çıkardılar.

Max-Ernest kendisini yukarı kattaki sessiz kıza yapacağı ziyarete hazırlayarak boş odaya doğru "Denemekten zarar gelmez," dedi.

BÖLÜM SIFIR

Bu kitabın yazarı çok gerilimli ve duygusal olacağı belli olan bir sonraki bölümü yazmadan önce enerjisini toplamak için on beş dakikalık bir mola istedi. Lütfen bu fırsatı bir şeyler atıştırmak veya tuvalete gitmek için kullanın. Bu esnada kitaptan ayrılmamayı tercih ederseniz, aşağıdakileri dikkatinize veya tüketiminize sunuyoruz.*

PSEUDONYMOUS BOSCH'UN SIR SERİSİNİ BEĞENDİYSENİZ AŞAĞIDAKİLERİ DE BEĞENEBİLİRSİNİZ:

surata atılan bir pasta

toprak yemek

kendi gazınızı koklamak

* BU ÖĞELERİN SEÇİMİ, PSEUDONYMOUS BOSCH'UN *BU KİTAP GÖZ YANILTIR* KİTABINI SEÇMİŞ OLMANIZA DAYANDIRILMIŞTIR. BU ÜÇ ÖĞENİN HATALI SEÇİMLER OLDUĞUNU DÜŞÜNÜYORSANIZ VEYA BEĞENİLERİNİZİN SİZİN ADINIZA İSMİNİ VERMEYEN BİR ŞİRKET ÇALIŞANI TARAFINDAN BELİRLENMESİNDEN HOŞNUT DEĞİLSENİZ, AÇIKÇASI BU KONUDA YAPABİLECEĞİNİZ PEK BİR ŞEY YOK.

BU KİTAP GÖZ YANILTIR KİTABINI SATIN ALANLAR ŞUNLARI DA ALDI:

kalın kırbaç

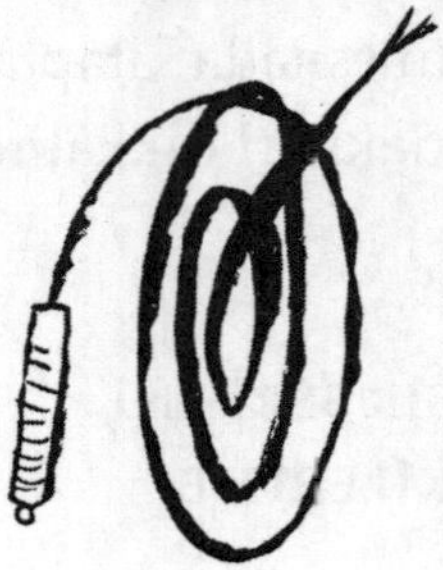

yumurta pişirme zamanlayıcısı

peruk

KENDİNİZİ ŞIMARTIN:

erimiş bir külah dondurma

üzerine oturulmuş bir sandviç

bir ton tuğla

BÖLÜM ON ÜÇ

Max-Ernest hastaneden koşarak gelmiş olsa da Cass'in üst kattaki odasına çıkarken sanki ayakları betona batıyormuş gibi hareket ediyor, hatta adımlarını bile saymıyordu.*

Hastane ve Cass'in evi arasında bir yerde inancını kaybetmeye başlamıştı. Belki de nihayet Cass'in zihnini okumada kullanabileceği bir araç edindiği için heyecan duyması gerekiyordu. Ancak sorun da buydu. Elindekinin doğru araç olmayabileceğinden endişe ediyordu.

Tekrar tekrar gözüne takıp baktığı monokl ona sokakta yanlarından geçtiği sağlıklı, yürüyen, konuşan insanların zihinlerini okumasını sağlamamıştı. Monoklün komadaki bir insanın zihninin içine bakmasını sağlayacağını nasıl bekleyebilirdi?

Monokle bakıp gördüğü tek net görüntü, düşününce görmemiş olmayı isteyeceği bir görüntüydü: Çikolata bağımlısı ve görünüşte yarı deli erişkin halinin görüntüsü.

Yaşlı Max-Ernest, *"Bir kez olsun konuşmaya çalışmaktan zarar gelmez,"* demişti.

Genç Max-Ernest bu sözden Cass'le konuşması gerektiğini çıkarmıştı. Ancak konuşmakla onu uyandırabilir miydi? Bu düşünceleri hiç tahammül edemediği batıl saçmalıklardan farksızdı. Yetişkin halinin böyle bir tavsiyede bulunması onu utandırmıştı.**

*DAHA ÖNCE YÜZ YETMİŞ YEDİ KEZ ÇIKTIĞI İÇİN MERDİVENLERİN YİRMİ DÖRT BASAMAĞI OLDUĞUNU BİLMESİNE RAĞMEN HER DEFASINDA SAYARDI.

**BEN YAŞLI MAX-ERNEST'IN ÖYLE BİR TAVSİYEDE BULUNMADIĞINI BİLİYORUM. ASLINDA KONUŞTUĞU ZATEN MAX-ERNEST DEĞİL, KEDİSİYDİ.

Cass'in yatak odasının kapısı ardına kadar açık olsa da Max-Ernest tam bir dakika kapının önünde kalakaldı. Arkasına dönüp kaçmamak için tüm iradesini kullanması gerekti. Ortadaki hastane yatağı hariç (Max-Ernest bir türlü yatağa bakamıyordu), odanın çoğu geçmişteki haliyle aynıydı. Sadece daha hüzünlüydü. Geçmişte, Cass'in çorap canavarları (şimdi artık onlardan sadece birkaç tane vardı) odaya biraz ciddiyetsizlik katıyordu.* Cass bebekler ve pelüş hayvanlarla pek oynamamış olsa da her bir çorap canavarına bir ses ve karakter veriyor, bu çorap canavarlar Max-Ernest'a acil durumlarda iletişim ve ilk yardım konularında nutuklar çekiyorlardı. Oysa artık canavarlar raflarında cansız halde, sessiz bir koro gibi duruyorlardı. Cass'in "Korku Duvarı" (bu isim annesinin icadıydı) bile daha önce olduğu kadar eğlenceli değildi. Cass'in kesip yatağının üzerine yapıştırdığı tüm resimler ve makaleler (patlayan mayınlar ve yanardağlar, orman yangınları ve sele teslim olan şehirler) sadece felaketin ve yıkımın değil sivri kulaklı hayatta kalma uzmanını da hatırlatan kasvetli yadigarlardı.

Bir gün öleceklerinden (Gece Yarısı Güneşi'nin Efendileri ölümsüzlüğü aksini isteseler de bu olacak), çoğu insan evlerindeki yataklarında, sevdiklerinin yanında ölmek ister. Yine de Max-Ernest çarpık bir düşünceyle Cass'in daha dramatik bir ölümü (köpekbalığı saldırı-

* ÇORAP CANAVARLARA AŞİNA DEĞİLSENİZ, İSİMLERİ SİZDE TAM OLARAK NE ÇAĞRIŞTIRIYORSA O OLDUKLARI SÖYLENEBİLİR: ESKİ ÇORAPLARDAN (VE ÇEŞİTLİ BEZ PARÇALARINDAN) YAPILMIŞ CANAVARLAR. CASS SIKINTILI ZAMANLARINDA BUNLARDAN YAPMAYI ALIŞKANLIK HALİNE GETİRİLMİŞTİ.

sı veya çığ olmasa da, en azından yıkılan bir binanın altında kalmak veya uçak kazası gibi) tercih edeceğini düşündü.

Yaşamını kurtaramayacak olsa da en azından ölümünü daha ideal bir hale getiremez miydi? Gerçek bir dostun yapması gereken şeyin onu eski bir yatakta sıkıcı bir ölüme terk etmeyip muhteşem bir felakette ölmesini sağlamak olması mı gerekirdi?

Kısacası, Cass'in yaşam öyküsüne daha heyecanlı bir noktanın nasıl konabileceğini düşünüyordu. Başka insanların da zarar görmeyeceği bir yöntem bulmak güçtü. Cass'le yıllar süren dostluğu Max-Ernest'ın en kötü senaryoları aklına getirmeye alıştırmıştı:

- Cass'i yola bıraksa, birçok araba birbirine girebilirdi. Tren rayına bıraksa sonuç daha da beter olabilirdi.
- Cass'i bir köprüden aşağı atsa, cesedini asla bulamayabilirdi. Televizyonda gördüğü kadarıyla bulunamayan cesetlerin durumu çok kötü olabiliyordu.
- Cass'in evini yaksa, yangın yandaki eve de sıçrayabilirdi. Hem o zaman Cass'in annesi nerede yaşardı?
- Doğal afetlere (depremler, fırtınalar, ölümcül virüsler) gelince, onları da parmağınızı şaklatıp oluşturamazdınız. Bunu yapabilecek olsanız bile, beraberinde istenmedik sonuçlar getirecekleri kesindi.

Hayır, Cass'in ölümünü daha katlanılır hale getirmenin bir yolu yok gibiydi. Tek yapabileceği onu yeniden hayata döndürmeye çalışmaktı. Başarı olasılığı ne kadar düşük olursa olsun.

Max-Ernest yatağın köşesine oturup farkına varmadan Cass'le yüksek sesle konuşmaya başladı. Hızlı konuşuyor, her zaman yaptığı gibi her şeyi en ince ayrıntısına kadar anlatıyordu.

"Selam. Beni duyamadığını biliyorum. Aslında, duymadığından gayet eminim. İnsanların hep bitkilerle, bebeklerle falan konuştuklarını bilsem de bu bana biraz aptalca geliyor. Bunun kendinle konuşmaktan farkı yok. Neyse, şu an seninle konuşuyorum çünkü sanırım anlamsız gelse de bunu yapmak istiyorum. Ayrıca, bir bakmışsın beklenmedik bir şey olur, değil mi? Belki de seni uyandıracak olan budur. Demek istediğim, konuşmamı *kesmek* için kalkabilirsin mesela... Bu arada, bebeklerden bahsetmişken, benim de bir erkek kardeşim olacak. Buna ne diyeceksin? Annem ve babam bebek konusunda epey tuhaf davranışlar sergiliyorlar. Aslında öyle tuhaf da değil, daha çok korkunç tavırlar. Yine de bir şekilde heyecanlanıyorum. Hep bir erkek kardeşim olsun istedim. Sırf annem ve babam yakamdan düşsünler diye. Ancak şimdi yakamdan düşmüş olsalar da hâlâ bir erkek kardeş istiyorum. Biraz tuhaf, ha? Neden hep *tuhaf* deyip duruyorum? Başka insanların o sözcüğü kullanmaları beni sinir ediyor! Sanırım konuşacak birine ihtiyacım var. Yanımda sen olmadığından veya artık konuşacak durumda olmadığından değil... Neyse unut bunu. Demek istediğim ne olursa olsun sen... Seni hep dostum olarak göreceğim. İlk dostum. En iyi dostum. Öte yandan, bir dosttan da fazlası! Sanırım, daha çok bir kız kardeş olarak... Neyse, aklıma hep yüzme bilmememe rağmen beni suya ittiğin o anlar geliyor. Mesela Gece Yarısı Güneşi Kaplıcası'nda olduğu gibi, hani Benjamin Blake'i kurtarmak için şu hendekten geçmemiz gerekmişti de ben suya girmek istememiştim? Ya beni Dr. L'nin gemisinden okyanusa itişini hatırlıyor musun? Ben boğulabilir, sen de cinayete teşebbüsten tutuklanabilirdin. O an kesinlikle seni öldürmek istemiş olsam da şu an aslında niyetinin kötü olmadığını düşünüyorum. Belki de suya atlayıp yüzmeye çalışmak benim için iyi olacaktı. Ayrıca, bunu yapmamış olsan Gece Yarısı Güneşi beni köpekbalıklarına yem edecekti. Sanırım bir ders almış olmam açısından iyi de oldu bu. Sudan veya başka bir şeyden korkmamam gerektiğini öğrendim. Evet, evet, hâlâ sudan korktuğumu biliyorum ama sen ne kastettiğimi anlıyorsun. Bir de Vahşi Dünya'daki şu şelale vardı... Neyse, şunu bilmeni istiyorum ki sana ne olursa olsun, bana yaptırmaya çalıştığın şeyleri yapmaya çalışmaktan asla vazgeçmeyeceğim. Yapamayacak gibi olduğumda, kafamın içindeki sesin bana hep geri dönüp suya atlamamı söylüyor. Tıpkı, şu an buradan, senden kaçmak istediğimde yaptığın gibi. Yanlış anlama... Eh, bunları söylemek istiyordum. Benim için endişe etmemen için... Peki, sanırım artık monoklü deneme vakti geldi. Tüm bu konuşmalarım bize vakit kaybettiriyor, değil mi?"

Max-Ernest gözyaşlarını silip monoklü cebinden çıkardı. Çıkarmasıyla da geri koyması bir oldu.

"Ah, az kalsın unutuyordum. Yo-Yoji sana dinletmem için bir şey gönderdi. Bunun belki de beyninin belli bir kısmını harekete geçireceğini düşünmüş. Bu arada, sana selamlarını iletti."

Max-Ernest dizüstü bilgisayarını sırt çantasında çıkardı. Bilgisayarı yatağın üzerine, Cass'in yanı başına koyup masaüstünde bir ses dosyasına tıkladı. Aniden bilgisayarından yüksek sesli bir gitar akoru yükseldi. Hemen ardından Yo-Yoji'nin o kendine özgü, çocuk Jimi Hendrix tarzını yansıtan, uzun bir gitar melodisi geldi.

"Süper, değil mi? Bana *süper* demememi söyleme, bu kez sözcüğü doğru yerde kullandığımdan eminim!"

Gitar solosu kesildiğinde, Max-Ernest bilgisayarı kapayıp sırt çantasına geri koydu.

Başta, seslerin kesildikten sonra bile sürdüğünü fark etmese de (çınlayan gitar akorları bir yankıdan ibaret olmalıydı) müzik yeniden yükselince şaşkınlık içinde arkasına döndü.

Yo-Yoji, Cass'in odasının kapı eşiğinde duruyordu. Elinde, Max-Ernest'ın çok iyi anımsadığı, üzerinde Yo-Yoji'nin grubu Uzaylı Kulak Ağrısı'nın açık portakal rengi bir etiketi olan, mavi gitar vardı. Parlak yeşile boyattığı saçı ve daha da açık renkteki sarı spor ayakkabılarına bakınca, Yo-Yoji sanki uzaylıların yaşadığı bir gezegenden oraya uçmuş gibi duruyordu.

Yo-Yoji sırıtarak "Hem de kesinlikle süper! Bence kelimeyi doğru kullandın," dedi. "Eee... 'Merhaba' demeyecek misin?"

Max-Ernest ona zorlama, belli belirsiz bir gülümsemeyle karşılık vererek "Merhaba," dedi. "Bir ay daha gelmeyeceğini sanıyordum."

"Annemle babamı beni erken göndermeleri için ikna ettim. Seninle kalıyorum, ne haber? Annem annenle konuşmuştu. Sana söylemedi mi?"

Max-Ernest başını iki yana salladı. "Şu aralar beni hatırladığından bile emin değilim."

Yo-Yoji portatif amplifikatörünün fişini prize sokup, kulakları sağır edici son bir akor çalıp, gitarı Cass'in Korku Duvarı'na yasladı.

Önündeki sahneyi idrak edince yüzü ciddileşti. "Of. Burası resmen hastaneye dönmüş. Durumu nasıl?"

"Hmm, durumu..." Max-Ernest cümlesinin sonunu getiremedi.

"İyi değil, ha?"

Max-Ernest başını iki yana salladı. Sesi çatallaşarak "Onu geri getirmem gerekiyordu," dedi. "Bu benim görevimdi."

Yo-Yoji, Cass'e doğru bir adım attı. Hemen ardından, sarsılmış halde geri adım attı. "Elinden geleni yaptığına eminim. Onun da bunu bildiğini biliyorum. Tamam mı?"

Max-Ernest, Yo-Yoji ağladığını görmesin diye yüzünü gömleğinin koluyla kapatarak "O hiçbir şey bilmiyor," dedi. "O komada."

Yo-Yoji iyimserliğini korumaya çalışarak "Bundan emin olamazsın. Şu an söylediğimiz her şeyi dinliyor ve senin nasıl bir şapşal olduğunu düşünüyor olabilir," dedi. "Hey, şu normal mi?"

Max-Ernest kalp monitörüne bakınca kendi kalbinin durduğunu sandı. Ekrandaki yeşil çizgi düzleşmiş, monitörden bir uğultu yükselmeye başlamıştı.

Bir saniye sonra, monitör tamamen kapandı. Odadaki ve koridordaki tüm ışıklar da. Odayı sadece Cass'in penceresinin önündeki ağacın dalları arasından geçen ay ışığı aydınlatıyordu.

Max-Ernest ve Yo-Yoji hemen Cass'in yanına koştular. Max-Ernest, Cass'in bileğini kavrayıp nabzını yokladı.

Max-Ernest aceleyle "Kalbi atıyor! Bir voltaj artışı olmuş olmalı," dedi. "Sen aşağı inip elektriği geri getirip getiremeyeceğine bak, sigorta kutusu mutfağın hemen dışında. Ben de ne olur ne olmaz diye 911'i arayacağım."

Max-Ernest, Melanie'nin ona bıraktığı kablosuz telefonu eline alana dek, Yo-Yoji odadan çıkmıştı. Eli titreyerek numarayı tuşlarken çevir sesi olmadığını fark etti.

İşte o an sırtına dayanan sert ve soğuk nesneyi hissetti.

"Şunu yere bırak, eski hempam. Tüm telefon kablolarını kestiğimi düşünüyorum ama yine de işimi şansa bırakmak istemem."

Benjamin Blake.

Max-Ernest konuşanın Benjamin Blake olduğundan emindi. Cass'e ulaşmak için birlikte hastanenin elektriğini nasıl keseceklerini konuşmuşlardı. Aynı şeyi Cass'in evinde yapmak ne de kolaydı!

Kesik telefonu elinden yere atıp "Selam Benjamin," dedi. Sesinin o kadar sakin çıktığına kendisi de şaşırıyordu. "Bu yaptığın gerçekten korkunç bir şeydi. Cass bir solunum cihazına falan bağlı olsa ne olacaktı?"

"Eh, bağlı olmadığı için şanslı. Şimdi Çifte Monokl'ü bana ver. Yoksa bunu kullanmaktan çekinmem."

"Neyi kullanmaktan?"

"Elimde ne tuttuğumu sanıyorsun sevgili dostum?"

"Tabancan yok. Zihnini okuyamasam da bunu biliyorum."

"Nasıl emin olabilirsin? Belki de Yeni Yenilikçi Akademi'deki ortak dostlarımızdan almışımdır."

"Gece Yarısı Güneşi'nin silahı yoktur. Silaha ihtiyaçları olmaz."

"Bu riske girmeyi gerçekten istiyor musun eski hempam?"

İyi bir soruydu. O güne dek tabanca taşıyan bir Gece Yarısı Güneşi üyesi görmediğinin doğru olduğunu düşündü. Yine de çok acımasız olduklarından, amaçlarına o şekilde ulaşacaklarını bilseler Benjamin'e bir tabanca vermekten geri durmazlardı.

Max-Ernest zaman kazanmaya çalışarak "Şu monokl nasıl çalışıyor ki?" dedi. "Onunla kimsenin zihninin içini göremedim. Ancak... başka bir şey gördüm."

Benjamin sabırsızca "Üçüncü gözü açan monoklün

ikinci lensi. Her insanda farklı sonuç veriyor," dedi. Alaycı bir sesle "Kimileri hayaletler görür, kimileri diğer insanların zihnini okur, kimileri de geleceği görür. Bu kim olduğuna ve neyi bilmeye ihtiyacın olduğuna bağlı. Ancak *sen* hep her şeyi bilmeye hevesli olduğundan ne gördüğünü hayal edemiyorum," diye ekledi. "Şimdi onu bana geri ver. O bana ait."

"Gerçekten, o senin mi? Gece Yarısı Güneşi onu nereden aldı? Onları tanıyorsam, bahse girerim ki çalıntıdır."

Benjamin gururla "Ne münasebet! Monokl onların Lord Firavun'un zamanından kalan, en eski hazinelerinden biri. Onu bana emanet ettiler," dedi. "Sanırım Bayan Mauvais'yi, monokl kaybolursa hepimizi pişman edeceğini bilecek kadar tanıyorsun."

Max-Ernest seçeneklerini gözden geçirirken gözüne bir mavilik takıldı. Yo-Yoji'nin gitarı ay ışığında parıldıyordu. Max-Ernest tam vaktinde yana kaçarken, gitar Benjamin'in kafasına indi.*

Arkasına döndüğünde bilincini yitirip yere yığılan Benjamin'i gördü.

Zemine bir el feneri düştü. Anlaşılan, Max-Ernest'ın sırtına yaslanan cisim bir tabanca değil, el feneriydi.

"Sağ ol Yo-Yo," dedi Max-Ernest.

Ancak elinde gitarla Benjamin'in başında dikilen kişi Yo-Yoji değildi. Bu kişi...

"Cass?!"

* MERAKLANMAYIN DİYE SİZE YO-YOJİ'NİN GİTARININ ÇOK HAFİF BİR MODEL OLDUĞUNU SÖYLEYEYİM. CİDDİ VE KALICI BİR HASAR BIRAKACAK BİR GİTAR DEĞİLDİ.

BÖLÜM ON DÖRT

"Cass Geri Döndü!"... "Üç Arkadaş Yeniden Bir Araya Geldi"... "Bir Ay mı Geçmiş?"... Doğrusu, bu bölüme ne ad vereceğimi bilemedim.

Şu an karmaşık duygular içinde olduğunuzu biliyorum. Doğru, değil mi? Max-Ernest gibi siz de ne hissedeceğinizi bilemiyorsunuz. Öte yandan, Cass'in iyileştiğini bilmek sizi ferahlatıyor. Onu artık gayet iyi tanıyorsunuz. Sizin için bir arkadaş gibi ve başına kötü bir şey gelmesini istemezsiniz. Demek istediğim, gerçekten kötü bir şeyin. Dik başlı ve söz dinlemez olduğuna şüphe yok. Kendisini ve arkadaşlarını tehlikeye atacak hatalar yapar. Bazen annesine karşı tavırları da pek hoş değildir. Kulakları sivridir. Ancak ağır bir cezayı da hak etmiyor. Uzak atalarının geçmişine yaptığı zihinsel bir seyahatte yitip gitmeyi ise kesinlikle hak etmiyor.

Kısacası, hayatta olduğu için mutlusunuz.

Bir yandan da bana, pek de mütevazı olmayan anlatıcınıza sizi bu çetin sınavdan geçirdiğim için kızıyorsunuz. Haydi, kabul edin. Benden nefret ediyorsunuz. Size Cass'in hayatta kalacağını en başında söylesem olmaz mıydı? Şu komayla ilgili kısmı kitaptan atsam ne çıkardı? Ne demeye kalp monitöründen çıkan tüm bip seslerinden ve zikzaklı çizgilerden sizi haberdar edip canınızı sıktım? Bu kadar mı kalpsizim?

Kendimi gerçeği olduğu haliyle size aktarmamın vazifem olduğunu söyleyerek savunabilirim. Ancak sizin buna da söyleyecek lafınız vardır. Çünkü beni gayet iyi tanıyorsunuz.

Dolayısıyla bana düşen, yanıt niyetine herkesin bildiğini dile getirmek: Kitabı bir kenara bırakıp okumayabilirdiniz.

Yine de okumaya devam ettiniz, öyle değil mi? Cass ve Max-Ernest'ın maceralarını anlatan kitapları, yanılmıyorsam, sanki bu iki genç ve masum insanın tehlikeye atıldıklarını görmekten keyif alıyormuşsunuz gibi birbiri ardına okudunuz. Sanki sıkıntıları ve çileleri sadece sizi eğlendirmek için varmış gibi. Sanki onların duyguları yokmuş gibi.

Bu yüzden, lütfen eleştirilerinizi ve suçlamalarınızı, ricalarınızı ve şikayetlerinizi kendinize saklayın. Nihayetinde, sevgili okurlar, siz de neredeyse benim kadar suçlusunuz. Bu pisliğe birlikte bulaştık. Bunu sakın aklınızdan çıkarmayın.

Alın işte. Sizi tanımasam da içimi döktüğüm için kendimi çok daha iyi hissediyorum. Şimdi, izin verirseniz öyküye dönebilir miyiz?

Teşekkürler.

En temel soruyu sorarak bu bölüme yeni baştan başlayalım:

Cass'i uyandıran neydi?

Siz de duygusal insanlardansınız, onu Max-Ernest'ın uzun ve yürekten konuşmasının uyandırdığına inanacak olmuşsunuzdur. Max-Ernest'ın onca anısı Cass'in kendi anılarını harekete geçirip onu günümüze getirmiştir. Yo-Yoji'nin gitarından çıkan tanıdık ancak her zaman kulak tırmalayan seslerle birleşen bu anılar karşı konulamaz ölçüde güçlü bir panzehir ortaya çıkarmıştır. Muhtemelen Cass'in büyükbabalarına, hatta Pietro'ya sorsanız size bunu söylerlerdi.

Bana sorarsanız, ben buna Benjamin'in yol açtığı voltaj artışının neden olduğunu, elektrik yükünün getirdiği şokun Cass'i uyandırdığını düşünüyorum. Frankenstein'ın canavarını veya deney masasındaki bir kurbağayı aklınıza getirin.

Elbette, kendi kendine uyanmış olması da mümkün. Bu kitabın her şeye kadir yazarı olarak hoşunuza en çok giden açıklamayı seçmenize izin veriyorum. Kesin ve mutluluk verici gerçek Cass'in geri geldiği, gittiği yer ve zaman her neresiyse oradan döndüğü.

Cass'e gelince, kendisini neyi uyandırdığından emin olmadığı gibi, kendisini uyutanın ne olduğunu da anımsamıyordu.

Yo-Yoji, Cass'in odasına döndükten sonra, o ve Max-Ernest, Cass'e bazı çok önemli ayrıntıları (örneğin iki haftadır komada olduğunu, ayaklarının dibinde yatan kişinin düşündüğü gibi Benjamin Blake olduğunu ve düşündüğünün aksine ışıkların kesik olmasının nedeninin bir nükleer saldırı, hatta bir depremcik bile değil de eski sınıf arkadaşlarının elektriği kesmesi olduğunu) aktardılar. Ardından Max-Ernest, Benjamin'in ellerini bağladı. Açıklama yapma gereği duyarak "Bu Kelepçe Düğümü," dedi. "İspanyol Gemici Düğümü de işe yarardı. Ama sanırım o ayak bileklerinde daha etkili."

O sırada, Cass acil durumlarda kullanılan ışıklı çubuklardan birkaç tane yakıp serum hortumunu rahat edeceği bir şekilde ayarlayarak yatağa yattı. "Tamam," dedi. "Bir türlü asıl konuya gelmediniz. Ne oldu?"

"Ne demek istiyorsun?" diye sordu Yo-Yoji.

"Yani, bana ne oldu? Başka ne demek isteyebilirim ki? Komadaydım, değil mi? Biri durup dururken komaya girmez. Araba kazası mı geçirdim? Nadir görülen bir bulaşıcı hastalığım mı var? Beynimde uzaydan gelen bir virüs mü taşıyorum? Söyleyin. Buna göğüs gerebilirim."

"Yani hatırlamıyor musun?" diye sordu Max-Ernest. "Gerçekten mi?"

"Neyi hatırlamıyor muyum?"

"Çikolata yediğini..."

Çok şaşıran Cass, "Sinyor Hugo'nun çikolatasını mı? Tüm bunlara neden olan bu muydu?" diye sordu. "Bana çikolatayı veren kimdi?"

Max-Ernest şaşkın halde "Kendin," dedi. Olup bitenleri nasıl olup da anımsayamıyordu?

"Neden böyle bir şey yapayım? Az kalsın beni öldürecekti; ondan önce de Yo-Yoji'yi! Değil mi Yo-Yoji?"

Yo-Yoji suratını ekşiterek başını salladı. "Kesinlikle. Deliceydi. Eğlenceli ama yine de delice."

Max-Ernest ağır ağır "Demek bilinçsiz halde yattığın... onca zaman boyunca... zamanda geriye gitmedin, öyle mi?" diye sordu.

"Gitmem mi gerekiyordu?"

Cass'in annesi eve döndüğü için konunun üzerinde daha fazla duramadılar. Annesi ve büyükbabalarının aşağı kata geldiklerini ve elektrik kesintisine dair endişelerini dile getirdiklerini duyabiliyorlardı.

"Max-Ernest, yukarıda mısın? Cass iyi mi?"

Cass, "Çabuk, siz Benjamin'in iplerini çözün," diye fısıldadı. "Yo-Yoji'yi görmeye gelmiş gibi davranın. Işıkların neden kesik olduğunu açıklamak zaten yeterince zor olacak."

Max-Ernest, "Aslında, bağlı olursa durumu daha kolay açıklayabiliriz. Ona eve hırsızların girdiğini ve Benjamin'i bağladıklarını söyleyebiliriz," dedi. "Buna ne dersin?"

Cass başını iki yana salladı. "Hayır, o zaman polisi çağırabilir. Bu da işleri daha karmaşık hale getirir." Max-Ernest daha birkaç dakika önce atmış olduğu düğümleri çözerken Yo-Yoji, Benjamin'in kulağını çekiştirerek "Kalk ahbap, şanslı günündesin," dedi.

Çikolata gerçekten işe yaramamış olabilir miydi? Max-Ernest kendine bu soruyu soruyordu. Cass'in iyileşmesi ona daha önce hiç yaşamadığı kadar büyük bir mutluluk vermiş ve içini rahatlatmış olsa da biraz hayal kırıklığı duyuyordu.

Ayrıca, bu durumun Sırrın geleceğini nasıl etkileyeceği sorusu da onu epey endişelendiriyordu.

1. Cass ve Sır

Cass'in hafızasında ilk kez o günün gecesinde, hastaneden getirilmiş olan yatağın örtüleri altına girdiğinde (annesi doktor muayenesinden geçene kadar Cass'in kendi yatağına geçmesine izin vermemişti) bir şeyler canlandı. Örtülerin arasında iki lensi olan tuhaf, altın bir monokl vardı. Cass gözlüğün nereden geldiğini bilmese de (elbette, sonra hikayeyi Max-Ernest'tan dinleyecekti) onu daha önce gördüğünden emindi.

Monoklü gözüne takıp baktığında yaşadığı his de ona gayet tanıdık geldi. Hatta bu o kadar tanıdık bir deneyimdi ki monoklün ona X ışınlı görüş sağlaması onu şaşırtmadı bile. Monoklü eline alıp bir saat kadar incelese de onu ilk kez beş yüz yıl önce mi, yoksa beş *hafta* önce mi gördüğünü anımsayamadı.

Ona gereken bir monokl değil, sihirli küreydi.

Yine de bir bebeğin uyurken en sevdiği oyuncağına sarıldığı gibi monoklü sıkıca kavradı. Onun geçmişin sırlarını ve gelecekte korumakla görevlendirdiği *S*ırrı öğrenmenin anahtarı olduğunu umuyordu.

Sabah uyandığında, yolculuğunu biraz daha anımsasa da bunun bir rüyayı anımsamaktan farkı yoktu. Hatırladıkları bir araya getirildiğinde bir anlam ifade etmeyen kısa parçalardan ibaretti.

Telefonda Max-Ernest'a "Parlak bir ışık, bir hayalet, uçan bir kılıç, bir Rönesans Panayırı vardı... Yoksa panayır geçen yılın okul gezisi miydi? Aklım öyle karışık ki!" dedi.

En önemli sorulara gelince, Sırrı öğrenip öğrenmediğini anımsamak şöyle dursun, Soytarı'yı bulup bulamadığını bile anımsamıyordu.

Bu noktada, sevgili Okur, Cass'in yaşadıklarını Cass'in kendisinden daha iyi biliyorsun.

Sonraki birkaç haftada, annesinin günleri Cass'in mucizevi iyileşmesine sevinmekle, onu sürekli kucaklamakla ve gözünün önünden nadiren ayırmakla (bu durum biraz sinir bozucu olduğu kadar hoştu da) geçti. Cass'in doktorları ona ne olduğunu anlamak için Cass'i durmadan sağlık kontrollerinden geçirip muayene ediyorlardı. (Bu durum ise gülünç olsa da çoğu zaman sinir bozucuydu.) Bu esnada Cass, iyice ümitsizliğe kapılmış, destansı yolculuğunun asla gerçekleşmemiş olduğuna giderek daha fazla inanır olmuştu. Sadece çikolatanın yol açtığı birkaç sanrı yaşadığını ve bir hiç için onca insanı üzdüğünü düşünüyordu.

En kötüsü ise kendisini Cass'e "dış dünyadaki topluma yeniden uyum sağlaması" için yardımcı olmak isteyen bir sosyal hizmet görevlisi (böyle bir rol Pietro gibi bir münzevi için epey tuhaf kaçıyordu; Cass topluma ondan daha uzak bir kişi düşünemezdi) olarak tanıtan Pietro'nun ziyareti olmuştu. Elbette Cass onu görmekten memnun oldu ve Pietro'nun öylesi tehlikeli bir yolculuğa giriştiği için onunla ne kadar gurur duyduğunu söylemesi onu duygulandırdı. Yine de bunların ardından işittiği sözlerin Cass'e pek de güven telkin ettiği söylenemezdi.

"Lütfen elinden geldiğince çok şey hatırlamaya çalış," dedi. "Seni baskı altında bırakmak istemesem de aradan çok vakit geçerse sadece senin bilebileceğin o şeyi anımsamayacağından korkuyorum. Sadece senin bilmen *gereken* şeyi."

"Bana yardım edebilir misin? Mesela beni hipnotize etsen?"

Pietro başını iki yana salladı. "Üzgünüm, yapamam. Kimse yapamaz. Bu çok tehlikeli. Sırrı öğrenmek beni doğru yoldan çıkarabilir."

Cass daha da fazla ümitsizliğe kapıldı. O nasıl bir sır koruyucusuydu böyle? Sırrı bildiğinden bile emin değildi.

2. Max-Ernest ve PC

Cass'in emniyetli bir şekilde şimdiki zamana dönmesinin ardından, doğal olarak, Max-Ernest'ın içinde onun geçmişe yolculuk (tabii yaptığı şeye bir yolculuk denebilirse) öyküsüne dair bir merak uyandı. Ne yazık ki tüm vaktini Cass'in hafızasını harekete geçirecek oyunlar ve testler tasarlamaya ayırmak istemesine karşın, Pietro ona işte tam da bunu yapmamasını sıkı sıkı tembih etmişti.

Yaşlı sihirbaz ona "İki nedenle bunu kendisi anımsamalı," demişti. "Öncelikle, Sırrı senin öğrenmen riski var. Böyle bir şeyi kasten yapmayacağını bilsem de... Bu bir tehlike. İkincisi, üzerine çok gidilmesi halinde ne olur bilemeyiz. Beyninin durumu son derece hassas. Koma nüksedebilir. Yine geçmişte kaybolmasına neden olabiliriz."

Pietro'ya itaat etmeyi istememiş olsaydı bile Max-Ernest'ın Cass'le uğraşacak vakti olmayacaktı. Tam da Cass'in komadan çıktığı gece, Max-Ernest'ın bir başka hastayı ziyaret etmek için hastaneye gitmesi gerekti. Bu kez ziyaret edeceği hasta resmi olarak aileden biri olduğu için içeri gizlice girmesi gerekmedi. Ziyaretine gittiği kişi yeni doğan erkek kardeşiydi. Beklenen zamandan haftalar önce, erken doğumla dünyaya gelmişti. Çok küçük olmasına rağmen, sağlıklıydı da.

Ertesi gün Cass'e "Aynı yerfıstığına benziyor. Yalnız bayağı yaşlı bir yerfıstığına," dedi. "Yeni doğmuş bebekler neden o kadar yaşlı görünüyor acaba?"

Anne babasının durumu ise yeni oğullarınınki kadar iyi değildi. Anlaşılan o ana dek geçmişte birçok soruna yol açan isim koyma konusunu (Max-Ernest'a tek bir isim koymakta başarılı olamadıklarından ilk oğulları çift isimli olmuş, kendileri de evlerini ikiye ayırmışlardı) bir kenara itmişlerdi. Ne yazık ki bu kaçınma hali, eski yaraları iyileştirmemişti. Bebekleri doğar doğmaz ona ne isim koyacaklarının kavgasına tutuştular.

Max-Ernest'ın annesi, "Ona Clay Amcamın adını vermeliyiz," diye fikrini ilan etti.

Max-Ernest'ın babası, "Hayır, ona Paul Amcamın adını vermeliyiz," diye karşı çıktı.

Sonunda, ikisinin de geri adım atmamasıyla ikinci oğullarına da ilkine olduğu gibi iki isim verildi: Max-Ernest'ın erkek kardeşinin adı Paul-Clay kondu.

Max-Ernest buna şaşırmasa da annesi ve babasının arasının hemen açılıvermesi onu biraz hayal kırıklığına uğramıştı. Birbirlerine olan sevgilerinin tükeneceğini ve eninde sonunda yeniden boşanacaklarını bekliyor olsa da bunu bir saat kadar kısa bir sürede; yarım metre ötelerinde ağlayan, yeni doğmuş bir bebeğin başında gerçekleşeceğini hiç ummazdı.

Elbette ki yeniden evin iki farklı yarısında yaşamaya başlamalarının ardından, Max-Ernest'ın babası *bebeğine* Max-Ernest'ın annesinin bakmasına rıza göstermedi. Max-Ernest'ın annesi de *bebeğine* Max-Ernest'ın babasının bakmasına razı olmadı. Sorun Süleyman'ınkine benzer bir çözüm gerektiriyordu.* Ancak Max-Ernest'ın korkusu Paul-Clay'i ikiye bölme teklifini getirse, bu fikre bile yanaşacak olmalarıydı. Ne de olsa evlerini birden fazla kez ikiye ayırmışlardı. Max-Ernest'ın ikisini uzlaştırmasının ve bir yandan da Paul-Clay'in tek parça kalmasını sağlamasının tek yolu bebeğin beslenmesi ve bakımından kendisinin sorumlu olması önerisini getirmekti. Annesi ve babası bu öneriyi seve seve kabul ettiler.

Kendisi çift isimli olmaktan hep yaka silkmiş olan Max-Ernest küçük bebeğin ismini PC olarak kısaltıp onun küçük yaşamının sorumluluğunu almaya koyuldu.

Max-Ernest'ın bir sonraki ayı bezler, şişeler, bebek önlükleri ve sünger banyoları arasında durmadan koşuşturmakla geçti. İlk bez değiştirme deneyimini anlatmayacağım. İkincisini de. Üçüncüsünü de. Dördüncüsünü de. Beşincisini de. Size sadece kardeşinin bezini altıncı değiştirişinde, sonraki çoğu bez değiştirme deneyiminde olduğu gibi işlerin gayet yolunda gittiğini söyleyeceğim. Max-Ernest'ın bebek bakıcılığına doğuştan gelme bir yeteneği olduğu pek söylenemese de içgüdüsel eksikliklerini azimle telafi ediyordu. Bebek uyuduğunda el kitapları okuyor, videolar izli-

* ELBETTE BUNUNLA KRAL SÜLEYMAN'IN, BİR BEBEĞİN ANNESİ OLDUKLARINI İDDİA EDEN İKİ KADIN KARŞISINDA, BEBEĞİ PAYLAŞTIRMAK İÇİN BULDUĞU MEŞHUR ÇÖZÜMÜ KASTEDİYORUM. KRAL SÜLEYMAN GERÇEK BİR ANNENİN BEBEĞİNİN PARÇALANMASINA ASLA RAZI OLMAYACAĞINI DÜŞÜNEREK ÇOCUĞU İKİYE BÖLMEYİ TEKLİF ETMİŞTİ. ANLAŞILAN MAX-ERNEST'IN ANNE BABASI GİBİSİNE HİÇ RASTLAMAMIŞ.

yor ve tıp çalışanlarına danışıyordu (hastanenin kabul masasında görevli olan hemşirenin epey yardımı dokunmuştu). Okul saatlerinde ise anne babasının adaletsizlikten şikayet edemeyecekleri, titizlikle eşit bir şekilde bölünmüş bir programa göre kendi çocuklarının bakıcılığını üstlenmelerini sağlıyordu. Max-Ernest son derece yaman ve katı bir yönetici olduğundan daha öncesinde her biri bebeğin her an yanı başında olmasını isteyen anne ve babası isyan etmeye ve bebek bakıcılığı seanslarından kaytarmaya başladılar. Max-Ernest onları hizaya getirmek için, bebeğe bakmaları karşılığında anne babasına onlardan aldığı harçlıktan para vermek zorunda kalıyordu.

Ay sonu geldiğinde Max-Ernest'ın belki de ortaokuldaki en iyi bebek bakıcısına dönüştüğünü söylemekten gurur duyuyorum.

3. Yo-Yoji ve Yemiş Masası

Üç genç kahramanımızdan, sadece Yo-Yoji sonraki haftalarda erişkin Terces üyeleriyle çokça temasa geçmişti. Keman ustası ve Terces'in fiziksel savunma uzmanı Lily Wei nihayet Yo-Yoji'nin keman çalmada epey aşama kaydettiğine ve her gün keman egzersizleri için ayırdığı sürenin bir saatini artık dövüş sanatlarına ayırabileceğine karar vermişti. Çok mutlu olan Yo-Yoji onun müzik ve dövüş sanatı eğitimine mümkün olduğunca çok vakit ayırıyordu. Cass'in de belirtmiş olduğu gibi Yo-Yoji de Sinyor Hugo'nun çikolatasından yemiş ve uzak atalarının geçmişini ziyaret etmişti;

işte o esnada içine nasıl bir samuray ruhu girdiyse, bu ruh gerisinde Yo-Yoji'de bir takım samuray becerileri bırakmıştı.

Üç haftalık bir iyileşme sürecinin ardından, annesinin nihayet Cass'in okula dönmesine izin vermesiyle üç arkadaş bir kez daha Yemiş Masası'nda bir araya geldi. Yo-Yoji fısıldayarak onlara Terces Derneği'nin son faaliyetlerini aktardı. Çok da uzun bir rapor olmamıştı. Owen her zaman olduğu gibi görev icabı uzaklara gitmişti. Gizli görevi Terces Derneği'nin arşivciliğini yapmak olan serbest muhasebeci Bay Wallace uyumadığı süreyi dosyalara gömülüp Pietro için bazı belgeleri aramakla geçiriyordu. Pietro ise gece gündüz *Tarocchino* oynamayı takıntı haline getirmişti.

"Pietro, Gece Yarısı Güneşi'yle ilgili bir şeyi anlamaya çalıştığını söylese de bence o yaşlı ahbap sadece kumarı seviyor."

Cass, Pietro'yu uykusuz bırakan konunun kendisiyle ilgili olmadığını umarak Yo-Yoji'ye "Sana ne konuda endişe ettiğini söylemiyor mu?" diye sordu.

Yo-Yoji başını iki yana salladı. "Sanırım bu gerçekten çok gizli bir konu. Max-Ernest'ı bu konuda uyardığını söyledi."

Max-Ernest kaşlarını çattı. "Beni mi? Ne uyarısı?"

Yo-Yoji omuz silkti. "Hiçbir fikrim yok. Tek bildiğim, Cass'in daha fazlasını hatırlamasını gerçekten çok umduğu. Sanki ortada ne sorun varsa bunu sadece Cass giderebilirmiş gibi düşünüyor. Of, neyse. Bunu söylememem gerekirdi. O kesinlikle..."

Cass üzgün bir sesle "Beni baskı altında bırakmak istemiyor, biliyorum," dedi. "Yine de bana bunları anlattığın için sağ ol."

"Üzgünüm."

Glob ve Danielle-değil-Daniel'ın Yemiş Masası'na gelişiyle sohbet yarıda kesildi.

Glob, Max-Ernest'ın önüne birkaç restoran kuponu koyarak "Gelecek haftaki Rönesans Panayırı'ndan sonra kim Ortaçağ Günleri'nde bedava akşam yemeği ister bakalım?" diye sordu. Max-Ernest kuponlardan birine uzanamadan kuponları geri aldı. "Sen Ortaçağ Günleri'yle ilgilenmezsin, değil mi Max-Ernest?"

Danielle-değil-Daniel saç örgülerinin altından "Haydi ama Glob, kes şunu," dedi. "Ona kuponları vereceksen ver. Ne olacak ki?" dedi.

Yo-Yoji, "Bedava yemek mi? Max-Ernest'ı bilmem ama ben varım," dedi.

"Ben de öyle," dedi Cass.

Cass, Max-Ernest'ın arkadaşı olmayan, Yemiş Masası'ndaki bu yeni çocuklar hakkındaki hislerinden emin olamıyordu. Yaşamına öylece dahil olmalarına öfkelenmekten kendini alamıyordu. Ayrıca, Glob'la yemek yeme fikrine sıcak baktığı da yoktu. Buna karşın, Rönesans Panayırı hafızasını canlandırmazsa belki Ortaçağ Günleri bunu yapabilirdi. Rönesans ve Ortaçağ'ın aynı şey olmadığı kimin umurundaydı ki?

Glob, "Ah, sanırım şansın yokmuş Max-Ernest," dedi. "Elimde sadece iki tane var."

Danielle-değil-Daniel, "Aslında isterse benim kuponumu alabilir... Ben gidemeyeceğim," dedi.

Dehşete kapılmış görünen Glob, "Rönesans Panayırı'na gitmeyecek misin?" diye sordu.

"Üzgünüm dostum. Şu çizgi roman fuarı var, biliyorsun. Babam üzerinde *roman* yazan bir şeyler okuyayım diye can attığından, fuar boyunca okula gitmememin bile sorun olmayacağını söyledi."

Glob tükürükler saçarak "Ben... Ben ne diyeceğimi bilemiyorum," dedi. "Buna ihanet derler!" Şokun etkisinden sıyrılınca masaya oturdu.

Danielle-değil-Daniel saç örgülerinin örttüğü gözlerini yuvarlayarak Glob'un karşısına oturdu.

Diğerlerinin ikisi duymadan konuşmalarını sürdürmeleri mümkün değildi. Pietro'nun uyarısı meselesi beklemek zorundaydı.

Yemiş Masası nadiren o kadar sessiz olurdu.

Ancak o gece, Cass rüyasında koyu yeşil, neredeyse sürüngenlerinkini andıran ve Çifte Monokl'ün camlarının gerisinden ona bakan bir göz gördü. Kötü bir şeyler olacağı hissiyle uyandığında aklında Pietro'nun uyarısının ne olduğu sorusu vardı.

BÖLÜM ON BEŞ

GLOB'UN BLOGU

Glob'dan Yiyecek Konulu Bir Blog

BLOG HAKKINDA

N'aber hapur hupurcular? Bunu okuyorsanız muhtemelen kim olduğumu biliyorsunuzdur, bilmeyenlere de ancak "Hey, ahbap uzayda mı yaşıyorsun?" denebilir. Yok ya, cidden, bu web sitesine şans eseri gelmişseniz veya arama motoruna "evrenin en iyi blogu" yazıp da kendinizi burada bulmuşsanız, lol, her yiyeceğin tadına bir kere bakan adamım ben. Birçok şeyin de iki kere. Toprakta yetişenler hariç. Sebzeler berbat!!!!! Ancak katıksız bir dâhinin kızartmayı akıl ettiği patatesleri ayrı kefeye koyarım. Kızarmış patates süperdir! Özellikle de kıvır kıvır olanları. Kaju baharatından da zarar gelmez. Benden söylemesi. Ancak benden yeterince bahsettik. Tıkınmaya hazırlanın! Pardon, yanlış oldu. Tıkınacak olan benim. TIKINMAMA hazır olun! Kıskançlık da etmeyin. Etseniz de çok etmeyin. Ha ha.

KATEGORİLER

Sakız • **BURGERLER** • Şeker (Raisinets marka şekerler gibi eski tiptekiler) ŞEKER (yeni tiptekiler) • Cipsler • **CHURRO*** • Kurabiyeler • Corndog** • **PAMUK ŞEKER** • Kek • **DONUT** (dolgulu) • **DONUT** (normal) • Delikli Donut • **PASTIRMA** • Kızarmış Patates • Hot Dog • **TAVUK KANAT** • Nachos*** • PİZZA • Dondurulmuş Pizza • **PATLAMIŞ MISIR** • Pretzel**** (sıcak) • Pretzel (çikolata veya yoğurt kaplı) • Gazoz • **TACO***** • Tuhaf Renkli Yiyecekler • **DÜRÜM**

* BİR MEKSİKA HAMUR TATLISI (Ç. N.)

** MISIR UNU HAMURUNA BATIRILIP YAĞDA KIZARTILAN VE ÇUBUĞA TAKILARAK YENİLEN SOSİS (Ç. N.)

*** MISIR CİPSİNİN ÜZERİNE ERİTİLMİŞ PEYNİR, ACI KIRMIZI BİBER VE SOS EKLENMESİYLE HAZIRLANAN BİR ATIŞTIRMALIK (Ç. N.)

**** DÜĞÜM ŞEKLİNDE GEVREK HALKA (Ç. N.)

***** GELENEKSEL BİR MEKSİKA YEMEĞİ (Ç. N.)

SPONSORLAR

Ortaçağ Günleri Aile Restoranları: "Her masanın Yuvarlak Masa, sizin de her gece birer şövalye olduğunuz yer!"

X Eylül, XXXX

RÖNESANS PANAYIRI

BLOG'DAN CANLI YAYIN

SABAH 9:20*

Duyduk duymadık demeyin! Duyduk duymadık demeyin!

Ha ha. Size Shakespearevari bir dille sesleneceğimi mi sandınız? Aslında, öyle yapmayı düşünsem de o tür şeyler yazmak çok zor oluyor. Neyse, Glob'un Blogu'nun Xxxxx Okulu'nun Geleneksel Rönesans Fuarı Eğitim Gezisi'nden yaptığı resmi yayına hoş geldiniz. Otobüsten inmemize az kaldı. El bilgisayarım ve ben, lezzetli Rönesans Panayırı yiyeceklerine hazırız. Durun bir, bu duyduğum da ne? Sanırım krallara layık soğan halkaları bana sesleniyor!

SABAH 9:35

Evet, şimdi bizi "köy meydanından" geçiriyorlar. Cihazımı şarj edebileceğim bir prizi olan, tamtamlar, bilezikler ve hippilere has diğer şeylerin satıldığı bir yerde durdum. Her ne kadar "pazar günü" olsa da Rönesans döneminde batik tişörtler satmadıklarından gayet eminim. Meydanın hemen yanındaki açık alanda bir sahne var. Oraya "yuvarlak tiyatro" diyorlar. Çünkü şekli yuvarlak. Şu an sahnede hokkabazlık yapıp fıkralar anlatan bir adam olsa da kim-

* SİZİN DE BİLDİĞİNİZ GİBİ BLOGLARDA YENİ PAYLAŞIMLAR, ESKİLERDEN ÖNCE GÖRÜNÜR. BÖYLELİKLE EN YAKIN TARİHLİ PAYLAŞIMI İLK BAŞTA GÖRÜRSÜNÜZ. SİZE KOLAYLIK SAĞLAMAK İÇİN GLOB'UN YAZILARINI DÜZENLEDİM VE EN ESKİDEN EN YENİYE GÖRE KRONOLOJİK SIRAYA KOYDUM. AYRICA BİRKAÇ YAZIM HATASINI DA DÜZELTTİM.

 senin onu can kulağıyla dinlediği yok.

Müdiremiz Bayan Johnson yine Kraliçe Elizabeth olmuş. Kendisi etrafta dolaşırken herkes onun önünde eğilip reverans yapıyor. Amber ve Veronica (sürpriz!) onun nedimeleri olmuşlar. Şu büyük tüylerle onu yelleyip yere değmesin diye giysisini tutuyorlar. Şunu bilmek istiyorum: Neden Bayan Johnson kraliçe oluyor? Tabii bu soruyu kraliçe olmak istediğimden sormuyorum. Günün kralı zaten benim. Ama adım Kral Elizabeth olmazdı!!! O bence Danielle-Değil-Daniel olmalı. Heh heh. Sadece şaka yapıyorum. Ya Kral Elizabeth-değil-Egbert nasıl olur?? Şaka, şaka. Kusura bakma dostum ama komik olduğunu kabul etmen gerek. Bugün evde "hasta" yatmanın bedeli bu!

Bu arada, biraz konudan uzaklaşacak olsak da Shakespeare'in zamanında kızların rollerini erkeklerin oynadığını biliyor muydunuz? Bunu bize az önce Rönesans Panayırı'nda bir tür tur refakatçiliği yapan yeni okul sekreterimiz söyledi. Kendisinin bugün erkek gibi giyinmiş bir kız olduğu düşünüldüğünde bunu düşünmek tuhaf (gibi). Soytarı giysileri giymiş ve kendine Leydi Soytarı diyor.

Aman! Hemen cihazımı fişten çekmem gerek. Millet ayaklandı.

SABAH 10:53

"E, atıştırmalıklardan ne haber?" diye soruyor olmalısınız. Menüde Kral Henry'nin mi ne, işte onun resimlerinde falan gördüğümüz şu iri bagetlerden olacağını düşünüyorum. Ya da şişte domuz çevirme. Ancak majestelerinin ziyafet salonunda gördüğüm, bunlara en yakın şey *hot dog* standı. Geçmişe has, İngiliz tarzı tabelalara bakılırsa, standın adı Kraliyet tazısı. Durun bir dakika! *Corn dog* satıyorlar! En sevdiğim köpek cinsi. Eh, tabii bir de Cocker Spaniel cinsi köpeğim Munchie, lol. Bakalım, başka neler varmış? Sör Lancelot'un tavuk şişi... Balıkçı kadının balık ve patates cipsli menüsü... Bu arada, Glob'un Blogu'ndan size bir tavsiye: Arpa sirkesi kızartmalarda harika oluyor; e, cipsler de kızartma olduklarına göre... (İngilizler ne kadar zeki görünseler de daha cips ve patates kızartması arasındaki farkı bile bilmiyorlar! Ha ha.)

"Camera obscura" denen (artık her neyse) bir şeyi görmeye gidiyoruz. Bir çeşit karanlık odaymış. Bazıları orasının öpüşerek fotoğraf çektirecek bir yer olduğunu söyleyip dalga geçiyor. Ne kadar olgunca, ha? Bunun ardından sıra büyük mızrak dövüşüne gelecek. Pardon, Ortaçağ Günleri Kraliyet Mızrak Dövüşü Turnuvası'na. (Kusura bakma, Ortaçağ Günleri! Belçika gözlemeleriniz harika ama burgerleriniz berbat. Şaka, şaka! Hayır, burgerleriniz gerçekten iyi beyler. Bunu da bana para veriyorlar diye söylemiyorum. Yoksa o yüzden mi söylüyorum? Ha ha.)

Neyse, bir dakikalığına oyalansam iyi olacak. Bir bakalım, camera obscura denen şeyi görmeye mi gitsem, yoksa corn dog mu yesem? Cevap belli, değil mi? Bayan Johnson durumu çakarsa sizce başımı vurdurur mu?

SABAH 11:09

Tekrar merhaba. Gerçeği söyleyin, Globster'ın okul gezisini kıracak cesareti olduğunu düşünmediniz, değil mi? Yanlış düşünmüşsünüz.

o(^_^o)

(o^_^o)

(o^_^)o

(zafer dansı yapar)

Öncelikle, herkes camera obscura denen şeye gitmek için uzaklaşırken hot dog standının arkasında bekliyorum. Bunu yapmak çocuk oyuncağı olsa da bizim okuldan Max-Ernest adlı şu çocuğun yüksek sesle bana "selam" demesi az kalsın beni ele verecekti.

 Tanıdığım insanlar arasında havalı olmaya en uzak insan. Hatta Yemiş Masası standartlarına göre bile. (Üstüne üstlük üzerine tayt giyecek kadar havalı görmüyor mu kendisini? Kendime not: Bir casusa ihtiyaç duyarsan veya gizli bir dernek falan kuracak olursan onu SAKIN davet etme.) Neyse, herkes uzaklaştığında ve artık rüzgar çanları bana çok ilginç geliyormuş gibi davranmama gerek kalmadığında Kraliyet Tazısı'nın tezgahına gidiyorum. Bol hardallı, bol baharatlı bir corn dog siparişi verecekken burnuma dumanla karışmış şu barbekü kokusu geliyor. Kendi kendime "Hot dog da neymiş? İşte beklediğim şişte domuz çevirme!" diyorum. Yani tam olarak "burnumun dikine gitmek" denen şeyi yapıyorum.

Yiyecek stantlarının birinin arkasında bir barbekü bulacağımı düşünsem de karşıma önce kurumuş bir nehir yatağı, ardından bir orman çıkıyor. İşte Rönesans Panayırı'nın bittiği nokta. Tam geri dönecekken, karşı taraftan gelen şu çıtırtıyı duyuyorum. Çevrede kimseyi göremesem de yakından bakınca ormana doğru giden ayak izlerini görüyorum. Başımı yukarı kaldırdığımda ormanın daha derinlerinden yükselen dumanı görüyorum. İşte barbekü!

Evet, biraz ürksem de korkusuz bir yemek meraklısı olduğumdan gidip bakmam gerektiğine karar verdim. Olur da geriye canlı dönemezsem diye size söyleyecek bir çift sözüm var. Ha ha.

Bana şans dileyin! Bir de Ortaçağ Günleri'nde yemeyi unutmayın! "Yiyin, İçin ve Ortaçağ'a Uygun Davranın."

Resmi kraliyet çeşnicibaşınız.

Glob

SABAH 11:35

ACİL DURUM - LÜTFEN OKUYUN! YARDIMA İHTİYACIM VAR!

Bunun şaka gibi geldiğini bilsem de şu an bir mağarada saklanıyor ve hayatımdan endişe ediyorum. BU BİR ŞAKA DEĞİL. Lütfen bundan sonra benden haber alamayacak olursanız, birisi küçük kız kardeşime ona yalan söylediğimi, aslında doğduğunda bir kuyruğu olmadığını söylesin. Danielle-değil-Daniel, bütün klasikleşmiş koleksiyon figürlerimi VE Guinness Rekorlar Kitabı'na girmiş mini kek ambalajı koleksiyonumu sana bırakıyorum. Bu blogu saçma bulduğunu bilsem de yerinde olsam blogu sürdürmeyi cidden düşünürdüm. Hatta film ve oyun eleştirilerinle bu blogu daha da genişletebilirsin. Merhaba internet reklamları! Bu reklamlardan ciddi meblağlar kazanılabilir.

Tamam, hâlâ biraz gücüm varken gördüklerimi aktarmaya devam edeyim. Nehir yatağının öteki tarafında gerçek anlamda bir patika olmasa da ezilmiş yapraklar ve çamurlu ayak izlerini takip etmek mümkün. Beş dakika kadar yürüsem de barbeküye hiç yaklaşmamış gibiyim. Başta bunun Rönesans Panayırı'nda çalışan insanlar için hazırlanan bir barbekü olduğunu düşünmüştüm ki bu bana epey havalı gelmişti. Bilirsiniz, "üyelere özel" bir ziyafet gibi. Ancak şu an Rönesans Panayırı çalışanlarından epey uzaklaşmış gibiyim. Yoksa sadece kamp yapan insanlar mı var orada? Mesela berduş veya kanun kaçağı olabilirler mi? Yine de kendimi şu belgesel programlarında gibi hissettiğimden ilerlemeyi sürdürebiliyorum. Ne de olsa doğa keşfi de blogum için bir konu olabilir, değil mi?

Aniden, dumanlı koku güçleniyor ve kulağıma sürekli tekrar eden bir şarkı geliyor. Basketbol maçlarındaki gibi değil de daha çok ilahiyi andıran türden bir şarkı bu. Bilirsiniz ya, şu kulağa Latince, hatta daha da eski bir dildeymiş gibi gelen türden sözleri olan cinsten. Ortada iri kütüklerin yandığı büyük bir ateş var. Bir düzine kadar insan bir çember oluşturmuşlar. Hepsinin üzerinde uzun cüppeler olduğundan, bu kişilerin Rönesans Panayırı'nda görevli olduklarını ve sonraki gösterilerden birinde canlandıracakları keşiş rolü için prova yaptıklarını düşünüyorum.

Yine de içimden bir ses, onların yanına gitmemem gerektiğini söylüyor. Üzerinde barbekü malzemesi, lahana salatası gibi şeyler olan bir masa görmek ümidiyle çevreye bakınıyorum. Ancak ortada hiç yiyecek yok. Gerçekten tuhaf olan ise ateşe yakından baktığımda, kesinlikle barbekü olmadığını görmem. Ne et var, ne mangal. Sadece parlayan, büyük bir küre. Küre camdan ve sanırım içinde beyaz bir alev gibi bir şey var. Çok parlak ve tıpkı güneş gibi içine bakması zor.

Aniden mırıldanmaları değişiyor ve söylediklerini anlamaya başlıyorum. SIR kelimesini tekrarlayıp duruyorlar. Sanki bu kelimeyi yeterince tekrar ederlerse parlayan kürenin göğe yükseleceğini falan düşünür gibiler. Bir de lider gibi görünen şu kadın var. Elinde tuttuğu büyük kadehten bir şeyler içiyor. O da herkes gibi cüppe giymiş olsa da onun altına beyaz, parlak bir elbise giymiş. Gerçekten solgun bir teni olan bu kadın belki de hayatımda gördüğüm en güzel kadın olsa da yüzü hep asık. Cidden, yüzü sanki hiç hareket etmiyor gibi. Biraz korkutucu da olsa, kesinlikle T-A-Ş gibi. Sanırım ona bakmayı kesmem gerek. Yoksa beni fark edip heykele falan çevirebilir. Ha ha. Kadehi elden ele dolaştırıyor ve hepsi tek tek kadehten içerken tuhaf bir şey fak ediyorum. Hepsinin beyaz eldivenleri var.

Evet, şimdi gerçekten ama gerçekten inanamayacağınız kısım geliyor. Yine de mini kek ambalajı koleksiyonum üzerine yemin ederim ki anlatacaklarım gerçek. Kadeh, çemberi uçtan uca dolaştıktan sonra liderleri olan hanımefendi kadehi havaya kaldırıp orada bırakıyor. Havada asılı halde. Kadeh süzülüyor. Ardından, tahmin edin ne oluyor?! Kadeh yan yatıyor, süte benzer beyaz sıvı bir saniyeliğine içinden dökülüyor ve kadeh yok oluyor. Öylece kayboluyor. Pof diye. Kadehteki sıvıyı içen bir hayalet olduğuna yemin edebilirim. Öyle değilse, karşımda dünyanın gelmiş geçmiş en büyük sihirbazları duruyor demektir. İyi de bu sihir gösterisi kimin için yapılmış olabilir? Çevrede hiç izleyici yok.

Sahne hepten tekinsiz olduğundan artık geri dönmeye karar veriyorum. Ancak geri adım atar atmaz bir ses çıkarıyorum ve beni görüyorlar. Yüz ifadelerini tarif etmem zor olsa da bana bebeklerini çalmaya çalışan bir canavarmışım gibi baktıklarını söyleyebilirim.

İçlerinden biri, "Hey, sen orada ne yapıyorsun?" diyor. Bir başkası, "Yakalayın onu!" gibi bir şey söylüyor.

Böylece koşabildiğim kadar hızlı koşuyorum. Sanırım geriden gelen ayak sesleri duyuyorum. Ancak arkama bakamayacak kadar korkuyorum. Çok hızlı koştuğumdan göğsüm ağrıyor ve soluk alamıyorum. Saklanacak bir yer arıyorum. Patikanın kenarında üzerinden bir ısırık alınmış bir hamburgeri andıran büyük bir kaya var. Isırığın altında, geçebileceğim büyüklükte bir delik görüyorum ve içinden geçmeye yelteniyorum. (Göbeğimin çok küçük olmadığını biliyorum, evet, ha ha, ne olmuş yani?) Anlaşılan delik, bir mağaraya açılıyor. Toprak zeminli ve taş duvarlı olanlardan. Bildiğiniz mağara işte. Şu an oradayım. Gazoz şişlerine ve mısır cipsi poşetlerine bakılırsa buraya daha önce başkaları da gelmiş. Açlıktan ölüyorum ama poşetin içi boş. Evet, içine baktım. Zaten benim sevdiğim marka cips de değil. (Ancak günün birinde sponsorum olabilirler diye markanın adını vermeyeceğim. Ha ha.) Ve şimdi... Eyvah, bu şey bipliyor, şarjı bitmeden yazdıklarımı göndersem iyi olacak!

BÖLÜM ON ALTI

Cass o kadar çok soytarı şapkasını bir arada görmeye bir türlü alışamıyordu.

Kırmızı, yeşil, kadife ve karton şapkalar vardı. Bazı battal şapkalarının uzun ve sivri uçları geyik boynuzları gibi uzanıyordu. Küçük ve hesaplı bazı şapkaları anca birer bere kadar iş görüyordu. Bazılarının pirinç, bazılarının gümüş zilleri vardı.

Yine de şapkalar birbirlerinden ne kadar farklı olsa da hepsinde hafızasının bir köşesini gıdıklayan benzer bir yön vardı. Üç sivri ucun sağa sola sallanışı aklına uçları aynı şekilde sallanan bir şapkayı getirdi. Şapkaları takanların başları üzerinde şıkırdayıp çıngırdayan ziller aklına aynı tonda ve tınıda çınlayan ziller duyduğunu getirdi. Yolculuğunun belli bir noktasında Soytarı'yla karşılaştığına giderek daha fazla ikna oluyordu. Şapkaların hafızasını o kadar canlandırmasının başka ne sebebi olabilirdi ki? Peki ama onunla nerede ve ne zaman karşılaşmıştı? Soytarı ona ne demişti?

Camera obscura'ya (panayırın ortasındaki bir yükseltinin üzerinde duran küçük, yuvarlak ve penceresiz bir yapı) vardıklarında işler daha da kötüye gitti. Rehberleri Opal (ya da kendisine seslenirken kullanılmasını istediği ismiyle Leydi Soytarı) sadece başına bir soytarı şapkası takmakla kalmamış, üzerine Cass'in pekala Soytarı'nın da zamanında bir benzerini giymiş olabileceğini düşündüğü baklava desenli, alacalı bir kıyafet giymişti. (Öte yandan Cass, Soytarı'nın giysisini Opal'inki gibi sahte elmaslarla süslemeyeceğinden emindi.) Opal, grubu karanlık mekana götürürken şapkasındaki zillerin Cass'le alay eder gibi neşeyle şıngırdaması aniden Cass'in Soytarı'nın zillerinin benzer bir odada çıkardığı şıkırtıları duyduğunu anımsamasına neden oldu. Bir zindanda, tabii ya! Kraliyet zindanında. Cass yanılmıyordu. Soytarı'yla *gerçekten* buluşmuştu. En azından bir kere.

Yoksa zihni ona oyun mu oynuyordu?

Camera obscura, Cass'in anımsadığı zindan hücresiyle hemen hemen aynı büyüklükteydi. Tek farkı hücreden daha kalabalık olması (yanında yaklaşık üç sınıf dolusu çocuk vardı) ve duvarlarından birinin dış dünyanın eksiksiz bir görüntüsüyle aydınlanmasıydı. Opal elinde önceden hazırladığı bilgi kartlarıyla duvarın önünde dikildi.

Kartlardan bir şeyler okuyup genizden çıkan New York aksanının hakkını vererek "Şimdi bir fotoğraf makinesinin, devasa bir fotoğraf makinesinin içindesiniz," dedi. "Aslında, bu icat edilmiş ilk fotoğraf makinesiydi."

Cass gözlerini kırpıştırdı. Duvardaki görüntüye baktığında sanki ayaklarından aşağı asıldığı ve dünyaya tepetaklak baktığı hissine kapıldı. Yer gök, gök de yer olmuştu. Panayırın büyücü pelerinleri ve peri kanatları takmış kostümlü ziyaretçileri ağırlıksızmışlar da toprak bir gökte yürüyorlarmış gibi görünüyorlardı.

Arkadaşlarına "Bu fotoğraf baş aşağı mı? Yoksa benim başım mı dönüyor?" diye fısıldadı.

Yo-Yoji hınzırca gülümsedi. "Ne alakası var? Bana gayet düzgün görünüyor."

Bir ay geçmesine karşın, her an Cass'in yeniden komaya girebileceğine ihtimal veren Max-Ernest, "Bu hiç de komik değil," diye fısıldadı. "Ya gerçekten başı dönüyor olsaydı? Bu, bir şeylerin çok kötü gittiğinin işareti olabilirdi. Sanırım görüntünün böyle olması gerekiyor Cass."

Aldığı yanıtla rahatlayan Cass, "Ya?" diye yanıt verdi.

Eve dönmesini veya daha beteri hastaneye gitmesini isterler korkusuyla arkadaşlarına söyleyemese de kendini gerçekten pek de iyi hissetmiyordu. Mesele sadece soytarı şapkaları değildi. Şu yeşil gözü gördüğü rüyadan uyandığından beri, bütün sabah sanki aynı anda iki yerdeymiş gibi bir hisse kapılıyordu. Ya da iki yer arasındaymış gibi. Bu hissi tam olarak tanımlamak güçtü.

Opal karşısındaki bozuk para büyüklüğündeki deliği göstererek "Şu küçük deliği görüyor musunuz?" diye sordu. Işık sanki bir film projektörünün lensinden geçiyormuş gibi koni şeklini alarak delikten çıkıyordu. "Işık düz bir çizgi halinde ilerler. Dolayısıyla, ışık ışınlarının bunun gibi küçük bir delikten geçince çakışmalarıyla görüntü tepetaklak olur."

"Bahse girerim biz de bundan yapabiliriz," dedi Yo-Yoji. "Gözetlemede kullanılabilir."*

İki yanında duran nedimeleri Amber ve Veronica'yla odanın kenarında dikilen Bayan Johnson, "Sessizlik! *Majesteleri* yaygaraya daha fazla müsamaha göstermeyecekler!" dedi. "Lütfen, devam edin Leydi Soytarı."

* YO-YOJI HAKLIYDI. SİZ DE KENDİ CAMERA OBSCURA'NIZI YAPABİLİRSİNİZ. ŞU İŞE BAKIN Kİ KİTABIN SONUNDA BUNUN NASIL YAPILACAĞI ANLATILIYOR.

"Evet, Majesteleri," dedi Opal. "Huzurunuzda yapılan böylesi bir kabalığın üzerimde yarattığı sarsıntı beni bir an için sessizlik içinde bıraktı."

Sekreter eğilip selam vermesinin ardından okumaya devam etti. "Rönesans'ta ve sonrasında, sanatçılar (hatta çok ünlü olanlar) daha doğal çizimler yapabilmek için camera obscura kullandılar. Cihazın yansıttığı görüntünün çizgileri üzerinden geçiyorlardı."*

Karanlıkta abartılı bir şaşkınlık nidası yükseldi. Bir kız, "Üzerinden mi geçiyorlardı? Yani tüm o ünlü sanatçılar hile yaptılar demek!" diye bağırdı.

Bu Amber'dı. Bu düşünce onu kızdırmaktan ziyade neşelendirmiş gibiydi.

Aslında Max-Ernest da aynı şeyi düşünmüştü. Ancak bu fikrin Amber'ın ağzından çıktığını duyunca yanlış bir düşünce olabileceği kanısına vardı.

Zihninde Pietro'nun sözleri canlandı: *"Hile bunun neresinde? Hile sihirde olmaz, sadece pokerde olur."*

Birkaç metre ötede, Benjamin Blake öksürüp bir şeyler mırıldanmaya başladı. "...Sarı... Hile... Kurşunkalem...Portakal rengi...Fırın..."

Opal, "Bu da ne demek Benjamin? Arkadaşlarına söylemek istediğin bir şey mi var?" diye sordu.

Benjamin'in bir kez daha mırıldanmaya başlamasıyla öğrenciler kıs kıs güldüler.

Max-Ernest kalabalığı yararak Benjamin'e doğru

* *CAMERA OBSCURA*'NIN KAÇ SANATÇI TARAFINDAN KULLANILDIĞI KESİN OLARAK BİLİNMESE DE LEONARDO DA VINCI DEFTERLERİNDE CİHAZLA İLGİLİ GÖZLEMLERİNİ YAZMIŞTIR. AYRICA BİRÇOK KİŞİ VERMEER'İN *CAMERA OBSCURA* KULLANDIĞINA İNANMAKTADIR.

ilerledi. Cass'in komadan çıktığı o geceden beri Benjamin, Max-Ernest, Cass ve Yo-Yoji'yle konuşmaya çalışmış ama üçü de ona karşı soğuk davranmışlardı. Bunun sebebi açıktı. Ancak Max-Ernest'ın gördüğü kadarıyla, Yo-Yoji'nin gitarının başına inişi Benjamin'i "iyileştirmiş" gibiydi. O tatlı dilli ve lakayt züppe gitmiş; ne dediği anlaşılmayan, sanatçı ruhlu, sinestezi hastası geri gelmişti.

Max-Ernest bunun Benjamin'in artık Gece Yarısı Güneşi'nin büyüsünün etkisinden çıktığı anlamına geldiğini umuyordu.

"Senin için bunu neden yaptığımı bilmiyorum," diye fısıldadı Max-Ernest. "Artık bana borçlusun."

Ardından odadaki herkese Benjamin'in sözlerini çevirdi*: "Ben, sanatçıların hile yapmadıklarını, camera obscura'nın bir araç olduğunu, bunun bir yazarın kalem yerine bilgisayarla yazmasından veya bir aşçının (sanırım ateşin aksine) fırın kullanmasından farksız olduğunu söylüyor."

Bayan Johnson ikna olmamıştı. Suratını asarak "Belki eski kafalı olabilirim ama ben... şey... *Majesteleri* nedimesiyle hemfikirler. Hile, hiledir," dedi.

Duyan da o kızgınlıkla camera obscura'dan çıkıp gideceğini düşünürdü. Ancak bunun yerine ışığın yansıdığı duvara doğru yürüdü. Dış dünyanın tepetaklak görüntüleri üzerine yansıyor, başındaki tacı ve boynundaki siyah kolyeyi ışıl ışıl yapıyordu.

*USTA BİR ŞİFRE ÇÖZÜCÜ OLMASININ YANINDA, KENDİSİ DE MIRILDANAN BİRİ OLDUĞUNDAN MAX-ERNEST, BENJAMIN'İN (YANİ ESKİ BENJAMIN'İN) ÇIKARDIĞI SESLERİN ANLAMINI HEP BAŞARIYLA ÇÖZÜYORDU.

Çevrelerinde merak uyandıran birçok şey olduğundan kimse kolyenin bariz bir şekilde havaya kalktığını fark etmemiş gibiydi.

Bayan Johnson eliyle vurarak kolyesini indirirken "Yarın bunlar kalkıp kalpazanlığı da savunurlar!" dedi. "Şimdi çocuklar, ben... şey, yani *Majesteleri* sessizce ve bir grup vahşi gibi değil, tek sıra halinde odadan çıkmanızı istiyorlar."

Tüm öğrencilerin aynı anda çıkışa akın etmesiyle küçük odada yaygara koptu. Çıkarken, Benjamin, Max-Ernest'ı kolundan tuttu.

Max-Ernest ondan uzaklaşıp "Bana sonra teşekkür edersin," dedi. "Şu an konuşamam."

Yo-Yoji'nin yanında duran Cass, kendilerine katılan Max-Ernest'a "Bayan Johnson'ın boynundaki de ne?" diye sordu. Etraflarında onca gürültü varken kimse kulak misafiri olmadan neredeyse normal bir şekilde konuşabiliyordu.

"Evet. Neden o kolye havada asılı duruyormuş gibi görünüyor?" diye ekledi Yo-Yoji.

"Gerçekten havada asılı duruyor da ondan," dedi Max-Ernest. "O bir mıknatıs taşı. Doğada kendiliğinden ortaya çıkan bir mıknatıs."

Cass başını kaşıdı. "Bunu biliyorum ama nereden?.."

"Bayan Johnson şimdi kafasını mıknatıslara takmış halde. Ona Diyapazon'u vermeye gittiğimde bana mıknatıslar hakkında söylediklerini duymalıydınız."

Cass, Çifte Monokl'ü cebinden çıkarıp onunla gizlice mıknatıs taşı kolyeye baktı. Bayan Johnson'la arasında en az yarım düzine kol ve omuz olsa da monokl sayesinde kolyeyi apaçık görebiliyordu. Siyah taşa bakarken, taş nabzı atarmış gibi mavi ışıklar yayıyordu. Cass bir şeyin monoklü çektiğini hissetmesiyle (bu mıknatıs taşının çekim gücüydü) hafızasında benzer bir sahne canlandı.

Geçmişe yolculuğunda rastladığı bir nesneyi gelecekte yeniden görmenin şaşkınlığı içinde "Bu taşı daha önce görmüştüm," dedi. "Farklı görünüyordu. Hatırladığım hali daha büyük ve pürüzlü olsa da bu aynı taş."

Aynı anda iki yerde olma hissi şiddetlendi. Aniden, bu hisse daha fazla dayanamaz oldu. "Müthiş bir... klostrofobi hissediyorum. Buradan hemen çıkmam gerek."

Arkadaşları onu durduramadan, kalabalığı yarıp aceleyle odadan çıkmaya koyuldu.

Ardından heyecanlı fısıltılar geldi:

"Bu, şu komaya giren kız!"
"Sence durumu iyi mi?"
"Yine fenalaşıyordur belki!"

Max-Ernest öfkeyle "Bir şeyi yok," dedi. Ardından, o da kalabalığı yarıp Cass'in peşinden gitti.

Yo-Yoji de onu izledi. "Yo, çocuklar, bekleyin. Bana ihtiyacınız olabilir!" dedi.

BÖLÜM ON YEDİ

Cass'i tozlu bir karnaval çadırının önünde buldular. Zincirle asılmış bir tabelada şöyle yazıyordu:

"Ben oraya gidiyorum," dedi Cass.

"O zaman biz de geliyoruz," dedi Yo-Yoji. "Pietro gözümüzü senden ayırmamamızı söyledi."

"Kısa sürecek."

Max-Ernest, "Hani klostrofobi hissediyordun?" diye sordu. "Bu zamanla daha da kötüye giden bir rahatsızlıktır. Öyle bir anda kayboluvermez."

Cass arkadaşlarına aldırış etmeden ağır perdeleri aralayıp çadıra girdi. Nedenini bilmese de kendisini içeri girmek zorunda hissediyordu. Sanki biri onu hipnotize edip tam o anda tam da o çadıra girmesi emrini vermişti.

"Merhaba Cassandra."

Bu Kâhin'di. Bir tarot kartı destesiyle çotuk masasında oturuyordu. Cass onun görüntüsüne dair her şeyi ayrıntılı olarak anımsadı. Uzun ve dağınık saçı.

Cildi öyle soluktu ki şeffaf gibi duruyordu. Hiç kırpmadığı gözleri masmaviydi.

Cass, Kâhin'in isimlerinden birinin kendi ismiyle aynı olduğunu anımsayıp ona "Merhaba Cassandra," diye yanıt verdi.

O kadar az tanıdığı birini görmek onu hiç bu kadar mutlu etmemişti. Nihayet anıları geri geliyordu! Elbette Kâhin'in Cass'le görüşmesinden beş yüz yıl sonra Rönesans Panayırı'nda olması tuhaftı. Yine de Cass'e yepyeni bir güven duygusu beslemişti; Kâhin'in ortaya çıkışı (ve kalan her şeyin) artık açıklanacağından emindi.

Kâhin, "Seni tekrar görmek güzel," dedi. "Otur. Kartlarına bakacağım." Eliyle yandaki tabureye işaret etti.

Beklenti içindeki Cass kendine söyleneni yaptı.

Daha önce olduğu gibi, Kâhin'in elini tarot destesinin üzerinde gezdirmesinin ardından bir kart kendi kendine ters döndü. Bu numara Cass'e günümüzde, gerçek dünyada daha da şaşırtıcı geldi.

"Ah. Değnek Ası dönüyor. Ancak bu kez ters dönmemiş." Kâhin soran bakışlarla gözlerini Cass'e dikti. "Demek bir şeyi geri vermek için geldin?"

"Aslında hayır... Nasıl bir şey bu?"

"Sana daha evvel bir şeyin sahibine iade edilmesi gerektiğini söylememiş miydim?"

Cass aralarında geçen konuşmayı anımsamaya çalıştı. "Evet, ama... Sanırım o şeyin ne olduğunu çıkaramadım."

"Çıkaramadın mı? Oysa ben apaçık ortada olduğunu düşünüyordum. Sende bana ait bir şey yok mu?"

Cass şaşkın halde duraksadı. Hemen sonra...

"Ha, yani monokl!"

"Evet, Çifte Monokl. Yıllar boyunca ellerimden ve gözümden uzak kaldı."

Cass cebini yokladı. Monoklü çıkarıp Kâhin'e verdi. Bir yandan pişmanlık da hissediyordu; monokl onun geçmişle olan en güçlü bağıydı. Ancak monoklden vazgeçmek hafızasını canlandıracaksa, bu bedeli memnuniyetle öderdi.

Kâhin monoklü sağ gözüne yerleştirip Cass'e baktı. Ardından da Cass'in ötesine, anlaşılan uzak bir zamana ve çıplak gözle görülemeyecek bir yere. Dışarıdan bakıldığında, sanki bir dürbünün veya zoom objektifinin odak ayarını yapar gibiydi.

Kâhin, "Hah. Böyle çok daha iyi. Teşekkürler," deyip monoklü gözünden çıkardı.

Cass hâlâ tam olarak birleştiremediği anılarını gözünün önünden geçirerek "Bir şey değil. Yine de bana bir şeyi iade etmem gerektiğini söylediğinde, o anın öncesinde edindiğim bir şeyi kastettiğini düşünmüştüm," dedi. "Daha önce kartlarla falıma baktığında monokl henüz bende değildi... Değil mi? Onu sana nasıl iade edebilirdim ki?"

Kâhin'in dudaklarında hafif bir gülümseme belirdi. "Evet, kartların işleyişi ne de gizemli, değil mi?"

Elini bir başka kartın üzerinde gezdirdi. Kart havada ters dönmesinin ardından sonbaharda düşen bir yaprak gibi düşerek tekrar yerine oturdu.

"Şu aradığın soytarıyı bulabildin mi?"

"Evet, sanırım... En azından, onunla bir zindana kapatıldığımızdan gayet eminim."

Kâhin başını salladı. "Onu tekrar bulman gerekebilir. Bak, bu kez kim tepetaklak gelmiş?"

Eliyle ters dönen son karta işaret etti. Bu üzerinde Cass'in *Soytarı*'sına çok benzeyen bir Soytarı'nın olduğu Soytarı kartıydı. Ancak kartın üst kısmı falcıya değil, Cass'e bakıyor, tarot diliyle tersyüz duruyordu.

Cass kaşlarını çattı. "Bununla kastettiğin bir kez daha zamanda geriye gitmem gerektiği değil herhalde."

Kâhin başını iki yana salladı. "Bunu tavsiye etmem. Kendi zamanının dışında çok vakit geçirdin. Bu deneyim seni değiştirdi. Seni görür görmez bunu fark ettim."

Cass telaşlanarak "Beni değiştirdi mi? Nasıl?" diye sordu.

"Artık sen de bir şeyleri görmüyor musun?"

"Ne gibi? Nasıl şeyler?"

"Daha önce göremediğin şeyler."

"Hayır, yani... Neden? Neden bir şeyler görüyor olayım ki?"

"Sadece görecek bir şeyler olduğunda."

Tedirginliği giderek artan Cass, "Yani... görülecek bir şeyler mi var?"

"Hep görülecek bir şeyler vardır... Ancak bunlar her zaman gözlerim dediğin o iki misketle görülmez."

"Öyleyse neyle görülürler?"

"İç göz, üçüncü göz diye bir şey duymuş muydun?"

"Sanırım evet, ama asla inanmadığım bir şey bu."

"Küçücük bir karasinekte yüz göz vardır. Sende üç tane olduğuna inanmak neden sana o kadar zor geliyor?"*

"Demek istediğin benim de senin gibi bir..." Cass aklındaki sözcüğü dile getirmekte zorlanmıştı. "Kâhin olduğum mu?"

"Tam olarak benim gibi olmasan da ikimizin de adı Cassandra, değil mi?"

Cass tereddüt içinde başını salladı.

"Ya şu Sır? Onu buldun mu?"

"Hayır, yani, pek sanmıyorum... Bir dakika, tabii ya." Cass heyecandan neredeyse oturduğu tabureden sıçrayarak "Mıknatıs taşını anımsamamın nedeni buydu!" diye bağırdı. "Bayan Johnson'ın boynundaki mıknatıs taşı. Soytarı, Sırrı onun altına bırakacağını söylemişti. Ya da Sırla ilgili bir mesajı."

Kâhin yumuşak bir sesle "Ya?" dedi. "Öyle ufacık bir taşın altına yazılabiliyorsa bu sır epey kısa olmalı."

Keşfinin daha büyük bir coşkuyla karşılanmamasından ötürü biraz hayal kırıklığına uğrayan Cass, "Öyleyse... Bayan Johnson'ın kolyesiyle ilgili düşüncemde haklı olup olmadığımı bilmiyor musun?" diye sordu.

"Sana ancak kartların bana söyledikleri kadarını söyleyebilirim."

* ÜZÜLEREK KÂHİN'İN YANILDIĞINI (EN AZINDAN SİNEKLERLE İLGİLİ OLARAK) SÖYLEMEM GEREK. İŞİN ASLI BİR SİNEĞİN YALNIZCA İKİ GÖZÜ VARDIR. BUNA KARŞIN, BİLEŞİK GÖZ DENEN SİNEK GÖZÜ YÜZLERCE KÜÇÜK GÖZDEN OLUŞUR. BU DA BİR SİNEĞİN YÜZLERCE FARKLI AÇIDAN BAKABİLMESİNİ SAĞLAR. BİR SİNEĞİN SEKİZ YÜZ GÖZÜ OLDUĞU İNANCI BURADAN GELİR.

Kâhin bir sonraki kartı bir esinti eşliğinde ters çevirdi. Kartın üzerinde sağ elinde tuttuğu değneği havaya kaldırmış, sol eliyle de yeri gösteren cüppeli bir adam vardı: Sihirbaz.

"Hatırla: *Üstü ne* ise *altı da o*."

"Hatırlıyorum. Ne anlama geliyor?"

"Aslında ne anlama geldiği yukarıda ve aşağıda ne olduğuna bağlı."

Cass, Kâhin'le yaşadığı ilk deneyimden yola çıkarak onun daha çok karta bakacağını düşünürken Kâhin'in ellerini kavuşturmasıyla falın sonuna geldiklerini düşündü.

"Tamam, o zaman. Çok yardımcı oldun, sanırım."

Cass hiç de tatmin olmamış bir halde, ancak olanları arkadaşlarına yetiştirme arzusu içinde ayağa kalktı.

Max-Ernest ve Yo-Yoji sabırsızca çadırın dışında bekliyorlardı.

İkisinden biri tek kelime edemeden, Cass onlara Soytarı'yla yaşadığı, artık hemen hemen tümünü anımsadığı maceraları soluk bile almadan anlattı. Hikayesinin sonunda Soytarı'nın mıknatıs taşının altına Sırla ilgili bir mesaj bırakacağı sözünü verdiğini söyledi. "Ancak Soytarı'nın Sırrı bulup bulmadığını bile bilmiyorum. Ben bahsedene kadar ondan haberi bile yoktu."

Diğer iki Terces üyesi inanmaz gözlerle ona baktı.

"Nasıl olur da Sırrı hiç duymamış olabilir?" diye sordu Yo-Yoji. "Sırrı bilmesi gereken tek kişi o zaten!"

"Biliyorum, ben de inanamamıştım. Ancak işin en kötü kısmı Lord Firavun'un da Sır konusundan haberdar olmasıydı (bunu bana homunkulüs söyledi). Bu yüzden, Soytarı'dan Sırrı Lord Firavun'dan önce bulacağına dair söz aldım."

"Sen... Ondan *söz mü aldın*?"

Yo-Yoji de tıpkı Max-Ernest gibi güçlükle konuşarak "Dur bakalım... Lord Firavun'la karşılaşmadın, değil mi?"

Gözünün önüne bir kez daha sürüngenlerinkini andıran, koyu yeşil göz gelen Cass başını salladı. "Evet, çok korkunçtu."

Cass'in Terces Derneği'nin efsanevi kahramanı Soytarı'dan ve kötülüğüyle efsaneleşmiş Lord Firavun'dan alelade tanıdıkları gibi bahsetmesi karşısında ne kadar etkilendiklerini gizleyemeyen arkadaşları şaşkınlık içinde başlarını iki yana salladılar.

Max-Ernest nihayet kendini toplayıp "Eh, mantıksal olarak, Soytarı en nihayetinde Sırrı bulmuş olmalı," dedi. "Terces Derneği'nin kurucusu o, değil mi?"

Yo-Yoji, "Bayan Johnson'ın boynundaki şu taşın da Soytarı'nın mıknatıs taşı olduğunu düşünüyorsun, öyle mi?" diye sordu.

Cass başını salladı. "Evet. Epey işlenmiş. Yine de işlenen aynı taş. Kulağa delice geldiğini biliyorum. Yani onu nasıl eline geçirmiş olabilir ki? Yine de monoklle baktığımda gözüme birebir aynı göründü."

"Belki de o kadar delice değildir," dedi Max-Ernest. "Bayan Johnson mıknatıs taşının tıpkı Diyapazon gibi aynı cadı halasından kaldığını söylemişti."

Cass, "Dur bakalım... O kadının adı Clara değil miydi?" diye sordu. Sesli olarak ifade etmese de Bayan Johnson'ın büyük büyük büyük halasıyla Kâhin'in aynı isimde olduklarını kastediyordu.

"Evet. Aynen öyle. Buna ne diyeceksiniz?"

Yo-Yoji, "Yani mıknatıs taşını yakından görmek istiyorsak onu... Olamaz!" diye homurdandı.

Max-Ernest ve Cass somurtup başlarını sallayarak onu onayladılar. Bir kez daha müdirelerinden değerli bir aile yadigarını aşırmaları gerekiyordu.

Max-Ernest, "Şimdi işimiz bitti. Bu kez uzaklaştırma almayıp doğrudan ıslahevini boylayacağız," dedi. "Neredeyse şu mankenle konuşmaya hiç gitmemiş olmanı dileyeceğim."

"Ne mankeni?" diye sordu Cass.

"Eh, çadırda yirmi dakika yanında kaldığın şu manken işte. Epey çeyreklik atmış olmalısın ona."

"Ne demek istiyorsun?" Paniğe kapılan Cass'in kulakları çınlamaya başladı. "Orada manken falan... Bekleyin biraz, sanırım içeride bir şey unuttum."

Cass arkasına dönüp çadıra koştu. Çizgili perdeleri savurarak içeri girdi.

Gerçekten de az önce Kâhin'i gördüğü veya *gördüğünü sandığı* yerde şimdi küçük bir kabinin içindeki gişenin gerisinde oturan bir manken, daha doğrusu, bir otomat vardı. Kırmızı, kadife bir sarığı olan bir robot falcı. Karnavallarda gördüğünüz türden. Hani şu üzerinde *Uzun ve bereketli bir hayat süreceksiniz* veya *Bir sürü ço-*

cuğunuz olacak yazan küçük kartlar uzatan robotlardan.

Cass hariç, çadırdaki tek canlı tozların uçuştuğu bir güneş ışığı demetinin etrafında vızıldayan bir sinekti.

Cass sarsılmış halde gişeye baktı.

Doğruydu: Bir şeyler *görüyordu*. Ayrıca duyuyordu da.

Monoklü görmeyi umarak yere baktı. O da orada değildi. Tuhaf. Ancak artık tedirginliğinden ve algılarına güvenini kaybettiğinden monoklü daha önce başka bir yerde bırakıp bırakmadığından emin olamıyordu. Monoklü asla elde etmemiş, onu da tıpkı Kâhin gibi hayal etmiş olabilir miydi?

Endişe içinde çadırdan çıkacakken falcının elinin hemen yanındaki para atma deliğini fark etti. Deliğin üzerinde 25 SENT yazıyordu. İçgüdüsel bir şekilde, delikten içeri bir çeyreklik attı.

Karnaval tarzı ışıklar kabinin içinde dönerken robot falcı titrek hareketlerle başını salladı.

Önceden kaydedilmiş, Kâhin'inkine hiç benzemeyen bir ses, *"Selam gezgin. Kâhin Clara her şeyi görür,"* dedi. *"Sorunu sor. Sonra da geleceğini gör."*

Cass hâlâ yalnız olup olmadığından emin olmak için omzunun üzerinden geriye bakıp fısıldadı. "Gördüğüm gerçek miydi? Cassandra burada mıydı?"

Bir zilin çalmasının ardından falcının elinde bir kart belirdi. Çarkların gıcırdamasıyla falcı mekanik kolunu indirip kabinin gişesindeki küçük açıklığın altındaki çekmeceye bir kart bıraktı.

Cass kartı alırken kendi kendine "Ne bekliyordum ki?" diye sordu. "Muhtemelen bana şanslı rakamımı falan söyleyecek."

Kartı ters çevirdi.

Kartta: *Üstü ne ise altı da o*, yazıyordu.

Cass şaşkınlıktan az kalsın kartı elinden düşürecekti. İşte o an falcının gözündekine dikkat etti. Monokl tıpkı Kâhin'in gözünü olduğundan büyük gösterdiği gibi otomatın soluk mavi gözünü de büyütüyordu. Tek fark, otomatın gözünün misket olmasıydı.

Cass, "Demek *o* buradaydı... *Sen* buradasın..." diye fısıldadı.

Falcının zili çaldı; Cass'in bakışları altında falcı monoklü tutup kartlara ayrılan çekmeceye bıraktı.

Cass kekeleyerek "Be-benim onu geri almamı mı istiyorsun?" diye sordu.

Zil çaldı. Falcı monoklün olduğu çekmeceye bir de kart bıraktı.

Bir hediyen var. Ona ihtiyacın olacak.

Bu mesajın sorusuna bir yanıt olabileceğinden emin olamayan Cass gözlerini kırpıştırdı. Bunun anlamı monoklün bir hediye olduğu muydu? Yoksa bu üçüncü gözle görme yeteneğine yapılan bir başka gönderme miydi?

Zil bir kez daha çaldı. Falcı bir kez daha bir kart bıraktı.

Geçmiş peşini bırakmıyor.

Cass tedirgin bir sesle "Bununla geçmişin sürekli beni izlediğini mi kastediyorsun?" dedi. "Yoksa geçmişe dair endişelerim olduğunu mu?"

Zil tekrar çaldı. Yine bir kart geldi.

Geçmişte nasılsa, şimdi de öyle.

Cass avcunda monoklü sımsıkı tutarak dışarı çıkarken kendi kendine, delirmenin böyle bir şey mi olduğunu soruyordu.

Çadırdaki sinek hâlâ vızıldıyordu.

Cass ikinci kez falcının çadırından çıktığında, Max-Ernest onu tek başına bekliyordu.

Güneş ışığına çıkmasıyla gözlerini kırpıştıran Cass, "Yo-Yoji'ye ne oldu?" diye sordu.

"Mızrak dövüşüne kaydolmaya gitti."

"Demek istediğin mızrak dövüşüne katılacağı mı? Bu delilik!"

"Başka türlü Bayan Johnson'a nasıl yaklaşacağız? Amber ve Veronica bütün gün yanındalar. Bir de o sekreter hanım."

"Yo-Yoji'nin kaydolmasına izin vereceklerine inanamıyorum. Yarışmaya çocukların katılması yasak sanıyordum."

"Zaten yasak. İşin güzel yanı da bu! Kazanırsa, kraliçe onu şövalye ilan edecek. Yakalanırsa, müdireye gönderilecek. İki durumda da Bayan Johnson'ı görecek. Yani bir kazan-kazan durumu. Buna ne diyeceksin?"

"Buna ne mi diyeceğim?.." Cass plandan hoşlanmasa da (bunun en önemli nedeninin de planın o yokken kurulmuş olmasından şüpheleniyorum) önerebileceği başka bir planı da yoktu.

Max-Ernest sesini alçaltarak "Bu arada bana Pietro'nun gönderdiği uyarının ne olduğunu çıkardım," dedi. "Az önce Lord Firavun ve Sır hakkında söylediğin şeyler bana bir şeyi hatırlattı."

Aklı hâlâ mızrak dövüşünde olan Cass, "Peki, neymiş o?" diye sordu.

"Bir not aldım. Şifrelenmişti. Notta LORD FİRAVUN YAŞIYOR yazıyordu."

Cass dikkat kesildi. "Az önce *'Lord Firavun Yaşıyor'* mu dedin sen?"

"Hı hı. Notun Gece Yarısı Güneşi'nin gönderdiğini sanmıştım. Anlarsın ya, gözdağı vermek için falan. Şimdi ise Pietro tarafından yazılmış olması gerektiğini düşünüyorum. Neden bilmiyorum."

Cass yavaşça "Eh... Doğru da olabilir," dedi. "Bunu düşünmüş müydün?"

Max-Ernest dudak bükerek "Lord Firavun'un hayatta olmasının doğru olabileceğini mi? İyi de o zaman beş yüz yaşında olurdu," dedi. "Ayrıca Bay Faremsi onu yememiş miydi? Hatta Lord Firavun'un mezarını bile gördük."

"Haklısın, çılgınca bir fikirdi."

Cass ürperdi. Aklına korkunç, çok korkunç bir düşünce gelse de bu düşünceyi zihninden kovdu.

Önemli olan mıknatıs taşını ele geçirmesiydi. Sırrı öğrenmek için.

BÖLÜM ON SEKİZ

Majesteleri, dükler ve düşesler, kontlar ve kontesler, baronlar ve baronesler, şövalyeler ve soylu hanımlar, delikanlılar ve genç kızlar, saray çalışanları ve köylüler, krallığın vatandaşları ve (kimi es geçtim?) Xxxxxx Okulu öğrencileri, oyunlar başlasın!"

Stadyumun ortasında ayakta duran ve yaptığı işe uygun parlak ve kabarık bir saten kıyafet giyen sunucu veya kendini tanıttığı ismiyle "Silahların Efendisi" megafonunu indirip dudaklarına bir borazan götürdü.

Cass'le birlikte kraliyet tribününde oturan Max-Ernest, "Gerçek Rönesans'ta kraliyet tribününün yanı başına portatif tuvalet koyacaklarını hiç sanmıyorum," diye şikayet etti. Portatif tuvaletler hemen arkalarındaydı ve korkunç bir koku yayıyorlardı.

Cass, "İnan bana, gerçek Rönesans'ta durum daha da beterdi," dedi. "İnsanlar tuvaletlerini nereye isterlerse oraya yapıyorlardı."

"İğrenç..." dedi Max-Ernest. "Rönesans'ta insanların tuvaletlerini nereye yaptıklarını sen nereden bileceksin ki? Ah, doğru ya, unutmuşum."

Cass hüzün içinde "Aslında, haklısın. Nereden bileceğim? Artık hiçbir şey bilmiyorum," dedi.

Max-Ernest, "Ne demek istiyorsun? Yanlış giden ne?" diye sordu. Geçmişte Cass'in çok çeşitli ruh hallerini görmüş olsa da kendinden şüphe ettiğini ilk kez görüyordu. Bu da Max-Ernest'ın düzen duygusuna aykırı bir durumdu.

Cass omuz silkti. "Hiçbir şey. Bir şey kastettiğim yok." Max-Ernest'a ruh halinin gerçek nedenini anlatmayacaktı. En azından, o gün. Kâhinle yaşadığı deneyimi (ya da olmayan deneyimi) ona anlatacak olsa muhtemelen Max-Ernest onu hemen bir hastaneye yetiştirirdi.

İki arkadaş konuşurken, at sırtında yaklaşık yirmi şövalye (daha doğrusu ata binmiş şövalyeler gibi giyinen erkek ve kadınlar) arenaya girdi. Her birinin zırh göğüslüğünün üzerinde bir rakam vardı. Ellerinde milliyetlerini, yerel şirketlerini veya bowling liglerini temsil eden bayraklar tutuyorlardı.

Silahların Efendisi, "Bayanlar, baylar, size krallığın şövalyelerini takdim ediyorum," dedi. "Ülkenin, aslında dünyanın dört bir yanından yetenek ve iradenin sınandığı bir yarışmaya katılmak için geldiler. Kazanan bizzat kraliçe tarafından onurlandırılacak."

Cass ve Max-Ernest, Yo-Yoji'nin ismi anons edilince alkış tuttular:

"Ve karşınızda, Feodal Japonya'dan gelen Sör Yoji-San: Samuray Şövalye!"

Yo-Yoji siyah, yağız bir atla arenaya girdi. Üzerinde geleneksel Avrupa tarzı (birkaç beden büyük) bir zırh olsa da bir elinde samuray kılıcı, bir elinde Japon tarzı bir bayrak vardı. (Bayrağın üzerinde Japon çizgi filmlerindekilere benzeyen bir canavar veya belki de Cass'in çorap canavarlarına benzetilmeye çalışılmış bir figür bulunuyordu.) Atı ayağıyla yeri eşeleyip başını sağa sola sallarken Yo-Yoji eyerin üzerinde kıvranıyordu; daha oyunlar başlamadan attan düşecek gibiydi.

Cass, "Tanrı aşkına, Yo-Yoji ne zamandır mızrak dövüşü yapmasını biliyor?" diye sordu.

Max-Ernest, "Bilmiyor ki. Hatta ata binmeyi bile bildiğini sanmıyorum," diye yanıt verdi. "Yine de Lily'den aldığı kendo* dersleri sayesinde kılıçlarla ilgili her şeyi biliyor. Ayrıca samuraylık deneyimi de olduğunu hatırlıyorsun değil mi?"

"Aman ne harika. Desene mızrak dövüşü onun için çocuk oyuncağı olacak."

"Sessiz olun! Kraliçe konuşuyor!"

Bir anda kalabalığa sessizlik çöktü. Bayan Johnson kraliyet ailesine ayrılan bölümde ayakta duruyordu.

Megafona bağırırken İngiliz aksanını korumaya çalışarak "Sadık halkım, bu önemli etkinliğe katıldığınız için Majesteleri size asil gönlünün en derinlerinden kopan teşekkürleri sunuyor," dedi. "Cesur şövalyeler, hanginiz şampiyonumuz olacak? Majestelerinin himayesine nail olabilmek için bir aslanın cesaretine, bir tilkinin kıvrak zekasına, bir kartalın gözlerine, bir kurdun yırtıcılığına, bir ayının yüreğine ve bir... Eh, neyse. En iyi olan kazansın!"

Kalabalık, alkış tutup tezahürat etti. "Çok yaşa Kraliçe!"

Üzülerek Yo-Yoji'nin ilk denemesinin pek de iyi gitmediğini söylemem gerek. Yere göğe sığdırılamayan samuraylık deneyimine karşın, mızrakla vurması gereken cansız hedefin çok uzağından geçmekle kalmayıp atından düşen Yo-Yoji, düşerken mızrağını bir sırıkla atlamacı gibi kullanarak yere indi. Bu aslında hoş bir numara olsa da bu tür bir yarışmada puan getirmesi pek de olası değildi.

* JAPON KILIÇ KULLANMA SANATI (Ç. N.)

Ancak kısa süre sonra oyunlar askeri gösterişçilikten gerçek çarpışmalara döndü. Artık lig usulü bir turnuvada eşleşen şövalyeler birbirleriyle kılıçların yanı sıra gürzler, savaş baltaları ve mızraklar gibi türlü silahları kullanılarak yayan ve göğüs göğüse çarpışıyorlardı. Elbette bunlar gerçek silahlar değil, sahne donanımlarıydı (ne de olsa söz konusu gerçek bir şövalye turnuvası değil, temsili bir Rönesans panayırıydı). Sizlere Yo-Yoji'nin performansının her eşleşmede daha da iyiye gittiğini söylemekten dolayı çok memnunum. Dövüş sanatları ustası Lily Wei'den epey ders almış olan Yo-Yoji çok çevik hareket ediyor, özellikle kılıç ve gürzü kullanırken büyük bir beceri sergiliyordu. İçgüdüleriyle ne zaman hücum edeceğini, ne zaman savunmaya geçeceğini, ne zaman rakiplerinin başlarının üzerinden atlayacağını (eh, elbette tam olarak rakiplerinin üzerinden atladığı söylenemese de zırhının ağırlığı düşünüldüğünde epey yükseğe sıçrıyordu) hatasız bir şekilde kestiriyordu.

Şövalyeler tekrar atlarına bindiklerinde turnuvanın başında yarışmacılar arasında en düşük puanı almış olan Yo-Yoji, puanını finale katılmaya hak kazanacak kadar yükseltmişti. Mızrak becerilerinin sergileneceği son yarışma, kraliçenin şampiyonunun kim olacağını belirleyecekti.

Geride sadece dört yarışmacı kalmıştı.

Mızrakla hedeflerin vurulduğu ilk yarışmaya kıyasla bu kez daha da küçük hedefler yerleştirilmişti. Yine de şans Yo-Yoji'den yanaydı. Elinden kayan mızrağının hedefi sıyırmasıyla, ilk yarışmacı sadece dört puan alabildi. İkinci yarışmacı ani bir rüzgar yüzünden hedefi tamamen kaçırdı.

Sırada Yo-Yoji vardı. Silahların Efendisi'nin düdüğünün çalmasıyla Yo-Yoji atını mahmuzladı. Bu kez eyere iyice yapışan Yo-Yoji (bir kez daha at sırtından düşmek istemediği açıktı) düz tuttuğu mızrağıyla hedefi merkezine yakın bir noktadan vurarak on üzerinden hatırı sayılır bir dokuz puan kazandı.

Kısa bir süre sonra, düdük bir kez daha çaldı. Dördüncü yarışmacı tam harekete geçecekken atı sanki bir şeyden korkmuş gibi şaha kalktı. Talihsiz şövalye yere düştü. Atına durmasını söylese de hayvan geride bir toz bulutu bırakarak ahırların olduğu yöne doğru koştu.

"Bu durumda Yo-Yoji'nin hükmen galip sayılması mümkün mü?" diye sordu Cass.

Max-Ernest yanıt veremeden stadyumun diğer tarafından bağrışmalar ve çığlıklar yükseldi. Tüm izleyiciler gibi, Cass ve Max-Ernest da arbedeye yol açanın ne olduğunu görmek için döndüler.

"Bu gösterinin bir parçası, değil mi?" diye sordu Max-Ernest.

O ana dek görülmeyen bir şövalye atını dörtnala arenaya sürdü. İri atı şaha kalkıp yan yana duran diğer şövalyeleri yararak geçerken şövalyelerin atları da huysuzlanarak şaha kalktı. Bu yeni şövalyenin orada bulunan her canlıyı, insanları olduğu kadar atları da huzursuz eden bir etkisi var gibiydi.

"Sen, gri ata binen! Burada ne arıyorsun?" diye bağırdı Silahların Efendisi. "Bu turnuvaya ancak önceden kaydolanlar katılabilir. Üzgünüm ama arenayı derhal terk etmeniz gerekiyor."

Ancak gizemli şövalye arenayı terk etmek bir yana, atını mahmuzlayıp stadyumun tam ortasına sürdü. Oluşturduğu manzara için söylenebilecek en iyi şey sinir bozucu olduğuydu. Diğer şövalyelerin hepsi günışığında parıldayan yepyeni zırhlar kuşanmışken bu şövalye atı güneşin alnında dururken bile parlamayan koyu renkli ve paslı çelik levhalarla tepeden tırnağa kaplanmıştı. Ortaçağ tarzı bir miğfer yüzünü kapatıyor, miğferin üzerindeki ince ve dar açıklık kendisi başkalarını görürken başkalarının onu görmemesini sağlıyordu. Ellerinden dirseklerine kadar uzanan pullu zırh eldivenleriyle kaplı kolları ejderha pençeleri gibi görünüyordu. Ayaklarında bir gemiyi batıracak kadar ağır görünen çelik kaplı çizmeler vardı. Atı ise diğer atlardan en az beş altı karış daha uzun ve onlardan çok daha vahşi görünümlüydü.

Eliyle sağa sola işaret eden Silahların Efendisi, "Lütfen, birisi bu adamı yolcu edebilir mi acaba?" diye sordu. Fırfırlı yakası ve siyah çizmeleriyle bir Rönesans nedimi gibi giyinmiş olan gümüş saçlı, yakışıklı bir adam ona yaklaşıp kulağına fısıldadı.

Hemen sonra telaşlandığı her halinden belli olan Silahların Efendisi, "Kusura bakmayın baylar ve bayanlar ama planlarda bir değişiklik olacak," diye bağırdı. "Yeni katılımcı kendisine Adsız Şövalye diyor. Bana kendisinin kraliçenin kuzeni İskoç Kraliçesi Mary'yi temsil ettiği söylendi."

Silahların Efendisi'nin bunları söylemesinin hemen ardından Adsız Şövalye, Bayan Johnson'ın bulunduğu bölmenin karşı tarafındaki bir bölmede dikilen bir kadının önünde eğildi. Soluk benizli, güzel kadının üzerinde Barbie bebekleri gibi ince belini ortaya çıkaran ışıltılı ve beyaz bir elbise (giysisinin Bayan Johnson'ın kıyafetinden çok daha güzel olduğunu belirtmeden geçemeyeceğim) vardı. Kadın, şövalyeyi onaylayan bir hareketle başını hafifçe salladı.

Silahların Efendisi, Bayan Johnson'a döndü. "Majesteleri, bu hayli alışagelmedik bir durum olsa da bu centilmenin söylediğine göre kuzeniniz şampiyon dövüşçüsü için bir istisna yapmanızı talep ediyormuş."

Bayan Johnson üzerine düşenin teklifi kabul etmek olduğunu düşünüp elinden geldiğince kraliçe tavırları takınarak kararını "Tamam, Adsız Şövalye az önceki yarışmanın galibiyle mızrak dövüşü yapacak," diyerek ilan etti. "Bunu söylemek Majestelerini üzse de, İskoç Kraliçesi Mary'nin kendilerine karşı bir komplo hazırladığını öğrendiler. Kraliçe Mary'nin niyeti İngiltere kraliçesi olmak için kuzeninin canını almakmış. Bu mızrak dövüşüyle kozlarımızı paylaşmış olacağız."*

* ASLINDA İSKOÇ KRALİÇESİ MARY, KRALİÇE ELIZABETH'E ŞARAP VARİLLERİNE SAKLANAN GİZLİ, ŞİFRELİ MESAJLAR ARACILIĞIYLA KOMPLO KURMUŞTU. MARY'NİN ŞANSSIZLIĞI ELIZABETH'İN KATİBİNİN İNGİLTERE'NİN EN ÖNDE GELEN CASUSU VE ŞİFRE ÇÖZÜCÜSÜ OLMASIYDI. SEKRETER, KOMPLOCULARIN ŞİFRELERİNİ ÇÖZERKEN ÇİFT TARAFLI ÇALIŞAN BİR CASUS DA YAZIŞMALARINI YAKINDAN İZLEMİŞTİ. ANCAK MARY'NİN AKIBETİNİ BELİRLEYEN BİR MIZRAK DÖVÜŞÜ OLMAMIŞTI. KRALİÇEYİ ÖLDÜRMEYİ PLANLAMAKTAN SUÇLU BULUNMUŞ VE İDAM EDİLMİŞTİ.

Nedim, İskoç Kraliçesi Mary olarak tanıtılan kadına katılırken izleyiciler onları iyi huylu yuhalamalar ve ıslıklarla karşıladılar.

"Kahrolsun Fransa'dan çıkma hain!" "Çok yaşa Kraliçe!"

Görünüşe göre, izleyicilerin çoğu bu son mızrak dövüşünün önceden planlanmış olduğunu düşünüyordu. Ancak Silahların Efendisi'nin endişeli yüzü ,durumun farklı olduğunun göstergesiydi.

Max-Ernest olanları izleyerek kaşlarını çattı. "Sana tanıdık geldiler mi?"

"Neden ki? Neden tanıdık olduklarını *düşünüyorsun*?" diye sordu Cass. Nedimi ve İskoç Kraliçesi Mary'yi görür görmez tanımasına veya tanıdığını düşünmesine rağmen artık algılarına güvenmiyordu.

"Bayan Mauvais ve Dr. L, başka kim olacaklar?"

Cass başını salladı. "Ben de öyle düşünüyordum ama sebep ne? Burada ne arıyorlar?"

"Mantıklı gelmediğinin farkındayım. Sence şu yeni şövalye kim olabilir?"

Cass başını eğip güneşin altında bir gölge gibi dikilen şövalyeye baktı. Kendisine tuhaf bir şekilde tanıdık gelen bir ürperti hissetti. "Bilmiyorum... Yo-Yoji'yi uyarsak mı?"

Artık çok geçti. Son mızrak dövüşü başlıyordu.

Yo-Yoji ve Adsız Şövalye, alanın zıt uçlarında at sırtında beklerken Silahların Efendisi Mızrak Dövüşü'nün kurallarını açıkladı. "Beş yüz yıl önce şövalyeler atlarından düştüklerinde dövüşe ayakta, ölümüne bir düelloyla devam ederlerdi. Bugün ise sadece rakibinizi atından düşürmenizi galibiyet olarak kabul edeceğiz."

Bir kez daha Bayan Johnson'a seslendi. "Majesteleri, bu adamların düelloya tutuşacakları alanı kutsar mısınız?"

Bayan Johnson ciddiyetle başını sallayıp eliyle dövüş alanını takdis etti.

Zırhın içi çok sıcaktı. Yo-Yoji maskesinin içinde kendi soluk alıp verişini duyabiliyor hatta göğüslüğünün altında kalbinin atışını duyabildiğini düşünüyordu. Ter, gözlerinin içine akarken bir eli mızrağını, diğer eli kalkanını ve atının dizginlerini tuttuğundan yüzünü silemiyordu. Turnuva gereğinden fazla uzamıştı. Bir an önce duş almak istiyordu.

Kendisini bekleyen vazifeye odaklanmaya çalıştı.

Miğferinin altında çevreyi görmek ve sesleri duymak güçtü; yeni gelen şövalyenin kim olduğunu ve nereden çıktığını bilmese de tek bildiği onunla bir mızrak dövüşüne tutuşacaklarıydı. Yo-Yoji rakibini attan düşürmesi gerektiğine inanmakta zorlanıyordu. Rakibi yaralanırsa ne olacaktı? Ya kendisi yaralanırsa? Geçen sefer yere sağ salim indiği için şanslıydı. Bu sefer şansı yaver gitmezse ne olacaktı?

Düdük çalındı.

Atıyla nasıl ileri atıldığını değil, sadece altında toynakların yere vururken çıkardıkları sesleri ve miğferini yalayan rüzgarı fark edebiliyordu. Saniyeler içinde gizemli şövalyeyle birbirlerine yaklaştılar. Ancak Yo-Yoji için o anın gerçek üstü ve sanki yavaş çekimde gelişiyormuş gibi gelen bir yanı vardı. Gözlerini rakibinin gözlerinden alamadığını fark etti. Önceki şövalyelerinin maskelerine baktığında gözlerini az çok görebiliyordu. Oysa gizemli şövalyenin gözlerini seçmeye çalıştığında sadece bir gölge görüyordu. Şövalyenin boynunun veya bileğinin küçücük bir kısmını bile göremiyordu. Tek gördüğü zırh ve metal örgülerdi.

Kalabalık sessizliğe bürünmüştü. Herkes nefesini tutmuş, kaçınılmaz çarpışmayı bekliyordu.

Kısa süren dalgınlığı Yo-Yoji'ye değerli vaktinin bir kısmını kaybettirmişti. Rakibinin mızrağı dosdoğru kendisine yönelmişti; mızrak Yo-Yoji'nin bulunduğu yerden üzerine gelen bir ok gibi görünüyordu. Rakibine bir darbe indirmek için çok geç kalmıştı. Tek yapabileceği kendini korumaktı. Tam vaktinde yana kaçıp kalkanını kaldırarak cırtlak bir gıcırtı eşliğinde mızrağı savuşturdu.

Kalabalık tezahürat yaptı.

Yo-Yoji ürperdi. Gecikmiş bir tepki vererek kıl payı kurtulmuştu.

Atı kurulmuşçasına stadyumun uzak köşesine doğru ilerlerken Yo-Yoji kalkanına baktı. Kalkanın parlak yüzeyindeki oyuk gördüklerini doğruluyordu. Gizemli şövalyenin mızrağı gerçekti. Yo-Yoji'nin ve diğer tüm şövalyelerin mızraklarının uçlarında küçük toplar varken rakibin mızrağının ucu bıçak gibi keskindi. Yo-Yoji'yi içgüdüsel olarak yana kaçması kurtarmıştı.

Mızrak birkaç santim yana kaymış olsa ona saplanacaktı.

Diğer şövalyenin onu kasten öldürmeye çalışması olası mıydı? Yoksa şövalye kazanmayı kafasına Yo-Yoji'nin hayatını kaybetmesini umursamayacak kadar mı takmıştı?

Atını geriye çevirdiğinde artık terlemediğini fark etti. Teri soğumuştu. Zırhı buz gibi olmuştu. Gerçek korkunun böyle bir şey olması gerektiğini düşündü.

Titreyerek, ters giden bir şeyler olduğunu sezmesini umduğu Silahların Efendisi'ne baktı. Oysa saten giysili adam düdüğünü dudaklarına götürerek bir sonraki raundu başlatmaya hazırlanıyordu.

Tam o anda kraliyet mensuplarına ayrılan bölmeden bir bağrış yükseldi.

"Durun! Mızrak dövüşü durmalı!"

Bu, üzerinde hâlâ Leydi Soytarı kostümü olan okul sekreteri Opal'di. Parmağıyla Yo-Yoji'yi gösterdi. "Az önce bu oğlanı tanıdım. Okulumuz öğrencisi ve bu turnuvaya katılma izni yok... Yoji, derhal atından inip zırhını çıkar!"

Silahların Efendisi'nin sekreterin sözlerini doğrulamasıyla tam bir kargaşa çıktı. Ardından alelacele kazananın Adsız Şövalye olduğu ilan edildi.

Cass ve Max-Ernest, Yo-Yoji'nin yanına gittiklerinde arkadaşları zırhını çıkarmış, korkuluğun önünde dikiliyordu. Sekreter sanki karşısında kaçmaya kalkışacak küçük bir çocuk varmış gibi onu kolundan kavradı.

Max-Ernest beklenti içinde "Haklısınız, Yo-Yoji'nin yarışmaya katılması kesinlikle kurallara aykırı. Şimdi onu müdirenin yanına mı götüreceksiniz?" diye sordu.

Opal başını sallayarak "Eminim Bayan Johnson şu şövalyeyle işi biter bitmez onunla ilgilenecektir," dedi.

Başıyla dövüş alanının öteki tarafına işaret etti. Yüzü hâlâ miğferinin altında gizlenen, at sırtındaki Adsız Şövalye, Silahların Efendisi'yle birlikte ödül alanında bekliyordu. Bayan Johnson elinde mavi bir kurdele, kraliçe tavırlarıyla ona doğru yürüyordu.

"İyi. Yani, şey, bu çok kötü," dedi Cass. "Şu da var ki Yo-Yoji'nin yarışmaya katıldığından haberdardık. Buna rağmen hiç ses etmedik. Bu yüzden, bizim başımızın da belada olması gerek."

Sekreter kaşlarını kaldırdı. "Bu doğru mu?"

Bayan Johnson, Silahların Efendisi'nin megafonuna konuşarak "Sör Adsız, İskoç Kraliçesi Mary'nin şampiyonu, bu kurdeleyle Majesteleri asil lütfunu sana bahşediyorlar."

Kurdeleyi Adsız Şövalye'ye sunmak için havaya kaldırdı. Şövalye eldivenli elini indirip kurdele yerine hazırlıksız yakalanan müdirenin boynundaki mıknatıs taşı kolyeyi kapıverdi.

Müdire, "Olamaz!" diye feryat etti. "Deli misin, nesin?"

Atının üzerinde sırtını dikleştiren şövalye sanki paslı ve eski zırhının içi boşmuş gibi derinlerden gelen ve yankılanan bir kahkaha attı.

Mahmuzladığı atına "Deh!" diye bağırdı.

Bayan Johnson parmağıyla onu göstererek çığlık attı. "Hırsız! Hırsız! Durdurun onu! O adam kolyemi çaldı! Hırsız!"

Alanın uzak ucuna ulaşan şövalye beklenmedik bir hareketle atını durdurup omzunun üzerinden geriye baktı.

Deliye dönen Bayan Johnson hâlâ bağırıyordu. "Muhafızlar! Güvenlik! Birisi bir şeyler yapsın! Tutuklayın onu!"

Ne kadar mantık dışı görünse de Cass, şövalyenin kendisine baktığından emindi. Aklına yine o korkunç olasılık geldi. Bu imkansızdı... Yoksa değil miydi?

Hemen sonra, şövalye kalabalığın korku dolu bakışları altında stadyumdan dörtnala çıktı. Havaya kaldırdığı sağ elinde tuttuğu mıknatıs taşını bir ödül gibi sallıyordu.

Adsız Şövalye'nin gözden kaybolmasıyla birlikte, Bayan Johnson öfkesini (İskoç Kraliçesi Mary ve nedimi olarak bildiği) Bayan Mauvais ve Dr. L'ye çevirdi. İkili ifadesiz bir şekilde, ön sıradaki bölmelerinden olup bitenleri izliyordu.

Kraliçe Elizabeth karakterini oynamayı sürdürmeye çalışan öfkeli Bayan Johnson tükürükler saçarak "Sen ve sen, ben, yani *Majesteleri,* öyle bir deliyi bu yarışmaya ne demeye soktuğunuzu anlamış değiller," dedi. "Ama kolyemi geri getirene kadar buradan bir yere gitmeyeceksiniz!"

İkisinin önünde dizili kraliyet muhafızlarına işaret

etti. "Muhafızlar! Benim... Majestelerinin hain kuzenini ve onun şu rezil nedimini hemen yakalayın!"

Muhafızlar yerlerinden kıpırdamadı.

Bayan Mauvais yavaşça ayağa kalktı. Giysisi güneş ışığında pırıldıyordu. Hiç çaba sarf etmeden Bayan Johnson'dan on kat daha fazla kraliçeye benziyordu.

"Yapmacıklı piyesinizi kendinize saklayın Majesteleri. Yoksa *Madam Müdire* mi demeliyim? Sesini duyurmak için bağırmak bir kraliçeye yakışmaz." Gerçekten de Bayan Mauvais'nin sesi dondurucu bir fısıltı gibi çıksa da sanki soğuk bir esintiyle taşınıyormuşçasına stadyumun her yerinden duyulabiliyordu.

Bayan Mauvais ayağa kalkıp önünde eğilen Dr. L'yi gösterdi. "Üzgünüm ama nedimim ve benim davetinizi reddetmemiz gerekiyor. Acil bir işimiz olmasının yanında (sizin anlayacağınız dilde, bu işe krallık kurmak diyelim) bizi kimse alıkoyamaz... Şimdi ise şu an burada olan, her işe burnunu sokmayı âdet edinmiş bir kıza bir mesajım var."

Bayan Mauvais gözlerini doğrudan Cass'e dikti. "Canım, artık bitti. Sen ve sirk ucubelerinden kurulu o ayaktakımı mücadeleyi kaybettiniz. Seni ve dostlarını bir daha asla görmeyeceğimizi umuyoruz. Yine de içini ferah tut, bir daha görüşecek olursak bunun son görüşmemiz olmasını sağlayacağız. O zaman karşında biz basit ölümlüler olmayacağız. Efendimiz döndü ve durdurulamayacak... Muhafızlar."

Bayan Mauvais beyaz eldivenli parmaklarını az önce Bayan Johnson'a kulak asmamış olan muhafızlara doğru şaklattı. Muhafızlar hemen dikkat kesilip selam verdiler.

Cass, Max-Ernest ve Yo-Yoji istemsizce yutkundular. Muhafızların hepsi beyaz eldivenliydi.

"Dostlarım..." Bayan Mauvais parmaklarını bir kez daha şaklattı.

Aniden arkasında duran kalabalığın ayağa kalkmasıyla hepsinin beyaz eldiven giydiği ortaya çıktı. Kollarını aynı anda yukarı kaldırıp aynı anda yana doğru açtılar. Sonra da sessizce alana doğru inip Bayan Mauvais ve Dr. L'nin ardından kapılara yöneldiler.

Üç kahramanımız onların arkasından bakakaldı. Sanki sahilden havalanıp ufukta kaybolan bir martı sürüsünü izler gibiydiler. Ancak karşılarındaki kalabalığı bir martı sürüsü değil de yırtıcı kuş sürüsü olarak tanımlamak daha doğru olurdu.

BÖLÜM ON DOKUZ

Kısa süre sonra yanlarında gözü yaşlı Bayan Johnson'la birlikte ödül alanında dikiliyorlardı.

"O hanım kendini ne sanıyor acaba! Herkes aklını mı kaçırdı?"

Adsız Şövalye'yle arasındaki kısa süreli karşılaşmanın etkisiyle epey sarsılmış olan Yo-Yoji'yi gösterdi. O kadar çok eldiveni bir arada görmek yaşadığı şoka tuz biber eklemişti.

"Sen, hepsi senin suçun! Yarışmaya katılmamış olsaydın, kolyemi çalamayacaktı."

Kendini tutamayan Max-Ernest, "Bu çok mantıksız," dedi. "Muhtemelen Adsız Şövalye yine birinci gelecekti; başkasını da olsa yenip..."

"Yine mi siz? Şu Diyapazon olayının ardından hiçbirinizi okulun kapısından geçirmemeliydim. Bu kez hepiniz okuldan atılacaksınız. Sonsuza dek!"

Bayan Johnson tacını çıkarıp attı. Artık kraliçe değil, yine müdireleri olmuştu. Ya da eski müdireleri.

"Bence bu son sözcük gereksiz kaçtı," dedi Max-Ernest. "Biri okuldan atıldı mı bu durum zaten sonsuza dek sürer. Zaten okuldan atılmanın anlamı budur. Yoksa buna..."

"Bir kelime daha etme genç adam," diye kestirip attı Bayan Johnson.

"Yoksa buna uzaklaştırma denirdi," diye kaldığı yerden devam etti Max-Ernest. "Şey, özür dilerim."

Opal onu teskin etmeye çalışarak "İyi de bu çocukların kötü bir niyeti yoktu ki," dedi. "Kolyenizi geri getirirlerse onları affeder misiniz?"

Bayan Johnson alaycı bir sesle "Bunu nasıl yapacaklarmış bakalım?" diye çıkıştı.

"Siz bunu dert etmeyin. Bana sadece onları okuldan atmayacağınıza söz verin."

"Haydi ama. Kolye şimdiden Meksika yolunu yarılamıştır. Ya da şu aralar Ortaçağ şövalyeleri mücevherleri nerede bozduruyorlarsa oraya varmak üzeredir. Bu üçünün kolyeyi bulması imkansız."

Max-Ernest, "Ortaçağ değil Röne-" diye söze girse de Cass bir bakışıyla onu susturdu.

"Onları küçümsemeyin," dedi Opal. "Daha önce sizden bir şeyi almayı başardıklarını söylememiş miydiniz? Neydi o? Bir diyapazon mu?"

"Öyle. Hırsızlık becerileri olduğuna şüphe yok."

Çocuklar şaşkınlık içinde onları dinlerken, sekreter, müdireyi kolyeyi bulmaları için onlara yirmi dört saat vermeye ikna etti. Süre bittiğinde müdire polise kolyenin çalındığı haberini verecek, çocukların ebeveynleriyle de okuldan atılma konusunu konuşacaktı.

Dakikalar sonra, Opal onları ahıra götürdü. Hâlâ çarpışmanın etkisinden çıkamamış olan Yo-Yoji, kendini bir saman balyasının üzerine bırakıverdi.

"Neden bize yardım ediyorsun?" diye sordu Cass.

Opal belli belirsiz bir gülümsemeyle "Sadece işimi yapıyorum," dedi. "Sekreterlerin diğer insanlara yardımcı olması gerekmez mi?"

"Hakkında yanılmışım," dedi Max-Ernest. "Ben şey diye düşünmüştüm, açıkçası, sana güvenmiyordum."

Opal duyduklarına inanamıyormuş gibi güldü.

"Gerçekten mi? Sana o aynayı vermemin ardından mı? Ve monoklü."

"Onları bana *sen mi* verdin?"

"Eh, onları alman için bıraktım diyelim. Aynı şey. Gerçekten eşyalarıma sahip çıkamayacak kadar dikkatsiz olacağımı düşünmedin, değil mi?"

Max-Ernest tam da bunu düşünmüş olduğundan, kızararak "Yo, yo, sanırım hayır," dedi.

Opal sırıttı. "Peki ya şu TEKMELE BENİ yazısı? Hoş bir latife olduğunu düşünmüştüm."

"TEKMELE BENİ yazısı mı?" diye sordu Yo-Yoji.

Max-Ernest onun sorusuna hiç aldırış etmeden "*Senin* yazdığını biliyordum!" dedi. (Neden bilinmez, sırtında TEKMELE BENİ yazısıyla etrafta dolaştığını kabullenmekte hâlâ zorlanıyordu.)

Opal, "Yine de kağıdın öteki yanındaki mesajı ben yazmadım," diyerek Max-Ernest'ı düzeltti. "Onu gönderen Pietro'ydu."

Cass gözlerini ona dikti. "Pietro'yu tanıyor musun sen?"

Sekreter kıkırdayarak bir tabureye oturdu. Ardından epey büyük, gümüş rengi yüksek topuklu ayakkabılarını çıkardı. "Sizler gerçekten kim olduğumu bilmiyorsunuz, değil mi?"

Max-Ernest, "Demek istediğin senin 'ismini aynı adlı taştan alan Opal' olmadığın mı?" diye sordu.

"Hayır, benim opal denen taşla veya herhangi bir taşla hiçbir ilgim yok," dedi. Sembolü olan opal yüzüğü çıkarıp omzunun üzerinden arkasına fırlattı.

Etrafındakilerin şaşkınlık içindeki bakışlarını görünce "Meraklanmayın, plastikti," dedi.

Tuhaf ölçüde uzun tırnaklarını art arda hızlıca sökmesiyle altlarından çıplak, ojesiz ve epey kısa tırnaklar çıktı. Ardından tutup çektiği sarı saçlarının da büyükçe bir peruktan ibaret olduğu ortaya çıktı. Alttaki kendi saçı kısa ve kırpıktı.

Peruğu Max-Ernest'a atıp "Al bakalım, bunu saklamak ister misin?" diye sordu. "Belli mi olur? Hemen kılık değiştirmeni gerektiren durumlarla karşılaşabilirsin."

Son olarak, sekreter bir mendille yüzündeki makyajı sildi. Alttaki sakalın karaltısı görünüyordu.

Cass o gün ilk kez gülümsedi. "Owen!"

Terces Derneği'nin kadrolu casusu ve bir kılık değiştirme uzmanı olan Owen, New York aksanının hiç seçilmediği daha derin bir sesle konuşarak "Haydi oradan! Amma da geç anladın," dedi. "Pietro, Bayan Johnson'dan edinebileceğim tüm bilgileri toplamam için beni okulunuza gönderdi. Gece Yarısı Güneşi'nin onu izlediğini bilsek de bunun nedeninin diyapazon olduğunu düşünüyorduk. Manyetik bir taş değil... Eh, orada öylece durmayın da bana yardım edin. Diğer malzemelerim şurada." Eliyle Opal'in rugan çantasından alabildiğine farklı görünen bir asker çantasına işaret etti.

Owen, Cass'in kendisine uzattığı çantanın içindekileri üstünkörü çıkardı: kot pantolon, tişört, tenis ayakkabıları ve bir güneş gözlüğü.

Hemen sonra, Owen ahırdaki bölmelerden birinde giyinip normal haliyle (çocukların daha evvel sadece bir iki kez gördükleri haliyle) çıktı. Artık oyunculuk yapmasa da hemen her gün bir başkası gibi giyinen Owen bir gün kocaman şapkalı bir kovboy, bir gün kocaman peruklu bir sekreter oluyordu.

"Kılık değiştirmekten bahsetmişken, sizce o zırhın içindeki hayaletin, Adsız Şövalye'nin kim olduğunu düşünüyorsunuz? Yüzünü görebileniniz var mı?"

Üçü de başlarını iki yana salladı.

Owen şaşırarak "Sen de mi Yo-Yoji? Oysa epey yakınına gelmiştin," dedi.

"Adamın gözlerini bile göremedim. Sanki bir gölge gibiydi. Maskesi çok büyüktü."

Nihayet bir süredir korktuğu şeyin gerçekleştiğini itiraf eden Cass, "Sebep maskesi değildi," dedi. "Sebep görünmez olması."

Tereddüt içinde onlara Lord Firavun'la karşılaştığı anı ve onun tarafından geri kalan son Zaman Yolculuğu Çikolatası'nı vermeye nasıl zorlandığını anlattı. Yıkılmış halde "O kadarının işe yaramayacağını düşünsem de sanırım öyle olmamış," dedi. "Pietro'nun uyarısını duyduğumda, endişelenmeye başladım. Şimdi ise eminim."

"Bundan nasıl *emin* olabiliyorsun?" diye sordu Max-Ernest. "Yani, ortalama bir insan bu öykünün gerçek olmasına pek ihtimal vermezdi."

"Eminim işte. Bana nasıl baktığını gördünüz mü? Sanki iletişime geçmişiz gibiydi. Ayrıca Bayan Mauvais, efendisinin döndüğünü söyledi. Sözünü ettiği kişi başka kim olabilir ki?"

"Pietro'dan duyduklarıma bakılırsa, Cass haklı olabilir," dedi Owen.

"Zaten o adamda bir tuhaflık olduğunu anlamıştım!" dedi Yo-Yoji.

Perişan haldeki Cass, "Üzgünüm. Hepsi benim suçum," dedi. "O çikolatayı hiç yememeliydim. Şimdi mıknatıs taşı benim değil, Lord Firavun'un elinde!"

Owen tam olarak aksini söylemese de "Kendini suçlama. Yapman gerekeni yaptın," dedi. "Elimden geldiğince çabuk bir şekilde geri döneceğim. Bu arada, siz de Lord Firavun'un ne yöne gittiğini bulmaya çalışın. Ancak sakın, tekrar ediyorum, SAKIN onun peşine takılmayın, anladınız mı?"

"Nedenmiş?" diye sordu Yo-Yoji. "O benim peşime takıldı işte."

"Evet, demek istediğim de bu. Genelde tehlikeye atılmanızda sakınca görmeyen ben size uzak durmanızı söylüyorsam, bir bildiğim vardır, değil mi?"

Cass kendini tutamayıp "Biliyorsun, Lord Firavun'la daha önce de *karşılaşmıştım,*" dedi.

"Peki o zaman bir hayalet miydi? Güçlerinden habersiz olduğumuz bir varlık mıydı? Zırhından çıktığına göre artık her yerde olabilir ve onu göremeyiz. Şu an bu odada bile olabilir."

Cass monoklle çevreye bakındı. "Burada değil."

"Eh, nihayet iyi bir haber!" Owen sırt çantasını omzuna atıp kapıdan çıktı.

* * *

Owen'ın gözden kaybolmasının ardından Yo-Yoji, "Peşine takılmadan Lord Firavun'un nereye gittiğini nasıl anlayacağız?" diye sordu. "İzlerini bir süre takip edip sonra duracak mıyız?"

Max-Ernest, "O kadarını bile yapabileceğimizden şüpheliyim. O bir hayalet. Bildiğimiz kadarıyla atı da bir hayalet olduğundan geride nal izi bırakmayacaktır," dedi. "Hey, burada ne arıyorsun Ben?"

Onlar konuşurken, Benjamin içeri girmişti. Max-Ernest'ı kolundan tutup bir şeyler mırıldanmaya başladı.

Max-Ernest, Benjamin'in dediklerini "Lord Firavun'un nerede olabileceğini biliyor olabilirmiş," diye tercüme etti.

Cass öfkeyle "Lord Firavun'u nereden biliyorsun?" diye sordu. "Konuştuklarımızı mı dinliyordun yoksa?"

"Hâlâ onlar için casusluk yapıyor, biliyordum!" dedi Yo-Yoji.

Benjamin başını tekrar tekrar iki yana salladı.

Max-Ernest bir kez daha onun söylediklerini tercüme etti. "Sadece yardım etmek istediğini söylüyor. Yaptığı şey için çok pişmanmış ve hatasını telafi etmek istiyormuş."

"Tamam, peki nasıl yardımcı olacaksın Ben?" diye sordu Cass.

"Camera obscura'nın bölgenin en yüksek noktasına kurulu olduğunu söylüyor. Okulun geri kalanının panayırdan ayrılmasının ardından orada kalmış ve içeriden Rönesans Panayırı'nın hatta ötesinin görülebildiğini fark etmiş. Belki Lord Firavun'u oradan görebiliriz... Aslında, fena fikir değil Ben..."

Benjamin'in yüzü belli belirsiz bir gülümsemeyle aydınlandı.

BÖLÜM YİRMİ

Öğrenci kalabalığı olmadan, camera obscura müzeler veya kütüphanelerdeki gibi daha sakin, daha düşünceli bir havaya bürünmüştü. Duvardaki yansıma gerçekten de Rönesans Panayırı'nın etraflı, panoramik bir görüntüsünü sunsa da panayırın sadece tek tarafı seçiliyordu.

"Lord Firavun şu an yanımızdan bile geçiyor olabilir ama bu delik yanlış yöne baktığından onu göremeyiz," diye yakındı Max-Ernest.

Yo-Yoji, "Belki de buradan çıkıp insanlara sormalıyız. Ne tarafa gittiğini *birileri* mutlaka görmüştür," dedi. "Sen ne dersin Cass?"

Başta Cass, monoklden duvardaki görüntüye baktığında pek bir farklılık sezememişti. At üstünde veya atsız, zırhla veya zırhsız; Lord Firavun'dan eser yoktu. Ancak panayırda göz ardı etmeye çalıştığı tüm o soytarı şapkalarının arasında özellikle dikkatini çeken bir soytarı şapkası vardı. Mesele bu şapkanın Soytarı'nın şapkasına çok benzemesi değildi (ama benziyordu). Hatta mesele şapkayı takan adamın Soytarı'ya çok benzemesi de değildi (ama benziyordu). Mesele şapkanın olduğu kadar onu takan adamın da ancak monoklle bakıldığında görünür olmasıydı. Cass deneme amacıyla, üç kez monoklü gözünden çektiğinde üçünde de adamı göremez oldu. Öte yandan, monoklü gözüne her taktığında adamı diğer tüm insanlar kadar net bir şekilde seçebiliyordu.

Kulakları heyecandan kızardı. Bu adam Soytarı'ydı. *Cass*'in dünyasındaydı. Tek fark baş aşağı durmasıydı.

Son tarot falında çıkan tepetaklak soytarıyı anımsayarak üstü ne ise altı da o diye düşündü.

Kâhin ona Soytarı'yı izlemesini söylemişti. Kastettiği bu muydu? Yoksa Cass hayal mi görüyordu? Belki de Soytarı'nın gerçekte orada olmayabileceğini ve onu hafızasından yeniden yaratıyor olabileceğini düşündü. Öte yandan, geçmişe yaptığı yolculuğu da zaten (bir anlamda) zihninde yapmıştı. Bu epey akıl karıştırıcı bir durumdu!

Bir telefon zili Cass'in dikkatini yeniden odanın içine çekti.

Max-Ernest telefonunu cebinden çıkarıp şaşkın bir ifadeyle ekrandaki numaraya baktı. "Sizce bu kim?" diye sordu arkadaşlarına. "Beni sizden başkası aramaz ki. Tabii arayan kardeşim değilse..."

Endişe içinde düğmeye bastı.

"Selam Max-Ernest, ben Daniel."

"Kim?"

Hattın karşısında bir sessizlik oldu. Sonra sıkılmış dişlerin arasından *"Danielle-değil-Daniel,"* sözcükleri çıktı.

"Ha! Şey, selam."

Danielle-değil-Daniel aceleyle konuşuyordu. *"Aklıma arayabileceğim başka kimse gelmedi. Müdireyi veya bir başkasını aramak istemedim çünkü... Şey, Glob sınıfla birlikte camera obscura'yı görmeye gelmediğinden onun başına daha fazla dert açmak istemedim."*

"Geziyi astı diye mi aradın beni?"

"Yok, yok, sebep blogunda yazdığı şeyler."

Kafası karışan Max-Ernest, "Senin şu çizgi roman şeyinde olduğunu sanıyordum," dedi.

"Öyleydim. Eve erken varınca internete girdim."

Danielle-değil-Daniel, Max-Ernest'a Glob'un blogunda yazdıklarını (Glob'un kendisiyle dalga geçtiği ve Max-Ernest'tan dert yandığı kısımları atlayarak) hayalete benzer bir şeyin kadehteki sıvıyı içtiği kısma kadar bir bir anlatmaya koyuldu.

Max-Ernest elini telefonun üzerine koyup diğerlerine fısıldadı: "Glob, Lord Firavun'u görmüş, şu an Gece Yarısı Güneşi'nin elinde olabilir!"

Ardından "Son olarak nerede olduğunu yazmış?" diye sordu.

Diğerlerine dönerek "Kurumuş bir nehir yatağını geçmiş ve muhtemelen şu an bir mağarada saklanıyormuş," dedi. "Tabii onu yakalamadılarsa... Buralarda nehir yatağı yok; yoksa var mı?"

Max-Ernest konuşurken Cass, Soytarı'nın benzer bir nehir yatağından geçişini izliyordu. Geçmişte olsa bu rastlantıyı dikkat çekici bulurdu. Ancak artık yaşamındaki önemli olayların çakışmasına ve birleşmesine giderek daha fazla alışıyordu.

Soytarı'dan bahsetmeden "Nehir yatağının yerini biliyorum, sanırım onun nereye gittiğini biliyorum," dedi. Cass, arkadaşlarının gördüklerinden haberdar olmaları halinde neler olacağından çekindiğinden onlara Soytarı konusunu açmaya çekiniyordu.

Danielle-değil-Daniel, *"Onu bulursanız, bana bir iyilik yapın,"* dedi. *"Kendisine Globster dememesi gerektiğini söyleyin. Bu utanç verici."*

Max-Ernest yardımsever bir tavırla "Sanırım bu bir sözcük oyunu olmalı," dedi. "Anlıyorsun ya, *lobster/ Globster.*"*

Max-Ernest telefonu kapadığında arkadaşları kapıdan çıkmışlardı bile.

Max-Ernest on dakika kadar sonra "Gitmemiz gereken yerin orası olduğuna emin misin?" diye sordu. "Rönesans Panayırı'ndan bayağı uzaklaştık da."

Cass yanıt vermeden onları ormana doğru götürmeye devam etti. Monoklü gözünün hizasında tutarken nadir bulunan bir kelebeği yakalamaya kararlı bir doğa bilimci gibi görünüyordu.

Cass'in nereye gideceklerinden o kadar emin olması Max-Ernest ve Yo-Yoji'ye biraz gizemli gelse de onu yalnız bırakmaya niyetleri yoktu. Ne de olsa Cass komadan daha yeni çıkmıştı ve Gece Yarısı Güneşi ve Lord Firavun yakınlardaydı.

"Benden başka karnı acıkan var mı?" diye sordu Yo-Yoji.

"Ben," dedi Max-Ernest. "Üstelik çikolatam da kalmadı."

Cass bir yandan yürümeye devam ederek sırt çantasının yan ceplerinden birini yoklayarak kendisiyle özdeşleşmiş süper tanecikli iz sürme karışımıyla dolu

* DANIELLE-DEĞİL-DANIEL'IN GLOB'UN KENDİ İSMİNİ ISTAKOZ ANLAMINA GELEN "LOBSTER" SÖZCÜĞÜYLE BİRLEŞTİREREK OLUŞTURDUĞU GLOBSTER LAKABINI UTANÇ VERİCİ BULMASININ NEDENİ GLOBSTER SÖZCÜĞÜNÜN DENİZ VEYA OKYANUS KENARINA VURAN, TANIMLANAMAYAN ORGANİK KÜTLE (BU KÜTLELER ÇOĞUNLUKLA HAYVAN LEŞLERİ OLUR) ANLAMINA GELMESİ. (Ç. N.)

bir poşeti çıkarıp omzunun üzerinden geriye fırlattı.

Arkadaşları açgözlülükle poşeti talan ettiler. Max-Ernest elinden geldiğince çok sayıda çikolata parçası aldı. (Neyse ki sıcak bir gün olmadığından çikolata parçacıkları henüz erimemişti.)

"Hey, galiba bu Glob'un altına gizlendiği kaya," dedi Max-Ernest. "Şeklinin bir hamburgere benzediğini yazmış."

Yo-Yoji, kendisi ve Max-Ernest'tan giderek uzaklaşan Cass'e seslendi. "Bekle Cass! Kayayı bulduk."

"Siz ona bir bakın, sonra orada buluşuruz!"

Yo-Yoji onunla tartışmaya fırsat bulamadan, Cass bir ağacın arkasında kayboldu.

Soytarı'yla Cass arasında hâlâ on beş metre kadar bir mesafe vardı. Cass yaklaştıkça Soytarı hızlanıyor, geride kaldığında ise yavaşlıyordu. Monokl göz boşluğunda bir türlü durmadığından, Cass'in onu göz hizasında tutması gerekiyordu. Ne zaman eliyle bir çalıyı veya dalı kenara itmesi gerekse monoklü indirmesi gerekiyordu. Bu da sık sık Soytarı'yı gözden kaçırmasına neden oluyordu. Ancak tekrar monoklden baktığında Soytarı yine orada oluyordu. Sanki gevşeyen ve gerilen ancak asla kopmayan bir iple bağlanmışlardı.

Nihayet, Soytarı durup onun yaklaşmasına izin verdi.

Cass utangaççа "Selam," dedi.

Soytarı onu susturmak için parmağını dudaklarına götürdü. Ardından, patikanın sona erdiği büyükçe bir meşe ağacının olduğu yere işaret etti.

Cass'e gülümsedi. Ardından yok oldu.

Cass aniden kendini çok üzgün, elinden oyuncağı alınmış bir çocuk gibi hissetti. Soytarı neden konuşmamıştı? Oraya kadar onu ortadan kaybolmak için mi getirmişti?

Meşe ağacına doğru koşunca, ağacın diğer tarafında geçmişe yaptığı yolculukta üzerinde yürüdüğü yola epey benzeyen toprak bir yol vardı. Biraz ileride eski ve terk edilmiş görünen bir benzin istasyonu vardı.

Sonra onu gördü. Soytarı'yı değil, Lord Firavun'u.

Düzeltme: Onun *nerede* olduğunu gördü. Lord Firavun'un kendisini göremiyordu.

Miğferini çıkarmıştı; görünürde boş olan zırhı ise dışarıdan bakıldığında atın üzerinde kendi kendine oturuyormuş gibiydi.

Monoklü gözünün önüne getirip baktığında onu gördü. Artık görebildiği yüzüne canlı demek hâlâ zordu. Lord Firavun'un içi öncesinden de boş görünüyordu.

Cass korkudan kulaklarının karıncalandığını hissetti. Kendisine cesur olmasını söyledi. Yeterince güçlü olmasa Soytarı onu Lord Firavun'la yüzleştirmezdi.

Lord Firavun'un yüzünde çirkin bir gülümseme belirdi. "Cassandra, değil mi? Bana adının Cassandra olduğunu söylediler. Sana ne de uygun bir isim, felaket habercisi. Daha seni ilk gördüğümde ileride bir dert olacağını hissetmiştim."

Kadim simyacı atından indi. "Benim şu... Onlara ne desem? Şu modern çağdaki meslektaşlarım bana senin arsız bir haşere olduğunu söylediler."

Atından inmesi heybetli görüntüsünden bir şey eksiltmemişti. Cass'in üzerinde dikildi.

Cass geriye doğru bir adım atıp kendini bir ağaca yaslanmış halde buldu.

Cass hissettiğinden daha çetin bir sesle konuşmaya çalışarak "Kastettiğin Dr. L ve Bayan Mauvais'yse, onlar benim sadece bir haşere olmamı dilerlerdi," dedi. "Sana beni her durdurmaya çalıştıklarında benim onları durdurduğumu da söylediler mi?"

"Söyledikleri bana yetti!"

Soğuk, çelikle kaplı eliyle Cass'in omzunu tuttu. Cass dokunuşundan ürkse de kurtulmak için debelenemedi.

"Şimdi kendinin ve atalarının günahlarını telafi etme şansı var."

Cass güçlükle "*Atalarım* mı?" diye fısıldadı.

Sebebin Lord Firavun'un hayalet olması mı yoksa bir simyacı numarası mı olduğunu bilmese de onun doğaüstü gücünü hissedebiliyordu. Kendisini tek eliyle boğabileceğinden hiç şüphesi yoktu.

"O lanet olası soytarı. Bir de o barbar haydut kadın. Ne yaptıklarını biliyor musun?"

Cass başını iki yana salladı. Ağlamasına engel olmak için elinden gelen sadece buydu.

Lord Firavun öfkeyle boştaki yumruğunu salladı. "Sırrı elde etmeme çok az kalmıştı, çok az..."

Cass, Sırrı bulamamış olmasını umarak "Fakat Sırrı bulamadın, öyle mi?" diye sordu.

Hiddetlenen Lord Firavun, "Hayır, aksine, onu *buldum*!" dedi. "O mezar soyguncuları ellerindekinin kıymetini bilemediler; cahil hırsızlar! Onlarla bir Tanrıça Mut heykeli konusunda görüşmeye gitmiştim. O yırtık papirüsü gördüğümde heykeli unutuverdim. Görür görmez Mısır'ın tüm mezarlarındaki altından kıymetli olduğunu anladım. Arka tarafında tarihin akışını değiştirebilecek hiyeroglifler vardı."

"Yani Sır mı?"

"Evet, Sır ya, seni küçük şapşal... Daha ben tek bir hiyeroglifi tercüme edemeden o acınası leş kargaları onu elimden aldılar. Onu ne kadar çok istediğimi görünce benden daha da fazla para koparmaya çalıştılar. Sonunda o haşereleri yok etmekten başka bir çarem kalmadı."

Cass dehşet içinde "Onları öldürdün mü?" diye sordu.

"Önemsiz bir ayrıntı. Benim için önemli olan kaderimde yazılı olanı gerçeğe çevirmekti. Anlıyorsun ya, dünyada Sırrı anlayabilecek tek kişi bendim, *benim*. Tüm kadim sanatları öğrenen ben. Simyada daha önce veya bugüne dek kimsenin ustalaşmadığı kadar ustalaşan ben. Ellerimle yaşam yaratan ben."

Cass tahminde bulunarak "Ama Soytarı, Sırra senden önce mi ulaştı?" diye sordu.

"O ve şu hırsız kadın, lanet olsun! Papirüsü kapıma getirmesine az bir zaman kala uşağıma pusu kurdular. Lord Firavun'un zavallı bir komedyen ve karısı tarafından tongaya düşürüldüğünü hayal etsene!"

Cass duyduğu şeyin Soytarı ve Anastasia'nın evlendiği anlamına geldiğini fark ederek neredeyse gülümseyecek olsa da yüzündeki donuk ifadeyi korudu.

"Doğal olarak, uşağım hatasının bedelini canıyla ödedi. Sen de canını vermek istemiyorsan bana şu taşın nasıl çalıştığını anlat."

Mıknatıs taşını Cass'in önünde salladı. Cass taşı ilk kez o kadar yakından görüyordu. Max-Ernest'ın da dediği gibi bir göz şeklindeydi ve üzerinden altın rengi çizgiler geçiyordu. Taş kendi ekseninde döndü. Kolyenin parlak arka kısmı güneşte parladı.

"Bir mıknatıs taşının metalleri çektiğini bilsem de bunun bana ne faydası olur? Bir tozun içine karıştırınca bir ruh mu yükselecek? Kırıp içini açsam içinden bir inci mi çıkacak? Taşın üzerinden geçen şu altın rengi çizgi, anahtar o mu? Belki de soytarın arkasında bir mesaj bırakmıştır diyeceğim ama sırtı cam gibi pürüzsüz. Bir ayna gibi... Ama hayalet olmanın nasıl bir şey olduğunu anımsıyor olmalısın; üzerinde yansımamı göremiyorum bile."

Mıknatıs taşını avcunun içinde sıktı.

"Mıknatıs taşının sırrı ne? *Sır* nerede?"

Cass içtenlikle "Gerçekten bilmiyorum," dedi.

Ardından homunkulüsün Lord Firavun hakkında söylediklerini hatırladı. *Zayıflığı kibridir. Ona ayna tutarsan zaman kazanabilirsin.*

"Yine de yansımanı görmeni sağlayabilirim."

"Nasıl?" Sesi hâlâ hırçın çıksa da Lord Firavun'un merakının uyandığını sezdi.

"Bana taşı verirsen gösteririm."

Lord Firavun bir an duraksadı. "Alıp kaçacak olursan, seni bulur ve mahvederim."

Cass, "Biliyorum," diyerek Lord Firavun'u temin etse de onun neler yapacağına dair tek bir fikri yoktu.

Lord Firavun mıknatıs taşını verir vermez, Cass taşın monokle doğru çekildiğini fark etti. Taş ve monoklün çerçevesi sanki boyutları eşleşecek şekilde tasarlanmış gibi aynı çaptaydı. Cass monoklle taşa şöyle bir baktığında şeffaflaşan taşın arkasındaki yansımalı yüzeyin görülebildiğinden emin oldu. Lord Firavun'un bakması için taşı yukarı kaldırdı.

"Ah, ne basit bir numara. Neredeyse hayal kırıklığına uğradım."

Cass artık Lord Firavun'un yüzünü göremese de (çıplak gözle baktığından, Lord Firavun yine görünmez oldu) boynunu eğip baktığında monoklün lensinde onun yansımasını görebiliyordu. Cass'i horlayan sözler etmiş olsa da kendisini görüntüsüne bakmaktan alamıyordu. Homunkulüs doğru söylemişti. Lord Firavun çok kibirliydi. Bir hayaletken bile.

"Burada, senin zamanında, yaşım beş yüzden fazla. Yine de genç bir adam gibi görünüyorum, değil mi?"

Cass onun yaşlı bir yılan gibi göründüğünü düşünse de bunu dile getirmesinin şart olmadığına kanaat getirdi. "Kesinlikle. Senin gibi gözleri olan kimseyi görmedim." (En azından bu son söylediği gerçekti.)

Lord Firavun, "Hah, dalkavukluk etmeye çalışma," dese de duyduğu memnuniyet halinden belliydi.

Cass hızlı düşünmeliydi. Elinde silah yerine geçebilecek sadece iki şey vardı: Monokl ve mıknatıs taşı. Elbette seçme şansı olsa yanına almak isteyeceği belliydi. Kendisini Sırra götürebilecek olan nesneyi seçerdi.

Cass doğaçlama yaparak "Şimdi şunu izle; monoklü gözünden uzakta tutarsan ışığı çeker gibi oluyor," dedi.

Lord Firavun görüntüsünün önünden öylece alınmasına kızarak "Ne göstereceksin bana?" diye sordu.

"Yansımana bakmaya devam et."

Tek harekette mıknatıs taşını sol eliyle tutan Cass geriye uzanıp sağ eliyle monoklü Lord Firavun'un alnının olduğunu umduğu yere doğru fırlattı.

Cass'e sanki monokl havada aniden durmuş gibi göründü.

"Of! Ne yapıyorsun sen, küçük sıçan?"

Lord Firavun monoklü yere düşmeden havada kaptı.

Bu hareket Lord Firavun'u sadece bir saniye durdurmuş olsa da Cass'e kaçmaya yeltenecek zamanı kazandırmıştı.

Glob'un durumu iyiydi. Elbette, Max-Ernest ve Yo-Yoji ona iz sürme karışımından birkaç avuç vermelerinin ardından. Mağarada iki saatten uzun bir süre dehşet ama aynı zamanda güven içinde beklemişti.

Ağzının içi Cass'e ait çikolata, fındık ezmesi, muz ve cips tanecikleriyle (ama asla kuru üzüm tanecikleri içermeyen) dolu olan Glob, "Ben mi çok acıktım, yoksa bu şey gerçekten mi hoş?" diye sordu. "Aslında iz sürme karışımı denen şeyden hiç hazzetmem. Çok sağlıklı oluyor."

Max-Ernest, "Meraklanma, Cass'in sağlıklı yiyeceklerle işi olmaz," dedi. "Karışımın içindeki kızartılmış ve şekerli."

Glob karışımdan bir avuç daha alarak "Ha, iyi. Şimdi içim rahat etti işte," dedi. "Acaba Cass blogum aracılığıyla bunları poşetler halinde satmak ister mi? Belki de tarifin patentini almak ister? Pazarlamadan çok iyi anlayan bir sürü tanıdığım var. Bütün iş marka çalışmasında. Benim okuyucu tabanımla..."

Max-Ernest, Glob'un sözünü keserek "Bundan biraz şüpheliyim ama sormanda sakınca yok," dedi.

Yo-Yoji elini havaya kaldırdı. "Sesiz olun beyler. Dinleyin, sanırım bu o..."

Bir saniye sonra, Cass'in isimlerini haykırdığını duydular.

"Max-Ernest! Yo-Yoji! Neredesiniz?!"

Mağaradan çıkmalarıyla Cass'in kendilerine doğru koştuğunu gördüler. Görünüşte boş olan bir zırh, atı olmayan bir Başsız Süvari gibi peşinden geliyordu.

"Yok artık!" dedi Glob.

Yo-Yoji hemen hemen bir şövalye mızrağı büyüklüğündeki bir ağaç dalını kavrayıp "Haydi. Şunu kırmama yardım edin," dedi.

Üç çocuk dalı kopartana dek çekti. Dalın kopmasıyla Glob yere yığıldı. "Of!"

"Onunla yeniden mi kapışacaksın?" diye sordu Max-Ernest. "Delirmişsin sen."

Yo-Yoji başta tartışacak olsa da hemen sonra "Haklısın. Daha iyi bir fikrim var. İkiniz de gözden kaybolun," dedi.

Diğer iki oğlan patikadan uzaklaşınca Yo-Yoji bir çalının arkasında diz çöktü. Cass'in yanından geçmesiyle Lord Firavun'un çelik kaplı çizmelerinin sesi duyuldu. Yo-Yoji patikanın karşı tarafına uzattığı dalın ucunu bir kayaya sıkıştırdı. İki eliyle kayayı yerden otuz santim kadar yüksekte tuttu. Lord Firavun'un gözünün Cass'in üzerinde olacağına güveniyordu. Öyleydi de. Lord Firavun çelik kaplı bacağının dala takılmasıyla Yo-Yoji'nin umduğu gibi ileri doğru savruldu. Yo-Yoji'nin aynı anda dalı germesiyle de Lord Firavun'un bacakları havaya kalktı ve görünmez başı yere çarptı.

Yo-Yoji hızla koşmaya başlayarak diğerlerine "Şimdi, kaçın!' diye bağırdı.

Glob ve Max-Ernest tökezleyerek yeniden patikaya çıkıp ellerinden geldiğince hızlı koştular. Cass hemen ileride bekliyordu. Cass ve Yo-Yoji daha hızlı koşması için sırayla Glob'u çekiştirdiler. Hep birlikte Rönesans Panayırı'na doğru koştular. Nehir yatağının karşı tarafına varana dek durmadılar. Geriye baktıklarında hiçbiri Lord Firavun'u göremiyordu. Elbette, bu onun peşlerinde olmadığı anlamına gelmiyordu.

Cass o tanıdık ürpertiyi hissetti. Lord Firavun'un onları izlediğini biliyordu. Er ya da geç onunla tekrar karşılaşacaktı.

"Haydi gidelim," dedi Cass.

Okul otobüsüne varana dek durmadılar.

BÖLÜM YİRMİ BİR

"Saygıdeğer sörler ve leydim, bu gece bize kaç kişi katılmaktasınız?"

Üç genç, Terces Derneği üyesi hemen mıknatıs taşının gizemini çözmek için işe koyulmayı beklerken, Glob o akşam Ortaçağ Günleri Restoranı'nda kendisine katılmaları için çok ısrar etmişti. Anlaşılan cebinde bir düzine insana yemek ısmarlayabilecek kadar çok kupon vardı. Bu iyi bir şeydi. Çünkü o akşam Ortaçağ Günleri'nin Yuvarlak Masası'nda (daha doğrusu Yuvarlak Masalarından birinde) altı Yemiş Masası müdavimi vardı: Cass, Max-Ernest, Yo-Yoji, Benjamin, Glob ve Danielle-değil-Daniel (kendisi Glob'un kazasız belasız dönüşüne çok sevinmiş ve yemeğe katılmak için babasına yalvar yakar olmuştu). Max-Ernest'ın kardeşi de sayılırsa (ancak bir sandalyeye oturamayacak kadar küçük olduğundan "hizmetkar kız" onu saymamıştı) yedi kişiydiler. Hatta kendilerine refakat eden ve anlaşma gereği mızrak dövüşü sahnesinden ve gürültüden uzak oturacak olan ve elbette Yemiş Masası müdavimleri olmayan dört ebeveyn de sayılırsa tam on bir kişiydiler.

Ortaçağ Günleri'nde dikkat dağıtıcı birçok etken olduğunu söylemeye gerek yok. Tabak çanağın takırtısı, çığlık atan çocuklar ve mızrak dövüşü yapan şövalyeler, bırakın kadim bir Mısır sırrını keşfetmek için beş yüz yıllık bir nesneyi incelemeyi, iki çift laf etmeyi bile imkansız kılıyordu. Zaten yanlarında Glob ve Danielle-değil-Daniel varken rahat konuşamazlardı.

Öte yandan, bunların hiçbiri Max-Ernest'ı mıknatıs

taşını masanın altında tutarak incelemekten alıkoymuyordu. Ne yazık ki Lord Firavun gibi o da taşın üzerine yazılmış gizli bir mesaj bulamadı. Max-Ernest pes ederek taşı masanın altından Cass'e uzattı ve sessizce inceleme işini sonraya bırakmalarını söyledi.

Aynı ölçüde sessiz bir şekilde, Cass bu teklifi onayladığını ancak ertesi gün taşı Bayan Johnson'a iade etmeleri gerektiğini söyledi. Fazla zamanları yoktu.

En nihayetinde, yorgun çocukların yemeklere ve eğlenceye odaklanmak dışında yapabilecekleri bir şey yoktu. Herkes hamburgerlerin berbat olduğu konusunda hemfikirdi (yine de Glob idareden biri kendisine bakıyor olabilir diye kendisininkini hızla mideye indirdi). Mızrak dövüşü ise gündüz izlediklerinin yanında epey vasat kalmıştı. Glob'a göre Yo-Yoji restorandaki sözde şövalyeleri silip süpürürdü.

Yo-Yoji fark etmeden de olsa Lord Firavun'u yakalamaları için yardım eden herkesin "kanka" konumuna yükseltilmeyi hak ettiğini düşünerek "Sağ ol kanka," dedi.

Muhtemelen aynı şeyi düşünen Max-Ernest, "Bu arada Cass, Glob'un senin iz sürme karışımının nasıl pazarlanabileceğine dair güzel fikirleri var," dedi.

Cass bariz bir şevk eksikliğiyle "Ya, ne güzel," dedi.

Danielle-değil-Daniel saç örgülerinin gerisinden ona gülümsedi. Sanki "Meraklanma yarına kalmaz, Glob başka işlerle meşgul olup senin iz sürme karışımını unutur gider," der gibiydi.

* * *

O gece Max-Ernest, Cass'i arayıp aklına bir fikir geldiğini ve PC'yi de alıp onun evine geleceğini söyledi. (Anne babasının yeni peyda olan ilgisizliklerinin iyi bir yanı varsa, o da istediği zaman Cass'e gidip gelebilmesiydi.)

Cass, Max-Ernest'ı, küçük kardeşi annesini uyandırmadan içeri alabilmek için ön kapıda bekledi. Odasına çıktıklarında, Max-Ernest, PC'yi Cass'in yatağının üzerine bırakıp cebinden bir oyuncak çıkardı. Oyuncak plastik kaplı, sarı, karton bir dikdörtgenden ibaretti. Küçük bir kitap boyutlarındaydı ve üst kısmında KILLI BARRY yazılıydı. Ortasında kel, yüzünde tek bir tüy olmayan, gülümseyen bir adam duruyordu. Altta siyah tozu andıran bir tabaka vardı.

Cass oyuncağa küçümseyen bir bakış attı. "Bunu mu gösterecektin bana? *KILLI BARRY'yi?*"

"Bu bir oyun. Amacın kıllarını yerine takmak. Bak şimdi."

Max-Ernest kenardaki yuvadan çıkardığı küçük, metal bir çubuğu plastiğin üzerinde gezdirdi. Siyah toz, resmin alt kısmından yükselip adamın burnunun altında düzensiz bir çizgi oluşturdu.

Max-Ernest durumu "Pietro ve Bayan Johnson'dan mıknatıslar hakkında duyduklarımdan sonra mıknatıslı sihir numaraları sipariş ettim," sözleriyle açıkladı.

"Harika. Ama sanırım PC şu bıyığını bozmak üzere."

Max-Ernest *KILLI BARRY*'yi bebeğin elinden alarak "Mesele bu değil," dedi. "Bana bir tabak ve makas ver."

Cass, Max-Ernest'ın istedikleriyle döndü. Max-

Ernest oyuncağın bir köşesini kesip manyetik tozu tabağa boşalttı.

"Şimdi mıknatıs taşını bana ver."

"Tamam ama tüm toz ona doğru uçuşacak."

"Biliyorum, benim istediğim de bu."

Mıknatıs taşını sırt çantasından çıkarabilmek için, Cass'in taşı bir pusula, bir el feneri ve bir İsveç çakısından ayırması gerekti; kısa bir mücadelenin ardından taşı Max-Ernest'a uzattı.

Max-Ernest'ın mıknatıs taşını manyetik tozun bir metre yakınına getirmesiyle toz havada taşa doğru süzülmeye başladı. Saniyeler içinde, mıknatıs taşının üzeri tamamen tozla kaplandı.

"Çok hoş," dedi Cass. "İri, tüylü bir böceğe benzedi şimdi."

Max-Ernest eliyle manyetik tozun bir kısmını mıknatıs taşının arka yüzünden ayırarak "Sabır, Watson," dedi. "Mıknatıs taşının arkasındaki gümüşün olması gerekenden biraz daha kalın ama olması gerektiği kadar ağır olmadığını fark ettim. Bu da bana içinde bir katman daha olabileceğini düşündürdü. Tahmin et bakalım ne buldum? Orada tahta mı balmumu mu, her ne varsa mıknatısı engelliyor."

Max-Ernest sırıtarak mıknatıs taşını gümüş sırtı Cass'e bakacak şekilde çevirdi. "Buna ne diyeceksin?"

"Çok müthiş. Ama bana Watson demeyi bırak."*

* BELKİ SİZİN DE BİLDİĞİNİZ GİBİ, DR. JOHN H. WATSON, SHERLOCK HOLMES ÖYKÜLERİNİN ANLATICISI OLMASININ YANI SIRA SHERLOCK HOLMES'UN DOSTU VE OLAYLARI ÇÖZMESİNDE ZAMAN ZAMAN ONA YARDIMCI OLAN ORTAĞIDIR. WATSON, ÖYKÜLERDE İKİNCİ PLANDA, DOLAYISIYLA DA CASS'İN KENDİSİNE YAKIŞTIRAMAYACAĞI BİR ROL OYNAR.

Gümüşün büyük kısmı tozla kaplıydı. Ancak taşın manyetik gücünün engellendiği yerde küçük harfler ortaya çıktı. Yazıyı okurken, Cass'in kulakları çınladı.

ÜSTÜ NE İSE,
ALTI DA O

Sanki Soytarı odada, yanlarında gibiydi.

Mıknatıs taşının gizli mesajının ortaya çıkışını görmek ne kadar heyecan verici olsa da ertesi gün müdirenin ofisine gidip taşı iade ettiklerinde Cass'in heyecanı yitip gitmişti. Ne de olsa bu mesajı defalarca kez falcıdan duymuştu. Şimdi de Soytarı'dan duyması anlamını daha da muğlak hale getirmişti.

Öte yandan, Max-Ernest'ın vazgeçmeye niyeti yoktu. "Bunun Sırrın kendisi değil, Sırra dair bir ipucu veya mesaj olabileceğini söylemiştin, değil mi?"

Max-Ernest, sonraki yirmi dört saati, ÜSTÜ NE İSE, ALTI DA O sözcüklerinin olası anlamlarını ve dizilimlerini deşifre etmeye çalışarak geçirdi. Söylediğine göre bunların, simyanın temelini atan belgelerden biri olan *Zümrüt Tablet'in* ilk sözcükleri olduğu rivayet edilmekteydi. Cass kendisini Max-Ernest'ın konuya yanlış açıdan yaklaştığını düşünmekten alamıyordu.

Soytarı'yı tanıyordu. Yaşlandığında ilgi alanlarında köklü bir değişiklik olmadıysa, tanıdığı Soytarı simyayla veya çok ciddi kaçan benzer konularla hiç ilgilenmezdi.

Cass'in çıkışı karşısında bir nebze hırçınlaşan Max-Ernest, "Eh, bunu bilmese oraya yazmazdı herhalde," dedi. "Sence konuya hangi açıdan yaklaşmalıyım?"

"Soytarı'nın da senin hoşuna giden türde şeylerden hoşlandığını düşünebilirsin," dedi.

"Yapma ya? Ne tür şeylermiş bunlar?" diye sordu Max-Ernest.

"Anlarsın ya, sihir, şakalar, sözcük oyunları, şifreler gibi şeyler."

"Simyada bunların hepsi var. Örneğin, okuduğuma göre..."

"Neyse, boş ver. Bir şey demedim."

Konuyu orada kapadılar. Bir süreliğine.

BÖLÜM YİRMİ İKİ

SANDIK

Cass ve Max-Ernest için yağmurlu bir pazarın anlamı her zaman itfaiye istasyonunda çay içmek olmuştu. Dolayısıyla, birkaç hafta sonra yağmurlu bir pazar öğleden sonrası kendilerini Cass'in büyükbabalarının mutfak masasında buldular.

Çayları soğumuş, çikolata parçacıklı kurabiyelerin en güzel olanları yenmişti bile. (Cass'e göre en güzel kurabiye en kolay çiğnenen, Max-Ernest'a göreyse en çikolatalı olandı.) İkisini odada bulunan herkesin uydurma olduğunu bildiği bir savaş anısıyla eğlendirmesinin ardından, Büyükbaba Larry, "işleri olduğunu söyleyerek" izin istedi. Herkes bunun anlamının kısa bir uyku çekmeye gideceği olduğunu biliyordu. Büyükbaba Wayne bir garaj satışında satın aldığı gramofonu tamir etmeye çalışacağını söyledi. Herkes bunun anlamının saatler, günler ve hatta eski bir teypte olduğu gibi yıllar sürebilecek bir işe girişeceği olduğunu biliyordu.

Bu arada, Cass ve Max-Ernest yağmura yakalanmak istemediklerinden eve gitmeye çekiniyorlardı. Cass soğuk çayını yudumlayıp doğasına aykırı bir şekilde sessiz duran arkadaşına baktı. Anne babası geri dönen Yo-Yoji, evinde olduğundan ve Cass'in Sırrın gizemini çözeceğini uman Terces üyelerinden bir süredir haber çıkmadığından, Cass'e sanki arkadaşlıklarının başlangıcında olduğu gibi Max-Ernest'la bir başlarınaymışlar gibi geliyordu.

"Ne düşünüyorsun?" diye sordu Cass.

"Hiçbir şey..."

"Hiçbir şey mi? Hayatın boyunca hiçbir şey düşünmediğin bir saniye geçirmedin. Herkesten daha fazla düşünce olur senin kafanda."

"Benjamin de bunu söylemişti."

"Yani?"

"Yani ne?"

"Yani ne düşünüyorsun?"

"Sanırım Çifte Monokl'den baktığım o anı düşünüyorum," dedi. Hemen sonra "Ancak öyle etraflıca düşündüğüm yoktu," diye ekledi.

"Şu hastanedeki olay mı? Bana sadece aynada kendini gördüğünü söylemiştin."

"Evet, öyle sayılır."

"Başka ne gördün?" Cass onun kendisine söylemediği bir şey olduğunu hissediyordu.

"Sadece kendimi..."

"Fakat..."

"Fakat gelecekteki halimi. Yaşlıydım."

"Gerçekten mi? Bu çok tuhaf bir his olmalı." Bir yıl önce olsa Cass, Max-Ernest'ın söylediklerinin uydurma olduğunu düşünürdü. Ancak monoklle bakıp gördüğü onca umulmadık şeyin ardından söylediklerinin doğruluğunu sorgulamadı.

"Evet. Gerçekten tuhaf."

"Peki nasıl görünüyordun?"

"Deli gibi."

"Cidden, ne olmuştun? Demek istediğim, ileride ne olacaksın? Stand-up komedyen falan mı?"

"Sanmıyorum, oturuyordum ve hiç espri yapmıyordum."

"Bir sihirbaz mı?"

"Hayır, en azından öyle görünmüyordu."

"Ne yapıyordun o zaman?"

"Pek bir şey yapmıyordum."

"Bir şeyler yapıyor olmalısın."

Max-Ernest çekingen bir edayla "Şey, ben... yazıyordum," dedi.

Cass şaşkınlık içinde "Yazıyor muydun?" diye sordu.

"Evet, sanırım bir yazar olacağım. Buna inanabiliyor musun?"

"Yazar olmanın nesi kötü? Kitapları seversin sen."

"Hiçbir şeyi, sanırım... Bu konuda konuşmak istemiyorum."

"Neden, ne yazıyordun?"

Max-Ernest tiksinti içinde başını iki yana salladı. "Emin değilim. Bir romana benziyordu. Fakat daha çok da bir delinin sayıklamalarına."

"Aynadan bir kısmını okuyabildin mi?"

"Çok azını."

"Eee?"

Max-Ernest başını iki yana salladı.

"Haydi. Bana söylemen gerek. Her şeyi anlat bana."

"Hatırladığım yegane cümle: *'Sır tutamam. Asla da tutamadım...'* "

Cass güldü. "Eh, doğru da!"

"Ve sonra... Dur bir dakika, bana kızmayacağına söz ver."

"Buna nasıl söz verebilirim?"

İyice telaşlı konuşmaya başlayan Max-Ernest, "Bunu söylememeye yeminliydim. Fakat isimlerimizi gördüm," dedi. "Eh, gerçek isimlerimiz olmasa da onlara benzer isimlerdi. Mesela benim ismim Xxx-Xxxxxx değil de Max-Ernest'tı, seninki ise Xxxx değil de Cass'ti."

Cass şaşırmıştı. "Sen bizim yaşadıklarımızı mı yazıyordun?!"

Söylediklerine hemen pişman olan Max-Ernest, "Kızma bana, henüz bunu yapmadım ki!" dedi.

"Evet, ama yapacaksın. Bu daha da beter."

"Neden? Yazılarımda bizi anlatmamın ne sakıncası var?"

"Bunun anlamı artık sana güvenemeyeceğim. Söylediklerimin günün birinde kitabında çıkacağını bile bile seninle nasıl konuşabilirim ki?"

Max-Ernest başını ellerinin arasına aldı. Neden bazı şeyleri kendine saklayamıyordu?

Zıııır. Zıııır.

Çalan, eskiden itfaiye istasyonunun yangın alarmı olan kapı ziliydi. Pek sık çalmasa da çaldığı zaman tüm istasyonu sarsacak kadar gürültü çıkarıyordu.

Cass'in büyükbabalarının hasta ve kör tazısı gönülsüzce havlasa da sesi artık kapı ziliyle boy ölçüşecek güçte çıkmıyordu.

Büyükbaba Wayne aşağıdan "Kapıya sen bakabilir misin Cass?" diye sordu. Uyuklayan veya uyukluyormuş gibi görünen Büyükbaba Larry'nin aksine, Wayne girgin biri değildi. Cass yakınlarda olup kapıyı açabilecekse bu işi mutlaka ona havale ederdi.

Cass ve Max-Ernest itfaiyeci direğinden aşağı kayıp istasyonun alt katını kaplayan kutuların arasında güçlükle ilerlediler. Cass çoktan yastığının üzerinde yeniden uykuya dalmış olan Sebastian'ın başını okşadı. Sonra da kapıyı açtı.

Sahanlıkta bir postacı vardı.

Adam, "Burada Cassandra adında biri var mı?" diye sordu.

"Evet, benim..."

Postacının yüzünde yayvan bir gülümseme belirdi. "O zaman sanırım bu size gönderilmiş."

Ayaklarının dibinde duran büyükçe sandığı gösterdi. "Depomuzun arka tarafında duruyordu. En az kırk elli yıldır oradaydı."

Cass ve Max-Ernest sandığa baktılar. Epey tuhaf bir sandıktı. Öncelikle, yüzeyinin neredeyse her santimini kaplayan damga pulları, etiketler ve makbuzlar yüzünden neredeyse görünmüyordu. Bunlarda şehir, ülke, tren, buharlı gemi ve liman isimleri; birbirleriyle çelişen, onlarca farklı dilde onlarca talimat vardı. Anlaşılan sandık dünyanın çevresini defalarca, hem de yüzyıllar boyunca dolanmıştı.

Postacı sözlerine "Bugünlerde iyice artan şu kesintiler yüzünden postanemizi kapatıyorlar, bunu da başka bir yere nakledeceklerdi ki şu eski künyeyi fark ettim," diye devam etti.

Parmağıyla sandığın üstüne iliştirilmiş yırtık pırtık, yıpranmış bir deri künyeye dokundu. Bu çok eski kün-

yenin dağılıp gitmemiş olması tam bir mucizeydi.

Altta Cassandra'nın yaşadığı kasabanın adı vardı.

"Bu künye uzun yıllar önce yazılmış olduğundan senin daha yaşlı olacağını düşünmüştüm. Ancak anlaşılan bu yazıldığında sen daha hayatta bile değilmişsin! Birinin onca zaman önceden seni nasıl tanımış olabileceğine dair bir fikrin var mı? Belki seninle aynı adı taşıyan bir anne veya büyükanne olabilir, ne dersin?"

Cass başını iki yana salladı. Geçen yıllar boyunca büyükbabalarının kapısına birçok tuhaf şey bırakılmıştı. Antikacı dükkanı, mahallenin tavan arasına (hatta belki de çöplüğüne) dönmüştü. Doldurulmuş bir geyik. Bozuk bir tek tekerlekli bir bisiklet. Elvis'in gerçek boyutlarda bir portresi. Elbette en ilginci de Cass'in henüz yeni doğmuşken karton bir kutuda kapı eşiklerine bırakılmasıydı. Ancak daha evvel kapılarına geleceği böylesine kesin bir şekilde öngören bir nesne bırakılmamıştı. Bu kesinlikle gizemli bir durumdu.

Postacı, "Eh, tek söyleyebileceğim bu nadide parçanın epey bir süredir gezdiği. Göz atmak istersen, manifesto burada," dedi. Birçok sayfanın iliştirildiği bir parşömeni açmaya başladı. Son yazılar daktiloyla, daha eski olanlar elle yazılmıştı. İyice eski olan bazı yazıların yanında kraliyet armaları ve balmumu mühürler vardı.

"Bunu okumak bir saatimi aldı. Sandığın Antarktika da dahil olmak üzere yedi kıtayı gezdiğine inanabiliyor musun? İspanyol kalyonlarında, savaş gemilerinde yol almış. Hatta *Mayflower*'da bile bulunmuş...

Müze koleksiyonlarına girmiş... Hatta kraliyet hazinelerine... Üstelik anladığım kadarıyla bugüne dek kimse onu açmamış, bir kez bile!"

Cass ve Max-Ernest'tan bir tepki bekledi.

Cass hiçbir şey demedi. Aklı düşüncelerle doluydu.

Max-Ernest ise ancak "Vay canına!" diyebildi.

Postacı güldü. "Sanırım bunun anlamı sandığı benim yanımda açmayacağınız. Tüh. Yine de kimse kimseyi ümitlendiği için suçlayamaz... O zaman şurayı imzalayın da yoluma gideyim."

Kağıdın tepesine işaret edip Cass'e bir dolmakalem uzattı.

"Yalnız dikkatli olun. Belli olmaz, bunda eski kemikler olabilir. Böyle eski sandıklar lanetli de olabilir!"

Cass'in büyükbabalarının yeni ganimete, özellikle de yeni *eski* ganimete dayanamadıkları bilinen bir şeydi. Yine de Wayne gramofonla çok meşgul olduğundan, Larry de derin uykuda olduğundan Cass ve Max-Ernest sandığı içeri çekerken ortada yoktular. İki genç insan büyüklerin engellemesi olmadan hatırı sayılır dedektiflik becerileriyle özgürce sandığı inceleyebileceklerdi.

"Bunun kaç yıllık olduğunu merak ediyorum," dedi Max-Ernest. "Anlaşılan üzerinde ismin olan künye başından beri oradaymış. Buna ne diyeceksin?"

Kulakları heyecandan karıncalanan Cass, "Sanırım yaklaşık beş yüz yaşında," dedi.

Az önce sandığı tanımıştı. Karşısında duran üzeri kağıtlarla ve kirle kaplı sandık haydutların hazine sandığıydı. Üzerindeki, armaya benzeyen pirinç kilidi tanımıştı. Haydutlardan biri kilidi baltasıyla kırmıştı. Sandık o zamandan beri açılmamışsa birinin kilidi tamir etmiş (ve defalarca kez sağlamlaştırmış) olması gerekiyordu.

Büyükbabaları duymasın diye sesini alçaltarak "Soytarı'dan gelmiş olmalı," dedi. "Ona itfaiye istasyonunun henüz, yani onun zamanında henüz var olmadığını söylemiştim. Bizim zamanımıza yaklaşana dek sandığın dünyayı dolaşmasını sağlayacak talimatlar bırakmış olmalı."

Birlikte pirinç kilidi incelediler. Üzerinde karmaşık bir elmas deseni ve *fleur de lis** işlenmiş olsa da temel tasarımı basitti. Daha önce Cass'in gözüne arma gibi görünen şey aslında bir karenin içindeki dört daireden ibaretti. Yakından baktıklarında, dört dairenin ikisi üstte, ikisi altta duran dört çevrilebilir kadran olduğunu gördüler. Her bir kadran alfabenin yirmi altı harfini içeriyordu.

"Besbelli bu şifreli kilitlerin ilk örneklerinden biri," dedi Max-Ernest. "Yine de bunun gibi dört paçalısını hiç görmemiştim."

"Anlaşılan dört harf seçmemiz gerekiyor. Bu o kadar da zor olmasa gerek."

"Öyle mi dersin? 456,976 farklı kombinasyonu da denemek mi niyetin?"

"O kadar fazla olasılık olamaz."

* ZAMBAK ŞEKLİNDE ARMA (Ç. N.)

"Bahse girer misin? Bir hesap makinesi alıp hesapla bakalım. Yirmi altı kere yirmi altı kere yirmi altı kere yirmi altı."

"Peki. Derdini anlattın. O zaman olasılıkları daraltmalıyız."

"Soytarı'yı tanıyan sensin. Sence hangi harfleri seçerdi? Mesela çocuklarının isimleri gibi bir şey olabilir mi?"

"Ben onunla tanıştığımda henüz çocuğu yoktu."

"Eh, ya başka birinin ismi? Sanki bilgisayarının şifresini bulmaya çalışıyormuşuz gibi düşün."

"Anastasia vardı. Ama onda da çok harf var."

"Ya senin ismin? Dört harfli. En azından kısa adın öyle."

İsmini farklı şekillerde denediler:

Bunun gibi birçok kombinasyon daha denediler.

Varyasyonların hiçbiri işe yaramamıştı.

Rastgele birkaç harf denediler; umdukları gibi onlar da işe yaramadı. Ardından Max-Ernest vaktin geç olduğunu fark etti. PC'yi bebek bakıcısından, yani babasından almakta gecikmişti.

Max-Ernest kapıya doğru ilerleyip "Gerçekten fazla

mesai yapsınlar istemiyorum," dedi. "O zaman onlara daha fazla ödeme yapmam gerekiyor. Ayrıca, bakıcının zamanı da kıymetli."

"Baban bebek bakıcısı değil," diye itiraz etti Cass. "O senin baban. Ayrıca PC'nin de babası!"

Max-Ernest başını iki yana salladı. "Bir gün anlayacaksın. Çocuğun olunca hayat farklılaşıyor."

Cass, Max-Ernest'ın odadan çıkıp kapıyı kapatışını izledi. Kendisini elinden oyuncağı alınmış bir çocuk gibi hissediyordu. Büyükbabaları sandığı görmeden kilidi açmayı istese de Max-Ernest'ın şifre çözmedeki ustalığı olmadan doğru kombinasyonu bulabileceğini hayal bile edemiyordu.

Yine de mıknatıs taşında olduğu gibi, Max-Ernest'ın eve dönünce aklına bir fikir gelip onu araması olasıydı.

Mıknatıs taşı! Yanıt onda, diye düşündü Cass. Anahtar mıknatıs taşıydı.

ÜSTÜ NE İSE, ALTI DA O.

Max-Ernest ona her zaman ipuçlarını farklı şekillerde yorumlamasını salık verirdi. Bazen gizli mesajlar her şeyden çok dille ilgili olurdu. Cass bu kez de aynı kuralın geçerli olabileceğinden şüphe ediyordu. ÜSTÜ NE İSE, ALTI DA O sözünde derin bir anlam yoktu. Simyayla bir ilgisi yoktu. Sözcüklerle ilgisi vardı: Üstte *Ne* sözcüğü olacaktı; "altı da o" dendiğinden ve alta iki harf gelmesi gerektiğinden, altta da *Ne* sözcüğü tekrar etmeliydi.

Ellerinin titremesine karşı koymaya çalışarak kadranları doğru harflere göre ayarladı.

Bir an için bu kombinasyon da işe yaramamış gibi göründü. Ancak bunun tek nedeni sandığın uzun süredir açılmamış olmasıydı. Nihayet kilidinin dilinin serbest kalmasıyla sandığın kapağını açabildi.

Hazine.

Sandığın içinde, Cass'in sandıkta son gördüğü; ancak yeniden görmeyi umacağı son şey vardı. Yine de karşısındaydı işte. Sikkeler ve mücevherler, kadehler ve şamdanlar homunkulüsün Cass'e haydutların ganimetini göstermek için tenteyi kaldırdığında olduğu gibi ışıldıyordu.

Elbette, sandıkta o zamanki kadar çok ganimet yoktu. Haydutlar çoğunu fakirlere dağıtmışlardı. Yine de epey büyük bir hazineydi. Cass'in akıl almaz bir serveti olacaktı. Tabii hazineyi sadece kendine saklarsa. (Çünkü çoktan pahalı seyahatleri ve güzel arabaları zihninden uzaklaştırıp, elindeki zenginliği çevre koruma, afetlere hazırlık, çocuk işçiler gibi konulara ve tabii ki bir de Terces Derneği'ne adayabileceğinin hesabını yapmaya başlamıştı.) Cass, Soytarı ve Anastasia'nın kendisini servetlerini ona bırakacak kadar düşünmelerine memnun olmuş, hatta bu düşünce onu heyecanlandırmıştı. Öte yandan, tuhaf bir hayal kırklığı da duyuyordu. Sırra dair her şey bundan, altından ibaret miydi? Hazine kendini bir haydut gibi hissetmesine neden olmuştu.

Sandığın içini karıştırdı. Belki de dipte bir not bulabilirdi. Ya da onu Sırra götürecek ipuçları içeren bir nesne. Sararan bir kağıdı andıran bir şeyin köşesini gördüğünde içinde bir ümit doğdu. Ancak kağıdı çekip aldığında bunun kadim bir Mısır papirüsü değil, tanıdık bir parşömen tomarı olduğunu gördü.

Cass tomarı açtığında karşısına sivri kulaklı bir kızın kabataslak çizimi, geçmişte çizdiği otoportresi çıktı. Resmi bırakanın Anastasia olması gerektiğini düşünerek çizime özlemle baktı. Cass uzak geçmişe yolculuğunu biraz da biyolojik ebeveynini bulmak için gerçekleştirmişti. Soytarı haklıydı: Kronolojik açıdan Cass'in yaptığı yolculuk pek bir anlam ifade etmiyordu. Yine de Soytarı ve Anastasia'yla tanışarak aradığı köklerini bulduğu düşünülebilirdi.

Aynı günün gecesi, Cass mutfakta annesine "Sana bir hediyem var," dedi.

Artık düzleşmiş otoportresini sırt çantasındaki bir cepten çıkarıp annesine verdi. Annesi memnuniyet ve şaşkınlık içinde ona gülümsedi.

"Cass! Bunu sen mi çizdin?"

Cass omuz silkti. "Sanırım, demek istediğim buna çizim denebilirse, evet. Daha çok bir karalama bu."

"Sağ ol. Bana en son yaptığın bir çizimi ne zaman verdiğini hatırlamıyorum bile. Herhalde altı yaşındaydın. Bu harika!"

Utanan ve hediyeyi verdiği için şimdiden yarı pişman olan Cass, "Hayır, değil. Bunu söylemene gerek yok," dedi.

"Gerek olmadığını biliyorum. Bunu söylüyorsam, sebep gerçekten harika olması. Çok anlatımsal ve bence özünü yakalamayı başarmış... Tabii sen çok daha güzelsin!"

"Bunu da söylemene gerek yok."

Melanie başını iki yana salladı. "Seninle ne yapacağım ben Cassandra? Bir iltifatın nasıl kabul edileceğini bilmek önemli bir meziyettir."

"Hah, o zaman ben meziyetsiz biriyim demek."

"Harika, şimdi de sana hakaret etmiş mi oldum?" Melanie, Cass'in çizimini ışığa tuttu. "Bu kağıt çok eski görünüyor. Neredeyse bir parşömen kadar. Bunu sana okulda mı verdiler?"

Cass kısmen gerçeği söyleyerek "Hayır... Bunu itfaiye istasyonunda buldum," dedi. "Larry ve Wayne'in bunun orada olduğunu bildiklerinden bile emin değilim."

Melanie parşömenin arkasını çevirerek "Eh, o zaman böyle güzel bir şekilde değerlendirildiğini bilmek onları memnun edecektir... Arka tarafına yapıştırılmış şu küçük kağıt parçası da ne?" diye sordu. "Bak, altta. Sanırım üzerinde bir şey yazıyor. Hani neredeyse hiyeroglif gibi."

"Bana versene şunu!"

Cass çizimi annesinin elinden aldı.

Kağıda bakmaya cesaret edemeden "Düşündüm de... çizimi geri almam gerek," dedi. "Şey... Bitmediğini düşünüyorum, o yüzden korkarım onu almamalısın. Üzgünüm."

Şaşkınlık içindeki Melanie'yi mutfakta tek başına bırakan Cass, merdivenlerden uçar gibi çıkarak kapıyı sertçe kapadı.

Annesi aşağı kattan "Cass, ne yaptım ben?" diye sordu.

Cass de ona "Hiçbir şey! Seni seviyorum anne!" diye bağırarak yanıt verdi.

Ardından ne olur ne olmaz deyip yatak odasının kapısını kilitledi.

Cass elleri titreyerek parşömenin arkasını çevirdi.

Gerçekten de kağıdın altına iliştirilmiş, kabaca dokunmuş bir kağıt parçası vardı. Cass bunun aradığı şey, üzerine Sırrın yazıldığı papirüs olduğundan emindi. Tek bir sorun vardı: Papirüs toza dönmeye başlamıştı bile.

SON

EKLER

YO-YOJI'NİN BİRİNCİ E-POSTASI
(Sayfa 32)

Ahbap, sana bir hafta cevrim disi olacagimi söylemem gerek. Babamin gecen yildan kalma cevre kirliligi arastirmasini surdurebilmesi icin Fuji Dagi'nda kamp kurulacak. Kurali biliyorsun: Dogadayken hiç elektronik arac olmamali (hatta muzik bile! Offf-felaket!) Doner donmez seni arayacagim. Umarım o zamana kadar Cass duzelir*.

YO-YOJI'NİN İKİNCİ E-POSTASI
(Sayfa 190)

Dinle, birader, banyo aynasindaki hayali bir gitar gibi oyuncak etmisler seni... Fuji'den henuz dondum ve Benjamin'le ilgili e-postani okudum. Gecirdigi degisim bana tuhaf geldi. Ben de kucuk bir arastirma yaptim. Arastirmadan sonuc alamadim... Ancak sonra gittigi su okulu arastirdim. Bil bakalim Yeni Yenilikci Akademi'nin "muduru" kimmis?.. Adamin adi... (burada trampetler girsin lutfen) Luciano Bergamo. Ah-ha! Dr. Korkunc L!!! Evet, Benjamin'in okulunu Gece Yarisi Gunesi isletiyormus! Bu ne demek bilemiyorum... Casus olabilir mi? Ancak kesin olan bunun hayra alamet olmadigi. Alarm, alarm, alarm! Lutfen bu e-postanin sana ulastigini bana bildir de ben de rahat bir nefes alip oyun asamalari tasarlamaya devam edebileyim.

* E-POSTALARDA KULLANILAN ŞİFRELEMEDE İNGİLİZ ALFABESİ KULLANILDIĞINDAN TÜRKÇE KARAKTER KULLANILMAMIŞTIR. (Ç. N.)

KİTABINIZI FARKLI ŞEKİLLERE SOKMANIN POPÜLER YOLLARI

Sır Serisi'nin bir sır olarak kalması gerek! Kitabınızı kalabalık içinde yanınızda taşıyacaksanız lütfen önce ona farklı bir görünüm verin.

Groucho Marx

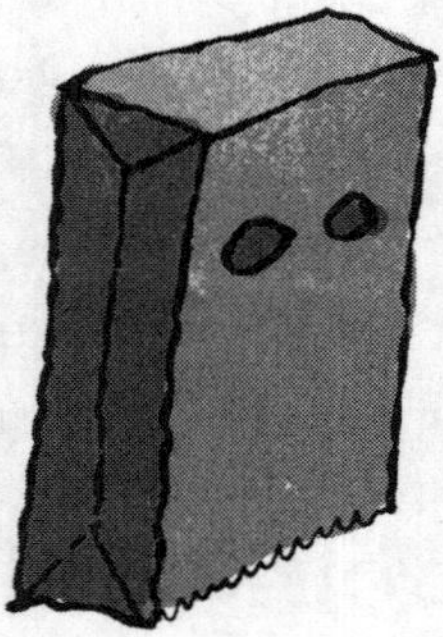

Unknown Comic*

Hırsız

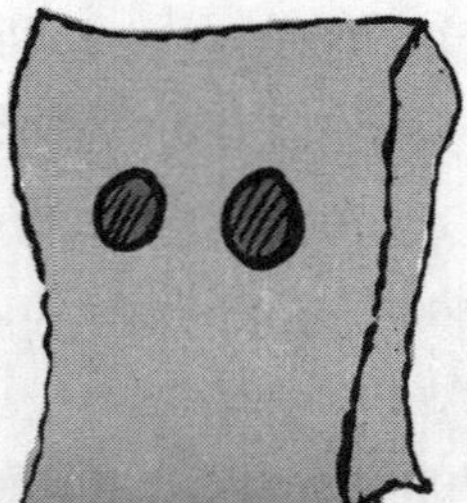

Hayalet

Elvis

* "UNKNOWN COMIC" KANADA VE ABD ORTAK VATANDAŞI OLAN STAND-UP KOMEDYENİ MURRAY LANGSTON'IN SAHNE ADIDIR. KENDİSİ GÖSTERİLERİNDE BAŞINA RESİMDEKİ GİBİ BİR KESE KAĞIDI GEÇİRMESİYLE TANINIR. (Ç. N.)

KENDİ CAMERA OBSCURA'NIZI YAPMAK

Cass ve Max-Ernest'ın Rönesans Panayırı'nda ziyaret ettikleri camera obscura, tüm sınıf arkadaşları içine sığacak kadar genişti. Yine de siz elinize alabileceğiniz küçüklükte bir camera obscura yapabilirsiniz.

Malzemeler:

Küçük bir karton kutu: Hemen hemen bir ayakkabı kutusu büyüklüğünde ve kapağı takılıp çıkartılan kutulardan değil, alışageldik kahverengi, dört kanatlı karton kutulardan olması gerekli.

Aydınger: Ya da ona benzer, tirşe gibi yarısaydam bir kağıt.

Siyah bant: Ya da herhangi bir koyu renkli bant.

Orta veya büyük boy bir çivi

Bir battaniye veya büyükçe bir havlu: Sihirbaz pelerini de aynı işi görür.

Camera obscura'nın yapımı:

Kutunun alt kısmını (ortası ve köşeleri de dahil etmek üzere) ışık geçirmeyecek şekilde bantlayın.

Çiviyi alıp kutunun altının tam ortasında bir delik açın. Deliğin ışığı geçirecek büyüklükte olması yeterli gelecektir. Ayrıca kenarları mümkün olduğunca düz ve yuvarlak olmalı. Bu delik sizin *apertür*ünüz (*açıklık* anlamına gelen afili bir sözcük) olacak.

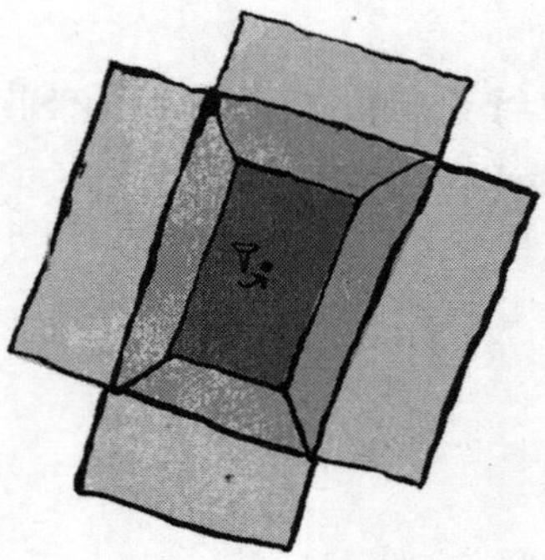

Şimdi kutuyu altı yine alta gelecek şekilde çevirin.

Tamam, şimdi en zorlu kısma geldik. Kutunun üst kısmında iki büyük, iki de küçük olmak üzere toplam dört kanat olduğuna dikkat edin. Büyük kanatları açıp küçükleri kapayın. Ardından, küçük kanatların kenarlarını, bu kanatların yatay ve düz durmasını sağlayacak şekilde büyük kapakların kartonla birleşen kenarlarına (küçük kapaklar kutunun üst kısmıyla aynı hizada olacak şekilde) ışık geçirmeyecek biçimde bantlayın.

Artık elinizde ortadaki dikdörtgen açıklık hariç, tamamen ışık sızdırmayan bir kutu olmalı.

Aydıngerden dikdörtgen açıklıktan biraz daha büyük bir parça kesip, bu parçayı açıklığın üzerine bantlayın. Bunu yaparken aydıngeri mümkün olduğunca düz ve gergin tutun. Bu yaptığınız camera obscura'nızın "perdesi" olacak.

Yapım aşaması sona erdi.

Camera obscura'nızı kullanırken kapalı bir mekanda, yüzünüz parlak bir pencereye bakacak şekilde ayakta durun. Havlu, battaniye veya pelerininizle başınızı örtün. Ardından camera obscura'yı "perde" size bakacak ve kutunun açık kanatları yüzünüzün iki yanına gelecek şekilde tutun. Battaniyenin apertürün önünü kapatmamasına, ancak camera obscura'nın yanlarını tamamen kapatmasına özen gösterin. Görüntüyü izleyeceğiniz perdede gördüğünüz hariç, hiç ışık görmüyor olmalısınız.

Artık ekranınızda önünde durduğunuz pencerenin görüntüsünü görüyor olmalısınız. Görüntü baş aşağı olacaktır. Elinizi apertürün önünde yukarı aşağı oynattığınızda sanki ters yöne hareket ettiriyormuşsunuz gibi görünecek. Bunu yaparken yürümeye çalışmayın.

GÖZ GÖZE BAKIŞMA YARIŞMASI*

* KURALLARI BİLİYORSUNUZ. BİR ARKADAŞINIZLA KARŞI KARŞIYA GEÇİP GÖZLERİNİZİN İÇİNE BAKIN. İLK GÖZ KIRPAN YARIŞMAYI KAYBEDER.

SIR SERİSİYLE İLGİLİ S.S.S

S.S.S'nin açılımı Sıkça Sinirlendiren Sorular... Ah, pardon... Sıkça *Sorulan* Sorular demek istemiştim.

SORU: Neden?

CEVAP: Sadece *neden* mi? Kastettiğiniz neden Sır Serisi mi?

SORU: Evet.

CEVAP: Neden olmasın? (Böyle yanıt vereceğimi biliyordunuz, değil mi?)

SORU: Tamam, o zaman, işte gerçek soru. Gece Yarısı Güneşi üyeleri neden hep eldiven takıyor? Eldivenler rozetler veya izcilerin yamaları gibi bir üyelik nişanesi mi?

CEVAP: Hayır, eldiven takmalarının nedeni gerçek yaşlarını belli etmemek. Henüz bilinmeyen bir nedenle, kullandıkları güçlü gençlik iksirleri (bunlar yüz yıllarca hayatta kalmalarını sağlıyor) ellerine etki etmiyor. Bu arada, genç Gece Yarısı Güneşi üyelerinin eldiven giymeye ihtiyaç duymamalarının sebebi de bu.

SORU: Yazdığınız her şey gerçek mi? Anlattıklarınız gerçekten yaşandı mı?

CEVAP: Evet. Şey, hayır! Yani, üzgünüm ama buna yanıt veremem. Sebep belli, biliyorsunuz kitaplardaki isimler bile değiştirildi. Daha fazla bilgi almak isterseniz, sizden avukatımla görüşmenizi istemem gerekecek.

SORU: Çikolata sevmeyen biriyle arkadaş olabilmeniz mümkün mü?

CEVAP: Hayır. Eh, belki. Bana çikolata verirse, neden olmasın? Bir sürü çikolata.

SORU: Kitaplarınızı yazdıktan sonra okuyor musunuz?

CEVAP: Dalga mı geçiyorsunuz? Sizce bunu yapsam kitaplarım şu an olduklarından biraz daha farklı olmazlar mıydı?

SORU: Sır ne?

CEVAP: Sanırım bunu daha önce sormuştunuz.

SORU: Neden bize Sırrı açıklamıyorsunuz?

CEVAP: Zahmet edip sözlükte sözcüğün anlamına baksanız yanıtı bilirdiniz.

SORU: Sizin sır tutamadığınızı söylediğinizi sanıyordum.

CEVAP: Tamam, beni köşeye sıkıştırdınız.

SORU: İtiraf edin, aslında Sırrı bildiğiniz yok.

CEVAP: Birincisi, bu bir soru değil. İkincisi, bilsem de size söylemezdim.

SORU: Sizden nefret ediyorum.

CEVAP: Sizi temin ederim ki hislerimiz karşılıklı.

SORU: Aslında sizden nefret etmiyorum. Sadece Sırrı öğrenmek istiyorum.

CEVAP: Öyleyse bir sonraki kitabı okumanız gerekecek, değil mi?

SORU: Bana bir ipucu verseniz olmaz mı?

CEVAP: Ornitorenk.

SORU: İpucu bu mu? Ornitorenk mi?

CEVAP: Hayır. Sadece kulağa komik geldiğini düşündüm.

SORU: Sözümü geri alıyorum. Sizden gerçekten nefret ediyorum.

CEVAP: Biliyorum.

Bu kitapta
BÜYÜ yok.
Lama yok.
Gizemli bir kütüphanede yaşayan, bir HAYALET kız yok.
Kesinlikle hiç SIR yok, hiç ama hiç!
KÖTÜ BÜYÜ
Çok satan Bu Kitabın Adı Sır serisinin yazarından
KÖTÜ KİTAPLAR
pseudonymous bosch
Doğan Egmont
Şimdi kemerini bağla
veee... ABRAKADABRA!
KÖTÜ BÜYÜ'den önce Pseudonymous Bosch'un bir SIR'ı vardı...
www.de.com.tr
Doğan Egmont
Okumak gelecektir.

TÜRKİYE'DE 250.000 OKURA ULAŞAN EFSANEVİ SERİ
ULYSSES MOORE
KARANLIK LİMANLARA SEYAHAT
ULYSSES MOORE
METIS
ULYSSES
14 KİTAP
MOORE
ZAMAN GEMİSİ
www.de.com.tr
Doğan Egmont
okumak gelecektir.

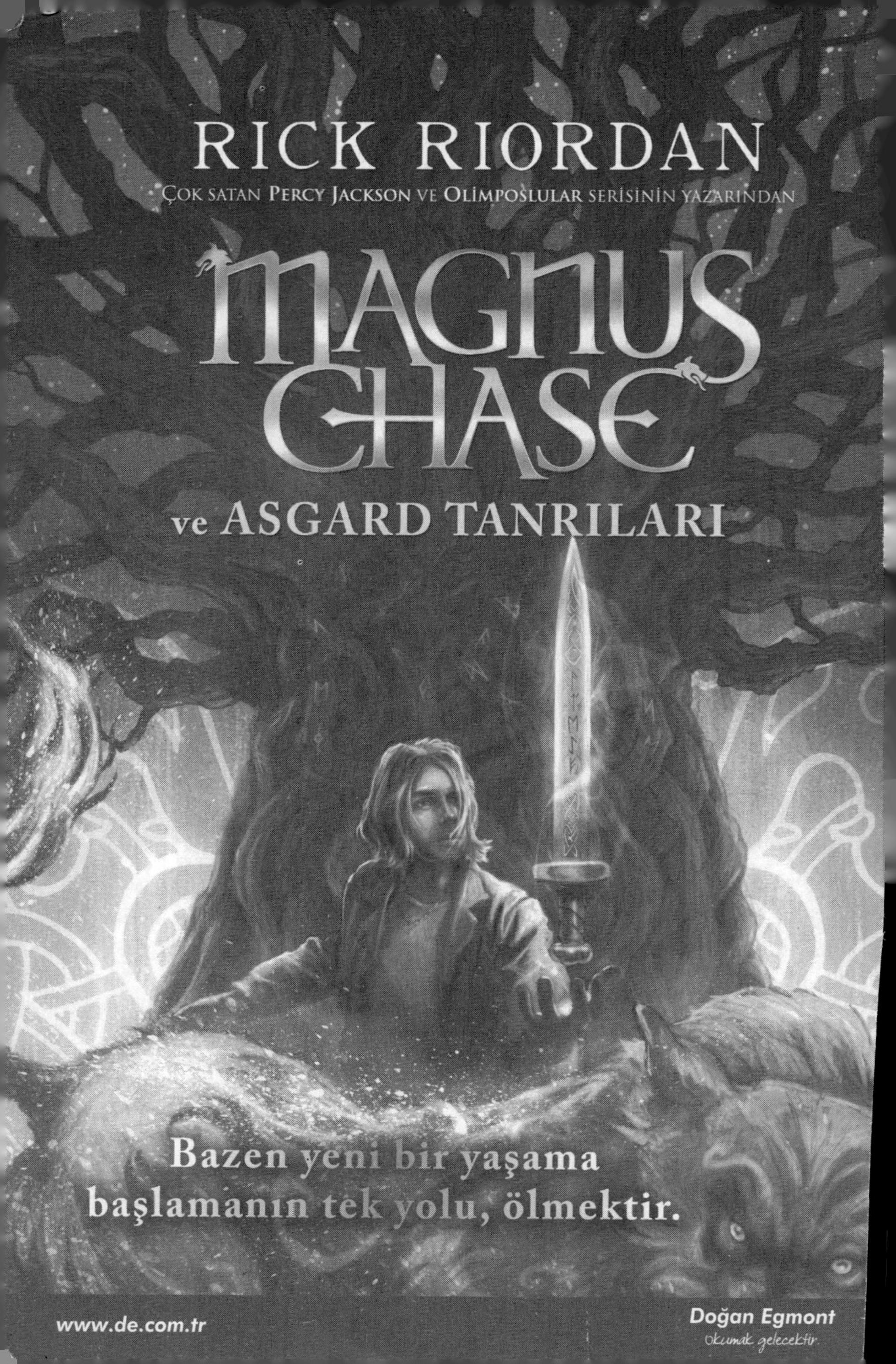
RICK RIORDAN
ÇOK SATAN PERCY JACKSON VE OLİMPOSLULAR SERİSİNİN YAZARINDAN
MAGNUS CHASE
ve ASGARD TANRILARI
Bazen yeni bir yaşama
başlamanın tek yolu, ölmektir.
www.de.com.tr
Doğan Egmont
okumak gelecektir